# SUSURROS EN LA OSCURIDAD

KELLY ANDREW

# SUSURROS

# EN LA

# OSCURIDAD

Traducción de Eva González Rosales

UMBRIEL

Argentina • Chile • Colombia • España
Estados Unidos • México • Perú • Uruguay

Título original: *The Whispering Dark*
Editor original: Scholastic Press
Traductora: Eva González Rosales

1.ª edición: abril 2023


Plaza de los Reyes Magos, 8, piso 1.º C y D – 28007 Madrid
www.umbrieleditores.com

ISBN: 978-84-19030-19-1
E-ISBN: 978-84-19413-41-3
Depósito legal: B-2.459-2023

Fotocomposición: Ediciones Urano, S.A.U.
Impreso por: Romanyà Valls, S.A. – Verdaguer, 1 – 08786 Capellades (Barcelona)

Impreso en España – *Printed in Spain*

PARA TODOS AQUELLOS QUE SABEN LO QUE ES SENTIRSE SOLO EN UNA MULTITUD Y OBTENER CONSUELO DE LAS FANTASÍAS.

# PRIMERA PARTE

## LA RESURRECCIÓN DE COLTON PRICE

*Día y noche está abierta la puerta del averno;*
*suave es el descenso, cómodo el sendero.*
*Mas en regresar para ver el venturoso cielo*
*es donde yace la brega y el desmedido flagelo.*

La Eneida, *Virgilio*

# 1

Delaney Meyers-Petrov no estaba hecha de cristal, pero a veces se sentía como si lo estuviera. La mañana del primero de septiembre era luminosa y cálida y las estrechas sombras de los retoños rayaban la extensa zona verde del campus bordeado de árboles de Howe. Sobre su cabeza, el cielo azul estaba entrelazado de pálidas y bonitas nubes, y no era tanto que se sintiera a punto de venirse abajo como el hecho de que sus padres la vieran hacerlo.

Sus padres, a quienes pidió repetidas veces que se quedaran en casa. Sus padres, a los que se les daba horriblemente mal escuchar, sobre todo si tenemos en cuenta que eran dos personas cuyos oídos funcionaban perfectamente. Sus padres, que ignoraron con vehemencia sus peticiones y aparecieron el primer día de clase (penosamente fuera de lugar entre la hiedra trepadora y el ladrillo rojo y los edificios levantados por las familias de dinero) con un letrero en el que habían escrito su nombre.

¡Te queremos, Laney!

La inscripción estaba hecha con gruesas letras negras. La cartulina era rosa chicle. Como experiencia, fue tan extraordinariamente humillante como podía ser. Más de un estudiante la señaló. Detenida bajo las esbeltas ramas de un incipiente olmo, su madre no parecía notar la atención que atraía. A su lado, su padre parecía totalmente desubicado, con las mangas tatuadas en sus brazos en escala de grises, el cabello repeinado hacia atrás, la barba hilvanada de plata. Su expresión era la de una foto policial, y aunque el resto de los estudiantes lo estaban evitando a él y a su ceño fruncido tanto como era físicamente posible, Delaney sabía que la línea tensa en la boca de su padre solo estaba allí porque estaba haciendo todo lo posible por no llorar.

Colgándose del hombro el bolso del portátil y tragándose su orgullo, agitó los dedos en una despedida tan discreta como era posible. Y luego se fue, con cuidado de evitar los espacios más soleados, caminando por las sombras como los niños pequeños saltan las grietas en la acera: *No pises la brecha o dejarás a tu madre maltrecha.* Cada paso que daba (con la rima infantil repitiéndose en sus oídos y sus padres animándola como espectadores del Fenway y las sombras frías y burlonas) se sentía menos y menos como una universitaria novata y más como una niña que avanzaba torpemente en su primer día de preescolar, con la fiambrera en la mano.

Estaba esquivando, suponía, una alargada rama de oscuridad de la que era difícil culpar a sus padres. Con sus huesos frágiles y su propensión a agarrar frío, clavó los dientes en el costado de la muerte mucho antes de aprender a leer. Escapó de una cama de hospital, del parpadeo de las luces y del zumbido de los aparatos, y regresó de la cataléptica oscuridad para descubrir que sus oídos ya no funcionaban. Se quedó con el silencio susurrando en su cabeza y con las sombras susurrando a sus pies y con la perceptible sensación de que, de algún modo, algo se le había roto por dentro.

Cada silencioso día desde entonces la habían tratado con cuidado.

Una niña de cristal en una jaula de cristal, en un mundo de susurrada quietud.

Si era sincera consigo misma, Delaney Meyers-Petrov nunca había esperado ir a la universidad. Sus padres tenían ingresos modestos; de esos que mantienen las luces encendidas, no de los que pagan matrículas. Como eran espíritus libres, se habían pasado las noches haciendo bolos, declamando en locales alternativos, y los días llevando a Delaney al lago Walden para lanzar piedras al agua. No confiaban demasiado en cosas como el capitalismo, la ropa doblada y el mundo académico.

La pequeña y frágil Delaney no solo cayó lejos del árbol. Un ciervo que pastaba por allí tomó su manzana, la llevó por los prados y montes y la soltó a kilómetros de distancia. Mientras que sus padres rehuían la idea de los estudios superiores («Es solo un trozo caro de papel, Laney; eso no te define»), no había nada que ella quisiera más. Quería el régimen, la libertad, la promesa de una posibilidad.

Quería la oportunidad de demostrar que estaba hecha de un material más duro que el cristal.

*Quería* que eso la definiera. Que no lo hiciera el silencio entre sus oídos o su miedo a la oscuridad, sino la suma de sus logros. No lo que no podía hacer, sino lo que podía hacer.

Esa fue la razón por la que, en cuanto tuvo la edad, se metió en internet y solicitó una beca de trabajo. El examen para los postulantes era muy intensivo, y se llevó a cabo en el trascurso de una semana. Evaluaba la salud mental y física, las aptitudes personales y *etcétera*, como afirmaba ominosamente el formulario. Sus resultados, una vez determinados, decidirían qué campo sería más adecuado para sus destrezas individuales.

La beca iba acompañada de una única advertencia: pagarían su matrícula completa siempre que accediera a ir allá donde la ubicaran.

Sus padres se habían mostrado visiblemente recelosos, pero su aversión a la disciplina implicaba que nunca la obligaban a nada.

«Lane —le dijeron—, si lo que quieres es una licenciatura, hay programas a distancia de sobra con matrículas asequibles. No solo eso, sino que serán mucho más adecuadas para tus necesidades. Nadie te prohíbe nada. No tienes nada que demostrar».

Pero Delaney tenía que hacerlo.

No a otra gente, sino a sí misma. La habían tratado siempre con guantes blancos, manteniéndola en un estante alto, y no se quedaría allí arriba para siempre, criando polvo. El cristal, según descubrió, era muy fácil de agrietar, pero la presión que podía soportar era inmensa. Ella quería analizar sus límites, aunque al hacerlo se ganara algunas muescas. Quería la oportunidad de fundirse y darse una nueva forma.

La de alguien capaz de conquistar el mundo a solas.

La de alguien que no seguía temiendo la oscuridad con dieciocho años.

El día del primer examen, ella y trescientos optimistas más se pasaron la mañana encerrados en el reverberante gimnasio de un instituto público. Sintió, como a menudo le ocurría en los lugares vacíos y amplios, un leve caminar de puntillas en su espalda, el inquietante movimiento de las sombras en su periferia.

Era una mala costumbre, su tendencia a humanizar la oscuridad. A imaginarla inquieta, como cuando ella era pequeña y se sentía sola y quería una amiga. A temer cómo atraía su mirada, el modo en el que tiraba de ella como una marea. Mientras el supervisor recitaba unas normas que ella no podía oír, se entretuvo colocando sus lápices en una pulcra y afilada hilera e hizo todo lo posible por no mirar las turbias esquinas del gimnasio.

El segundo día de evaluación, un hombrecillo llamó a los aspirantes uno a uno a un cuartillo incoloro donde los hizo sentarse en una silla de polipropileno con una pata coja. Allí, la oscuridad era aplastante, fría y cercana. Caía sobre su regazo en someros estanques azules. Se restregaba contra ella como un gato contento.

*Hola*, se imaginó que le decía. *Hola, hola.*

El entrevistador la observaba con demasiada atención mientras la acribillaba con una serie de preguntas sin relación aparente. Delaney manoseó el borde de su asiento y se esforzó para leerle los labios bajo la franja nervuda de su bigote. Se reprendió por imaginarse cómo ronroneaban las sombras.

El tercer día, Delaney estaba cambiando la mina roma de un lápiz por la punta afiladísima de otro cuando una supervisora la llamó por su nombre.

—¿Delaney Meyers-Petrov? —Varios curiosos levantaron la cabeza—. Me gustaría hablar contigo en el pasillo.

Con las orejas ardiendo, siguió a la delgada mujer fuera del gimnasio hasta la columnata de taquillas verde menta. Sintió el portazo de la salida de incendios en los dientes.

—Recoja sus cosas, señorita Meyers-Petrov —le dijo la supervisora, sin preámbulos—. Ya ha terminado aquí.

La eliminación la tomó por sorpresa. Quería regresar. Quería resistirse. Pero no estaba hecha para pasarse de la raya, así que dio las gracias a la supervisora y regresó al interior para recoger sus cosas. Aquella tarde, se quedó tumbada en la cama, pensando en todas las cosas que pudo haber hecho mal. Cuando el sol se puso, sintió que la oscuridad de su habitación chasqueaba la lengua con un reproche, y una burbuja de vergüenza surgió en el interior de su pecho.

Quizá había respondido mal a alguna pregunta.

Quizá no querían a una solicitante que no podía oír.

Quizá les había parecido un poco rara, aquella chica que miraba de reojo la oscuridad.

Y después…

*Y después*. Un día, una mañana de martes de lo más ordinario, recibió una carta por correo. Estaban a finales de abril y los días eran húmedos e insípidos. Se agachó junto al buzón, con los dedos entumecidos, y rasgó el sello del Comité de Subvenciones y Becas, su insignia en cera dura. El encabezamiento estaba en relieve, plateado y resplandeciente, y el papel era grueso y de un elegante color crema.

*Señorita Delaney Meyers-Petrov:*

*Enhorabuena por un trabajo bien hecho. Ha resultado beneficiaria de una de nuestras becas de trabajo y ayuda al estudio. Debido a sus aptitudes sin duda únicas, el comité laboral ha determinado que su talento sería mejor empleado en el área de Neoantropología. Por tanto, ha sido asignada a la Academia Godbole de Estudios Neoantropológicos de la Universidad de Howe. La cuantía becada será enviada directamente a la facultad con directrices para ser usada en la matrícula, mensualidades o libros.*

*Se espera su asistencia en el edificio Godbole, auditorio B, la mañana del 1 de septiembre. Puede obtener más información sobre la beca en el portal general de estudiantes. Por favor, lea los documentos adjuntos para encontrar la información de acceso. Si tiene alguna pregunta, llame al Departamento de Recursos Estudiantiles a través del número detallado abajo.*

En la parte inferior, un miembro de la junta había firmado con una serpentina. Se quedó allí mucho tiempo después, mientras la lluvia aguijoneaba su piel. Había oído hablar de Godbole. Todo el mundo lo había hecho. Era un programa muy prestigioso, aunque controvertido, un imán para los aficionados a lo sobrenatural.

*Es solo un truco de magia*, había leído el comentario de alguien en un vídeo filtrado que pretendía mostrar a un estudiante de Godbole deslizándose entre los mundos. *Cualquiera con un portátil puede manipular una grabación. Esos estudiantes están pagando por una farsa.*

El vídeo parecía algo sacado de *En los límites de la realidad*. El estudiante aparecía totalmente inmóvil, mirando fijamente la cámara, esperando una señal. Luego asentía y daba un único paso. El cielo se lo tragaba. El aire se ondulaba como el agua en su estela. No reapareció.

*Aptitudes únicas*, decía su carta.

La gente había usado multitud de adjetivos para definir a Delaney Meyers-Petrov en sus dieciocho silenciosos giros alrededor del sol. La pobre Delaney, que había estado tan enferma cuando era tan pequeña. La asustadiza Delaney, que seguía durmiendo con las luces encendidas. La frágil Delaney, que necesitaba cuidados constantes.

Pero la apta Delaney… Eso era algo nuevo.

Le gustaba cómo le quedaba, como un jersey que todavía no se ha lavado.

Y por eso, en un cerúleo día de septiembre, hizo sus maletas y se marchó. A conquistar el mundo, y quizá a otros. A demostrar que podía hacerlo.

Tomó aliento y dio un paso.

Y las sombras la siguieron.

La universidad de Howe parecía todo lo que septiembre debería encarnar: ladrillo y libros y nuevos comienzos. También olía así. A hierba recién cortada y a petricor, a posos de café y a vainilla y a la ligera y otoñal vaharada de las manzanas ácidas.

En el extremo opuesto del patio estaba el edificio Godbole, un imponente monolito de cristal que destellaba como un diamante bajo la luz, una incongruencia estructural entre las pulcras hileras de ladrillo cubierto de hiedra.

Captó la ironía. Una chica de cristal rumbo a un palacio de cristal.

El pellizco frío de principios de otoño se desvaneció en el momento en el que entró. El vestíbulo era de diseño minimalista, construido para buscar la belleza. En el centro visual de la estancia había un pedestal de pulido mármol con un arreglo floral de incoloros jacintos colgantes. En las ventanas, el sol caía y caía. Cada paso de sus botas militares sobre el linóleo restallaba en el espacio con un sorprendente torbellino de trueno, y no supo (como de costumbre) si su implante coclear magnificaba el sonido solo para ella o para todos los de las inmediaciones.

Por suerte, parecía no haber nadie más cerca, solo Delaney Meyers-Petrov y un eterno y cegador blanco. No sabía si le gustaba. El resto del campus era de libros viejos y antiguas alcurnias, todo ladrillo, hiedra y nostalgia. Pero Godbole… Godbole era el futuro. Era como enero, desolador y severo.

Dobló una esquina y su reflejo la siguió, deformado en el cristal: dos coletas altas que terminaban en un pálido violeta, una blusa negra con un cuello de babero blanco, todo punk y pastel. «Chillón», llamó una vez a su atuendo una mujer en el metro. *Chillón*, para compensar el inexpugnable silencio. En el blanco estéril de Godbole, destacaba como un pulgar dolorido.

Y estaba sola, lo que significaba que seguramente llegaba tarde. Odiaba llegar tarde.

Frente a ella había un par de ascensores; las puertas de uno de ellos se estaban cerrando lentamente. Captó la menguante imagen de alguien en el interior: jersey gris y corbata burdeos, el pulcro brillo de unos rizos castaños. Un único y llamativo ojo la miró a través de la decreciente abertura.

—¡Oye! —gritó, echando a correr—. ¿Podrías sostener…?

Las puertas se cerraron con un sonido mecánico justo cuando se detuvo, con la nariz a unos centímetros de la rendija.

—Imbécil —dijo al panel metálico, y aporreó el botón con el pulgar. Una, dos, tres veces por si acaso. Dio un paso atrás para esperar a que el otro ascensor bajara de la quinta planta, consciente del constante paso de los segundos.

Para su horror, el primer ascensor volvió a abrirse. En el interior estaba el desconocido. Se encontraba apoyado en la pared, con las manos en la barandilla y la esfera redonda de su reloj titilando bajo la luz. Sus ojos rasgados eran del color del café; su nariz recta estaba encuadrada por unos pómulos pálidos y prominentes. Su boca era una daga, y no sonreía. Las sombras lo aplastaban de un modo que parecía hambriento: como si tuvieran dientes y él fuera algo dulce. Como si todo en él atrajera a la oscuridad.

El desconocido frunció el ceño al verla. Parecía sorprendido, pensó.

—Lane —dijo.

# 2

El día que Colton Price regresó de entre los muertos, abrió los ojos para encontrar a una niña mirándolo. El cielo era del azul de mediados de marzo, batido de blanco y bordeado de árboles. La pequeña se inclinó sobre él, con la luz del sol vertiéndose alrededor de sus trenzas. Tenía una piedra plana agarrada en su mano con mitones, preparada para lanzarla.

Colton boqueó buscando aire, y lo exhaló en frías y turbias vaharadas. El succionador lodo tiraba de su ropa. El agua del estanque le lamía la piel. *Calla,* le decía. *Calla. Calla. Calla.* No lo comprendía. Cuando murió, el estanque estaba congelado. El invierno lo había engrosado, pero no lo bastante como para soportar el peso de dos niños con patines.

Lo sintió fracturarse bajo su peso segundos antes de atravesarlo. Como un hueso rompiéndose en dos. Como el movimiento de las placas tectónicas. Se cayó de lado, con los patines torcidos, y miró los ojos asombrados de su hermano.

«¡Liam!», gritó. Y después se hundió. Le crujieron los dientes al golpear la placa de hielo rota. Intentó sujetarse a algo con los guantes. Fue inútil. El agua se lo tragó entero.

Tumbado en la orilla, la sensación regresó con lentitud a sus extremidades. Le dolía la mandíbula. Era un dolor latente y sordo que punzaba cuando soplaba el viento. Estuvo muerto. Estuvo *muerto.* A los nueve años había sabido poco de la muerte, pero la reconoció cuando acudió a él. Su corazón se ralentizó y se detuvo. Su visión se fundió en negro.

Pero allí estaba su pulso, latiendo contra sus huesos.

Y allí estaba la niña pequeña, un estudio de arcoíris. Leotardos arcoíris. Mitones arcoíris. Lazos arcoíris. Estaba vivo, vivo, vivo, y la niña lo miraba con ojos de búho, alerta y recelosa.

—¿Eres un niño —susurró—, o eres una sombra?

Su pecho se elevó en respuesta. El agua de los pulmones le sabía a tierra. Se colocó de lado, tosiendo, tosiendo. El agua le aguijoneó la cara. El barro lo salpicó, y levantó la mirada para encontrar a la niña agachada, con el agua del lago lamiendo sus botas de lluvia rosas. El extremo de una trenza le hizo cosquillas en la mandíbula.

—El agua está demasiado fría para nadar —le dijo, como si estuviera revolcándose en el barro por voluntad propia—. Tienes que levantarte.

Algo resonó en el bosque. La puerta de un coche cerrándose. Sorprendida, una urraca alzó el vuelo. Se precipitó a través del aire con un ronco *croaaac*. Una voz de mujer atravesó los abetos balsámicos.

—¿Lane? Laney, no te alejes.

Después un hombre:

—Se ha acercado al agua. No creo que pueda oírte.

La niña extendió la mano y tocó con un mitón la barbilla de Colton. La lana se tiñó de rojo. La pequeña levantó la mano entre ellos para inspeccionarla.

—Estás sangrando.

Colton era inusualmente consciente de la incorrección de su circunstancia. El cielo era el mismo. Los árboles eran los mismos. El estanque era el mismo. Pero el aire… El aire era varios grados más caliente. Aquel no era, pensó con frenesí, el mismo día que cayó a través del hielo.

—¡Lane!

La niña giró la cabeza.

—Mamá —dijo—. Mamá, ¡he encontrado a un niño en el agua!

Darse cuenta de que Liam no estaba quebró algo profundo en el pecho de Colton. Se desplomó sobre su estómago, como un soldado arrastrándose a través del fango. Segundos antes, su hermano estaba allí, patinando sobre el hielo tras él. Estaba seguro de ello.

*Liam*, repitió en sus pensamientos mientras escarbaba a través del limo y los desechos. *Liam, Liam, Liam.*

—¡Espera! —La niña chapoteó tras él—. ¿Qué estás haciendo? Te ahogarás.

Le agarró el brazo y tiró de él hacia atrás. Él la apresó, asfixiándose, asustado. Pretendía zafarse de ella, pero su mano se cerró sobre el puño púrpura de la manga de su chaqueta. Un ancla. Un asidero. No conseguía soltarla. Sentía algo tirando de él, como un hilo rodeando sus costillas.

No quería que se lo llevara de nuevo.

El agua, oscura y fría.

El extraño latido en su piel.

La extraña sensación de que le habían extraído limpiamente del pecho un pequeño fragmento.

La niña lo miró, frunciendo el ceño. Sus *leggings* tenían rayas rojas, naranjas, amarillas y verdes. Ahogarse había sido frío y oscuro, pero cada parte de ella era luminosa, luminosa, luminosa. Su diminuto mitón se cerró sobre su muñeca. Las costuras eran toscas, hechas a mano.

—No me dejes —le suplicó—. No me sueltes.

—Vale —le contestó ella, sin miedo.

Quería hablar de nuevo, pero cuando abrió la boca, la tierra estaba de nuevo en sus pulmones. Después notó el zumbido en su pecho vacío, la bobina al tensarse sobre sus huesos. Le dolían los brazos, como si se hubiera arrastrado desde una distancia inconmensurable. En algún sitio cercano, oyó pasos a la carrera. Balbuceó, ahogándose y debilitándose y muy muy asustado, y el mundo se quedó mudo como una tumba.

Ella estaba ante él.

Lane. Su Lane. Era lunes, y allí estaba. Eran las 10:40 de la mañana, y allí estaba. Era imposible.

Y allí estaba.

Se encontraba a un metro y medio de él y, por segunda vez aquel día, la puerta del ascensor estaba a punto de cerrarse en su cara. Colton se inclinó y pulsó el botón, deteniendo su avance. Ella lo miró con una afilada agudeza. No se movió. Tenía las mejillas sonrosadas, los ojos muy abiertos bordeados de pestañas oscuras. Con retardada alarma, Colton se dio cuenta de que había dicho su nombre en voz alta.

*Lane.*

Como si la conociera. Como si los años no los hubieran convertido en desconocidos.

Era idiota. Aquello no debería ser una sorpresa. Había sabido que ella estaría allí aquel día. Lane. Su Lane. En aquella universidad. En su espacio personal. En su órbita inmediata. Le habían informado de su inminente llegada con mucha antelación. Le habían advertido, en realidad.

«Ha ocurrido. La chica Meyers-Petrov ha sido aceptada en el programa. Comenzará en septiembre. Te mantendrás alejado de ella, Price, ¿lo comprendes?».

Pulsó el botón de nuevo. Las puertas traquetearon en sus guías como ponis ante la puerta. Como tenía que decir algo, dijo:

—¿Piensas subir al ascensor en algún momento de este día?

Pretendía que sonara cordial. En lugar de eso, la presión de la sorpresa le robó el tacto. Su entonación fue brusca. Ella parpadeó y pasó junto a él con un resoplido, la impertinente punta de su nariz elevándose en el aire. Con más fuerza de la que Colton creía que requería la situación, se apoyó en la pared adyacente.

*Es lo mejor,* pensó, con un poco de tristeza.

Ella había crecido. Habían pasado años; no debería haberlo sorprendido. Pero verla de cerca fue una conmoción. Eso era lo que la gente hacía. La tierra giraba y los años pasaban y también lo habían hecho para ella. Su imagen actual no encajaba con su recuerdo. Durante demasiado tiempo, ella había existido solo en su cabeza. Se había mantenido congelada, tal como la recordaba. Un pequeño y querúbico punto de luz. Una nariz enrojecida por el frío, unos diminutos mitones rasguñándole la muñeca.

*¿Eres un niño o eres una sombra?*

Ya no quedaba nada angelical en ella. Todo en ella era atrevido y oscuro. Su falda plisada de cuadros grises. El blanco cuello festoneado de su blusa, abotonado en el triángulo de su garganta. Todo lo demás era negro, hasta el oscuro mate de sus labios. Llevaba el cabello recogido en dos coletas altas, como si fuera a un salón de cómic, en lugar de a clase. Como si Miércoles Addams se hubiera disfrazado de universitaria. Su melena rubia ceniza asumía un pálido violeta en la espiral de sus puntas.

El color le recordó al abrigo que ella había llevado.

El que había agarrado en su puño mientras tragaba agua.

—Otro insulto fantástico es «deforme y ponzoñoso sapo» —le dijo, porque ella lo había cazado mirándola. El ascensor se puso en movimiento—. En lugar de «imbécil», quiero decir. Tiene mucho a su favor. Es de Shakespeare. Es único. Elegante, pero no obstante grosero.

Se suponía que no debía hablar con ella.

Lo sabía, y aun así no pudo evitar que las palabras escaparan de él.

—Personalmente, tengo debilidad por «masa deforme».

Ella le clavó una mirada fulminante.

—Creo que me quedaré con «imbécil».

De inmediato, algo se deshinchó en su pecho. El ascensor era estrecho y con espejos en todos sus lados, y Lane miró sin expresión hacia delante, intentando no prestarle ninguna atención. Era una farsa. Desde donde estaba, veía con mucha claridad que ella estaba examinando el perfil de su reflejo.

El ascensor trepó entre plantas y sus poleas gimieron. Colton comprobó su reloj. Eran las 10:42. El seminario de la mañana comenzaría sin demora a las 10:45, lo que significaba que llegaría tarde. Odiaba llegar tarde. Con un suspiro, apoyó la cabeza contra el cristal. Al hacerlo, descubrió un infinito y oscuro tren de Lanes escudriñándolo en silencio. El color reptó sobre la tez de marfil de la chica, que bajó la mirada hasta sus botas. El ascensor se detuvo con furia y Colton se contuvo para no aflojarse la corbata.

Ante ellos, las puertas se abrieron con un retumbo para revelar un rostro conocido. Un nudo se solidificó en la garganta de Colton mientras Eric Hayes atravesaba el umbral, embutiendo su sustancial peso en el ya pequeño espacio. La mirada que le echó a Colton lo hizo sentirse como si lo hubieran atrapado con las manos en los pantalones, y una caliente oleada de resentimiento creció en su pecho.

—Price —dijo Hayes, inclinándose para saludarlo con algo que fue mitad sacudida de manos, mitad abrazo. Era de hombros anchos y piel negra y tenía la constitución de un atleta; la encantadora curva de su sonrisa estaba dirigida solo a Lane—. Me gusta tu corbata. Es un alivio saber que el verano no te ha hecho parecer menos idiota. ¿Quién es tu amiga?

—No está claro —mintió Colton, porque se suponía que no la conocía y ambos lo sabían.

—Soy Lane —dijo ella. Habló a Hayes, pero lo miró a él. Fue como si lo desafiara a decirlo de nuevo.

—Me encanta el púrpura. —Hayes sonrió de oreja a oreja—. Es muy original.

—Ignóralo —dijo Colton, pero ella no lo hizo. Le dedicó a Hayes una pequeña sonrisa vacilante que hizo que el pecho de Colton se tensara. Todavía no podía creerse que estuviera allí, la pequeña Lane arcoíris que le había agarrado la mano. Al notar que la miraba, ella volvió a observarlo. Esta vez, él no se molestó en apartar los ojos.

Pareció pasar una eternidad antes de que el ascensor se detuviera por fin. Habían llegado a su planta, ni un momento demasiado pronto. Colton estaba seguro de que el suministro de oxígeno estaba disminuyendo rápidamente. Comprobó su reloj de nuevo. Eran las 10:45. Debería estar ya en el auditorio. No debería haber dicho su nombre. Aquella mañana, todo lo estaba descolocando.

*Ella* lo estaba descolocando.

La séptima planta de Godbole era tan amplia y abierta como la primera. Las baldosas estaban lacadas y brillantes. El estrado blanco en el centro de la estancia estaba ocupado por una urna grande con algún tipo de adorno floral colgante. Colton se rindió y se tiró de la corbata.

Más adelante, Lane estaba siendo arrastrada por la marea conversacional que era Hayes mientras sus botas negras marcaban un sonoro *clic-clac-clic.*

—Miércoles —dijo, por impulso.

No volvería a decir su nombre. Lane. Lane. Lane. En el vestíbulo, Hayes y Lane lo miraron sobre sus hombros. La luz del auditorio se derramaba alrededor de ellos en cascadas de oro. Se dio cuenta de que no había pensado nada que decir. Solo quería evitar que se marchara.

—Se refiere a ti —apuntó Hayes. Seguía mostrando su característica sonrisa fácil, aunque había algo de acero en su mirada. Una advertencia. Un recordatorio. A principios de aquel año, se había establecido una previsión singular: *No trabes amistad con la chica Meyers-Petrov*. Él lo sabía. Hayes lo sabía.

Delaney Meyers-Petrov era zona vedada.

La mente de Colton giró como un trompo, buscando algo inteligente que decir. Quedándose penosamente corto, solo se le ocurrió:

—Llegas tarde.

Parte de la tensión desapareció de los hombros de Hayes, que seguía junto a Lane. Ver su alivio lo irritó sobremanera. No era un niño. No necesitaba una niñera.

Se metió las manos en los bolsillos y añadió:

—Estoy seguro de que te has leído el programa, pero cuatro faltas por demora equivalen a un suspenso. Esta es tu primera falta. No pinta bien. Yo en tu lugar, no dejaría que volviera a ocurrir.

# 3

Delaney reconoció el nombre de Colton Price en el instante en el que lo oyó.

—*Price* —dijo Eric, y el pánico se hinchó en su interior, fundido e instantáneo. Aquel verano se había pasado horas encerrada en su dormitorio, con velas de té y café frío, examinando hasta el último detalle del plan de estudios de primero. Guardó las fechas límites en su teléfono con un código de colores, anotó las propuestas de proyectos en su agenda. Memorizó los nombres de todos los ayudantes universitarios de Godbole, decidida a encontrar un modo de congraciarse con ellos.

En ese momento, estaba bastante segura de que no lo había conseguido.

—Cielos —susurró un estudiante cuando pasó junto a la primera fila de asientos—. ¿Cómo has conseguido que el ayudante de Whitehall te ponga un apodo nada más comenzar el semestre?

—Ni idea —mintió, con la vergüenza calentándole la piel. Esperaba que no lo hubiera oído nadie más. Colton Price estaba ante la mesa, atareado ordenando un montón de papeles. Encuadrado por la enorme pizarra blanca, el estudiante de último año parecía aún más imponente que en el ascensor. No sabía cómo no se había dado cuenta. Parecía ser solo un año o dos mayor que ella, pero la cruda profesionalidad de su atuendo lo diferenciaba de inmediato del resto de los estudiantes. Su jersey parecía de los que solo se pueden lavar en seco, sus pantalones estaban recién planchados. Sus zapatos eran unos Oxford con un punteado muy trabajado, del mismo tono marrón que los pulcros rizos de su cabello. Solo su corbata estaba torcida.

Eligió un asiento varias filas más atrás, subió las escaleras y se acomodó en el caparazón redondeado de una mesa de aglomerado. De inmediato, delante de ella se produjo una explosión de rizos pelirrojos. Los bucles se movieron, con tirabuzones saltando en todas direcciones, y Delaney se encontró con unos brillantes ojos pardos y un rostro salpicado por una abundancia de pecas.

—Hola. —La chica era de constitución robusta y llenaba bien su campo de visión, vestida con un blusón de volantes. Un colgante con una luna plateada le rodeaba el cuello—. Por cierto, creo que te pareces mucho más a Harley Quinn que a Miércoles Addams.

Delaney no podría haberse sentido más desanimada.

—¿Tú también lo has oído?

—La puerta estaba abierta, Miércoles —le dijo—. Todo el mundo lo ha oído.

—Genial. —Delaney se concentró en sacar un lápiz de su bolso—. En realidad, me llamo Lane.

—Oh, bueno, sin duda pareces una Lane. —La sonrisa de la chica era felina; su mirada, astuta—. Yo soy Mackenzie. Me encanta tu pelo. Ni de broma deberías cortártelo.

Delaney frunció el ceño.

—No planeaba hacerlo.

—Si habéis terminado de socializar, podemos avanzar y comenzar. —La fría voz grave de Colton Price se elevó sobre ellas, y Delaney habría jurado que la temperatura del auditorio cayó varios grados. Al mirar hacia delante, descubrió a Colton apoyado en el borde de la mesa de Whitehall, con los tobillos cruzados y las palmas presionadas contra su superficie.

Se hizo el silencio de inmediato y el susurro del papel se detuvo. A través del montante abierto se escurría el tímido gorjeo de los pájaros. Delaney notó que la atravesaba, evocador y nítido. En la sala, las sombras se movieron en los lugares a los que no llegaba la luz, planas y pesadas contra la moqueta paneleada.

«Es totalmente normal», les dijo su psiquiatra a sus padres una vez, «que los niños personifiquen a objetos inanimados».

Tenía dieciocho años. *Dieciocho*. Las sombras eran solo sombras. Cerró los ojos. Los abrió de nuevo. Colton Price se sentó en su línea de visión inmediata. Su silueta era impresionante, como lo era la despreocupada caída de sus hombros, que daba la impresión de que procedía de una familia que siempre había sido rica y de que su arrogancia era genética.

Lo había llamado imbécil.

A la cara.

Era el responsable de supervisar su trabajo, y ella lo había insultado.

—Como el año pasado —dijo Colton—, mi despacho estará abierto los martes y jueves en horario de seis a diez. Si no es una emergencia, no quiero veros. Si *es* una emergencia, tampoco quiero veros, así que antes de interrumpir mi tarde pensad seriamente si es necesaria una visita o si bastaría con un correo electrónico.

Aquello fue recibido con una risa dispersa. Colton no parecía estar bromeando. Buscó en su bolsillo y sacó una única moneda, que sostuvo bajo la luz hasta que emitió un destello plateado.

—¿Habéis visto alguna vez un truco de magia? —La moneda se movió entre los nudillos de su mano izquierda, apareciendo y desapareciendo con sorprendente destreza—. El mago comienza el truco mostrando a su audiencia algo ordinario. Algo fácil de comprender. Quizá una moneda. Quizá una caja. Quizá una extensión de cielo despejado. —Levantó la mano, ahora vacía—. A continuación, el mago hace algo extraordinario con esa cosa ordinaria. Si es una moneda, la hace desaparecer. Si es una caja, mete a su ayudante dentro. Si es el cielo, lo atraviesa limpiamente.

Sus ojos se encontraron con los de Delaney y se quedaron allí.

—Al final, la moneda vuelve a salir de su manga, donde la había escondido. —Giró la muñeca y blandió la moneda entre dos dedos—. La ayudante sale de detrás de un falso fondo de la caja. Pero ¿en el caso del cielo? El mago no reaparece. No hay ilusión. No hay juego de manos. Ha desaparecido… Ha salido de una realidad para adentrarse en la siguiente.

Un escalofrío recorrió a Delaney, y habría jurado que Price lo había notado. Él apartó la mirada de inmediato. Se sintió agradecida cuando un alboroto atravesó el salón, como el viento sometiendo un campo de plumosos juncos. Al principio, pasó sobre ella en un mar de sonido indistinguible. Un murmullo disonante. Un susurro de ruido blando. Tardó varios segundos en darse cuenta de que el motivo de la convulsión era Richard Whitehall, detenido en la puerta abierta.

El decano de Godbole era bajito y encorvado, con los ojos embotellados en unas gafas de montura gruesa y el cabello en una pulcra corona blanca. El bulbo rojo de su nariz estaba posado sobre un bigote tieso, que a su vez se curvaba alrededor de una mueca pensativa. Parecía, pensó Delaney, el dibujo que haría alguien de lo que debería ser un profesor, hasta en las coderas rectangulares de sus mangas.

—Fuera de mi mesa, señor Price —dijo.

—Toda suya.

Tras levantarse del borde, Colton se apartó para dejar espacio a Whitehall. El viejo profesor tardó varios minutos en acomodarse. En el intermedio, los sonidos ambientales de los cuerpos moviéndose llenó el auditorio. Papeles reordenados. Un zapato arañando la moqueta. Alguien tosiendo. Ajustándose las gafas, Richard Whitehall miró el salón lleno de gente.

—Este año estamos completos —notó—. El señor Price os ha dado una muestra de su habitual teatralidad en el primer día, espero.

Delaney se sintió atraída de inmediato por la agradable disposición del profesor. Lentamente, el frío de la estancia comenzó a derretirse. Parte de su tensión la abandonó, y por primera vez desde que había entrado en la torre de cristal de Godbole, se relajó en su asiento.

Ante la clase, Whitehall se quitó las gafas.

—Al señor Price le gusta hablar de magia, pero me temo que la verdad es ligeramente menos excitante. Lo que hacemos en esta academia no es magia. Es instinto. Y está aquí. —Se golpeó el pecho con dos dedos—. Es la sensación de que hay otros mundos entre sus latidos. O la notan, o no. Atravesar una puerta entre realidades sin comprender su forma precisa, sus bordes afilados, es, en el mejor de los casos, un modo de no volver a encontrar el camino a casa. En el peor, de regresar en trocitos.

El silencio cayó pesadamente en la habitación. Al otro lado de la montaña, las nubes se coagularon sobre el sol. Hicieron que las sombras del auditorio cobraran un abrupto relieve, como si la vigilante oscuridad fuera a levantarse y a asumir una forma corpórea. Como si pudieran salirle dientes.

El corazón de Delaney latió más rápido.

Whitehall le echó el aliento a sus gafas y comenzó a limpiarlas.

—El tiempo —dijo, frotando los cristales con un pañuelo de bolsillo— es muy parecido a un río. De vez en cuando, los cambios en la línea temporal provocan que el río se bifurque. Un único arroyo de acontecimientos se divide en una serie de afluentes más pequeños, fragmentándose en innumerables realidades. Algo tan pequeño como un guijarro puede fracturar un río en dos. Y, del mismo modo, las variables aparentemente más insignificantes pueden cambiar toda la trayectoria de la historia humana…

Un susurro de ropas, los fugaces andrajos de un murmullo, se tragó su voz. Durante varios segundos, las palabras de Whitehall fueron incomprensibles. En los límites de la sala, las sombras bostezaron, estiraron sus extremidades como envalentonadas por el repentino abandono de Delaney del redil. Alargaron sus dedos oscuros y gélidos hacia ella. Se oyeron risas, y varios estudiantes asintieron tras el chiste ininteligible.

Sonriendo un instante demasiado tarde, Delaney echó un vistazo a Colton y se lo encontró mirándola. Lo hacía, se dio cuenta, sin pretenderlo del todo, con unos ojos que podrían haber sido cálidos, de un castaño que se volvía oro líquido a la luz. En lugar de eso, su mirada era dura y fría. Su escrutinio le provocó un escalofrío que bajó por su columna. Deseó que mirara hacia otra parte.

—Aquí —dijo Whitehall, y su voz se aclaró cuando los alumnos volvieron a guardar silencio—, es donde entran ustedes. Harán carrera estudiando estos guijarros metafísicos, examinando las ondas que crean en el tiempo y en el espacio. Pasarán los próximos cuatro años en Godbole aprendiendo a caminar entre mundos. No es tarea fácil. Les aconsejo que pidan ayuda al señor Price siempre que lo necesiten, sin importar qué amenazas vagas haya podido verter hacia aquellos que consuman sus horas de despacho.

Respondieron a aquello con risas educadas, tranquilas y algo más que inseguras.

Whitehall volvió a ponerse las gafas y comprobó su reloj.

—La junta me dijo que esta debía ser una orientación de una hora de duración, pero no estoy interesado en ello. Cuando los aceptaron, les enviaron por correo electrónico mis expectativas. —Los miró, con una sonrisa distante—. Si no lo han hecho ya, deberían asegurarse de leer la programación didáctica. Comenzaremos mañana.

Siguió una tibia quietud. Nadie se movió. Nadie excepto las sombras, estremeciéndose en sus esquinas.

—Quiere decir que os larguéis —dijo Colton, y un tumulto estalló en el auditorio.

# 4

Cuando Delaney era todavía pequeña y propensa a soñar despierta, miró la oscuridad de medianoche de su patio trasero y encontró a un niño devolviéndole la mirada. Su nariz y su boca estaban dibujadas por la luz de la luna, al contrario que sus mejillas, encharcadas en sombra.

—Hola —le dijo, y el efímero eco de su voz sonó equivocado en el espacio inhabitado entre sus oídos. Sabía que debía tener miedo (siempre evitaba la oscuridad), pero había algo en el abismo helado de la mirada del niño que la dejó clavada en el sitio. Parecía, o eso creía, tan asustado al verla a ella como ella al verlo a él. Un poco regio, un poco hambriento, con la barbilla levantada y sus rasgos demacrados, unos brazos demasiado largos y delgados comparados con el resto.

Pero, cuando el viento se movió a través de los árboles, desapareció. Allí donde su boca había estado, solo había quedado el rictus delgado de una rama. Su mirada imperturbable era poco más que los huecos de un olmo.

Durante un rato después, la oscuridad le pareció menos enemiga y más aliada. Una amiga con la que jugar, sola en el silencio. Se sentía tentada por las sombras, como una mosca atraída por el resplandeciente orbe de una telaraña de seda. Arrastrada hacia la escalera del sótano, donde la oscuridad trepaba por los peldaños como si fuera tinta. Seducida por el bosque en el crepúsculo, donde la luz de la luna jugaba entre los árboles. Intrigada por el reflejo de su ventana, contra cuyo cristal presionaba la noche su rostro hambriento.

—Te he visto mirándome —había susurrado, sintiendo una enfermiza emoción—. ¿Tú también te sientes sola?

Aquellos días, sabía que no debía seguir a la oscuridad allá a donde la conducía. Sabía que tenía dientes, y tenía cicatrices que lo demostraban. Era demasiado cauta consigo misma como para creer en cosas que no podía ver ni tocar.

Eso, más que nada, hacía que Godbole le pareciera peligroso.

El seminario de Whitehall de aquella mañana la había dejado fría. Con las rodillas débiles, como se sentía cuando miraba las sombras. Nada en el plan de estudios era tangible. Allí estaba también el cielo, demasiado tenue para tocarlo. Existían otros mundos, demasiado lejos para verlos. Era como la acechante oscuridad, famélica e inquisitiva. Esperando a que se acercara lo suficiente para morderla.

Sabía qué reputación tenía Godbole. Sabía que los alumnos de la universidad de Howe publicaban sus investigaciones en anales privados, sabía que se especializaban en el estudio de resultados históricos alternativos: el naufragio de la *Santa María,* una tercera guerra mundial, un sistema de salud pública sin el descubrimiento de la penicilina.

Lo sabía, y aun así no lo había creído del todo. Le parecía algo sacado de un cuento de hadas: que había lugares en el cielo en los que el aire era lo bastante ralo como para atravesarlo. Además, aquello empezaba a parecerle un error, que algo en los resultados de su examen sugiriera que sería capaz de hacerlo.

La pequeña Delaney de cristal, que nunca había abandonado su vitrina.

No le gustaba viajar en metro por miedo a no oír bien los anuncios de la estación. Evitaba en lo posible pedir comida en el mostrador del deli por miedo a cabrear a los dependientes. Una chica que no podía viajar sola en metro o pedir embutido no era el tipo de persona que atravesaba una grieta en el cielo.

Y, no obstante, allí estaba.

Ya no se sentía tan capaz.

Tumbada en la pequeña cama de su dormitorio, miró el llameante muro de luces nocturnas y se preguntó si Colton Price seguiría durmiendo con la luz encendida.

De algún modo, lo dudaba.

Se puso de lado y miró al otro lado de la habitación, donde su compañera estaba sentada en el suelo, con las piernas cruzadas y los brazos relajados, las palmas hacia arriba sobre sus rodillas. El azul océano del hiyab de Adya Dawoud le rodeaba los hombros en una capucha cerúlea, con los extremos sujetos en el punto de su jersey de color crema. El beige cálido de su rostro ovalado parecía dorado bajo las luces, un bruñido que resaltaba el prominente arco de sus cejas y la línea recta de su nariz. Tenía los ojos abiertos y no pestañeaba, con la mirada castaña clavada en un punto a media distancia.

Sobre la esterilla de yoga que tenía delante había un espejo de mano en plata de ley con el mango adornado con rosetas de peltre. Contra el espejo había un péndulo de cristal cuyos planos reflejaban la luz, atrapándola en la extensión plateada de la cadena del colgante.

—¿Estás segura de que no te molesta la luz? —le preguntó Delaney, no por primera vez. Su voz hizo pestañear a Adya, cuya mirada volvió a concentrarse de un modo que hizo que a Delaney se le erizara el vello.

—Oh, hola —dijo alegremente—. Creí que estabas dormida.

—No puedo dormir —le contestó Delaney, aunque la verdad era que rara vez dormía. No podía hacerlo, con las sombras reunidas a sus pies y la noche mordisqueándole los dedos—. ¿He interrumpido algo?

—¿Qué? ¿Esto? —Adya recogió sus cosas y se puso en pie. Sus calcetines eran distintos: uno rosa, el otro amarillo—. Para nada. De todos modos, ha sido una pérdida de tiempo.

Delaney se metió las manos bajo la mejilla y observó a Adya mientras enrollaba y guardaba la esterilla en una bolsa cilíndrica.

—¿En qué estabas trabajando exactamente?

—En esto. —Adya levantó el colgante y echó una mirada ceñuda al medallón que giraba entre ellas—. Llevo toda la tarde intentando descubrir cómo dominar la hialoscopia. Me he descargado aplicaciones, he meditado, he visto tutoriales de yoga. ¿Sabes que hay clases de yoga con cabras? No creo que sea fácil acceder al cuerpo astral mientras algo te mastica el calcetín.

—Perdona —dijo Delaney, pasando por alto la parte sobre las cabras—, pero ¿a qué te refieres con «hialoscopia»?

—Ya sabes. —Adya dejó el colgante con fuerza suficiente como para que tintineara contra la mesa—. Mirar detrás del velo. Adivinación.

Delaney negó con la cabeza.

Adya frunció el ceño, levantó el espejo y lo inclinó hasta que el reflejo de una luz nocturna cercana nadó en su superficie.

—Esto va a parecerte una locura, pero hay algo atrapado en mi periferia desde que llegué al campus. Es como el inicio de una migraña aural... Hay una masa pálida y sin forma en los límites de mi visión. No puedo verla, no con claridad, pero sé que, sea lo que sea, quiere que lo mire.

Delaney se sentó en la cama. De repente tenía frío, a pesar de que hacía bastante calor en el dormitorio abarrotado. Alrededor de su cama, las sombras cantaron como saltamontes advirtiendo de un depredador. Las ignoró.

—¿Y crees que el espejo te ayudará a verla?

—No lo sé. —Adya se sentó en su cama. La puerta de su dormitorio estaba entreabierta y la luz del pasillo se derramaba por el suelo en una fina franja amarilla. De la cercana sala común llegaba la indescifrable charla de los estudiantes—. Tengo que descubrir un modo de salir de mi cabeza, pero hasta ahora solo he conseguido hacerlo por accidente. Normalmente ocurre cuando estoy teniendo un ataque, pero mi médico se niega a que deje de tomar la lamotrigina.

Delaney recordó cuando miró la oscuridad y vio el rostro de un niño devolviéndole la mirada. Las cicatrices que todavía constelaban sus rodillas, estrellas de piel blanca que nunca había sanado del todo.

—Quizá no deberías buscar —dijo en voz baja—. Puede que sea mejor no saber.

—Puede. —Adya giró el tallo plateado del espejo una y otra vez en su mano—. Hablé con el doctor Whitehall al respecto después de la clase de hoy. Tengo una tutoría con él mañana. Espero que me dé algún consejo.

—Yo no contaría con ello —dijo alguien a través de la puerta abierta.

Delaney levantó la cabeza para encontrar a la pelirroja de la clase asomada en la rendija, con el feroz halo de sus rizos cobrizo bajo las luces del pasillo. Adya frunció el ceño y recogió las piernas.

—¿Cuánto tiempo llevas ahí?

—El suficiente. —Mackenzie irrumpió en la penumbra de las luces nocturnas de la habitación sin esperar una invitación, esquivando la inclinada torre de cajas de almacenaje y dejándose caer en la silla ante el escritorio de Delaney—. ¿Conocéis el dicho «El que no vale, enseña»? Se rumorea que eso es lo que pasa con Whitehall. No ha caminado por el cielo ni un solo día de su vida. Su chico prodigio hace todo el trabajo duro por él.

Delaney hizo una mueca.

—¿Su chico prodigio?

—Colton Price —dijo Mackenzie, como si fuera obvio—. He oído que Whitehall lo trata como a un dios, lo que explicaría por qué tiene un ego del tamaño de un planeta. Algunos de segundo me han dicho que Price puede abrir el cielo solo con las manos, aunque no esté cerca de una línea ley.

Delaney esperó que Adya hiciera la siguiente pregunta obvia. Como su compañera de habitación se quedó en silencio, preguntó:

—¿Soy la única de esta habitación que no sabe qué es una línea ley?

—Sí —contestó Adya, todavía mirando el espejo con los ojos entornados.

—¿Tú no lo sabes? —Mackenzie abrió mucho los ojos.

—No —replicó Delaney, ofendida por su asombro—. Mi madre era una profesora poco convencional, pero ni sus planes de estudios más raros incluían ocultismo.

—Ah. —Mackenzie apoyó las pantuflas en el escritorio de Delaney—. ¿Becada?

—Sí. —Admitirlo hizo que Delaney se sintiera curiosamente pequeña. Hundiéndose en su cama, tiró de las mangas de su jersey sobre las puntas de sus dedos—. Empiezo a arrepentirme de haber aceptado una plaza sin saber a dónde me enviarían. Hoy me he dado cuenta de lo perdida que estoy.

—Te pondrás al día. —Adya dejó el espejo sobre su cama—. Piensa en las líneas ley de este modo: ¿alguna vez has visto un mapa de coordenadas de la Tierra?

—Claro —dijo Delaney.

—Es igual. Pero, mientras que las líneas de latitud y longitud se usan como referentes de ubicación, las líneas ley son corrientes sobrenaturales de energía. El aire solo se diluye lo suficiente como para atravesarlo en los lugares donde la concentración de energía es más fuerte.

—A menos que seas Colton Price —apuntó Mackenzie, inspeccionándose los lechos ungueales.

—Supuestamente —replicó Adya—. Es solo un rumor del campus. Dudo que alguien lo haya visto hacerlo, en realidad. Soy Adya, por cierto.

—Mackenzie. Estoy cruzando el pasillo.

—Creo que antes conocí a tu compañera —dijo Adya—. Estaba haciendo puntas en el vestíbulo.

—¿La del pijama de animal? Sí, esa es Haley. Nos emparejaron en la lotería de compañeros de habitación. Está en segundo, pero no ha encontrado a nadie más con quien vivir. No imagino por qué. —Mackenzie se encorvó y le dio unos golpecitos a la luz nocturna más cercana, un pálido grupo de setas LED—. ¿Qué hacéis aquí con todas las luces apagadas, a todo esto? Apenas son las diez.

—Me duele la cabeza —dijo Adya, lo que casi era verdad.

Delaney, por su parte, no dijo nada. No quería decirles que había ansiado compañía. No quería admitir que se había acercado sigilosamente a la sala común solo para encontrarla inundada de sonido. La acústica amortiguada de la estancia convertía las conversaciones en ecos que se hinchaban y subían, efervescentes, hasta los techos acanalados. La mareaba, y entregaba sus respuestas un segundo demasiado tarde. Aturullada, había huido tan rápido como había podido.

No era que importara. Cuanto más tiempo pasaba en la compañía de sus nuevos compañeros de clase, más tenía la sensación de que era la única que había vivido siempre sin una verdadera conciencia de lo preternatural. No sabía nada de hialoscopia o líneas ley. No podía ver más allá del velo. No podía desgarrar el cielo. Ni siquiera podía dormir con las luces apagadas.

Lo más probable era que, cuando llegara el momento de atravesar el cielo, tampoco pudiera hacerlo. Al otro lado de la habitación, Adya volvió a mirar el espejo, con un mohín preocupado en la boca. Mackenzie escudriñó a Delaney, con el codo apoyado en un montón de libros y el estilete pintado de sus uñas deslizándose por su mejilla.

—Lo conseguirás —dijo, cuando el silencio comenzó a ser incómodo.

Delaney se detuvo.

—¿Disculpa?

—Estabas pensando en eso, ¿no? En si conseguirás caminar entre mundos o no.

—Sí —admitió Delaney—, pero…

—Lo conseguirás —repitió Mackenzie—. Yo crecí en Salem. Mi madre y mi tía son miembros de un aquelarre local. Hacen lecturas en la trastienda de la tienda de la familia, que compraron debido a su proximidad con una línea ley. Yo hice mi primera lectura para un cliente cuando tenía seis años. En cuanto Godbole abrió sus puertas, supe que iba a matricularme.

Delaney frunció el ceño.

—¿Estás intentando animarme?

—No. —Mackenzie puso los ojos en blanco—. Lo que quiero decir es que hice una matriculación temprana. Fui a la entrevista. Escribí una redacción increíble. Pero nada me garantiza que tenga lo que hay que tener para caminar entre mundos. Un montón de esperanzas se rompen después del primer semestre. Pero ¿tú? Podrías haber terminado en cualquier sitio, literalmente, y el comité de becas te colocó en Howe. Eso significa que hay algo en ti que dice que este es tu sitio. Quizá más que el del resto de nosotros.

El sonido del cristal roto atrajo sus miradas. Adya estaba en el centro del dormitorio, con la alfombra fragmentada en esquirlas reflectantes alrededor de sus pies. El espejo estaba boca abajo, y sus rosetas plateadas parecían bruñidas por la luz.

—Lo siento —dijo Adya, parpadeando demasiado rápido—. Es que había algo en el espejo.

—Algo —repitió Delaney.

—Una cara.

—Sí —dijo Mackenzie, poco impresionada—. La tuya. Has estado mirando esa cosa desde que llegué aquí.

—No era la mía. —Adya alejó el espejo de ella con los dedos de los pies—. Era un chico.

El modo en el que lo dijo, con voz tensa, le heló la sangre a Delaney. Volvió a pensar en el bosque crepuscular, en el rostro del niño en la oscuridad. En cómo se colapsó con el viento, desapareciendo en un parpadeo. Se frotó el brazo con las palmas para intentar calentarse la piel.

—La cuestión es —dijo Adya, todavía mirando el espejo de mano como si esperara que le salieran colmillos y la atacara— que creo que se estaba muriendo.

# 5

Colton Price tenía una rutina cuidadosamente perfeccionada. Era algo así: eran las 6:33. Era por la mañana. Era miércoles. Estaba en el sótano de su casa familiar vacía, con las pesas en la mano, recién terminada su última serie. En la plateada superficie plana del espejo de pared, sus rasgos eran duros y pálidos. Parpadeó y dejó las pesas con cuidado en el soporte, girando el hombro para quitarse un calambre.

Cada mañana se despertaba a las 5:30, sin necesidad de alarma, aunque ponía una de todos modos para asegurarse. Los lunes, miércoles y viernes, levantaba pesas. Los martes y jueves, corría. A lo largo del Charles. Bajo las combadas copas de las acacias cargadas de frutos. Tras el ejercicio, se preparaba un batido. Después, se duchaba con el cabezal de lluvia del baño de la tercera planta, y el agua le golpeaba la espalda mientras en la radio sonaba música clásica desde su lugar sobre el lavabo de mármol.

Clásica, no rock ni country ni los cuarenta principales, porque se había criado con Handel y Tchaikovsky y porque a veces, cuando estaba muy dañado, eso era lo único que aliviaba la tensión de su pecho. Cuando terminaba, se vestía, hacía su cama (remetiendo las esquinas con la precisión militar que su niñera le había exigido cuando todavía era pequeño y beligerante) y bajaba para prepararse unos huevos. Fritos, con una tostada de pan integral y un vaso de zumo de naranja.

Tenía su rutina estudiada al milímetro, y hacía lo mismo cada mañana.

Y esa era la razón por la que sabía que aquella mañana concreta era distinta.

No sabía *cómo* lo sabía, solo que comprendía, con una espeluznante claridad, que algo estaba a punto de ocurrir. Podía notar el tiempo escabulléndose de él, tambaleándose ligeramente, como si él tampoco supiera qué pensar del cambio. El termostato se apagó y el sótano se quedó frío, congelando el sudor sobre su piel. No miró su reloj. Sabía que eran las 6:37.

Siempre había tenido un sentido del tiempo insólito. Cuando se movía entre mundos, era como si se enfrentara al agua. Sus pulmones se ensanchaban y endurecían, su cuerpo se enfriaba. Un hormigueo subía por sus piernas, inutilizándolo hasta que conseguía pasar al otro lado. Contando los segundos. Temiendo cada fracción infinitesimal. Totalmente consciente del tiempo que había pasado sin respirar.

Era una desafortunada consecuencia del ahogamiento.

Se hundió en su sudadera y dio una palmada, dos, tres, para entrar en calor. Su sangre era hielo en sus venas. El ácido láctico le aguijoneaba los gemelos. Eran las 6:38.

Arriba, se oyó el timbre de la puerta.

Demasiado temprano para visitas. Algo en él se tensó. Apagó la luz, subió las escaleras de dos en dos, giró en el vestíbulo y abrió la puerta a una visita desagradable.

Mark Meeker estaba en el umbral, sudando bajo su chaqueta de loneta. Meeker era pequeño y nervudo, propenso a los tics nerviosos y a retorcerse demasiado las manos. El inconformista de Godbole le recordaba a Colton a una rata, todo nerviosismo y bigotes. Normalmente era inofensivo, pero era el tipo de criatura que se daría un festín con sus restos en el momento en el que se presentara una oportunidad. Tras limpiarse los pies en el felpudo, Meeker entró sin esperar una invitación.

—Claro —dijo Colton sin emoción, con las manos en los bolsillos—. Entra.

Meeker olfateó en respuesta.

—El cielo huele raro hoy. —Se tiró de la visera de su gorra—. A cambio. ¿Tú lo hueles?

—No —dijo Colton, aunque lo sentía.

Pasándose un dedo bajo la nariz, Meeker dijo:

—El Apóstol tiene cuentas que ajustar contigo.

Colton apoyó el hombro en la pared.

—No me importa.

Meeker resopló, con las manos extendidas en una pose que parecía decir: ¿te estás quedando conmigo? Aquella era su rutina. Meeker balbuceaba. Colton interpretaba con diligencia el papel de una roca, recalcitrante y fría.

—Debería importarte —dijo Meeker—. Ya que tiene tus huevos en una tenaza.

Una vez más, Colton sintió esa tensión en su núcleo, una sensación como si la tierra escapara bajo sus pies. Si Lane estuviera allí, le preguntaría qué oía susurrando en las esquinas. Como Lane estaba en alguna parte del campus, seguramente clavando alfileres en un muñeco con su nombre, las sombras de la habitación asumían unos patrones especialmente amenazantes, resaltados por el sol del amanecer.

La idea lo hizo fruncir el ceño, y su gesto hizo que Meeker se estrujara más las manos.

El reloj que Colton tenía en la muñeca pitó (un recordatorio innecesario, pues sabía que eran las 6:45) y dijo:

—Es la hora de mi batido.

Meeker lo miró.

—¿Qué? ¿Justo ahora?

—Ven. —Colton atravesó el pasillo, arrastrando los calcetines sobre el mármol—. O no. Me da igual.

La cocina era amplia y abovedada, alicatada con azulejos negros y blancos. Sacó un sudoroso cartón de leche del frigorífico y vertió tres tazas en la batidora. A continuación llegó el resto, depositado con cuidadoso orden: media cucharada de proteína en polvo; fresas congeladas sin rabillo; un plátano cortado en finas rodajas; un puñado de col rizada. Meeker se sacó una carpeta de manila enrollada del interior de la chaqueta y la aplanó sobre el mostrador. Colton la miró de soslayo.

—¿Qué es eso?

—Esto es… —Meeker quedó ahogado por el sonido de la batidora cobrando vida con un zumbido. Los dos se miraron a través de la cocina mientras la licuadora apalizaba la fruta congelada hasta convertirla en líquido. Colton quitó el dedo del botón. El sonido murió.

—Lo siento —dijo, aunque no parecía sentirlo en absoluto.

—Es el informe de la autopsia de Peretti —terminó Meeker, indignado—. Un trabajito para ti.

El teléfono de Colton silbó, señalando la llegada de un mensaje de texto.

—No me interesa —dijo, ignorando la carpeta para mirar el teléfono.

—No es opcional —replicó Meeker.

—Todo es opcional. —El mensaje era de Hayes. Colton volvió a guardarse el teléfono móvil en el bolsillo de sus pantalones cortos de gimnasia—. Resulta que hoy no me apetece hacerle el trabajo sucio al Apóstol.

—Nadie te ha preguntado por tus *apetencias*, Price. —La sonrisa de Meeker era tan nerviosa como el resto de él—. Harás lo que se espera de ti.

Colton se apoyó en la encimera y tomó un sorbo de su batido. No lo había batido lo suficiente y la consistencia era demasiado espesa.

—No soy el chico de los recados.

—No —asintió Meeker—. No eres un chico, mierdecilla. Tómate el día libre. Repásalo todo. A ver si puedes descubrir por qué esos idiotas no dejan de aparecer muertos. El Apóstol espera una llamada tuya esta noche.

Cuando se marchó, Colton se terminó su batido. Subió para darse una ducha. El *Capricho* nº 24 de Paganini sonaba en los altavoces, un solo de violín que hacía que le vibraran las plantas de los pies. No se permitió pensar en la carpeta. En lugar de eso, pensó en los sonidos que hacían las sombras, más allá de su capacidad para oírlos.

Cuando terminó, se secó y puso las noticias. Un periodista de rostro serio estaba en el centro, discutiendo la última de una serie de muertes de turistas en Illinois. La víctima más reciente era un estudiante llamado Julian Guzman. Nadador de All-American. Estudiante de matrícula. Querido por sus amigos y familiares. Lo encontraron en la Chicago Skyway, con el cuerpo aplastado como el de un animal atropellado.

Colton no sabía cómo lo hacía sentirse esa noticia. ¿Vacío? ¿Molesto? ¿Asustado? Un prometedor alumno de Godbole, Julian Guzman poseía la asombrosa habilidad de *rastrear* las puertas entre los mundos. Olía el aire y daba con cualquier desgarro cercano en el éter como un sabueso. Una vez, cuando estaba en segundo, Colton le preguntó a qué olía el cielo al diluirse.

«A sulfuro», le contestó Guzman. «A azufre. No huele a rosas, colega. Esa cosa apesta».

En la televisión, una mujer de rostro adusto con demasiados dientes miró directamente a la cámara y explicó que Guzman había muerto desangrado en el pavimento, donde lo encontraron.

Colton se preguntó si desangrarse era lento.

Ahogarse llevaba un tiempo.

Recordó la sensación de deslizarse bajo el hielo, el frío rasgándole la piel. El miedo anestesiado al despertar varios días demasiado tarde, en una mañana varios grados demasiado cálida. La imponente aura de una niña pequeña rodeada de arcoíris.

Sus padres apenas lo miraron cuando le dieron el alta y pudo irse a casa. Sabía que lo culpaban. El pequeño Colton Price, siempre tarde. Siempre metiéndose en líos. Y Liam, el obediente hermano mayor, siempre allí para sacarlo de ellos.

No consiguió sacar a Colton del lago.

Sulfuro y azufre. Sombras y hielo. Niños ahogados y una deuda saldada. Un macabro accidente tras otro. El legado de Godbole se estaba construyendo sobre huesos.

Colton apagó el televisor. Eran las 7:30.

Comprobó su teléfono y abrió el mensaje de Hayes. Era breve: *¿Has visto las noticias esta mañana?*

*Sí,* contestó. *Acabo de verlas.*

La respuesta silbó de inmediato: *Parece que Guzman está tachado. ¿A quién le toca ahora?*

Pretendía ser una broma, pero lo dejó frío.

*Kostopoulos,* contestó.

Dejó a un lado su teléfono móvil y se puso la ropa que había planchado y preparado la noche anterior. Se sentó en el borde de la cama y se puso los calcetines. Intentó no pensar en la muerte. El silencio de su dormitorio era envolvente. La quietud de la casa amenazaba con tragárselo entero.

A media mañana, llegó al auditorio de los novatos de Whitehall para encontrar a Lane ya allí. Otro cambio. Otro traspié en su rutina. Se detuvo en seco ante la puerta abierta, desprevenido por su presencia. Estaba vestida de negro y su cabello era una cascada de color; durante varios segundos, Colton no estuvo totalmente seguro de qué instrucciones debía seguir. Se esperaba que estuviera en clase quince minutos antes de que llegaran los estudiantes. Se esperaba que se mantuviera alejado de Lane. No podía obedecer una directriz sin omitir la otra.

Fue el café lo que lo convenció. Había un café con leche en el borde de la mesa; el vapor todavía se elevaba sobre el vaso de cartón blanco. Reconoció la bebida como lo que era: una ofrenda de paz. No la aceptaría. No *podía* aceptarla. Pero salir huyendo y esconderse en alguna parte hasta que comenzara la clase se parecía demasiado a la cobardía. Lo mejor para ambos sería que no reaccionara.

En cuanto atravesó el umbral, lo sintió, un dolor generalizado que le punzaba detrás de las costillas. Un recordatorio físico. Una respuesta pavloviana. No esperaba que el enfrentamiento directo tuviera una sensación tan palpable. Tragándose un gemido, se dirigió a la mesa.

Con el lápiz entre los dientes, Lane no levantó la vista de su agenda. Parecía totalmente absorta en la lectura, y Colton no sabía si no lo había oído entrar o si era parte de su plan para fingir que no existía.

Recibió su respuesta en cuanto ocupó su asiento.

—Hoy he llegado puntual.

Su afirmación sonó demasiado susurrada en la amplitud enmoquetada del auditorio. Como si no supiera con qué fuerza debía proyectar la voz para que la oyera. Como si le preocupara que su voz ocupara demasiado espacio. Estaba sentada con las piernas cruzadas y una de sus botas negras se balanceaba en el aire como un péndulo.

—Has llegado temprano —la corrigió, sacando su portátil—. Estás desperdiciando la mañana. Y eso no te dará puntos. Whitehall no da premios a los primeros en llegar a la puerta.

Los ojos de la chica volaron en su dirección. Mientras revisaba el correo electrónico, Colton hizo todo lo posible para no mirarla. Quizá, razonó, si resultaba convincentemente concentrado en su tarea, ella perdería el interés. En lugar de eso, siguió mirándolo. Él cerró una pestaña del navegador y abrió otra, haciendo *clic* sin rumbo por su bandeja de entrada. La fuerza de su escrutinio lo desgarraba.

—¿Puedo preguntarte una cosa? —le dijo al final.

Colton borró una factura falsa de su carpeta de *spam*.

—¿Está relacionado con el curso?

—No. —Su bota en movimiento se quedó inmóvil—. No exactamente.

—Entonces no —replicó, aunque se sentía tremendamente intrigado—. Tengo varias cosas que repasar antes del inicio de la clase, y tu incesante parloteo es tremendamente distractorio.

En voz baja, la oyó murmurar:

—Yo no lo llamaría incesante.

La miró sobre su portátil.

—¿Qué?

—¿Qué?

—¿Has dicho algo?

—No —mintió, mirándolo con el ceño fruncido.

—Bien. —Colton dejó que una sonrisa fría reptara por su rostro—. Que siga así.

El final de la semana lo encontró refugiado en la sala común, en una mesa de conferencias vacía cuya superficie laminada cubrían sus libros. Al otro lado de la estancia bañada por el sol, Lane se reía con sus amigas. Con la cabeza hacia atrás. Los ojos brillantes. Reaccionando apenas un instante demasiado tarde a algo que dijo la pelirroja.

Estaba, lo sabía, justo donde no debía estar. Poniéndose a prueba. Testando sus límites. No podía evitarlo. La sentía como un picor. Estaba dividido entre el deseo de diseccionar el preternatural dolor de sus huesos y el ansia de arrancárselo. Cada vez que ella miraba en su dirección, pensaba en escapar de aquella realidad. En despojarse de su presencia como una piel.

En su casa, el informe de la autopsia seguía sin ser leído sobre la encimera de la cocina. No había respondido a las llamadas del Apóstol. Sabía que debía hacerlo. No podía permitirse la distracción. No ahora que Peretti y Guzman habían muerto. No ahora que Kostopoulos lo llamaba cada noche presa del pánico.

—No quiero ir. ¿Me oyes? No quiero hacerlo más.

Conocía los riesgos, y aun así la atracción que sentía hacia Lane era un latido visceral tras sus huesos. Era una polilla en la oscuridad, y ella era la luz. Se conocía lo bastante bien como para saber que seguiría lanzándose contra ella hasta que todo ardiera.

Un libro golpeó la mesa, y Colton levantó la mirada para ver a Eric Hayes tomando asiento.

—¿Duele? —le preguntó Hayes—. Ser tan estúpido.

—Solo estoy trabajando en un artículo —replicó Colton.

—Llevas en Howe cuatro años y ni una sola vez te has rebajado a trabajar en presencia de los novatos. Ni siquiera cuanto *tú* eras un novato. —Hayes se quitó la mochila y la dejó caer en la silla que tenía al lado—. No quiero tener que hacerte de niñera, colega. No me obligues a hacerte de niñera.

Colton se quitó las gafas y dejó la fina montura redonda sobre las páginas abiertas de su libro de texto. Todavía no le dolía la cabeza, pero había una incipiente presión tras sus ojos que le decía que más tarde tendría una migraña de mil demonios.

—No hago nada malo.

—Puede que todavía no —dijo Hayes—, pero se te nota en la cara.

—En la cara —repitió Colton con desgana.

—La temeridad. —Hayes aplastó la lengüeta de su agua con gas y tomó un sorbo—. Necesito que te concentres en el partido. Dos de los nuestros han caído en Chicago. El tercero está desaparecido en combate. Si Kostopoulos fracasa, ¿quién será el siguiente? ¿Yo? ¿Tú?

—No seré yo —dijo Colton, porque era cierto. Colton lo sabía. Hayes lo sabía.

—Ya. —Hayes se rio sin diversión—. Bueno, si algo tengo claro es que yo no quiero ir. Esta mañana encontré una foto que se ha filtrado de Guzman. Le salía la mierda por las orejas, literalmente.

—Materia cerebral —lo corrigió Colton.

Apoyando un codo sobre la mesa, Hayes le señaló la cara con un dedo.

—El hecho de que puedas decir esas dos palabras juntas sin estremecerte es enfermizo. Eres consciente de ello, ¿verdad?

Colton se apretó el puente de la nariz.

—Sabíamos donde nos metíamos cuando nos comprometimos.

—¿Lo sabíamos? —Hayes miró sobre su hombro a Lane y a sus amigas, que habían comenzado a recoger sus cosas. A meter los libros en las bolsas. A introducir los brazos en los abrigos. Alguien se rio, un sonido alto y claro. Mirando de nuevo a Colton, añadió—: Porque no creo que tú lo supieras.

—¿Qué se supone que significa eso?

—Significa que solo llevamos una semana de semestre y ya estás persiguiéndola como un perro triste. Esto es más importante que tú,

Price, así que hazme un favor y empieza a seguir órdenes antes de que nos jodas a los demás.

La advertencia le sonó falsa. Y, de todos modos, no importaba.

Su madre solía decirle que tenía una voluntad fuerte, cuando todavía era pequeño y estaba entero y ella no temía mirarlo a los ojos. Que era terco, que siempre escogía el camión azul si alguien le ofrecía el rojo. Que era incansable, que insistía en trepar hasta las ramas más altas del viejo arce del parque si Liam le decía que era demasiado pequeño para hacerlo.

Cuanto más le dijeran que se alejara de Lane, más se acercaría a ella.

# 6

La profesora de Filosofía de Delaney era una mujer seria con una mata de cabello rojo y la presencia de un pájaro. Su rostro parecía eternamente tallado en una tensa mueca de enfado que hacía imposible que Delaney supiera si su profesora se sentía realmente decepcionada con ella o si solo era su expresión de serie.

—El estudio de las verdades fundamentales se presta a una aproximación socrática —declaró la profesora Beaufort, mirando a Delaney sobre el amplio pico de su nariz—. Por tanto, espero que todos mis alumnos contribuyan al diálogo de la clase.

—Lo comprendo —se apresuró a decir Delaney. El despacho en el que se encontraban estaba brillantemente iluminado y era absurdamente floral, con los estantes abarrotados de pálidos bustos griegos. Dos semanas después de comenzar el semestre, Delaney ya estaba programando reuniones para pedir servicios adicionales. No creía que fuera bien—. No es que no quiera participar. Es solo que tengo dificultades para seguir el ritmo de la conversación en clase.

Una única ceja fina y perfectamente depilada de Beaufort se curvó en un arco dramático.

—Me resulta difícil creerlo. Eres una joven brillante y elocuente. Ahora estamos conversando, y lo estás haciendo extraordinariamente bien.

Pretendía ser un cumplido, aunque no lo parecía. Delaney intentó mantener una sonrisa mientras murmuraba un dubitativo «Gracias».

Beaufort la examinó un largo momento, con un mohín en sus labios finos.

—En cualquier caso, si crees que el ritmo de mi clase es demasiado para ti, todavía estás a tiempo de darte de baja. Estás becada, ¿correcto?

El estómago de Delaney tocó fondo.

—Sí.

—Eso pensaba. —Beaufort formó un triángulo con sus dedos finos sobre el calendario de papel de su mesa—. Los beneficiarios de becas deben mantener un promedio de calificaciones de tres y medio sobre cuatro para seguir recibiendo ayuda financiera. La participación es una parte importante de la nota final. Si no crees que puedas unirte a la conversación, te aconsejo que reconsideres atentamente tus opciones.

—Lo tendré en cuenta —dijo Delaney, haciendo todo lo posible para que no le temblara la voz—. Gracias por su tiempo.

En el pasillo, Delaney presionó la frente contra el plexiglás de la máquina de aperitivos. Atascada en la espiral metálica, la bolsa de galletas que había elegido se negaba a caer. Apretó repetidamente el botón con el dedo. *B-6. B-6. B-6.* Las galletas no cedieron.

Adya le había prometido que no tardaría mucho en ponerse al día, pero cada día que pasaba se sentía más y más atrás. Los días se convertían unos en otros, llenos de clases abarrotadas y acústica atenuada, sonidos que se negaban a ocupar su lugar, conversaciones que no querían adquirir un contexto. Escribía todo lo que oía, lo que, al final, resultaba no ser nada: solo conceptos parcialmente formados y frases sin terminar, aplastadas aquí y allá con furiosas manchas de tinta.

Se sentaba en la sala común y fingía formar parte de la conversación. Se sentaba en el comedor y fingía reírse de los chistes de Mackenzie. Se sentía atrapada en la periferia, como a menudo le ocurría en los espacios concurridos. Con un pie en el mundo de la vigilia, con todos los demás, y el otro en un lugar silencioso. Un lugar desconocido. Un lugar solitario e ilimitado. Sin contexto que actuara como ancla, el sonido revoloteaba entre sus oídos como semillas de diente de león.

Cuando el día terminaba, se arrastraba a la pulcra hilera de los dormitorios de los novatos, al caótico refugio de su habitación, y se tumbaba en la cama para masajearse el dolor de cabeza. Su madre llamaba y llamaba y ella la ignoraba, sabiendo que, si contestaba al teléfono, lloraría.

La pequeña Delaney de cristal, apenas unas semanas después de comenzar el semestre y ya agrietándose.

No solo se quedaba atrás en las clases. Cada mañana, se despertaba en la oscuridad que precedía al alba y se preparaba. Llegaba al aula de Whitehall mientras el sol reptaba por el cielo. Se sentaba en la primera fila y dejaba sus bolígrafos uno tras otro en una pulcra hilera de tinta, con un café que decía: «No me odies, por favor» sobre la pesada mesa en el centro del enmoquetado auditorio.

Cada mañana, Colton Price aparecía como un reloj (cinco minutos después que Delaney, diez minutos antes de que comenzara la clase) con una mueca en el rostro que solo podía asumir que era disgusto. Se sentaba sin mirarla. Se subía las mangas sin hablar con ella. Se colocaba un lápiz perfectamente afilado tras la oreja y se disponía a corregir trabajos. El café se enfriaba, ignorado. Era un mensaje sin palabras, cuyo significado estaba claro como el agua: «Disculpa no aceptada».

Mientras Whitehall pasaba diapositivas con viñetas sobre la fundamental teoría de los diversos universos observables, Colton Price hojeaba sus papeles y vigilaba, con unos ojos como nubarrones gemelos y un gesto preocupado grabado permanentemente en su rostro. Delaney tomaba notas inútiles con sus bolígrafos inútiles e intentaba descubrir qué había hecho para caerle tan mal.

Seguramente lo habían llamado «imbécil» antes.

Todavía apoyada en la máquina de aperitivos, sintió la decreciente paciencia de otro estudiante justo sobre su hombro. No lo había oído acercarse. Ni siquiera lo había notado hasta que murmuró algo entre dientes, demasiado bajo para que lo comprendiera. Un zapato arañó la baldosa. Un suspiro floreció en su nuca.

—¿Puedes ayudarme? —lo oyó preguntar.

—No lo sé. —Dio a la máquina una última y deslucida patada—. Se ha comido mi dólar. Creo que puede estar rota.

Pero, cuando se giró, no había nadie allí.

El sol trepaba, valiente y amarillo, por la alta fachada de cristal de Godbole cuando llegó al vestíbulo justo quince minutos después, con el café de Colton escaldándole los dedos de la mano izquierda. En la derecha llevaba el cuaderno, cuyas abiertas páginas punteadas revelaban el enorme dibujo de una mariposa. El día anterior, Whitehall les había dado una clase sobre las enormes implicaciones del efecto mariposa en los universos paralelos. Delaney se pasó la mayor parte de la clase transformando sus notas en garabatos, con un nudo en la garganta. Ahora, asándose en el calor del vestíbulo bañado por el sol, hizo un inútil intento de descifrar algo antes de que comenzara la clase.

Casi había llegado al ascensor cuando la golpeó la voz de Colton Price.

—¡Miércoles!

Una oleada de pánico la atravesó. Se giró, sin anticipar su proximidad, y colisionó directamente contra la lana gris y la seda burdeos. Se le derramó el café, y se manchó el cuello con volantes blancos de su vestido. Colton retrocedió, bañado de un modo similar, y la esfera de su reloj les guiñó su ojo dorado. Durante varios segundos se quedaron allí, mojados y sorprendidos, mirando el vaso vacío en el suelo entre ellos.

—Oh —dijo, mientras el diluvio marrón calaba las alas de papel de su mariposa. Después, como le pareció que debía decir algo más, añadió—: Te había traído un café.

—Sí —replicó Colton, evaluando los daños—. Lo llevo puesto.

—Es Lane —balbuceó.

Esos ojos oscuros la miraron.

—¿Qué?

—Mi nombre. Me has llamado Miércoles, pero es Lane.

Él la miró un instante. Dos. El café se congeló contra el vientre de Delaney, haciéndola sentir frío.

—Sé cómo te llamas —le dijo. Después—: Whitehall quiere verte en su despacho antes de clase.

Una corriente subterránea de temor la inundó.

—¿A mí? ¿Por qué?

Pero él ya le había dado la espalda para recoger el vaso tirado y dejarlo en un cubo de basura cercano. Corrió tras él, con el pulso un poco más rápido, absolutamente consciente del repiqueteo demasiado sonoro de sus tacones.

En el ascensor, regresaron a su patrón habitual. Colton golpeó, golpeó, golpeó la esfera de su reloj como si pudiera haberse roto. Delaney intentó secar sin muchas ganas sus notas encriptadas en mariposas. El aire entre ellos estaba totalmente inmóvil.

—Ah, señorita Meyers-Petrov —dijo Whitehall en cuanto entró en su despacho. El espacio estaba abarrotado y desordenado, el único punto de oscuridad que había visto en el inhóspito y clínico Godbole. Delaney se sintió golpeada de repente por su total cerebralismo, todo gafas y *tweed* y coderas, aislado en su despacho de oscura caoba y suntuoso esmeralda—. Gracias por venir. Estoy deseando hablar con cada nuevo alumno personalmente. ¿Cómo le están yendo las clases?

Delaney pensó en su poco favorable reunión con su profesora de Filosofía, en las ausencias garabateadas en sus cuadernos. En cómo se metía en la cama cada noche con la cabeza como un bombo, temiendo tanto la oscuridad como recelaba del alba.

—Bien —mintió, consciente de que Colton estaba pendiente de cada palabra suya.

Whitehall sacó una carpeta de manila nueva y hojeó su contenido.

—Su historial dice que está becada.

—Sí.

Intentó no mirar a Colton, con sus rizos brillantes y sus zapatos brillantes y su reloj brillante. Seguramente pagaba la matrícula en efectivo. Seguramente tenía una nota media de cuatro sobre cuatro. Sin duda, no dibujaba mariposas en sus cuadernos ni humanizaba la oscuridad ni se perdía la mitad de las clases.

En la mesa, Whitehall siguió leyendo detenidamente su informe.

—Sus exámenes debieron ser extraordinarios.

—No exactamente —admitió Delaney—. No me permitieron terminar la prueba de nivel.

Algo en lo que dijo llamó la atención de Whitehall. La intriga destelló en su mirada, y examinó a Delaney como si la viera por primera vez.

—Si no le importa que se lo diga, tiene un acento muy curioso. No consigo ubicarlo. ¿De dónde es?

A Delaney se le heló la sangre. Le importaba que se lo dijera, pero no podía ni plantearse humillar al decano de su departamento señalándoselo. Agarró la fina correa de su bolso y dijo:

—Massachusetts.

—Ah. —Whitehall seguía sonriendo—. ¿Y antes de eso?

Se le revolvió el estómago. Apoyado en la puerta abierta, Colton la observaba como un tiburón, con las manos metidas en los bolsillos.

—Ningún otro sitio —dijo, con cuidado de pronunciar como le habían enseñado. Con la lengua tras los dientes. Las consonantes nítidas.

—¿En serio? —Whitehall no parecía convencido—. Petrov... Es un apellido interesante. ¿Qué es, eslavo?

—Sí. —Maldijo el temblor de su voz—. Pero mi madre se crio en Nueva Inglaterra.

—¿Y está segura de que no ha vivido en ningún otro sitio? —insistió Whitehall, como si pudiera haber olvidado su propia infancia—. ¿Y sus padres?

—Es sorda —interrumpió Colton, con una brusquedad que atrajo ambos pares de ojos en su dirección. El aliento de Delaney se quedó atrapado en su garganta. Se había pasado toda la vida danzando por el mundo, temiendo incomodar a la gente, temiendo reclamarlo para sí misma. Colton, ante ella, no parecía asustado. Solo parecía molesto. Apoyando el hombro en el marco, añadió—: Te reenvié el correo electrónico este verano.

—Qué vergüenza —dijo Whitehall, y abrió los brazos en un ademán que parecía decir: «Son cosas que pasan»—. Mis disculpas. Eso me enseñará a no ignorar mis tareas pendientes. Tendrá que perdonarme por entrometerme, pero es extraordinariamente elocuente. ¿Estoy en lo correcto al asumir que su pérdida auditiva fue postlingual?

Delaney apartó la mirada de Colton con dificultad.

—Sí.

—Ah. ¿Y utiliza la lengua de signos?

—Un poco. En casa. —Se entretuvo con un hilo suelto en su manga. Sentía la piel caliente, y quería desesperadamente hundirse en el suelo—. Llevo un implante coclear.

—Increíble. —Whitehall parecía asombrado—. ¿Y oye cosas? ¿En el silencio?

Delaney pestañeó, sorprendida por la repentina concreción de su pregunta. A su alrededor, el sol de la primera hora de la mañana caía en franjas de abrasador amarillo, empujando las sombras a los intermedios y debajos, a las esquinas y rincones. *No nos gusta estar aquí,* parecían decir. *No nos gusta nada.*

—No —respondió, un instante demasiado tarde. Durante toda su vida, esa había sido la respuesta correcta. Esta vez (y por primera vez), tenía la inusual sensación de que era la opción equivocada.

—Fascinante. —La inflexión en el tono de Whitehall fue extraña, y Delaney pensó que la había malinterpretado, atenuada como estaba en el mal ventilado despacho—. Gracias, señorita Meyers-Petrov. Creo que eso será todo por hoy. Una vez más, acepte por favor mis más sinceras disculpas por mi equivocación anterior.

—No pasa nada. —Se sentía de mal humor, sin saber qué habían conseguido además de humillarla abyectamente—. ¿Algo más?

—No. Solo era un saludo rápido. —La sonrisa de Whitehall era amable bajo la espiral blanca de su bigote. Le recordaba al Papá Noel de un centro comercial: su semblante quizá demasiado alegre, su jersey quizá demasiado rojo—. Estamos haciendo algo revolucionario aquí, en Godbole, hurgando en los agujeros en el cielo. Debido a eso, solemos atraer grandes críticas de aquellos que no lo comprenden. Es increíblemente importante que nuestro pequeño departamento se mantenga unido. Por tanto, me gusta saber quién se sienta en mi aula. Poner nombre a las caras.

Su mirada con gafas viajó hasta Colton, todavía enmarcado por la puerta. Los ojos de Colton estaban amurallados, su boca soldada en una línea tensa. Parecía el facsímil de piedra de una persona, como si sus líneas fueran demasiado nítidas, demasiado frías.

—Me encantará conocerla mejor —dijo Whitehall, distraído. Después se dirigió a Colton—: Os veré a ambos en clase.

Esta vez, Delaney estuvo segura de que había malinterpretado la inflexión de su tono, porque le sonó como una advertencia.

# 7

Delaney tenía siete años la primera vez que se despertó en el bosque.

Era finales de junio, la magnolia endulzaba el aire, y abrió los ojos en la opresiva quietud del bosque. Tenía los pies manchados de tierra, las puntas de los dedos pegajosas por la savia, su larga trenza blanca adornada con ramitas de acebo. Como si hubiera nacido en el bosque, como si hubiera salido de un vientre de retorcidas raíces de serbal.

Sus padres la encontraron poco después. La llevaron a casa como un cristal roto, sus fragmentos sostenidos en sus brazos. La pegaron de nuevo, limpiaron las medias lunas de tierra bajo sus uñas y llamaron a alguien con suficientes letras en su currículo para darles una respuesta.

Su terapeuta era una mujer recia con el cabello del color y la textura de la lana de oveja. En esa primera sesión, Delaney se sentó con las piernas cruzadas en el diván y se miró las uñas. No quería hablarle a la terapeuta del niño de las ramas, ni de cómo lo siguió en la oscuridad a donde la condujo. Quería decir solo lo correcto, para que la doctora se quedara satisfecha, pero lo correcto era mentira y por eso le pareció un examen que estaba destinada a suspender.

«Sonambulismo», lo llamó la terapeuta al final. Un comportamiento típico en una niña que ha pasado por algo tan traumático y repentino como su enfermedad y la total pérdida de audición.

Ponerle nombre no evitó que pasara. La siguiente vez, Delaney estaba junto a un riachuelo y la despertaron los zarandeos de su padre. Tenía la garganta dolorida, los dedos arrugados por el agua del río y un frío insoportable a pesar del calor de mediados de agosto. Había vuelto a seguir al niño a través de la oscuridad, pidiéndole que se detuviera. Ignorando el mordisco de las zarzamoras. Una vez despierta, las sombras cayeron sobre ella como la lluvia, empalmadas aquí y allá con los finos rayos dorados cuando la luz conseguía atravesar los cedros. No había ningún niño. Solo estaba el bosque, oscuro y profundo.

Sus padres le pusieron nombre, «episodios», como si fuera una serie de dibujos animados de sábado por la mañana. Se despertaba en el bosque, con las manos contra las ásperas hendiduras de una secuoya. Se despertaba en el patio, con los pies negros de mantillo y la lluvia aguijoneándole la piel. Sus padres pusieron cerrojos en las puertas, una puerta de seguridad infantil en la parte superior de la escalera.

«Es cuestión de tiempo», les aseguró la terapeuta. «Lo superará».

Y entonces, una noche, lo hizo.

Se despertó en la calle, con las rodillas ensangrentadas, paralizada ante los faros amarillos del tosco Buick de la vecina de al lado. El corazón le dio un vuelco y se sintió mucho más despierta que en toda su vida.

No volvió a ocurrir.

Fue como si la posibilidad de ser segada por un coche le hubiera quitado de un susto lo de caminar despierta. Como si lo que la hubiera llamado en la oscuridad se hubiera rendido y marchado por fin.

Delaney estaba tumbada en la penumbra de las luces nocturnas de su dormitorio. Miraba una franja de luz de luna en la pared. Estaba pensando en soñar. Incluso ahora, tantos años después, todavía podía ver cada detalle del niño del bosque: ojos negros, rizos oscuros, las perneras de sus pantalones mojadas, allí donde se había caído al arroyo.

«Para», le había gritado. «No corras. Te conozco. Te conozco. Te conozco».

Se había pasado años convenciéndose de que aquello solo estuvo en su mente.

Dos semanas después del inicio del semestre, ya no estaba segura.

—Adya —susurró a la oscuridad—. Adya, ¿estás despierta?

Se oyó un murmullo delator, un suspiro que no sonó tan agitado como creía que pretendía sonar.

—Ahora sí —dijo Adya.

—¿Qué crees que se siente? —le preguntó—. Cuando atraviesas el cielo.

Siguió el silencio. Durante varios minutos, pensó que Adya no iba a contestar. Pero después su compañera de habitación se giró. La luz de las lamparitas nocturnas glaseó sus rasgos, iluminando sus labios justo lo suficiente como para que pudiera leerlos.

—Tuve un ataque cuando tenía trece años —respondió—. Estaba despistada en Matemáticas, mirando por la ventana. Mi cuerpo comenzó a sacudirse. ¿Sabes lo que se siente cuando crees que te caes y tus brazos y piernas reaccionan como si de verdad te cayeras?

Delaney recordó haberse despertado sobresaltada en un claro del bosque, con un gélido amanecer dorando los árboles sin hojas.

—Sí —le dijo—. Conozco esa sensación.

—Fue así, solo que en realidad no me quedaba dormida. Después, todo empezaba a emborronarse. Mi campo de visión se reducía. En ese momento, ya estaba en el suelo. —Se quedó callada, y Delaney dejó que el silencio se enconara—. La cuestión es que yo sabía que estaba en el suelo, porque podía verme. Toda la clase me estaba rodeando pero yo estaba totalmente inmóvil, sobre una mesa en el centro de la habitación. No en mi cuerpo, sino en otra parte. Como si las convulsiones me hubieran expulsado de mí misma. —El colchón crujió cuando se tumbó de espaldas—. Supongo que es eso lo que se siente.

—Mi compañera de cuarto dice que es una forma de parestesia —añadió Mackenzie desde su cama improvisada en el suelo.

Delaney rodó sobre su vientre y alargó la mano hacia la lámpara Tiffany que había entre sus camas. La luz se encendió, bañando el pequeño dormitorio en un suave caleidoscopio de colores. Mackenzie estaba acurrucada en un saco de dormir prestado, con la cabeza apoyada en un peluche de búho nival.

—Creí que estabas dormida —dijo Delaney al mismo tiempo que Adya se quejaba.

—Bartleby *no* es una almohada, Mackenzie.

—Estoy demasiado estresada para dormir, Laney-Jane —dijo Mackenzie, cambiando al búho Bartleby por un cojín plisado—. Creo que me gusta mi compañera de habitación.

Adya se sentó en la cama y el edredón se encharcó a su alrededor.

—¿Haley? ¿La de los pijamas de animalitos?

—Solo tengo una compañera —dijo Mackenzie con sequedad.

—Creí que no nos caía bien.

—No nos cae bien, y en realidad no quiero abrir ese melón ahora, así que, por favor, ¿podrías apagar la luz? —Mackenzie se acostó y se cubrió la cabeza con la colcha. Su voz sonó amortiguada—. Solo quiero quedarme aquí, en la oscuridad, pensando.

Delaney detuvo la muñeca de Adya mientras se dirigía a la lámpara.

—Primero cuéntanos a qué te referías antes. Con lo de la paratesia.

—Es *parestesia* —la corrigió Mackenzie, emergiendo.

—*Mackenzie.*

—Vale. —Mackenzie se tumbó de espaldas y sus rizos se extendieron en un halo feroz alrededor de su cabeza—. Supuestamente, atravesar el cielo provoca una intensa presión en el sistema nervioso. Cada uno experimentamos una sensación física distinta. Haley nota arañas reptando por su piel, pero es diferente para cada uno.

—Así que no tenemos ni idea de cómo será —dijo Delaney—. Podría ser cualquier cosa.

—Podría doler —añadió Adya con aire sombrío.

—Podría. —Mackenzie se puso de lado y subió las rodillas hasta el pecho—. Alina Cho, de la primera planta, oyó el rumor de que para Price es como ahogarse.

—Eso es horrible —dijo Adya.

—Sí. —Mackenzie se arrancó un poco de esmalte—. Pero no es real. Es una alucinación táctil.

Delaney pensó en la reptante oscuridad, en cómo murmuraba, a la espera. Pensó en el niño del bosque, en su cuerpo coronado en medianoche, en cómo lo persiguió a través de los árboles. *Espera, para. Te conozco.*

Sabía lo real que podía ser una alucinación. Que su impronta se quedaba contigo mucho después de que terminara. No podía imaginar a Colton Price soportando un dolor así, ni siquiera el fantasma de uno. No parecía el tipo de persona que sufriera, y mucho menos dolor.

—Mañana tengo un examen de Cálculo —dijo Adya, cambiando de tema—, y ambas estáis perturbando mi estricta rutina de sueño.

—¿Qué estricta rutina de sueño? —Delaney sacó el pie de debajo de las colchas, inquieta. De inmediato, las sombras se tragaron los dedos de sus pies—. Anoche estuviste despierta hasta las tres de la mañana viendo vídeos de gatitos.

—Y eso es algo entre internet y yo —replicó Adya—. De todos modos, es lo único que puedo hacer para no pensar en la cara del espejo.

Delaney suprimió un escalofrío de empatía.

—¿Has vuelto a verla?

—No —dijo Adya, estirándose en la cama. La lámpara se apagó, sumiendo el dormitorio de nuevo en la bruma de las lamparitas nocturnas—. Y no quiero hacerlo. Pero no consigo despojarme de la sensación de que sigue ahí, esperando justo en el límite.

—Eso es espeluznante.

—Todas somos un poco espeluznantes —replicó Mackenzie—. Por eso estamos aquí.

Delaney se enroscó en su cama, con frío a pesar de las tres capas de mantas que tenía subidas hasta la barbilla. Junto a la puerta, la pantalla del teléfono móvil de Mackenzie iluminó de azul el arco de sus labios. Su halo alumbró el techo. Miró la cálida melaza de una luz nocturna con forma de caparazón y comenzó una cuenta atrás desde cien, como sus padres solían hacer las noches en las que el zumbido en sus oídos la hacía arañarse la cara. Llegó a sesenta antes de que las primeras oleadas de sueño llegaran hasta ella.

Justo antes de rendirse, creyó ver una silueta encorvada sobre los pies de la cama de Adya, pero cuando despertó al alba, estaba segura de que solo había sido un sueño.

La reunión de sobremesa con su profesor de Anatomía Humana estaba resultando tan desalentadora para Delaney como su reunión de Filosofía con Beaufort.

Esperó ante el atril de madera, con su examen en la mano, y miró las furiosas marcas rojas en la parte superior de este. Tenía un nudo en el estómago. Las manos sudorosas. Fuera del aula, una multitud de estudiantes había empezado a reunirse en el pasillo. Fragmentos dispersos de conversación revoloteaban por la habitación como el zumbido de las abejas. Flanqueado por el rígido chasis de un esqueleto humano, el profesor Haas estaba sentado, con los brazos cruzados sobre su vientre y el largo tallo de su corbata adornado por unas retorcidas vértebras.

—Aquí no hay ayudas —dijo, con su notable voz de barítono proyectándose en el auditorio vacío a un volumen que la hizo estremecerse—. Ya no estás en el instituto. Es responsabilidad del alumno solicitar cualquier ajuste académico necesario antes de comenzar el curso. —Clavó un dedo en el caos de papeles de su mesa—. Estos exámenes semanales son un tercio de tu nota final. He visto tu historial. Con tu nota media, no puedes permitírtelo.

—Lo comprendo —contestó Delaney, decidida a parecer tan responsable como fuera posible. Sentía las entrañas como papel triturado.

Con un gruñido, Haas se levantó de su silla.

—Ahora, si me disculpas, tengo otra clase que comenzará dentro de un momento.

Como si fuera su turno, el dique se rompió y los estudiantes comenzaron a entrar en el aula. Avergonzada, Delaney se guardó el examen en el bolso, con la intención de huir. No consiguió dar medio paso antes de detenerse en seco, con el estómago en el suelo. Allí, como una roca entre el aluvión de estudiantes mayores, estaba Colton Price.

Sus ojos se encontraron. Por un momento, ninguno de ellos se movió. La vergüenza prendió bajo su piel como un combustible mientras reproducía los últimos minutos en su cabeza. Las críticas directas. La descarada condescendencia. Con las orejas ardiendo, se apresuró hacia la puerta, esperando desesperadamente que, si parecía que tenía prisa, él la dejara pasar sin ningún comentario.

Su esperanza se agitó y murió en el instante en el que casi trotó sobre las puntas de los zapatos de Colton. Intentó detenerse segundos antes de golpearle el pecho.

—Estás en mi camino —susurró al punto gris de su jersey.

Él no se apartó. Tan cerca, su considerable altura la obligaba a estirar el cuello para verle la cara, y se sintió irritantemente pequeña bajo la estructura angulosa de sus hombros. No reconocía lo que se había formado en su vientre ante el nebuloso marrón de su mirada. Solo sabía que estaba a segundos de echarse a llorar, y que no quería hacerlo delante de él.

Pasó junto a él y le golpeó el bíceps con el hombro al hacerlo. Para su sorpresa, giró medio paso con ella y extendió una mano para agarrar el marco de la puerta antes de que pudiera escapar al pasillo.

—Miércoles…

—¿Cuánto has oído?

No quería preguntarlo, pero la pregunta escapó de ella de todos modos. Le escocieron los ojos y los cerró, deseando que la picadura de la humillación desapareciera de su piel. Era precisamente consciente del modo en el que su brazo se curvaba ante ella, como una barricada.

—Suficiente —admitió.

No esperó a descubrir si decía algo más. Le empujó el brazo y salió al pasillo, con sus botas repiqueteando sobre el suelo del amplio espacio. Al otro lado de las ventanas, el cielo de mediados de septiembre parecía magullado. No estaba totalmente oscuro, pero se acercaba lo suficiente como para que fuera incómodo. El largo paseo hasta los dormitorios de los novatos estaría envuelto en el crepúsculo, con sombras reptando por los ladrillos.

La puerta se detuvo cuando salió, sujeta desde atrás como si alguien la hubiera parado con una mano. Sintió el peso tangible de un cuerpo, el calor de otra persona demasiado cerca.

—Espera —dijo una voz de chico, lo bastante bajo para ser un susurro.

Giró en sus talones, preparada para enfrentarse a Colton. No sabía qué haría cuando lo viera. ¿Reprenderlo? ¿Echarse a llorar?

Pero no era Colton quien estaba allí.

No era nadie.

El pasillo estaba vacío. La puerta del aula de Haas estaba cerrada.

Y aun así podía sentirla todavía: una presencia. La sensación de unos ojos en su rostro. La temperatura del pasillo tan fría como el permafrost, el aire tan denso como la lana. No sabía cuánto tiempo llevaba allí, transpuesta. Mirando la nada. Solo sabía que, cuando la vibración de su teléfono móvil en su abrigo la sacó de su trance, las luces de movimiento del pasillo se habían apagado.

Al otro lado de la ventana, el cielo era de un negro profundo y sin estrellas.

Sola, y con el frío otoñal restregándose contra sus rodillas, huyó.

# 8

Colton estaba en el corazón de la biblioteca, buscando un lugar donde trabajar, cuando lo oyó: un único resoplido. Se detuvo en seco, intentando oír sobre los murmullos del archivo. Bajo el susurro de las páginas lo oyó de nuevo: un hipido, un sonido a medio camino de un sollozo.

Habría seguido su camino (no era la primera vez que se topaba con alguien llorando entre las estanterías) de no ser por el tirón fantasmal que sintió en su pecho. Tenso como un sedal de pesca, tiraba de él. Se adentró en el laberinto de libros, mirando la hilera más cercana. Una pareja se estaba echando la siesta sobre un lecho de carpetas de investigación azul marino. Cerca, un novato con aspecto cansado estaba sentado bajo un imponente montón de anales encuadernados en piel que lo hacían parecer un enano. Las siguientes secciones estaban vacías. Dormidas por un hechizo, las motas doradas parecían en animación suspendida allí donde el sol atravesaba las altas ventanas.

A siete hileras de allí encontró a quien estaba buscando.

Lane, sentada en el suelo con las piernas cruzadas y el rostro enterrado en las manos, estaba vestida toda de gris y rodeada de sombra, con la oscuridad atusándose a sus pies como un gatito triste. De inmediato, ese dolor infernal le talló los huesos. Apretó los molares con fuerza suficiente como para romperlos. Sabía que debía alejarse. Lo sabía, pero algo en la derrota de sus hombros lo mantuvo clavado al suelo. Levantó el brazo y tosió una vez en su puño. Lane se levantó de un salto, limpiándose las lágrimas con el dorso de la mano.

—Oh. —Su rostro se abatió—. Tú.

—He venido a decirte que no hagas tanto ruido. —Presionó el lomo de un libro con el dedo, fingiendo interés en el título—. Hay normas sobre el ruido en la biblioteca.

Ella se frotó la punta respingona de su nariz y no dijo nada. Su total falta de respuesta hizo que su burla perdiera la gracia. Parecía más vulnerable de lo que nunca la había visto, nadando en una sudadera arrugada y unos pantalones de deporte, con ramitas de lavanda escapando de su moño.

No podía marcharse, pero tampoco podía quedarse. No donde cualquiera podría toparse con ellos. Mirando a través de los estantes, se aseguró de que nadie los veía antes de señalar el pasillo con la barbilla.

—Sígueme.

Lane arrugó la nariz, recelosa.

—¿Por qué?

Él no lo dijo. Solo se colgó la bolsa del hombro y se marchó, esperando que ella lo siguiera.

Cuando llegó al tranquilo claustro de salas de estudio, el cable tenso de su pecho se enredó. Lo dejó sin aliento, con los dientes apretados. Lane estaba justo a su espalda, abrazando su mochila ante ella como un escudo. Mirándolo con cautela con sus ojos rojos e hinchados.

—No he reservado una sala de estudios —le dijo.

Colton se sacó una llave del bolsillo y la lució entre ellos.

—Ventajas del ayudante del profesor. Vamos.

Entraron uno después del otro; Lane le dejó tanto espacio como le fue posible. La puerta se cerró tras ellos con un chasquido. Él se guardó la llave de nuevo en el bolsillo. A varios pasos de distancia, Lane se había detenido ante el caballete de la pizarra blanca como un gato callejero con el pelaje erizado.

—¿Qué hacemos aquí?

—Tengo un trabajo sobre teoremas éticos del multiverso. —Lanzó su mochila junto a la de Delaney y se dejó caer en la silla más cercana. De la mochila abierta de Lane se salió un cuaderno, de espiral y desconocido. Miró la apretada caligrafía y dijo—: Puedes seguir llorando, si eso te parece productivo. Al menos aquí no llamarás la atención.

No levantó la mirada de su escrutinio de soslayo de la letra desconocida mientras Lane separaba una silla y se derrumbaba en ella con mucha más fuerza de la necesaria. Golpeó el cuaderno con un dedo dolorido y le preguntó:

—¿Qué es esto?

Lane miró lo que señalaba.

—Los apuntes de Latín de Adya.

—¿Y por qué los tienes tú?

—Porque —dijo, clavando la uña del pulgar en un indecente dibujo que alguien había grabado en la mesa— los míos son inútiles.

Colton se inclinó y arrastró el cuaderno hacia él. En cuanto lo miró, deseó no haberlo hecho. La parte superior de la página era bastante normal: declinaciones, un vocabulario. A media página, la tinta se emborronaba. El principio de una frase tomó forma.

*Non omnis moriar.*

Dawoud la había escrito hacia delante. La había garabateado hacia atrás. La había escrito del revés. *Non omnis moriar. Non omnis moriar*. A Colton se le heló el estómago. Soltó el cuaderno; la espiral metálica repiqueteó sobre la madera.

—Estos también parecen bastante inútiles —dijo, intentando mostrar una frialdad que no sentía. Cuando miró a Lane, la encontró a miles de kilómetros de distancia. Con la barbilla equilibrada en el puño. Mirando la amplia ventana en voladizo de la fachada este. La luz del sol convertía sus ojos en viridián líquido.

—Miércoles —dijo, más amable de lo que pretendía. Despacio, ella deslizó su mirada hacia él—. ¿Por qué no les dices la verdad a tus profesores?

—No me avergüenzo de ello —replicó—, si eso es lo que piensas. Es solo que, en el momento, siempre me preocupa que se sientan idiotas.

—Puede que se merezcan sentirse idiotas.

—Da igual. —Se encorvó hacia delante, con la barbilla en las manos—. Tú no lo entiendes.

—Quizá no. Pero sé con seguridad que enviaste un correo electrónico a todos los ayudantes durante el verano. Si no lo leyeron, es culpa de ellos.

Lane lo contempló en silencio durante un largo momento, poniendo sus piernas en forma de pretzel.

—Mis padres querían que me matriculara en un curso *online* —dijo, cuando el silencio se prolongó demasiado—. Yo insistí. Quería la experiencia. —Lo dijo con desprecio, como si la experiencia fuera algo de lo que reírse. Algo digno de desdén—. En las aulas hay un millar de ruidos. Uno pasa una página. Otro tiene tos. Otro no deja de sacar y meter la punta del bolígrafo. Creí que podría llevar el ritmo si conseguía tomar apuntes, pero no tiene sentido si los apuntes están llenos de agujeros.

Colton recordó su mariposa dibujada, cómo las palabras se detenían y florecían en unas alas extendidas. En ese momento vio otra cosa sobresaliendo de su mochila. Un examen, con un furioso y rojo VENGA A VERME arañado en la parte de arriba.

A ella se le escapó una carcajada.

—Tampoco es que a ti te importe.

Colton quería decirle que se equivocaba. Nada le había importado más en toda su vida. En lugar de eso, se quedó en silencio, sufriendo dolor hasta en el último de sus huesos. Un grupo de estudiantes pasó por el pasillo. Una carcajada incorpórea atravesó la puerta, amortiguada. Sentía las manos llenas de fracturas diminutas. Una insubordinación, profundamente instigada.

Las patas de su silla arañaron las baldosas cuando se levantó, y le indicó a Lane que hiciera lo mismo.

—Ven aquí.

Los ojos de la chica lo siguieron mientras se acercaba a la ventana.

—¿Por qué?

—Quiero enseñarte una cosa.

De mala gana, Lane se unió a él ante la fachada este. Más allá del tejado abuhardillado de la sala común había un pequeño bosque. Su vientre de robles retorcidos extendía sus garras hacia el cielo. Estaba bordeado por un embrollo de pinos.

—Mira más allá de los árboles —le pidió—. ¿Qué ves?

Ella se puso de puntillas y entornó los ojos.

—Más árboles.

Apoyando la sien en el cristal calentado por el sol, Colton la miró.

—Para ser alguien tan reacio a humillar a los demás, pareces no tener problemas para humillarme a mí.

Lane trazó un corazón en la nube gris de su vaho, sin hacerle caso.

—Oh, espera. —La punta de su dedo se detuvo en el cristal—. *Veo* algo. Hay un pequeño tejado sobre los árboles.

Él siguió apoyado en la ventana, mirándola.

—¿Cuánto sabes de la historia de Godbole?

—Me salté esa parte del folleto de bienvenida —admitió.

—Te haré un resumen, entonces —le dijo—, porque es importante para lo que estoy a punto de contarte.

Esto captó su atención. Levantó la cara para mirarlo y sus manos desaparecieron en los puños de sus mangas.

—Devan Godbole era el hazmerreír, mucho antes de convertirse en académico —dijo—. Nadie creía sus teorías sobre la posibilidad de deslizarse entre mundos. Se pasaron años riéndose de él en los comités científicos hasta que Whitehall lo encontró.

Lane estaba embebida, empequeñecida por la sombra de Colton. Anudando y desatando los cordones de su sudadera. La primera oleada de nervios lo atravesó. No le estaba contando nada expresamente prohibido, pero se encontraba peligrosamente cerca.

—Godbole necesitaba financiación —continuó—. Whitehall necesitaba a alguien con visión. Pasaron los siguientes años siguiendo un medidor CEM por todo el mundo, mapeando las líneas ley de un país al siguiente. Estaban en Wiltshire cuando lo encontraron: los dedos de

Godbole se toparon con una irregularidad. Según Whitehall lo cuenta, era un día templado y soleado en Inglaterra cuando Godbole abrió el cielo y miró al otro lado para descubrir que estaba lloviendo.

Lane lo miró con el ceño fruncido. Sus lágrimas se habían secado y desaparecido.

—¿Qué tiene todo eso que ver con la casa del bosque?

—Whitehall lo llama «el Santuario». Estaban siguiendo un antiguo camino de muertos por el campo cuando encontraron la fisura. La grieta estaba en la base de unos antiguos cimientos de piedra. No sé por qué los trajeron; sentimentalismo, tal vez. Pero hicieron que desmantelaran las ruinas y que enviaran las piedras desde Inglaterra. Eso fue dos años antes del reconocimiento de Godbole. Poco después, seis meses antes de que se cortara la cinta del gran monolito de cristal de Godbole, Devan Godbole desapareció. Sin rastro. Sin advertencia. Se esfumó. Como una alondra, como si hubiera parpadeado en una realidad y abierto los ojos en otra. No volvió a aparecer.

—Whitehall hizo que levantaran el Santuario en su honor. Lo construyeron con las mismas piedras que trajeron de Inglaterra.

Lane lo miró con la boca torcida. Le habría gustado saber qué le pasaba por la cabeza. Qué pensaba de él, en el silencio de su mente.

Como si hubiera formulado su deseo en voz alta, ella dijo:

—Intento descubrir qué tiene esto que ver con mi expulsión de la universidad.

—No van a expulsarte —replicó—. No seas tan dramática. Y esto no tiene nada que ver contigo. Está relacionado con los apuntes de Dawoud. Con todos esos ambigramas en latín. Está experimentando un bloqueo disociativo.

Lane apretó los cordones de su sudadera.

—¿Qué es eso?

—El otro día oí parte de su reunión inicial con Whitehall. Intenta salir de su cabeza, ¿verdad?

—Verdad.

No pretendía acercarse a ella. No se le permitía conocerla. Pero nadie había dicho nada sobre hablar de su compañera de habitación.

—El tipo de proyección astral que Dawoud intenta conseguir es similar a empujar una puerta giratoria —le explicó—. El mecanismo no puede girar si hay alguien más empujando desde el otro lado.

Una inquietud reptó a los ojos de Lane.

—¿Qué significa eso?

—Significa que no puede salir porque hay algo que intenta entrar. Por eso su cuaderno está inundado de frases en una lengua muerta. Las palabras no salen de ella. —Golpeó el cristal con el nudillo—. Deberías llevarla al Santuario.

Lane se puso de puntillas de nuevo, mirando el bosque a través de la ventana.

—¿Por qué allí?

Él se encogió de hombros.

—Algunos creen que las piedras actúan como centro de energía sobrenatural.

La mirada de ciprés de Lane se clavó en él.

—¿Y tú qué crees?

—Creo que está sucio y que apesta a marihuana. Pero, si Dawoud busca respuestas, merece la pena intentarlo.

Sabía, por cómo arrugó la nariz, que estaba intentando dirimir si debía confiar en él o no. *No,* quería decirle. *Desde luego que no.* Quería decirle que debería mantenerse alejada de él. Que debería dejar de llevarle cafés. Que debería dejar de aparecer antes en clase. Que debería, a toda costa, evitar que la vieran a solas con él.

Nunca le diría nada de aquello. A esa distancia, su cercanía se hundía en él como unos dientes. Ese dolor preternatural le tallaba los huesos. La comprensión prendió en él como una mecha. Lo haría, se dio cuenta de ello. Rompería las reglas. Agradecería aquel lento e imposible desenredo porque era mejor que la alternativa.

Era mejor que no llegar a conocerla.

Flexionó los dedos y se metió las manos en los bolsillos. Esperaba que ella no hubiera notado cómo le temblaban. Tan indiferentemente como pudo, dijo:

—Puedo ayudarte con tus clases, si quieres.

# 9

Delaney no siempre fue capaz de oír un murmullo en el silencio. Cuando perdió la audición, y durante mucho tiempo después, lo único que oía era un chirrido resonando en sus oídos. A veces, más tarde, cuando estaba cansada o despistada (cuando se cernía en el liminal umbral entre el sueño y la vigilia), el agudo vibrato del tinnitus tomaba forma. El sonido se convertía en el murmullo, el murmullo en una palabra. En un susurro. Un suspiro. Para entonces, ya era demasiado mayor para juegos. Las cicatrices de los cortes de sus rodillas se habían desvanecido. Había dejado de susurrar sus secretos a la oscuridad.

*Estoy soñando*, se decía, y cerraba los ojos. *Solo es un sueño.*

Ahora no estaba soñando. Estaba bien despierta. En el bosque, con el sol de última hora de la tarde cayendo sesgado a través de los árboles. Ante ella había una casa.

Un santuario.

Era, en general, una estructura bastante modesta. La dispareja mampostería gris estaba salpicada de ventanas con grecas y cubierta por un tejado abuhardillado. Parecía el adorado hijo de una humilde capilla y la choza de Baba Yaga, como si no se decidiera entre llamar a la oración o desarrollar un par de patas de pollo y echar a correr a través del bosque.

Además, le estaba hablando.

El murmullo de su cabeza cantaba en todo su cuerpo, atravesándola en un río de ruido. Se detuvo en el camino pisoteado y observó la oscuridad atravesando las bostezantes fauces de la puerta abierta. Burbujeaba como el champán, espumando sus labios, borracha y salvaje y llamándola. No quería entrar.

Ni siquiera quería ir, pero la habían educado para ser amable y no consiguió disuadir a Adya y a Mackenzie de arrastrarla con ellas después de poner la idea en sus cabezas.

En el interior, encontró a Adya sentada en la madera combada del porche delantero, hundida en el punto de canalé de su jersey. La luz de una lámpara de banquero cercana se reflejaba en las ondas cerúleas de su hiyab, destellaba en las facetas giratorias de su colgante. A unos pasos de distancia, Mackenzie se había sentado ante una mesa plegable blanca y pasaba perezosamente las cartas de una baraja del tarot.

—Deberías decirle que sí —dijo Mackenzie, sin levantar la mirada.

Delaney dejó de examinar una carreta oxidada, llena de copias muy gastadas de libros en rústica hinchadas por la humedad y de tapas duras sin sobrecubierta. Un letrero laminado colgaba precariamente del lateral: NO SEAS IMBÉCIL. SI TE LLEVAS UN LIBRO, DEJA UN LIBRO.

—¿Decirle que sí a quién?

—A Price. —Mackenzie reunió las cartas sueltas y comenzó a barajarlas—. Dile que estudiarás con él.

Delaney dejó una copia sin cubierta de *El guardián entre el centeno* con sus compañeros. No le había contado a ninguna de ellas la oferta de Colton. Hacía todo lo posible por no pensar en ello; en lo cerca que habían estado, con los dedos de sus pies casi tocándose. En el pozo profundo de su mirada. En el temblor de sus manos.

—No me mires así, corazón. —Mackenzie le dio la vuelta a las cartas irisadas una a una, colocándolas ante ella con un rápido *clic, clic, clic*. El Colgado. La Sacerdotisa. Los Enamorados—. No es que haya leído tu diario. No puedo evitar ver esas cosas. Es como un estornudo. Llega de la nada.

—Es intrusivo —dijo Adya, sin apartar los ojos del colgante—. Eres como una planta invasiva. Además, hablas demasiado.

—No importa si hablo o no. No puedes quitarte un bloqueo físico solo con la *voluntad*. Tiene que salir solo.

—Como una astilla —murmuró Adya.

—Claro. —Mackenzie recogió sus cartas—. Como una astilla. —Barajó el mazo y pasó la uña del pulgar por la parte superior de este, inspeccionándolo en silencio—. Vi la frase que escribiste en tu cuaderno, por cierto. ¿*Non omnis moriar*? Es del poeta Horacio. Significa: «No moriré del todo».

Siguió un instante de silencio. El sonido decreció, escapando por los lados. Volviéndose extraño. En el interior de la cabeza de Delaney, comenzó el zumbido. Timorato como el canto de un pájaro, nítido como un silbido, prolongado como un tarareo.

—Lo que intenta entrar en la cabeza de Adya —dijo Mackenzie, sonando como si hablara debajo de agua—, tiene un lema bastante intenso.

El zumbido entre los oídos de Delaney alcanzó un pináculo que hizo que los ojos le temblaran en sus cuencas. Se apretó el puente de la nariz y exhaló lentamente, arrepintiéndose de aquella excursión cada vez más.

—Voy a echar un vistazo —dijo, ya adentrándose en el edificio vacío. Mackenzie la llamó, pero se alejó rápidamente, atravesando un arco rodeado de palillería y entrando en la nave abovedada del interior.

Allí, la luz decreciente caía a través del calado en pequeños charcos de merlot, tiñendo toda la habitación de rojo. Había una hilera de latas en el suelo, llenas de utensilios de escritura. Cerca, en una caja de botellas de leche boca abajo había un «tarro de tacos» en el que alguien había escrito la palabra CAGADAS. El tarro estaba lleno de monedas. Las paredes estaban cubiertas de cosas escritas, y al acercarse vio que eran nombres. Activó la linterna de su teléfono móvil y examinó la lista, pasando los dedos sobre el texto hasta que llegó a un par de nombres que reconocía.

*Eric Hayes* estaba escrito con rotulador permanente, con la *E* bastante más grande que el resto. Junto a su nombre había un número. Cerca, alguien llamado Julian Guzman había apuntado su nombre y un número con letra de médico. Debajo había un nombre que conocía, de caligrafía irritantemente uniforme.

Colton Price.

Trazó las letras, arrastrando la punta del dedo sobre el pulcro tajo de la *l*, el meticuloso punto de la *i*, la cuidadosa curva del cero a su lado. Era extraño, que hubiera pasado semanas girando en su órbita solo para colisionar de nuevo con él del modo más inesperado. Después de lo poco sociable que había sido cada mañana, su repentina propuesta de ayudarla a estudiar parecía un latigazo cervical, vertiginoso e incierto. No obstante, sus notas eran cada vez peores. Su beca estaba en riesgo. En un campus lleno de estudiantes extraordinarios, se había consolidado rápidamente como alguien totalmente ordinario. Alguien a apenas un puñado de suficientes bajos de dejar la universidad.

No estaba en posición de rechazar su oferta.

Buscó a sus pies y sacó un rotulador permanente de una lata abollada. La luz de su teléfono daba a la lista un tono plateado. Por impulso, añadió su nombre junto al de Colton. Cuando se inclinó para soplar la tinta todavía húmeda, sus ojos se posaron en el nombre que había justo debajo.

*Nate Schiller*, escrito con una letra florida que era más arte que autógrafo.

—Ese soy yo —dijo alguien justo a su espalda.

Delaney gritó, tirando tanto el teléfono como el rotulador. Encontró a su interlocutor repantingado en un raído sofá color salmón, con los brazos sobre las rodillas dobladas. Unos rizos pálidos y alborotados escapaban debajo de la capucha, y desde donde estaba podía ver el embrollo blanco de unos auriculares desapareciendo en su sudadera.

Arrancando una pelusa del cojín, dijo:

—Lo siento. No pretendía asustarte. Es solo que… Es mi nombre el que estás mirando. Pensé que sería divertido escribirlo así. Mi madre me obligó a hacer un curso de caligrafía un año. Creyó que me ayudaría con mi letra de mierda. —El relleno se encharcó en el suelo, donde lo estaba lanzando, y añadió—: Pero no lo hizo. Ayudarme.

Delaney se quitó la mano del corazón.

—¿Eres Nate?

—Por desgracia —dijo, con una sonrisa autocrítica.

—Yo soy Lane.

—Lo sé. —Se apresuró a añadir—: No soy un bicho raro. Te oí hablar con tus amigas.

—No eres un bicho raro —repitió—, y aun así aquí estás, sentado solo en la oscuridad. Lo siento, pero esa es la definición de *raro*.

El chico se sentó y se estiró, rascándose la coronilla a través de la capucha.

—A decir verdad —dijo, hablando durante un bostezo—, cuando llegué no estaba oscuro. Y te dije «hola» cuando entraste, pero creo que no me oíste.

—Oh. —Delaney frotó la punta de la bota contra el suelo—. Ya, seguramente. No tengo buen oído.

Él hizo un ademán y se quitó los auriculares.

—¿Por qué añades tu nombre a la porra funeraria?

Vacilante, miró de nuevo el muro de nombres.

—¿La *qué*?

—La porra funeraria —dijo de nuevo, pronunciando bien—. Para eso son los números. Son apuestas. Todos los que están en esa pared han muerto o van a morir.

La inquietud brotó en su pecho. Lo miró con la boca abierta, sin saber cómo entender su tono. Partículas luminosas danzaban en el extenso faro plateado de su linterna.

—Es broma —dijo Nate cuando ella no habló—. Más o menos. Es cierto que hacemos apuestas. Además, Julian Guzman está ahí, y está muerto. Ha salido en todos los periódicos locales de Illinois. Supuestamente, murió atropellado. *Supuestamente*. Y faltan otros.

—Perdona —dijo Delaney, sin seguirlo—, ¿quién más falta?

—Ryan Peretti —dijo, señalando con el dedo la pared de nombres—. Era un alumno mayor, muy prometedor, pero este semestre no ha vuelto. Y después está Greg Kostopoulos. Tenemos Física juntos, pero no ha venido a clase en toda la semana. Alguien dijo que tenía la gripe.

—Pero tú no lo crees. —Delaney levantó el teléfono y apagó la luz, sumiéndose en la amoratada bruma del ocaso.

—No.

—Porque crees que los dos han muerto.

Nate se encogió de hombros.

—*Están* en la porra funeraria.

—Tú también —señaló.

—Yo también. —Volvió a echarse hacia atrás en el sofá y se metió un auricular en la oreja izquierda antes de añadir, con tristeza—: Y ahora también lo estás tú. ¿Nunca te dijeron tus padres que jamás debías firmar nada sin saber qué estás firmando?

Un grito inundó la nave vacía, reverberando entre ellos. Delaney casi dejó caer su teléfono móvil por segunda vez.

Nate frunció el ceño en dirección al porche.

—¿Qué ha sido eso?

—Mi compañera de habitación —dijo Delaney—. Creo. Voy a asegurarme de que está bien. ¿Vas a salir? Está oscureciendo.

Él se colocó el otro auricular. Sus rasgos estaban borrosos en la penumbra crepuscular y las sombras nadaron en el lugar de su sonrisa. Desde aquella distancia, no distinguía el color de sus ojos.

—Seguramente me quedaré aquí un rato más. No soy demasiado sociable.

—Lo entiendo —dijo, porque tampoco lo era ella. Sintió un curioso tipo de familiaridad con él, con aquel chico al que tampoco le importaba un poco de soledad. Por primera vez desde que comenzó el semestre, tenía la sensación de que por fin se había topado con alguien en su misma posición—. ¿Nos vemos por el campus, entonces?

Los ojos de Nate destellaron en la decreciente luz.

—Claro —le dijo—. Nos vemos por ahí.

Delaney se apresuró a salir sin él. El olor de los vapores del rotulador la siguió.

Encontró a Adya y a Mackenzie donde las había dejado, la segunda pasándole a la primera una botella de agua mientras frotaba círculos en su espalda. Las cartas del tarot estaban esparcidas por el suelo, como si las hubiera atrapado una ráfaga de viento fuerte.

—¿Qué ha pasado? —preguntó Delaney, deteniéndose en seco.

Adya no contestó de inmediato. Cerró los ojos, se los frotó con los cantos de las manos. El colgante estaba hecho añicos en el suelo ante ella, y los fragmentos de cristal roto atrapaban la luz. Inhalando una única y temblorosa vez, dijo:

—Lo he visto.

—¿Al mismo chico de antes? —Delaney se encorvó y comenzó a reunir las cartas de Mackenzie, con el estómago revuelto.

—Eso creo —dijo Adya después de cerrar la botella. Su mirada parecía negra en la mísera luz, y la oscura cortina de sus pestañas estaba rociada de lágrimas—. No le vi la cara.

Delaney recordó la lista de nombres, a Nate Schiller iluminado de rojo por el sol ahogado. *Todos los que están en esa pared han muerto o van a morir.* De repente, no le parecía tan exagerado.

—No pasa nada —dijo Mackenzie mientras Adya dejaba escapar una temblorosa exhalación—. Estás bien, solo sigue bebiendo agua poco a poco.

Delaney se agachó para recoger otra carta y apartó la mano con rapidez. Una lágrima de sangre brotó en la punta de su dedo. Se succionó el corte del papel y miró la carta. El demonio le sonrió, con la lengua bífida y azotando la cola.

—¿Te dijo algo? —le preguntó, todavía succionándose el dedo.

Cuando la miró, los ojos de Adya estaban grandes y redondos.

—No —exhaló—. Estaba destrozado.

# 10

El Apóstol hizo la llamada por la noche, como siempre. Estaba en su despacho de la segunda planta de su enorme casa de Newton, iluminado por la luna plateada que entraba por la enorme ventana en voladizo. Como siempre. En la esquina, la oscuridad convalecía. Le salieron brazos, finos y anhelantes. Observaba, esperando, con su sonrisa cortada con luz de luna.

Como siempre.

Hacía todo lo posible por ignorarla.

Llevaba su albornoz de fino algodón con sus iniciales bordadas. Sus pantuflas, una talla menos de la suya, habían sido un regalo de Navidad de su esposa. El viscoelástico de sus suelas hacía que le sudaran las plantas de los pies. Su teléfono móvil era de prepago. Aquella noche, parecía más pesado de lo habitual.

Sonó una vez. Dos veces. Tres. No le gustaba que lo ignoraran. Presionó la caja de cristal pulido que había a su izquierda con el pulgar. Estaba sobre un pesado pedestal, el blanqueado fragmento de hueso acunado en el biselado interior de una tabaquera. Su curva parecía marfil a la luz de la luna, sus bordes afilados como una daga allí donde se habían limado. Era la prueba material del gran alcance del Priorato. La prueba de que entrenar a un chico que podía abrir el cielo entre los mundos había sido una rentable inversión.

El cuarto tono tembló en su oreja.

Se estaba enfadando.

Caminó, rodeando el expositor, sin apartar nunca los ojos de la necrótica esquirla. Era su lámpara del genio, su óbolo de Caronte. Su trozo del alma de Koschéi, escondida en el interior de una aguja, dentro de un huevo, dentro de un pequeño cofre de madera en un pequeño contenedor de cristal en la segunda planta de una casa de Newton.

Una voz habló en el otro extremo.

—Acabo de superar absolutamente este nivel.

El Apóstol cerró los ojos. Los abrió de nuevo. El hueso destelló con un brillo impío.

—Esta es la segunda vez que te llamo.

—¿Sí? —El Apóstol oyó el continuado pitido de un juego—. Los dioses del Valhalla necesitaban mi ayuda.

—Te aseguro que no sé qué significa eso.

El Apóstol oyó el repiqueteo digital de unas espadas, el sonido informatizado de alguien muriendo de un modo horrible.

—*Finiquitado* —dijo Colton Price, no a él. Después—: Deberías aprender a jugar. Te vendría bien para la úlcera.

No entendía cómo hacer trocitos de ogro con una espada podía ser ni remotamente bueno para su úlcera, pero evitó decirlo en voz alta. En lugar de eso, cerró los ojos e inhaló. Contó hacia atrás desde diez, algo que su terapeuta le había sugerido educadamente que intentara como un modo de sofocar su ira.

No era un hombre furioso por naturaleza; lo que pasaba era que Colton Price era un maestro apretando tuercas. El Priorato puso sus ojos en Price en el preciso instante en el que llegó a Godbole. Lo invitaron a jurar lealtad, no por un error de juicio sino porque era sin duda el mejor en lo que hacía. Era un milagro, aquel niño que había engañado a la muerte, que había crecido para convertirse en un hombre capaz de rasgar el cielo.

Pero no había duda de que era difícil trabajar con Colton Price.

—Se ha producido un contratiempo en el plan —dijo el Apóstol.

Price tomó aire a través de los dientes.

—Yo diría que el hecho de que Julian Guzman haya estirado la pata es algo más que un contratiempo.

—No todo está perdido. Todavía tenemos a Kostopoulos.

Más sonidos metálicos; acero contra acero. Alguien gritó, agudo y chirriante.

—Él no lo hará mejor —dijo Price—. Son canarios en una mina de carbón. Quizá deberías aceptar la señal como lo que es.

El Apóstol notó un tic en el ojo. Se lo frotó con un dedo, decidido a no gritar.

—Recuérdame qué dijo Thomas Edison sobre el fracaso.

Estaba seguro de que Price lo sabía. El chico era una enciclopedia andante, inexcusablemente arrogante porque sabía que era, casi siempre, el más listo de la habitación.

—No he fracasado diez mil veces —dijo, hablando sobre el amortiguado estrépito de las espadas—, he conseguido encontrar diez mil fórmulas que no funcionan.

—Uno de ellos lo conseguirá —insistió el Apóstol, sin decir nada más.

En el silencio siguiente, Price dejó escapar una carcajada.

—De acuerdo —replicó—. Puedo oír el ansia a través del teléfono. Rompe un par de bombillas más. Mata un par de canarios más. No me importa.

—Debería. ¿Tengo que recordarte que el resultado de este proyecto te afecta a ti tanto como a mí?

El juego emitió un pitido. Se oyó una campana de victoria.

—Quizá.

El Apóstol miró su teléfono con el ceño fruncido. No le gustaba esa respuesta. *Quizá*. Apestaba a beligerancia. Colton Price, con todo el potencial de su sangre, tenía que estar cuidadosamente controlado. No era un hombre; era un arma. Y él lo sabía.

—Espero que te hayas mantenido alerta, Price.

—Como un gato —contestó, sin perder un segundo.

—¿De verdad? —El Apóstol presionó la caja con la mano. El fragmento de hueso le guiñó el ojo, lechoso bajo la luz de la luna—. Porque me han llegado informes de que estás pasando las mañanas con la señorita Meyers-Petrov.

Por una vez, el irritante Price no le suministró una respuesta ingeniosa de inmediato. Para cualquier otro, el silencio habría significado remordimiento, pero el Apóstol no era tonto. Colton Price no se había sentido culpable un solo día de su vida. Era, en general, totalmente desdeñoso. No era de esos que se molestan con excusas. Seguramente, ni siquiera le importaba que lo hubiera cazado. De fondo, el juego comenzó de nuevo. Algo gruñó, un sonido bestial en la quietud.

—Conoces los riesgos —le recordó el Apóstol—. Sabes qué precio pagarás si dejas de ser valioso para el Priorato.

—No planeo dejar de serlo.

—Entonces mantén las distancias. ¿Meeker te entregó los informes?

—Sí —dijo Price—. Tengo las carpetas.

—Estúdialas. Busca patrones. Descubre qué hicieron mal los otros. Ese es tu trabajo. Es tu único trabajo. Nada más.

La llamada se cortó.

El Apóstol se apartó el teléfono de la oreja. Estaba caliente en su mano. Las nubes se habían deslizado sobre la luna durante la llamada, atenuando la luz que atravesaba las ventanas en penumbrosas franjas, demasiado oscuro para ver. El fragmento de hueso se ennegreció, volviéndose de obsidiana en las tinieblas. Envió, aunque no debería, un tamborileo de inquietud por su espalda. Tanteó su camino hasta el escritorio y se derrumbó en su butaca, asustándose un poco por el crujido del cuero bajo su peso.

En el extremo opuesto de la habitación, los delgados brazos de la oscuridad se acercaron a rastras. Sus garras se clavaron en el suelo. Una cabeza se unió al cuerpo cuya imposibilidad siempre le helaba el corazón. Intentó no mirar directamente mientras la oscuridad se ponía en pie, con el cráneo cóncavo y la boca abierta como una herida. El olor de la putrefacción inundó la habitación, mohoso y horrible e implacable. Había pasado los diez últimos años intentando borrarlo. Ventanas abiertas, velas encendidas, ambientadores colgados. No sirvió de nada.

El hedor de la muerte estaba en todo lo que poseía.

—Vete —dijo, airado—. Me estoy ocupando de esto.

Esa terrible oscuridad sonrió con una sonrisa terrible. Cuando habló, su voz estaba llena de cosas frías y resbaladizas.

—Somos tú y yo. Somos yo y tú.

—No dejas de decir eso —replicó el Apóstol—, pero soy yo el que hace todo el trabajo.

—Todo es lo que querías —cantó la oscuridad, algo que no podía estar, pensó, más lejos de la verdad. Nada era lo que quería. Ese era precisamente el problema. Algo se cayó en el extremo opuesto de la estancia. Sonó pesado. Pensó brevemente en encender las luces y después se lo pensó mejor. Era mucho peor, había descubierto, ver ese rostro terrible. Verlo golpeado y roto. Verlo riéndose de él.

—El chico irá a donde vaya ella —graznó la oscuridad, arrastrándose más cerca—. La seguirá y la seguirá. Y entonces —dijo, llena de alegría—, y entonces, mi querido, mi adorado, mi Dickie, ella será tu ruina.

# 11

La primera vez que Liam permitió que Colton se sumara a un entrenamiento, este tenía seis años. Como era demasiado pequeño para participar, se había alegrado de calentar el banquillo y ver jugar a su hermano. A su lado estaba la radio plateada que Liam se había llevado de casa. Un viejo recopilatorio de su padre se reproducía a través de los altavoces ovalados. Con un chocolate caliente entre sus manos con mitones, hizo todo lo posible por hacer de DJ para Liam y su grupo de amigos.

—Necesitamos algo épico —le gritó Liam, con su aliento convirtiéndose en cristales. El día era gris y húmedo. La nieve bajaba sesgada, en ráfagas que caían como la lluvia. Sobre el hielo, el aguanieve había vuelto negro el azul de la chaqueta de esquí de Liam—. Algo que nos haga ganar. Un himno.

A sus seis años, Colton no sabía qué era un himno, pero reconocía algo épico cuando lo oía. La cinta de su padre estaba llena de canciones de los 80, éxitos de heavy metal y baladas de rock duro que hacían que temblara el banco entero. Se detuvo cuando llegó a las notas de abertura de un solo de guitarra. Había algo siniestro en el sonido, algo emocionante. La percusión del tambor le aporreaba el pecho. Se hundía en él como unas garras. En el hielo, Liam levantó la cabeza y le enseñó el pulgar a Colton.

—¡Eso es, C. J.! ¡Deja esa!

El despacho de Whitehall estaba oscuro, iluminado solo por el caparazón de cristal verde de la lámpara de banquero. Ponía las sombras en abrupto relieve a lo largo del extenso panelado de roble, dejando a Colton y a su portátil abierto en una esfera amarilla. Su teléfono estaba boca arriba sobre la mesa, sus auriculares en un enredo donde los había dejado. El solo inicial de guitarra resonó, metálico, a través de los altavoces. Un acorde en Mi menor, grabado en su subconsciente.

*Say your prayers, Little one, don't forget, my son.*

Apagó el teléfono. El silencio golpeó el espacio. Lo sintió, punzante y frío. Lo hizo sentirse inquieto. Miró su reloj para ver que solo habían pasado dos minutos desde su comprobación anterior. Dos minutos que le habían parecido diez. No le gustaba cuando el tiempo se arrastraba así. Cuando se ralentizaba hasta casi detenerse. Era como estar atrapado dentro de un sueño en el que sus piernas eran de plomo. Incapaz de correr. Incapaz de nadar. Con la oscuridad cerrándose sobre él. La boca llena de agua.

Cuando levantó la mirada, una silueta llenaba la entrada.

—Es espeluznante que te guste sentarte así en la oscuridad, ¿sabes?

Eric Hayes no se molestó en decir «hola» cuando entró en el despacho, encendiendo la luz mientras la puerta se cerraba a su espalda. De inmediato, el pequeño espacio quedó inundado por una luz demasiado brillante. Colton luchó contra el impulso de protegerse los ojos. Sus reflejos atenuados nadaron en la oscuridad reflejada de la enorme ventana en voladizo, en sus siluetas malformadas.

—¿Has hablado con el Apóstol?

—Por desgracia. —Colton cerró su portátil—. ¿Y tú?

—No desde que Guzman apareció muerto. No me gusta. ¿Qué escuchamos? —Tiró de los auriculares de Colton y se metió uno en la oreja—. *Puaj,* ¿Metallica? No te tenía por un aficionado al metal.

—No lo soy —dijo Colton. No era mentira.

Hayes le clavó una mirada. Colton la ignoró y volvió a concentrarse en el portátil, examinando el foro de discusión de la tarea de la noche anterior. Por el rabillo del ojo, vio que Hayes se sacaba el auricular de la oreja y lo hacía girar entre su pulgar y su índice. Podía notarlo mascando sus siguientes palabras, preparándose para escupirlas.

—Mira —comenzó, golpeando el escritorio con el auricular—, a mi hermana pequeña le gustan mucho los musicales. No es lo mío, pero ella los devora. Le ha gustado el teatro y la danza toda la vida.

—Y esto tiene que ver conmigo porque... —dijo Colton, sin levantar la mirada de su ordenador.

—Solo digo que, si se muriera, no creo que pudiera soportarlo... Escuchar su música día tras día.

Colton se quedó callado. Su dedo planeó sobre el panel táctil de su portátil. Tomándose el silencio como una invitación, Hayes arrastró una silla y se dejó caer en ella, estirando las piernas.

—Hoy pareces más atormentado de lo habitual. Me estás deprimiendo.

Colton cerró el portátil y se echó hacia atrás lo suficiente como para hacer crujir los muelles de la butaca de Whitehall.

—¿Estás aquí por alguna razón?

Hayes apretó la mandíbula.

—¿Es que un hombre no puede querer pasar el rato?

La única respuesta de Colton fue una mirada implacable. Hayes cedió con un gruñido.

—Vale. Ayer fui a correr un poco después de clase. Cuando volvía por el sendero del bosque, vi que las luces del Santuario estaban encendidas y pensé en desviarme y echar un ojo.

—¿Y? —Colton estaba totalmente inmóvil—. ¿Qué encontraste?

Hayes se amasó los nudillos hasta que crujieron.

—Estoy bastante seguro de que vi a tu chica charlando con Nate Schiller.

En el estante que había detrás de Colton, el pesado reloj de pie marcó los segundos. Su anticuado *tic, tic, tic* lo hacía querer arrancarse el pellejo.

—Eso no es posible.

Hayes se echó hacia atrás con una mueca.

—Habla contigo, ¿no?

—No es lo mismo.

—Supéralo ya, es casi igual. —Hayes dio un golpe con el tacón de la bota—. Si ella y Schiller se hacen amigos, sabes qué significa eso, ¿verdad?

Lo sabía.

Lo sabía demasiado bien.

Una suave llamada a la puerta evitó que tuviera que responder. Hayes lo miró, frunciendo el ceño.

—¿Has cambiado tus horas de tutoría?

—No —dijo. Después, más alto—: Está abierto.

La puerta se abrió hacia adentro y allí estaba Lane, con la luz del pasillo derramándose a su alrededor como un aura. Ese formidable dolor le empujó la piel. Latió en su interior como el solo de inicio de la balada le había amartillado el pecho ese día nevado de invierno en el lago. Cerró los dedos en un puño apresurado.

—Miércoles —dijo, tan cauto como pudo—. ¿Puedo ayudarte?

—Sí, en realidad. ¿Podemos hablar? —Sus ojos verdes se posaron en Hayes—. ¿En privado?

Con una sonrisa que hizo que Colton deseara darle un puñetazo en la boca, Hayes se echó hacia atrás y colocó las botas sobre la mesa.

—Cualquier cosa que tengas que decirle a Price, puedes decírmela a mí.

—Oh. —Lane miró a Colton. Él apretó la mandíbula—. De acuerdo. —Clavó la punta de la bota en el suelo—. He pensado en tu oferta, y he decidido aceptarla.

Colton sintió los ojos de Hayes observándolo. Esperando a ver cuánto podía cagarla. Quería decir un millar de cosas distintas. En lugar de eso, dijo:

—No estoy seguro de a qué te refieres.

Lane pestañeó, recalibrándose.

—El otro día —dijo, como si pudiera haberlo olvidado—. Dijiste que me ayudarías a estudiar.

Había pasado tiempo suficiente mirando a sus demonios en el espejo como para saber que la sonrisa que le dedicó estaba llena de un frío que calaba los huesos.

—Si tienes dificultades con la clase de Whitehall, puedes concertar una cita durante mis horas de tutoría, como todos los demás.

Ella lo miró boquiabierta, con sus ojos formando unos círculos perfectos de sorpresa. El color subió hasta sus mejillas. Colton nunca se había sentido más imbécil.

—De acuerdo. Claro. —Escupió sus palabras en una brusca sílaba cada vez—. Siento haberte molestado.

No esperó a que se despidiera de ella. En lugar de eso, giró sobre sus talones, agitando el dobladillo negro de su falda. Dio un portazo; la fuerza de su partida hizo que las baratijas se estremecieran en sus estantes. El sonido fue absoluto, como una lápida colocada sobre una tumba.

Colton cerró los ojos. Oyó las pisadas atenuadas de sus botas desvaneciéndose en el silencio.

—Vaya. —Fue todo lo que dijo Hayes.

—No empieces.

—Eso ha sido brutal.

Colton se hundió más en su asiento y optó por no responder.

—Sé sincero conmigo un segundo —le dijo Hayes—. ¿Te pone cachondo meterte en líos?

—Nadie va a meterse en líos.

—Todavía no, es posible. Pero ¿qué ocurrirá cuando él se entere? —Como Colton no le ofreció una respuesta, Hayes se levantó para marcharse—. No seas imbécil. Tú no eres el único que puede perder algo. Estamos cerca del final, ¿vale? Conoces los riesgos. No podemos terminar sin ti.

Colton siguió en silencio. Hayes exhaló un suspiro.

—Mira, ¿de verdad es tan importante esa chica?

—Sí —dijo, en respuesta a la pregunta de Hayes. Una palabra. Demasiado pequeña para cargar con el peso imposible de la verdad. ¿Era importante? *¿Delaney Meyers-Petrov era importante?* La pregunta era ridícula, y por eso se rio de ella. El sonido escapó de él con una escofina que no tenía ninguna gracia—. Sí —repitió.

Hayes lo miró con el ceño fruncido.

—Entonces déjala en paz, Price. Antes de que consigas que la maten.

# 12

Delaney no aprobaría su examen de Cálculo el lunes. No era que no comprendiera el orden correcto de las operaciones, aunque sus apuntes estaban plagados de mariposas. No era que no se hubiera tomado el tiempo de estudiar, aunque la mesa que tenía delante estaba llena de recortes de periódico.

Era, en realidad, que Adya estaba cada vez más segura de haber sido testigo de un asesinato.

—¿A qué te referías exactamente —le preguntó Mackenzie, echándose hacia atrás en su silla en el extremo opuesto de la mesa— con «destrozado»?

A su lado, Adya tomó un audible sorbo de su chai y no respondió. A su alrededor, la cafetería del campus estaba abarrotada de estudiantes. Una plateada lluvia de septiembre caía sesgada contra las ventanas. Delaney masticó la punta de su bolígrafo e hizo todo lo posible por seguir el flujo fragmentado de la conversación.

Sin que el silencio de Adya la disuadiera, Mackenzie insistió.

—¿Dirías que lo habían destripado como a un pez? ¿O era algo más externo, como un desollamiento?

Adya golpeó la mesa con su taza.

—Mackenzie, si no dejas de hablar así, voy a vomitar. Y hablando de cosas repugnantes, ¿qué tienes en la cabeza?

—Un sombrero de detective.

—Estás ridícula. ¿De dónde lo has sacado?

—Del departamento de teatro. Concéntrate, nos estás desviando del tema.

—Nate me dijo que algunos estudiantes no habían aparecido este semestre —ofreció Delaney, cuando hubo silencio suficiente para que se sintiera cómoda interviniendo. La cafetería estaba inundada de rock alternativo, del traqueteo de la máquina de café, del repiqueteo de la cubertería, todo ello mezclado con un zumbido indistinguible que se tragaba las voces de sus compañeras.

—Volvamos a eso. —Mackenzie giró su silla para sentarse del revés, con los brazos apoyados en el respaldo—. Tu amigo antisocial...

—Nate —la interrumpió Delaney.

—... dijo que estar en la lista de nombres de la pared era una señal de muerte inminente. Eso podría ser relevante. ¿Reconociste alguno?

—Price —admitió Delaney. Su nombre se atascó como un nudo en su garganta. No quería pensar en Colton, no después de lo de la tarde anterior. Tampoco quería volver a verlo, a menos que fuera tropezando con sus estúpidos y caros zapatos y cayéndose de bruces a una zanja.

—Puede que él sepa algo. —Mackenzie anotó algo en su cuaderno amarillo—. Lane, ¿puedes preguntárselo?

—¿Yo? —Su voz sonó aguda al pasar alrededor del nudo—. ¿Por qué yo?

Mackenzie no levantó la mirada de su cuaderno.

—Vosotros dos tenéis algo.

El horror la atravesó.

—Nosotros no tenemos nada.

—Un poco sí —dijo Adya, empujando el aro de espuma de leche de su taza—. Pasáis un montón de tiempo juntos en esa clase vacía. Podríais hablar de algo.

Delaney balanceó la bota bajo la mesa, golpeando la espinilla de Adya.

—Ni siquiera sabría cómo sacar el tema.

—Fácil —dijo Mackenzie—. Solo dile: «Eh, vi tu nombre en una pared con un montón de nombres más. ¿Alguna posibilidad de que uno de ellos haya sido destripado y/o cortado en pedacitos?».

—Con los ojos brillantes, la pelirroja le mostró una sonrisa amplia, felina—. De hecho, puedes practicar ahora mismo. Price viene hacia aquí.

—¿Qué? —Delaney se detuvo, inquieta—. ¿Puedes sentirlo?

—Sí —dijo Mackenzie—. Con mis ojos. Acaba de pasar junto a la ventana.

La puerta se abrió, las campanillas tintinearon y una ráfaga fría atravesó el umbral. Allí, en el felpudo, estaba Colton Price, con una bufanda de cuadros del color de las hojas de tabaco rodeando dos veces su garganta. El frío le había sonrosado las mejillas y tenía el cabello mojado por la lluvia. Y (lo más perturbador de todo) estaba mirándola.

Mackenzie comenzó a guardar sus cosas, a meter papeles sueltos en su bolso.

—Llámalo —le ordenó.

—No lo voy a hacer.

—Lo vas a hacer. —Entrelazó el brazo con el de Adya y la puso en pie—. Sacrifícate por nosotras, Laney-Jane.

—Espera —protestó Adya—. No me he terminado mi bebida.

Delaney las observó mientras se marchaban, cada vez más asustada, y pensó en recoger sus cosas y seguirlas. Antes de que pudiera echar mano a su bolso, apartaron la silla opuesta y Colton se dejó caer en ella. Irradiaba frío en oleadas.

Frotándose las manos para calentárselas, dijo:

—Hoy estás guapa.

El inesperado cumplido la atravesó con un zumbido. Tragó saliva con dificultad, y fingió examinar sus apuntes con atención.

—Estoy ocupada.

—Estás hostil —afirmó. Aquel día parecía ofensivamente él mismo: todo líneas duras y ángulos bruscos, con la boca afilada y los ojos apenas un tono demasiado oscuros—. Estás enfadada conmigo.

—No se te escapa nada.

—¿Ayudaría que me disculpara?

—No —le aseguró—, así que no malgastes saliva.

Él la ignoró y se acercó su cuaderno abierto para inspeccionarlo. Las alas emplomadas de una mariposa eran vergonzosamente visibles en la página.

—Mira, Miércoles —dijo, examinando su trabajo—. Ayer me tomaste por sorpresa. Quiero ayudarte, de verdad.

—No necesito tu ayuda, Price, pero gracias. —Se inclinó sobre la mesa y tiró de su cuaderno. No cedió.

Colton le echó una mirada dolida.

—No lo dices en serio.

—En realidad, sí. Suelta. —Le dio otro tirón a su cuaderno, esta vez más fuerte que antes, y él lo soltó. La inesperada sumisión la hizo caer hacia atrás en su silla con un *ay*.

—Piensa en esto racionalmente un momento —le dijo, desenrollándose la bufanda. Desde aquel ángulo, Delaney podía ver un mínimo fragmento de clavícula, el delicado cordaje de su cuello. Tenía la boca seca—. Se supone que no debo tener sesiones de estudio individuales con novatos en la clase en la que ayudo. Podría parecer que te ayudo a hacer trampa.

El modo en el que la miraba, con sus ojos tragándose la luz, hizo que sus nervios estallaran en chispas.

—¿Qué estás diciendo? ¿Quieres que estudiemos juntos en secreto?

—Si quieres decirlo así, bueno. —Miró su reloj—. Cuanta menos gente lo sepa, mejor.

—No lo sé.

Desde el otro lado de la cafetería, Delaney notó la fuerza de la mirada de Mackenzie atravesándola. Sabía qué diría su amiga si estuviera allí. Le diría que una clase a solas sería la oportunidad perfecta para descubrir más sobre la lista de nombres de la pared. Le diría que se esforzara un poco más jugando a los detectives. Le diría que respondiera que sí. En lugar de eso, Delaney masticó la punta de su bolígrafo y dijo:

—Suena arriesgado.

—Para mí —le aseguró Colton—. No para ti.

—Entonces, ¿por qué te ofreces?

La pregunta pendió en el aire entre ellos, empequeñecida bajo la mordaz bofetada del café quemado, bajo el húmedo golpe de la lluvia de septiembre. Como Colton no respondió, ella se tomó la libertad de hacerlo por él.

—Porque te sientes mal por mí. Me miras, y no ves a un contendiente; solo ves un cachorrito apaleado. La pobre sorda, que dibuja mariposas en sus cuadernos y ni siquiera podría aprobar un examen con los apuntes abiertos.

—No es por eso —le dijo, con una severidad que no soportaba discusión.

Delaney tragó saliva, con la respuesta atascada en la garganta. Deseó que Colton se marchara. La estaba poniendo nerviosa, aquel Colton tan comunicativo, con sus sonrisas lo bastante afiladas como para cortar una arteria. Era muy distinto del Colton al que se había acostumbrado: distante y monosilábico y decidido a evitarla a cualquier coste.

—El otro día tuve un momento de debilidad —dijo ella, con una voz demasiado frágil para su gusto—. Te di un montón de información personal, y no debí hacerlo. Creo que seguramente es mejor para ambos que finjamos que nunca ocurrió.

—No —replicó Colton categóricamente.

—¿Disculpa?

—Me has oído, Miércoles. No quiero fingir que eso no ha pasado. Te dije que quería trabajar contigo. Lo dije en serio.

Había algo alarmantemente adusto en su mirada. Ella apartó los ojos, ignorando el balbuceo de su pulso.

—Trabajar conmigo implica que tú también sacas algo de esto.

Él pasó el codo por el respaldo de su silla y la miró demasiado directo.

—Quizá sea un altruista.

—Ja. —Delaney contuvo una carcajada—. Prueba de nuevo.

Un gruñido se formó en la garganta de Colton. Ella lo vio antes de oírlo; evidente en el modo en el que se expandió su pecho, en cómo se tensaron sus hombros. En cómo dijo «Miércoles», una sílaba cada vez. *Miér. Co. Les.*

—Lane —lo corrigió.

—Señorita Meyers-Petrov. —Su voz estaba empapada de dulzor, un sonido tan seguro de sí mismo que la puso de inmediato en guardia—. ¿Quieres un *quid pro quo*? Pues tengamos un *quid pro quo*. —Alargó la mano sobre la mesa, rasgó la mariposa de la espiral y la agitó entre ellos con una floritura—. Quiero que pintes esto.

—Una mariposa —dijo, sin expresión.

—Oh, ¿eso es? —La levantó para inspeccionarla—. Creí que era una langosta.

—No soy buena dibujante. —Intentó recuperar el dibujo y él se echó hacia atrás, manteniéndolo fuera de su alcance.

—Está bien. —Su cabello se había secado ondulado, con varios rizos errantes reptando hacia su sien—. Me has preguntado qué quiero. Es esto. Dejaré que uses mis notas si pintas esto para mí.

Delaney renunció al dibujo.

—¿Dónde?

—Excelente pregunta. —Soltó la mariposa y le quitó el bolígrafo para apuntar una dirección en la parte superior de su cuaderno abierto—. En mi casa. Esta noche, cuando hayas terminado las clases.

—¿En tu *casa*?

Colton extendió las manos, ofendido.

—¿Qué tiene de malo mi casa?

—Seguramente nada —admitió, deseando no haber reaccionado con tanto fervor. En el extremo opuesto de la cafetería, Mackenzie y Adya los miraban descaradamente—. Es solo que a veces me das una sensación muy Jack el Destripador, y no creo que debiera meterme en una casa contigo.

Colton curvó una comisura de su boca.

—Eso es increíblemente grosero.

—Pero ¿no es cierto?

El subsiguiente arqueo de sus cejas le dio un aire implacablemente imperioso.

—No planeo matarte, Miércoles. Te estoy entregando una invitación.

—No sé. —Empujó el asa de la taza abandonada de Adya—. Suena a algo que podría decir un asesino.

Colton la miró un único y mudo instante, con un músculo apretado en su mandíbula. Después, se levantó de su silla, dobló el dibujo de la mariposa por la mitad y se lo guardó en el interior del abrigo.

—Te veré esta noche —le dijo.

—Quizá —replicó ella a su espalda, pero ya se estaba alejando, con su bufanda en su estela y las perforaciones de la espiral de la hoja sobresaliendo de sus solapas.

—Ven —articuló, y después desapareció, encorvándose bajo el tintineo de la campanilla y el mordisco del viento y sumergiéndose en el bullicio del campus.

Hasta que no estuvo totalmente fuera de su vista, Delaney no se dio cuenta de que se había fugado con su bolígrafo.

# 13

Era tarde cuando Delaney llegó por fin a la dirección que Colton había anotado en su cuaderno. Encorvada bajo su paraguas, atravesó la diminuta calle de adoquines, mirando con asombro las pequeñas casas de ladrillo. Las pulcras mansiones señoriales parecían algo sacado de una postal, todo miradores de viuda y trabajada forja.

No pensaba ir, pero su profesor de Redacción le había enviado un feroz correo electrónico respecto a su falta de participación en clase y su examen de Latín había vuelto cubierto de marcas rojas y Mackenzie no se rendía sobre la importancia de poner nombre a la cara en la cabeza de Adya.

En ese momento, y a pesar de su reticencia, estaba en la calle de Colton Price, delante de la casa de Colton Price.

Un coche pasó de largo. El sol se hundía fuera de su vista, permitiendo que las farolas de hierro se guiñaran una a una. Las somnolientas casas de piedra rojiza se iluminaron como cirios, bañando toda la calle bordeada de arces en un alegre halo.

Solo una casa seguía oscura.

La idea de que Colton Price pudiera no estar en casa fue lo que la puso por fin en movimiento. Llamaría, él no abriría, y se marcharía por donde había llegado: preocupada a pie, asustada en metro, cocinándose a fuego lento en el hediondo calor del Centro de Gobierno. Tendría munición más que suficiente para estar furiosa con él durante días.

Subió los peldaños y llamó tres veces a la puerta.

El silencio se levantó para recibirla.

Se inclinó para escuchar (una conducta aprendida, ya que no podría oír a través de la madera aunque lo intentara) y llamó de nuevo. Una vez más, la puerta siguió cerrada. La casa permaneció oscura y muda como una tumba.

Acababa de colocar el puño para llamar por tercera vez cuando la puerta se abrió. Solo una rendija, lo suficiente como para que Colton se metiera a presión en el hueco. Llevaba una sudadera básica blanca y unos pantalones vaqueros, los pies en calcetines. Sus ojos eran cautos, su mandíbula estaba inusualmente tensa, como si se hubiera presentado en su casa sin anunciarse, en lugar de que él la hubiera instado a ir.

—Aquí estoy —dijo, un poco indignada.

—Ya veo.

No la invitó a entrar. En la calle a su espalda, un coche pasó como un pececillo de plata, atrapando la luz de las farolas en sus ventanillas.

—¿Vas a tenerme aquí fuera toda la noche?

—Claro que no —dijo. Después—: Sí. En realidad, sí. Esta noche no me viene bien.

—Oh. —La sorpresa dio paso a la irritación—. Lo dices en serio.

Apoyando la sien contra el marco de la puerta, Colton dijo:

—Ojalá no fuera así.

Otro coche pasó con un susurro de ruedas. Su irritación se transformó en los primeros indicios de ira. Luchando para mantener su voz controlada, dijo:

—He venido hasta aquí porque insististe.

—Créeme —comenzó—, soy muy consciente de ello. Yo…

Delaney levantó una mano para silenciarlo.

—No pretendo ser maleducada, pero ni de broma voy a caminar todo el camino hasta el metro sin usar al menos el baño, así que voy a necesitar que abras la puerta y me dejes entrar.

Para su sorpresa, él abrió la puerta de inmediato, un movimiento casi reflejo. Como si hubiera golpeado su tendón con un percutor y él hubiera despertado en respuesta. La oscuridad escapó del vestíbulo. Colton se agarró al marco, con los nudillos blancos y una mirada acusadora... Como si ella hubiera empujado la puerta.

—Vale. —Su impertinencia se desinfló como un globo—. Sabía que no hablabas en serio.

Él se quedó alarmantemente mudo en respuesta. Insegura, atravesó el umbral, alejándose tanto de él como podía. No dio más de medio paso antes de detenerse. El espacioso vestíbulo estaba tenuemente iluminado: sus paredes blancas danzaban a la luz de una docena de titilantes velas que se fundían lentamente sobre el banco del perchero de la entrada.

Era adorable. Era exquisito. Era, notó con creciente horror, angustiosamente romántico. La puerta se cerró y Delaney se giró hacia Colton para descubrirlo a unos pasos, con sus largos dedos entrelazados sobre su coronilla. Iluminados desde abajo, sus rasgos eran tan duros y sufridos como los de un santo.

Ella señaló el altar provisional con una mano abierta.

—¿Qué es esto?

—Es una larga historia —dijo Colton con seriedad.

—¿Estás...? —Se detuvo, mirando las velas con el ceño fruncido—. ¿Esto es algún tipo de detalle?

La mirada que Colton le echó parecía profundamente afligida.

—¿Algún tipo de detalle?

—Ya sabes —le dijo—. Un *detalle*.

Colton la miró y formó una pirámide con los dedos ante sus labios, armándose de paciencia.

—No te entiendo, Miércoles.

Su respuesta fue un golpe devastador. Avergonzada, se reprendió por sugerirlo. No debería haber dicho nada. Debió ignorar las velas. Mejor aún: debió quedarse en el campus, que estaba caliente y bien iluminado y notablemente desprovisto de Colton Price.

Fingiendo desinterés, le preguntó:

—¿Estás invocando a un demonio?

La voz de Colton asumió un tono tenso.

—No.

—¿Celebrando una sesión espiritista?

—No —repitió.

—¿Siempre estudias en la oscuridad?

—Jesús. —Sus ojos eran de un tono demasiado negro, sus rasgos estaban cincelados con demasiada brusquedad. Bruñido por el titilar eclesiástico del vestíbulo, parecía casi inhumano—. Si te digo que sí, ¿lo dejarás pasar?

—Claro —dijo Delaney, consciente de que estaba mirándola fijamente—. Lo dejaré pasar.

—Fantástico. —Él se alejó, indicándole que lo siguiera—. Pongámonos a trabajar. Vi tus notas de Cálculo esta mañana en la cafetería. Supongo que podríamos empezar por ahí.

Colton resultó ser un tutor tan formidable como era asistente del profesor. Sus apuntes eran un estudio sobre la competencia. Cada tema estaba meticulosamente etiquetado, con sus páginas pulcramente ordenadas; cada cuaderno se encontraba ordenado alfabéticamente y con un código de color, hasta el punto de la obsesión. Cada noche elegían un lugar de trabajo y estudiaban hasta tarde, peinando aquellas carpetas propias de un taquígrafo hasta que Delaney consiguió rellenar los enormes huecos de sus cuadernos con todo lo que había en los de Colton.

Noche a noche, las lecciones parecían encajar en su lugar. Ideas a medio terminar se convertían en conceptos concretos. Fórmulas fragmentadas se volvían ecuaciones solucionables. Palabras mal escritas se convertían en legible latín. Al otro lado de la extensa ventana en voladizo de la sala de estar de Price, el mundo cambió. Las hojas de los viejos arces se volvieron quebradizas, oscureciéndose con el color de la sangre. El aire asumió una frialdad de la que no podía despojarse, tallando una flecha en el viento lo bastante afilada como para hacer que el cristal castañeteara en el marco.

Después de esa primera noche, las luces permanecieron encendidas. Colton mantuvo a Delaney limitada a la cocina y a la sala de estar, sin aventurarse más en la casa. En el laberinto de pasillos coloniales, todas las puertas se mantuvieron firmemente cerradas. Nadie salió. Nadie entró. No parecía que nadie más viviera allí, excepto por una pequeña chaqueta de niño azul marino que colgaba de un gancho del perchero.

—¿Tienes un hermano pequeño? —le preguntó una noche mientras estaban sentados sobre sus apuntes de Latín, hombro contra hombro, en la isla de la cocina.

—No —le contestó, y le entregó una hoja de declinaciones. No se extendió, y el hielo de su voz la tomó demasiado desprevenida como para insistir.

Era principios de octubre, con tardes crepusculares, cuando Delaney se derrumbó por fin bajo la constante presión de Mackenzie.

—Tienes que preguntarle a Price por la lista. —Su compañera estaba despatarrada como una estrella de mar sobre su colcha, arrancándose el esmalte de las uñas—. Cada día que no lo haces, Adya sufre.

—Adya está bien —replicó Adya, con sus rasgos iluminados por el azul de su portátil—. Hace semanas que no tengo bloqueos. Lo que los provocaba, ya no lo hace.

—Porque está muerto —replicó Mackenzie—. Seguramente pudriéndose en una cuneta en alguna parte. Y podríamos ser las únicas que lo vimos. Tendríamos que estar concentradas al cien por cien en esto.

Adya cerró su portátil.

—Ni siquiera sabemos si lo que vi era real.

—Exacto. —Delaney apartó los pies de Mackenzie del borde de su cama—. Además, tengo la sensación de que deberíamos concentrarnos en cruzar entre mundos. Solo queda una semana hasta que empiecen las prácticas.

No les dijo que había vuelto al Santuario, y a menudo. A veces estaba vacío, y se pasaba los descansos entre clases disfrutando de la dicha de un silencio total. Más a menudo, Nate Schiller estaba allí, con su sudadera con capucha y sus auriculares, golpeando el aire al ritmo de una canción que ella no podía oír.

—Este es un espacio de meditación —le anunció la primera vez que regresó, cargada con una bolsa de papel marrón con galletas un poco rancias—. Si vas a convertirlo en tu casita del árbol, tendrás que respetar las normas de la casa. Primero: el picoteo se comparte. Segundo: el silencio debe ser total y absoluto.

—Eso está hecho —dijo, y dejó una magdalena de calabaza sobre la mesa entre ellos.

Lejos de los dormitorios y de las cafeterías y de las clases, por fin se sentía libre para apagar su implante. Había un compañerismo mudo en su mutua soledad, una calma tranquila que rara vez encontraba con los demás. Ella leía. Nate escuchaba música. No hablaban. Varias veces pensó en sacarle a Nate más información sobre la lista, pero le habría parecido un abuso de confianza, una ruptura del compromiso tácito que compartían.

Y por eso lo dejó en paz.

—¿Hola? —Mackenzie chasqueó los dedos delante de su cara y Delaney se dio cuenta con retraso del hecho de que no había entendido una palabra de lo que sus amigas habían dicho—. Tenemos una responsabilidad moral, Laney. Pregúntale a Price por la lista.

El ocaso encontró a Delaney acurrucada entre los gruesos cojines del sofá de la sala de estar de Colton. La luna se aplastaba contra el cristal. Colton estaba sentado ante ella, con sus largas piernas extendidas sobre el sofá, sus extremidades casi enredadas con las suyas. Se había pasado la mayor parte de la noche fingiendo que no se daba cuenta.

—Adya y yo fuimos al Santuario hace un par de semanas. —Miró sobre el borde de sus apuntes prestados, demasiado consciente del roce fantasmal del pie de Colton contra su muslo—. Tu nombre estaba en la pared.

Colton no levantó la mirada del libro.

—Eso encaja —dijo—, ya que fui yo quien lo escribió allí.

El susurro que hizo al pasar la página reverberó en el frío esplendor de la casa. Antes de pensárselo mejor, dijo:

—Escribí mi nombre junto al tuyo.

La insondable oscuridad de la mirada de Colton se detuvo en ella.

—¿Sí?

—¿Significa algo para ti?

Tensó un músculo en su mandíbula.

—No lo sé —dijo con lentitud—. ¿Debería?

Demasiado tarde, se dio cuenta de cómo había sonado: como una novata coladita por alguien. Anhelante y loca de amor, tallando sus iniciales en el tronco de un árbol. Escribiendo su nombre en su cuaderno. Sus mejillas se incendiaron.

—Es solo que Nate me dijo que la lista del muro es una especie de porra funeraria —se apresuró a decir—. Es una idea infinitamente espeluznante, y no sabía si había una razón por la que escribisteis vuestros nombres allí. ¿Es algún tipo de ritual de hermandad?

Estaba peligrosamente cerca de balbucear, y deseó desesperadamente tener la habilidad de borrar aquella conversación de sus cerebros.

Al otro lado del sofá, Colton se había quedado inmóvil.

—¿Nate Schiller?

—Sí. ¿Lo conoces?

—Éramos amigos —contestó—. No deberías hablar con él.

Ella apartó las piernas y las bajó hasta el suelo.

—¿Por qué no?

—En primer lugar —dijo él, imitando sus movimientos—, ese tipo está a dos teorías de convertirse en un terraplanista. Cree que todo es una conspiración.

—Entonces, ¿dices que se equivoca? —insistió Delaney—. ¿No estáis apostando sobre quién aparecerá muerto?

Colton se hundió el canto de la mano en el ojo.

—Digo que no deberías pasar tiempo con él.

Impulsada por una oleada de indignación, Delaney se levantó del sofá. Colton la siguió, cerniéndose sobre ella bajo las luces incandescentes del salón.

—Se supone que estás ayudándome con mis clases —le espetó—, no dirigiendo mi vida social.

—No intento dirigir nada —replicó—. Solo te estoy dando un consejo de amigo.

—¿Un consejo? —Su voz subió una octava—. Vale. Oigámoslo, entonces.

Colton dudó, tragando saliva.

—No puedes confiar en Nate Schiller —dijo al final, con la lentitud de alguien que está escogiendo sus palabras—. Es peligroso.

# 14

Cuando Colton regresó a casa después del suceso en el hielo, su madre dijo que era antinatural.

Antinatural, un niño pequeño que había pasado varias noches solo en un bosque en invierno y había regresado entero. Antinatural, cómo lo miraba todo fijamente, sin hablar. Cómo se pasaba toda la noche sentado, sin dormir.

Se mantuvo alejada de él, dejándolo con la doncella, con la niñera, con la casa llena de cajas. Durante semanas, Colton se sentó solo en su dormitorio e intentó quitarse el frío de la piel. Metido bajo una manta. Tiritando lo bastante fuerte como para castañetear los dientes. Por las mañanas, veía dibujos animados. Por las tardes, leía. Entre tanto, veía las cartas de los abogados de divorcio amontonándose en la encimera de la cocina.

Una mañana de sábado, cuando el silencio se hizo demasiado abrupto, se preparó un sándwich de mantequilla de cacahuete y patatas fritas de bolsa con pan de centeno y fue al cementerio. Un niño pequeño y solitario en la parte de atrás de un solitario taxi amarillo, ahogándose con el olor del humo de cigarrillo.

El día de abril era enérgico y brillante y lloró sobre la tierra donde su hermano estaba enterrado. El disco que había llevado consigo estaba apoyado contra la lápida de Liam, un furioso punto negro entre un ramillete de aster amarillos. Su sándwich, al que había dado dos bocados, estaba olvidado sobre la hierba. La sensación de vacío persistía en el hueco de su pecho. Una pieza vital había desaparecido de su lugar entre sus costillas. Nunca se había sentido tan mal.

Había descubierto, en los veintiún años que había pasado en la Tierra, que era el tipo de persona a la que la gente abandonaba. Y, no obstante, allí estaba Lane. En su casa. En su mausoleo de juventud. En su relicario de fantasmas. El de ella era un mundo de mañanas en la cafetería y noches en la biblioteca, cálido y estructurado y alegre. Allí hacía demasiado frío para ella, en aquella casa vacía con sus paredes vacías y su joven vacío.

No había esperado que regresara. No desde la noche anterior. No después de cómo habían terminado. Pero allí estaba, con su cabello lavanda en un recogido atravesado por un pincel fino. En la pared del despacho de su padre se desplegaban las amplias alas caleidoscópicas de una mariposa.

Por primera vez en mucho tiempo, la casa no parecía una tumba.

—He entrado sin llamar —le dijo, cuando él se detuvo en la entrada—. Espero que te parezca bien.

Había un borrón dorado debajo de su ojo izquierdo. Una mota de rojo en el puente de su nariz. No se le ocurría nada que pudiera parecerle mejor.

—Está bien. —Se tiró de los dedos hasta que le sonaron los nudillos—. No todos los días te allana alguien la casa para pintarte mariposas en la pared.

—No la allané —protestó—. Me dijiste que estaba invitada.

Él apoyó el hombro contra el marco.

—¿Yo dije eso?

Ella hizo una mueca en respuesta, quitando el exceso de pintura en la bandeja.

—Sí. Pensé en sorprenderte. Supuse que la querías en esta habitación; vi todas las cosas amontonadas al otro lado de la puerta la semana pasada.

En el bolsillo de Colton, el teléfono sonó por tercera vez en una hora. Lo ignoró, demasiado ocupado mirando las capas doradas, rojas y marrones que inundaban el espacio donde los galardones enmarcados de su padre solían estar colgados. Todos los demás se habían marchado y no habían regresado. Pero Lane había vuelto.

Su silencio empezó a ponerla nerviosa. Seguía con el pincel en la mano.

—A menos que no sea esto lo que querías en realidad —dijo, dando marcha atrás—. En ese caso puedo pintar encima.

—Es perfecto —le aseguró—. No quiero que cambies nada.

Ella retrocedió y examinó su trabajo con las manos en las caderas. Salpicaduras bermellón cubrían el trapo que había colocado en el suelo. En silencio, Colton se unió a ella ante la pared. Durante mucho tiempo, estuvieron lado a lado sin hablar. Maniatados en el centro de una lámpara amarilla de pintor. Colton examinó la mariposa y pensó en la metamorfosis. En hundirse lentamente en el agua, fría y envolvente, y emerger como algo nuevo. Algo extraño.

Algo que una madre sería capaz de dejar atrás.

—Siento lo de la otra noche —dijo Lane, y su voz fue una intromisión bienvenida en los pensamientos de Colton—. Creo que quizá exageré.

—No te preocupes por eso. Me pasé de la raya. —No mencionó a Schiller, aunque estaba desesperado por preguntarle si lo había visto de nuevo.

—No lo hiciste. —Lane se arrodilló y pescó un segundo pincel—. Me dijiste que Nate y tú eráis amigos. ¿Os peleasteis?

La pregunta lo puso de inmediato en guardia.

—No exactamente.

Tras abrir una lata nueva de pintura, Lane lo miró.

—Fuera lo que fuera, estoy segura de que me lo dijiste porque estabas preocupado por mí. Eso es lo que hacen los amigos, ¿no?

El pecho de Colton dio un giro violento.

—¿Somos amigos?

—Eso creo. —Puntadas de color aparecieron en sus mejillas—. ¿No lo somos?

Colton se preguntó qué pasaría si se derrumbaba y le contaba la verdad. Si sus huesos se partirían en dos por el esfuerzo.

—Claro —le dijo—. Podemos ser amigos.

—Bien. —Lane empujó de improviso la segunda lata de pintura hacia él—. Puedes quedarte con el ala izquierda.

—Yo no sé pintar.

—Yo tampoco. —Empujó una bandeja en su dirección. La pintura se derramó por los lados en gruesos pegotes rojos—. Es fácil. Solo tienes que mojar el pincel y pintar.

Como para demostrárselo, hundió el pincel profundamente en una bandeja cercana y aplastó sus cerdas contra la pared. El oro goteó como una lluvia. Colton intentó no hacer una mueca.

—Miguel Ángel se está revolviendo en su tumba.

Lane se tragó una media sonrisa.

—Vamos, Price. Si yo pinto, tú pintas.

Sus palabras tiraron de él como cuerdas de marioneta. Inextricablemente enredadas, cortándole la circulación. No podría negarse, aunque hubiera querido. Frunció el ceño, mojó el pincel y arrastró la punta por la pared. Una fina franja roja apareció en ella, como una herida. Miró a Lane y la encontró sonriendo de oreja a oreja. Con los ojos brillantes, su rostro en una constelación dorada.

—¿Esto te hace feliz?

—Me pone eufórica —le aseguró.

Después de eso, trabajaron sin hablar. Concentrados en sus tareas. Cómodos en el silencio. Colton no podía recordar la última vez que estuvo en aquella habitación sin sentir que no podía respirar.

Casi se había quedado sin pintura cuando Lane se giró hacia él.

—Adya lo vio, por cierto —le dijo—. Lo que estaba en su cabeza.

Él dejó el pincel sobre la bandeja.

—¿Sí?

—Era un chico. O lo que quedaba de un chico. Dijo que estaba destrozado.

Su sangre se volvió cianótica en sus venas.

—Qué desagradable.

—Es *horrible*. —Mirándolo de soslayo, le preguntó—: ¿Te recuerda a alguien?

Entonces se dio cuenta de que aquella era la razón por la que había regresado. No para pintarle mariposas, no para ser su amigo, sino porque seguía indagando en esa lista infernal de nombres. Intentó reunir la voluntad para sentirse furioso. En lugar de eso, lo único que sintió fue alivio.

—Miércoles —dijo con tranquilidad—, ¿me estás preguntando si conozco *personalmente* a alguien a quien hayan destrozado?

Ella hizo una mueca.

—¿Sí?

—No.

No era mentira. El informe de la autopsia de Guzman decía que sus heridas encajaban con las de alguien que había caído de una altura terrible. Peretti parecía haber sido arrastrado durante una enorme distancia. No había un patrón concebible, porque los patrones eran para los humanos. Y Guzman y Peretti no habían sido asesinados por algo humano.

No quería pensar en qué implicaba el descubrimiento de Dawoud. No con el nombre de Schiller abriéndose entre ellos como un abismo.

No quería responder a todas aquellas preguntas.

No quería ser su amigo.

Miró su reloj y se apresuró a hablar antes de que ella pudiera continuar con su interrogatorio.

—Se está haciendo tarde. No conseguirás llegar a tiempo para el último tren. Deja que te lleve de vuelta al campus.

El camino a casa fue tranquilo. Sin música. Sin conversación. Solo el ruido del motor, los faros tallando un camino a través de la oscuridad de la luna nueva. Bajo la piel de Colton, una telaraña de fracturas trazó un mapa sobre sus vértebras. Mantuvo las manos en el volante e intentó no pensar en Schiller y en qué más podría haber este susurrado al oído de Lane.

Estaban a apenas unos minutos del campus cuando Lane rompió el silencio por fin.

—¿Se enfadarán tus padres? Por lo de la mariposa.

—Lo dudo.

No era una respuesta, pero era lo único que podía ofrecerle. En el posavasos, su teléfono móvil iluminó el interior del coche con otra llamada entrante. Se apresuró a rechazarla. El interior del coche regresó a la estrellada oscuridad. A su lado, Lane no estaba satisfecha.

—Nunca están en casa —apuntó mientras él se detenía en el aparcamiento del campus—. ¿Dónde se pasan todo el día?

En las ventanillas, las manchas deformes de los pinos dieron paso al titilar iluminado de los topiarios.

—No te metas en mi vida, Miércoles —le dijo—. Si lo haces, quizá no te caiga bien después.

—No hay peligro —le aseguró—. Ahora tampoco me caes bien.

—¿Eso es verdad? —Colton se detuvo en una zona de carga y descarga—. ¿Por eso te has pasado toda la noche pintándome una mariposa?

—Sí —replicó ella, y la mentira se hundió en su plexo solar.

Con el motor apagado, se quedó inmóvil y esperó a que Lane bajara del coche. Cada parte de su ser le dolía como una magulladura. En el posavasos, su teléfono silbó una notificación tras otra. Miró a Lane y la descubrió mirándolo, con su rostro iluminado de azul a la luz de su pantalla.

Durante algunos minutos, el único sonido fue el tranquilo embrollo de sus respiraciones. En la base del parabrisas, una franja de condensación comenzó a florecer, iluminada por las farolas. Lane parecía iluminada por las estrellas en la oscuridad, con un destello dorado en los ojos, y Colton se preguntó cuánto estropearía las cosas que se inclinara y la besara.

Estaba a punto de rendirse y descubrirlo cuando su teléfono sonó de nuevo. Maldijo y lo agarró con manos torpes para silenciar la llamada. Un resquicio de la melodía se mantuvo en el aire.

Cuando volvió a mirar a Lane, un gesto pensativo había reptado hasta las comisuras de su boca.

—¿Qué sientes cuando atraviesas una puerta? —le preguntó.

La intimidad muda del momento anterior se había cortado. No podía invocarla de nuevo, y eso sería lo mejor. Sus infracciones le ceñían los huesos como un cinturón. Podía notar el sabor de su columna en su boca.

—Es distinto para cada persona —dijo, optando por una respuesta que no era una respuesta en lugar de la verdad. Su voz sonó estrangulada, y esperó que ella no se diera cuenta.

—No te he preguntado por los demás —replicó—. Te he preguntado por ti.

No la había malinterpretado. Era solo que no quería decírselo. No quería que supiera que cada vez se agarraba la garganta, convencido de que había agua entrando en sus pulmones. Que gritaba como un niño. Que el frío le desgarraba los huesos.

En lugar de eso, le dijo:

—Haces demasiadas preguntas.

—Tú no me das mucho con lo que trabajar. —Lane ajustó el conducto de ventilación a la derecha del pasajero, extendiendo los dedos sobre el miserable calor. Forzándose visiblemente a mostrarse indiferente—. Me preocupa no conseguir atravesar la puerta la semana que viene.

—Lo harás —le dijo, y lo decía en serio—. Tu lugar está aquí. Crees que no lo está, pero lo está.

Ella exhaló una carcajada falsa.

—Dile eso a mis profesores. Estoy bastante segura de que no estarán de acuerdo contigo.

—¿A quién le importan los profesores? —Trazó el brillante logo de su volante—. Te ven durante ochenta minutos al día en un aula llena de caras. No saben de lo que eres capaz.

—De nada —le espetó, y él oyó la tensión de su voz—. No soy capaz de nada. Adya puede salir de su propio cuerpo. Mackenzie te dice qué va a pasar días antes de que ocurra. Todos los demás estudiantes a los que he conocido tienen alguna habilidad secreta, especial. Y después estoy yo.

Él le sostuvo la mirada.

—Y después estás tú.

Las palabras pendieron en el aire entre ellos. Colton deseó que ella supiera las cosas que él sabía. Deseó no estar atado a una mentira.

En el parabrisas, el punto de condensación se extendió en un creciente óvalo gris, envolviéndolos en una niebla. Parecía que estaban haciendo algo ilícito. Aparcados en la esquina anterior a su residencia. Con la luna nueva trepando al vacío pináculo del cielo. Sus ojos brillantes, mirándolo a él.

Ella también debió sentirlo, porque se desabrochó el cinturón de repente y buscó su bolso.

—Debería entrar.

—Delaney…

Se detuvo con la mano en la puerta entreabierta, mirándolo. El frío la golpeó por todas partes. Las sombras se filtraban por cada rendija. Reptaron sobre la piel de Colton y se quedaron en ella. Él se preguntó qué vería ella cuando lo miraba así. Si le parecía real.

Quería darle las gracias por volver. Por pintarle la mariposa.

Quería decirle que no estaba interesado en ser su amigo.

En lugar de eso, lo único que consiguió decir fue:

—Te veré en clase.

# 15

Delaney y Adya estaban al fondo de la biblioteca, ocultas detrás de un grupo de cubículos de madera, cuando Mackenzie las encontró. Se dejó caer en una silla vacía, con una maraña de rizos y salpicándolo todo de café.

—Greg Kostopoulos —dijo sin preámbulos.

Adya se quitó un auricular de debajo del rubor rosa de su hiyab.

—Hola a ti también.

—Greg Kostopoulos —repitió Mackenzie, como si debieran reconocer el nombre—. Ayer, un senderista y su perro estaban paseando por Starved Rock, en Illinois, cuando encontraron un cadáver en el bosque. Adivinad quién era.

A Delaney se le heló el estómago.

—Exacto —dijo Mackenzie—. *Greg Kostopoulos*. El informe oficial dice que salió a correr, que tropezó y se cayó. Pero ahora viene la sorpresa: ni siquiera es de Illinois. Es de Ohio.

—Oh, vaya —dijo Adya, sorprendida, mirando a Delaney sobre el divisor—. *Ohio*.

—Eso es sin duda sospechoso —asintió Delaney.

—¿Podéis poneros serias un segundo vosotras dos? —Mackenzie se sacó el teléfono móvil del bolsillo y comenzó a buscar algo—. Kostopoulos estudiaba aquí, en Howe. ¿Qué hacía en Illinois un universitario de Massachusetts que procede de Ohio a mitad del primer semestre?

—Para el carro, Sherlock —dijo Adya—. Seguramente tenía familia allí. ¿La policía lo está investigando como asesinato, al menos?

—No —admitió Mackenzie, y tiró su teléfono al regazo de Adya—. Pero tengo una intuición, ¿vale? Algo no encaja. Este es Greg. ¿Lo reconoces?

Desde aquel ángulo, Delaney podía ver el perfil borroso de la cara de un chico en la pantalla. Adya se encorvó sobre el teléfono, arrugando la nariz.

—No —dijo, y le devolvió el teléfono a Mackenzie—. Ese no es el chico de mi cabeza.

—Ya le he preguntado a Price al respecto —dijo Delaney—. No parece saber nada.

—A menos que te esté mintiendo —señaló Mackenzie.

La idea hizo que Delaney se sintiera incómoda. No porque le preocupara que fuera cierto, sino porque sabía que lo era.

Le estaba mintiendo y mintiendo. Y ella se lo permitía.

La silla contigua emitió un chirrido violento y un cuerpo cayó en ella. Sorprendida, Delaney levantó la mirada para descubrir que la silla, que había estado vacía, ahora se encontraba ocupada por Eric Hayes, con el rostro semioculto bajo una capucha gris y el mordisco del viento otoñal aferrándose a su cuerpo como si lo hubiera arrastrado desde el patio.

—Tienes que dejarlo en paz —dijo, inclinándose sobre el reposabrazos.

Delaney sabía a quién se refería. Pero se sentía impertinente, así que le preguntó:

—¿A quién?

—Ahórrame el numerito de la despistada —replicó—. Sé que Price y tú habéis estado quedando después de clase.

—Me ha estado ayudando con algunas cosas de clase.

—Ese es su trabajo, literalmente —añadió Mackenzie.

—No hablo contigo, pelirroja. —Hayes mantuvo la mirada clavada en Delaney y ella hizo todo lo posible por no amedrentarse bajo sus ojos—. No sabía que Price hacía tutorías en un BMW con los cristales empañados en mitad de la noche.

El grupo de escritorios de madera se quedó en silencio, lo bastante como para oír caer un alfiler. Delaney tenía un nudo en la garganta. Le ardían las mejillas como si la hubiera abofeteado.

—Eso pensaba. —Eric se levantó de su silla, quitándose la capucha de la cabeza—. ¿Quieres un consejo? Búscate a otro colega de estudios. Antes de que alguien salga herido.

Las tres se quedaron sentadas en silencio mientras él se marchaba a través del laboratorio.

—Increíble —dijo Mackenzie cuando ya no pudo oírla—. Apuesto hasta el último de mis puntos de comida a que todos están involucrados en algo que no deberían.

—Su nombre también estaba en la pared —dijo Delaney, viendo cómo Eric se unía a una mesa de estudiantes de último año—. Esto no puede ser una coincidencia. Quizá Greg Kostopoulos también estaba en la lista. Puedo ir después de clase y comprobarlo.

Adya suprimió un escalofrío.

—No lo sé, Lane. Ese sitio me da mal rollo.

—A mí no me importa —dijo Delaney—. Además, Nate suele estar por allí. Quizá él sepa algo.

Cuando el día terminó, Delaney se puso un abrigo y una boina y se dirigió al Santuario. Sentía el peso de un trozo de turmalina negra en su bolsillo; para limpiar cualquier energía malévola, había insistido Mackenzie. Los días eran cada vez más oscuros y el crepúsculo ya había comenzado a profundizarse. Avanzó, apresurándose por el sendero del bosque a paso rápido, ignorando la creciente oscuridad.

Entró en el Santuario para encontrar el interior hecho un desastre. La carreta de los libros estaba volcada, su contenido esparcido por la habitación. Habían rasgado un puf de costura a costura, como con unas garras, dejando el relleno de poliestireno blanco inundando la totalidad del espacio como si fuera nieve.

Alarmada, atravesó el caos hasta la sala principal, donde el muro de nombres se alzaba de un cataclismo de monedas y bolígrafos dispersos. En el centro de todo estaba Nate, de rodillas, sin camisa y encorvado, con los hombros hundidos. Con un sobresalto, se dio cuenta de que estaba llorando. El sonido escapaba de él a tirones, bruscos y acuosos.

—Nate —dijo, en voz tan baja como pudo.

El llanto se sofocó. La habitación se quedó en silencio.

—Vete —le dijo.

Ella no se movió.

—¿Qué ha pasado?

Él se inclinó hacia delante, con los puños presionados contra el suelo, balanceándose como un niño. El sonido que exhalaba era grave y extraño. Un gemido, inhumano. Dio un paso hacia él y un rotulador salió disparado a su paso, girando como un molinete. Rodó hasta detenerse junto a la suela del zapato de Nate.

Él se quedó paralizado, como un animal, la dura cresta de su columna visible bajo su piel. Sobre su omóplato izquierdo había una frase escrita con tinta, llamativa y curvada. *Non omnis moriar.* Verla la mordió como el hielo. Cuando Nate habló de nuevo, su voz sonó estrangulada, como si quisiera gritar y en lugar de eso se encontrara sumergido.

—¡Vete!

Delaney retrocedió, golpeando la pared y buscando a tientas la salida a través del desorden de poliestireno, cuyas bolas blancas se pegaban a sus medias. Hasta los árboles, donde la luz crepuscular era demasiado débil para atravesar las ramas. Sola y en la oscuridad, corrió precipitadamente por el sendero resbaladizo por las hojas. Las ramas le arañaban la piel. Sus botas se quedaban atrapadas en los extensos ríos de raíces. No se detuvo. Siguió corriendo, con las sombras rasgándole la piel, hasta que por fin atravesó la densa prensa de enebro y llegó tambaleándose a la acera.

Ante ella, en el césped iluminado por la luna, ya no había estudiantes. Se acurrucó bajo el debilitado halo de una farola e intentó recuperar el aliento. Ya no tenía la boina, perdida en el bosque. Le dolía la mejilla, después de correr a toda prisa por una zona de píceas. El trozo de turmalina estaba en su bolsillo, inútil.

Estaba a punto de dirigirse a su dormitorio, sin aliento, cuando lo oyó: un sonido, sesgado y extraño como el aullido de un coyote. Era el tipo de alarido de algo profundamente angustiado, escalofriante y lejano. Llegó hasta ella como transportado por la cresta helada de un viento de invierno. Pero no había viento. La noche a su alrededor estaba tranquila y tan inmóvil como el cristal.

En algún sitio en la oscuridad, un pie pisó la acera. El corazón se le subió a la garganta, agrio y amartillante. Lo siguió un segundo paso, arrastrándose por el suelo como un rasguño. Paso. Arrastrar. Paso. Arrastrar. Seguía oyendo el penetrante gemido. Se detuvo, paralizada, convencida de que abandonar la esfera fluorescente sería entrar en la guarida de una bestia antigua e invisible.

El pavimento estaba moteado de sombras; el espacio entre el cemento iluminado estaba tan oscuro como un abismo. Y allí, más allá del alcance de la luz, algo se acercaba con movimientos arácnidos.

Se le erizó el vello de los brazos. En voz baja, dijo:

—¿Hola?

El incorpóreo lamento se detuvo. En el extremo opuesto de la acera, una única farola se apagó.

*Malus navis*, susurró el viento.

Frunció el ceño, sin confiar en su oído.

—¿Nate?

El sonido que respondió fue un gruñido, primitivo y extraño. Una segunda farola se apagó. El terrible abismo se ensanchó, tragándose la acera. Su corazón hizo resonar una sirena de advertencia. Con dedos torpes, sacó el teléfono móvil del bolsillo.

Sonó solo una vez antes de que Colton respondiera.

—Miércoles. Espero que sea importante. Estoy diseccionando a Dante, que acaba de adentrarse en el primer círculo del Infierno.

—¿Dónde estás?

Colton se detuvo el más breve de los instantes.

—En la biblioteca. ¿Estás bien?

—Estoy fuera, en el césped. —Otra farola se apagó. La oscuridad corrió hacia ella. Cerró los ojos. Al otro lado, oyó a Colton cerrando la cremallera de su bolsa—. Voy a pedirte un favor. Necesito que no te rías de mí por ello.

—Vale. —Su voz sonó cavernosa, como si estuviera en el hueco de la escalera.

—Lo digo en serio, Price.

—¿Te parece que me estoy riendo?

Algo se escabulló justo fuera de su vista.

—¿Puedes salir aquí conmigo? —No sabía cómo explicarle qué necesitaba de él sin sonar como una loca. Sin parecer frágil. Con dedos temblorosos, terminó—: No me gusta nada la oscuridad.

—Casi he llegado —le dijo—. No te muevas, puedo verte.

La llamada se cortó. Delaney abrió los ojos, con el teléfono todavía presionado contra la oreja. Otra farola se había apagado. Las polillas de invierno revoloteaban sobre su cabeza, frenéticas, evitando a los depredadores. Más allá del pálido alcance de la fluorescencia, no podía ver nada.

Una silueta imponente apareció ante sus ojos y contuvo un grito, retrocediendo mientras un monopatín pasaba de largo, con sus ruedas traqueteando audiblemente sobre las juntas de la acera. Su dueño, muy abrigado contra el frío, le dijo un «hola» rápido. Con un pie en la acera, volvió a impulsarse hacia la oscuridad.

—Oh.

El lento rubor de la vergüenza reptó sobre su piel. Se sentía infinitamente estúpida, sus implantes inútiles. Claro que había sido eso. Nada antiguo. Nada arácnido. Solo un estudiante con una patineta. Estaba a punto de llamar de nuevo a Colton para decirle que no se molestara cuando la luz sobre su cabeza se apagó.

Cayó una cegadora oscuridad. Se cubrió las manos con los ojos justo cuando las sombras empezaban a enjambrarse. Tiraban de ella con sus dedos congelados. Le suplicaban con voces gélidas. *Por favor, por favor, por favor.*

Dos grupos de dedos se cerraron alrededor de sus antebrazos. Igualmente fríos, pero dos veces más firmes.

—Miércoles. —Era la voz de Colton. Con suavidad, le apartó las manos de la cara—. Por Dios. Abre los ojos.

Lo hizo. Las farolas estaban encendidas, su electricidad efervescente. Colton estaba ante ella, con el ceño fruncido y las manos sobre sus muñecas. En una vertiginosa oleada, todas las terminaciones nerviosas de su cuerpo se reunieron bajo las almohadillas de los pulgares de Colton.

—Parece que te has peleado con un acebo.

Lo dijo como si fuera un chiste, pero no sonreía. Le soltó las muñecas y le quitó algo de la maraña de su cabello. El ondulado verde de una hoja apareció en su mano, con el tallo cubierto de diminutas bayas rojas.

Avergonzada, dijo:

—Eso me lo puse yo.

—¿Y el corte de la mejilla?

—También —dijo con docilidad, tocándose la herida con la punta del dedo.

—Mientes muy mal. —No intentó sonsacarle la verdad. Solo la observó en silencio, con la mandíbula apretada. Su escrutinio la puso nerviosa, mientras hacía un leve esfuerzo por quitarse los enredos del cabello—. Deja que te acompañe a tu dormitorio —le dijo al final.

—Eso no es necesario. Estoy segura de que tienes mejores cosas que hacer.

—Sí, analizar la poesía del siglo catorce es una auténtica pasada. En serio, deja que vuelva contigo. De todos modos, ya me iba a casa.

—¿De verdad?

—De verdad.

Le entregó la ramita de acebo y ella la aceptó. Los dedos de Colton se detuvieron sobre los suyos al dársela. Delaney contuvo el aliento, un sonido traicionero en el silencio, y la sonrisa de Colton se torció. El azufre de sus ojos bajó hasta la boca de Delaney. Ella pensó en Nate, de rodillas en el Santuario, el eco bestial de su grito, las mentiras que se habían acumulado y acumulado. De repente, y con la oscuridad cerrando el cerco, Colton Price era lo único que parecía sólido. Un ancla en mitad de una pesadilla.

Como si él lo supiera, le agarró los dedos. El acebo cayó sobre la acera. Con un tirón, la acercó medio paso… Fuera de la luz, hacia la amplia franja de oscuridad.

Se preparó para la embestida de las sombras, pero no ocurrió nada. Estaba debajo de Colton, sus alientos colisionaban en nubes grises, tenía la cara levantada para mirarlo. El corazón le golpeaba las costillas. El frío se desangraba sobre los dedos de sus pies.

—Vamos —dijo él—. Regresemos.

Todavía de la mano, avanzaron bajo las luces parpadeantes del paseo de los novatos, con la noche a su alrededor tan inmóvil y muda como el cristal.

# 16

Los trasteros de Ronson estaban ubicados cerca del Pike, a tres kilómetros del propio Boston y justo en una línea ley magnética. Hacía mucho tiempo, el muy sensible punto había sido una tienda *new age* cuyo propietario era un autoproclamado proveedor de amuletos mágicos y lecturas de tarot. Situado justo a lo largo de un zumbido de energía, era un gran sitio para lo sobrenatural, aunque no tanto para los clientes. El retumbar del tráfico de hora punta persistía durante todo el día, convirtiéndose en una constante banda sonora de frenazos de camión y bocinazos, de olor a tubo de escape y de gritos de las sirenas policiales.

No era, en resumen, el sitio donde uno decidiría pasar el sábado.

Cuando la tienda cerró, los trasteros de Ronson aparecieron en su lugar. Godbole poseía varias unidades alquiladas, cada una de ellas situadas sobre la animada línea ley, cada una de ellas albergando una puerta abierta. Polvo en la luz. Un zumbido en la cabeza. Una ondulación en el espejo; el cielo abierto a un mundo reflejado.

Ahora, iluminado por una solitaria farola, el Apóstol miró el laberíntico pasillo de trasteros con laminado de acero. Las puertas eran demasiado llamativas, un festivo surtido de rojos y naranjas y azules. Había algo siniestro en su silencio, augurando su vacío. En algún sitio en la oscuridad, algo cayó al suelo con un repiqueteo. El suave *ras-ras* de algo arrastrándose siguió al sonido.

—Lo que estás tocando —dijo el Apóstol—. Suéltalo.

El lento arrastrar se silenció. Un suspiro escapó, llenando el callejón de algo oloroso. Algo podrido. Cerró los ojos y se apretó el puente de la nariz. Era tarde (cerca del alba) y había dejado un asado de cerdo calentándose en la Crock-Pot que seguramente se estaba volviendo tan duro como la goma con cada minuto que pasaba. Empezaba a perder la sensación en los pies. Le dolía el estómago. La espera empezaba a irritarlo. Era asombrosamente propio de Colton Price, un tipo obsesionado con la puntualidad, llegar tarde a propósito.

Como si lo hubiera invocado, Price llegó silbando una estridente y alegre melodía mientras doblaba la esquina. Estaba innecesariamente animado a aquella hora olvidada. Esto, junto con la idea de un buen asado de cerdo echándose a perder, agrió el estropeado ánimo del Apóstol todavía más. Se metió la mano en el bolsillo de la chaqueta y tocó el artículo que llevaba en ella, un frío fragmento de hueso que se deslizó entre sus dedos. La sensación del talismán era la de siempre, como agarrar un cable con corriente. Una descarga subió hasta su codo.

—Ya vale de eso —dijo, y el silbido se silenció. La mirada de Price era inhumana en la oscuridad, un abrupto contraste a la total humanidad del resto de él, a su sonrisa amplia y sus mejillas rosadas por el frío.

—Un lugar extraño para una reunión.

Price golpeó una vez la ancha puerta serriforme más cercana. El sonido resonó en el amplio pasillo de trasteros. Llamó de nuevo, esta vez con las primeras cinco notas de «Una copita...» con la parte superior de los nudillos. De nuevo, el sonido reverberó en la oscuridad. Se produjo una pausa, y después la aparición infernal del Apóstol respondió con dos golpes: «De ojén».

La sonrisa de Price se amplió.

—Veo que has traído a tu amigo.

El apodo trivializador irritó al Apóstol sobremanera. La cosa que deambulaba a lo lejos, podrida y apestosa, era su desagradable maldición. Su impía aflicción.

Y Price lo sabía.

—No juegues con él —le espetó—. No es un juguete para que te diviertas.

—Eres muy protector con ese tipo —dijo Price—. Lo comprendo. Pasáis un montón de tiempo juntos. —Su sonrisa era implacable, una expresión lobuna bajo la luz—. ¿Sabes que los prisioneros de guerra usaban esa llamada y respuesta para identificar a sus compañeros en cautividad? Nosotros no somos muy distintos, tu coleguita y yo.

En algún sitio cercano, esa horrible cosa se arrastró, invisible, por el suelo. El Apóstol podía oír las puntas de sus botas arañando la acera. Las botas con las que murió, manchadas por el agua y deshaciéndose.

—No es mi *colega* —dijo el Apóstol, con mucho más rencor del que pretendía mostrar.

—Cielo santo. —Price se metió las manos en los bolsillos con un nivel de indiferencia que solo sirvió para acrecentar la molestia del Apóstol—. Solo te estoy dando conversación.

—Bueno, no lo hagas —le ordenó el Apóstol, agarrando con fuerza el fragmento de su bolsillo—. De hecho, no digas nada. Yo hablaré; tú escucha.

Se encontró con un silencio obstinado y esa brillante mirada negra. Se tomó un momento para empaparse de aquella paz, sabiendo que estaba destinada a ser corta.

—Un senderista encontró a Kostopoulos a los pies de un barranco. El informe policial oficial dice que se cayó, pero mi fuente en la oficina del forense dice otra cosa. Me han dicho que parecía haber sido masticado y escupido; un hecho que conocerías si no hubieras estado demasiado ocupado para devolverme una sola llamada.

Como Price no dijo nada, el Apóstol buscó en su bolsillo trasero y extrajo la carpeta enrollada que había sacado de su coche. Se humedeció el pulgar y pasó varias páginas de notas que Meeker había recopilado, inexplicablemente, en Comic Sans.

—Tengo a Mark en una misión especial desde hace un par de semanas. Sabes que se pone nervioso sin nada con lo que mantenerse ocupado.

Price, como se esperaba de él, siguió conteniendo su lengua.

—¿Sabías —comenzó el Apóstol, sintiéndose innecesariamente jubiloso por aquella victoria menor— que Delaney Meyers-Petrov tiene un viejo gato llamado Petrie?

No obtuvo más respuesta que el lejano aullido de la sirena de una ambulancia, que sonó y después se disipó. Cuando levantó la mirada de sus notas, fue para encontrar que todo rastro de la siempre presente sonrisa había desaparecido de la boca de Price. Sobre su hombro, el Apóstol podía distinguir el filo de un rostro, grotesco y macilento, con una enorme y triunfal sonrisa.

—Mark me dejó una pequeña nota aquí —continuó, intentando no mirarlo directamente—. Escribió «le gusta el atún de lata». Parece que se ha ganado la confianza de la mascota de la familia Meyers-Petrov. Da nervios, ¿no? Mark puede ser un poco volátil a veces.

De nuevo, Price se mantuvo callado.

—Veamos qué más. —El Apóstol pasó a la siguiente página—. Organiza sus libros alfabéticamente por autor. Prefiere ducharse por la mañana a hacerlo por la noche. Le gusta la ropa interior cómoda, nada con encajes y volantes. —Miró a Price de nuevo y descubrió que el rostro del chico se había quedado pálido en la oscuridad. Buscó en el interior de su abrigo, sacó una arrugada boina de lana y la lanzó por el aire como un frisbi—. Puedes decir lo que quieras, pero Mark Meeker es terriblemente concienzudo.

La boina de Meyers-Petrov aterrizó en la acera entre ellos. Price inhaló audiblemente.

—Eso no tiene importancia —dijo el Apóstol, notando la satisfacción trepando por él—. No me interesan sus hábitos de sueño ni sus mascotas o su ropa interior. No. Lo que me interesa es el hecho de que, casi cada noche, Meeker la ha seguido desde el campus de Godbole a la estación de Park Street. ¿Te imaginas a dónde va desde allí?

Price seguía en silencio. El Apóstol tocó el fragmento de hueso, apretando los dientes para controlar la conmoción en su sistema. Ante él, Price había cerrado los ojos con fuerza. Sus manos se cerraron en dos puños gemelos en sus costados.

—Habla —le ordenó el Apóstol—. No me gusta hablar solo.

—Déjala en paz.

No había sonrisa en la voz de Price; ningún atisbo de diversión, ningún rastro de arrogancia. Solo el frío rayón de una súplica disfrazada de orden. Debería haber emocionado al Apóstol ver al presumido de Price con los humos bajados. En lugar de eso, esos ojos negros se abrieron y se sintió helado hasta los huesos en el implacable punto de mira del chico.

—¿Ni siquiera vas a negarlo?

—¿Negar qué? —Price se mantuvo inmóvil; el aire que lo rodeaba estaba inquieto—. ¿Que estás acosando a una estudiante? Me parece que está bastante claro.

El Apóstol no era el tipo de hombre que montaba en cólera; no era de esos que se rasgaban las vestiduras o que rechinaban los dientes cuando las cosas se ponían difíciles.

*Indolente*, lo llamó su esposa una vez durante una discusión. Tenía los ojos perlados de lágrimas, el rostro deformado por el dolor. A él lo había repugnado las manchas rojas de sus mejillas, el feo modo en el que su boca se curvaba sobre sí misma cuando estaba triste. Llorar siempre le había parecido una pérdida de tiempo.

—Tenías una misión concreta —le dijo—. Ni siquiera has intentado completarla. ¿Tengo que recordarte lo corta que es tu correa, Price?

—Supongo que sí.

En la oscuridad, su insufrible fantasma siseó una risa frágil. Por una vez, el sonido sirvió para revivirlo en lugar de desalentarlo. Lo calentó, en lugar de dejarlo frío. En ese instante, se vio a sí mismo como un Abraham moderno, preparado para atravesar con un cuchillo al pequeño y lloroso Isaac y así satisfacer a su dios. El eco roto de la carcajada de la criatura se aferró al aire. Le recordó que era el tipo de hombre que hacía lo que fuera necesario, que tomaba las decisiones difíciles cuando el momento las requería.

Aquel era, suponía, un momento así.

Se permitió una única y compasiva sonrisa.

—Te comportas como un príncipe, pero solo eres una marioneta. Un niño de madera, desesperado por convencer a todo el mundo de que eres de verdad. Tú y yo sabemos la verdad, ¿no? No puedes hacer una maldita cosa sin que alguien tire de tus cuerdas.

Price apoyó el hombro contra el metal dentado de un trastero rojo sangre.

—¿Toda esta charla deriva en algo, o planeas hablar hasta que llegue toda la clase de novatos?

—Tan encantador como siempre. —El Apóstol volvió a enrollar la carpeta y se la guardó en el bolsillo. Al este, los primeros dedos de luz arañaban el horizonte—. No voy a ordenártelo. Eres un chico listo. Y vas a tomar la siguiente decisión tú solito. Corta el contacto con la chica Meyers-Petrov o me ocuparé de que, cuando muera, sean tus manos las que rodeen su garganta.

# 17

Delaney no conseguiría atravesar la abertura en el cielo.

Fracasaría.

Recogería sus cosas.

Regresaría a casa y apagaría su teléfono móvil y dormiría durante todo un año.

Todos los demás habían entrado y regresado, uno tras otro, adentrándose con inquietud y volviendo con los ojos brillantes y temblando, con la cara blanca.

Y después estaba Delaney, entreteniéndose en los alrededores. Demasiado cobarde para regresar a casa sola. Asustada de una patineta. Paralizada por la oscuridad. No tenía nada que ofrecer, aparte de unas notas mediocres y de un par de oídos que no funcionaban.

Era la última novata. Se detuvo en los trasteros de Ronson y deseó tener la habilidad de hacerse invisible. Se sentía como una campesina en la historia del traje nuevo del emperador, como si todos los demás vieran algo extravagante donde ella solo podía ver el cielo desnudo. Ante ella, el trastero estaba vacío, desprovisto de todo excepto de aire.

A su izquierda, Whitehall la miraba sobre la parte superior de una carpeta. Estaba tan desgreñado como siempre, con su traje de *tweed* demasiado grande, sus gafas de culo de botella y la curva de su bigote descentrada.

—No se sienta presionada, señorita Meyers-Petrov —le dijo con amabilidad—. No hay respuesta correcta o incorrecta. Comience diciéndome qué ve.

Pero ese era el problema. No veía *nada*.

Como siguió plantada allí con firmeza, Whitehall suspiró.

—¿Sabe? A mi esposa le gustaba mucho el folclore. La apasionaban las historias de la gente que se perdía en Clava Cairns, en Inverness… Doncellas secuestradas en mitad de la noche por la gente del bosque, bebés recién nacidos arrancados de sus cunas e intercambiados por criaturas feéricas. ¿Sabe qué descubrí con mi querido amigo Devan cuando visitamos Inverness?

—¿Qué?

—Un cielo lo bastante claro como para ver el otro lado. Una cortina, moviéndose bajo la luz. La posibilidad de que quizá todas las historias que nos habían contado de niños fueran ciertas. Encontramos lo mismo en los monolitos de las Flechas del Diablo de Inglaterra, en los megalitos de Montana. Todos ellos fueron construidos sobre líneas ley, todos ellos en atmósferas tan finas como el papel.

»Si una persona normal entrara en uno de estos trasteros, sentiría un escalofrío. El tenue susurro de una brisa imposible. Se le erizaría el vello de la nuca y se marcharía sin comprender que se ha detenido justo en el precipicio de otro mundo. Pero ¿usted? Usted no es una persona normal. Y hay otros modos de ver. Quizá debería intentar decirme qué escucha.

Ella lo miró, sobresaltada.

—¿Qué escucho?

—Sí. —Tras sus lentes, sus ojos brillaban—. En el silencio.

Dudando, Delaney levantó la mano y apagó su implante. El tono metálico de los acúfenos resonó en su interior, un sonido como el tañido de una campana. Y allí, debajo, estaba la tenue vibración de otra cosa. De algo callado.

Cerró los ojos y el zumbido de su cabeza se elevó en un crescendo. La talló con el grito de una sirena de niebla. Despacio, de forma imposible, los sonidos tomaron forma, elevándose y cayendo en el susurro sin palabras de un millar de voces desconocidas. Como si la energía que chasqueaba y chisporroteaba a lo largo de las líneas ley intentara hablar con ella, en voz baja e implorante.

Volvió a encender su implante.

—Lo oigo —dijo, con los ojos todavía cerrados.

—Bien. —Whitehall parecía satisfecho—. ¿Y qué es lo que oye, exactamente?

—Un zumbido.

—Muy bien. Ahora, abra los ojos. Eche otra mirada.

Obedeció. Donde antes no había nada, ahora existía una tenue franja de gasa. Le recordó a la colada tendida a secar, sábanas inmaculadas hinchándose con la brisa de verano. El zumbido de su cabeza escapó de ella en un trino, desbaratando sus huesos como si ella fuera un violín y la puerta fuera un arco, el borde de fibra de vidrio tenso a lo largo de su columna vertebral.

Whitehall sonrió, arrugando los ojos.

—Está lista, señorita Meyers-Petrov. No nos entretengamos más. El señor Price la recibirá al otro lado. Adelante.

Y eso fue todo. Se retiró, dejándola sola en el trastero vacío.

*Adelante.* Como si fuera a pasar de una habitación a otra, coser y cantar.

*Adelante,* como si fuera tan sencillo como atravesar un umbral.

*Adelante,* y miró de nuevo el lugar donde el cielo se dividía en dos. Su corazón latía con un doloroso estacato. Esta vez, cuando extendió la mano, lo notó: un borde, suave como una telaraña. Conteniendo el aliento, dio un paso adelante, siguiendo ese incesante murmullo. El sonido se alzó en un crescendo, atravesándola con un escalofrío que le hizo tiritar los dientes como unas castañuelas.

Podría haber sido un pestañeo.

Podría haber sido una hora.

Sentía la piel como si se estuviera pelando lentamente. No le dolía; solo se sentía como si la hubieran apresado con demasiada fuerza un millar de dedos entrometidos. En su cabeza había un millar de voces susurrantes. *Mira,* decían. *Mira, mira, mira.*

Y después acabó, y emergió al otro lado.

Medio paso antes, había estado sola en un trastero. Ahora estaba hasta la cintura en un prado. El día era azul y brillante, el sol una cegadora corona amarilla. No había trastero, no había valla metálica ni un paso elevado cerca; solo tierra, extensa y solitaria. La hierba que la rodeaba se alzaba en tallos incoloros, inclinada bajo unas bonitas cabezas emplumadas. En algún punto, a lo lejos, un pájaro trinó.

Colton estaba sentado cerca, apoyado bajo las ramas colgantes de un roble blanco, con los antebrazos sobre las rodillas y un destello de algo negro en las manos. Sobre su cabeza, las hojas alizarinas del árbol titilaban como una llama viva.

El cielo sabía distinto allí, limpio y dulce. Bajo sus pies, el suelo era de asfalto agrietado, ríos de oscuridad desgarrados por gruesos grupos de malvas. La tierra, reclamada. Caminó y se preguntó qué tipo de ondas hacían que aquel mundo se hubiera desviado tanto del suyo; qué tipo de suceso podía convertir el ajetreado bullicio de Boston que había dejado atrás en un adormilado capullo.

Colton se puso en pie mientras se acercaba a él, la inversión de sus mejillas resaltada por el sol. Lentamente, se dio cuenta de que lo que tenía en las manos era su boina, el fieltro apretado con fuerza entre sus dedos.

—Llegas tarde —le dijo, y le dedicó una sonrisa privada con extremos de acero.

—Un poco. —Le temblaban las piernas—. Pero lo he conseguido.

—Nunca hubo ninguna duda.

Su inquebrantable confianza en ella la hacía sentir un millar de cosas a la vez. No era justo. Incluso cuando él no lo intentaba, todo lo que salía de su boca parecía diseñado a medida para desarmarla.

Intentando mostrar una frialdad que no sentía ni por asomo, dijo:

—Esa es mi boina.

—¿Sí? —Acortó el espacio que quedaba entre ellos, con la hierba postrándose en su estela, y se la colocó en la cabeza. Su mirada era inescrutable, mientras se echaba hacia atrás para examinarla—. Perfecto.

Una repentina brisa soltó las hojas de las ramas y durante un instante se los tragó un remolino escarlata. Delaney se agarró la boina contra la cabeza antes de que esta también se viera atrapada por el viento.

—¿Dónde la encontraste?

—Se la arrebaté a un acebo.

Se sintió frustrada ante la evidente mentira y lo miró, cerrando un ojo para protegérselo del sol.

—¿Contigo todo tiene que ser un secreto?

—No. —La palabra cayó entre ellos como un alfiler.

—Entonces demuéstralo.

Colton abrió los ojos con sorpresa.

—¿Que lo demuestre?

—Sí.

—¿Justo ahora?

—*Sí* —dijo de nuevo, con mayor énfasis que antes—. Antes de que regresemos. Dime solo tres cosas que sean totalmente ciertas.

Metiéndose las manos en los bolsillos, Colton observó la extensión de cielo más allá de los árboles. Al final, le preguntó:

—¿Alguna vez has oído hablar del óbolo de Caronte?

La pregunta la tomó desprevenida.

—No.

—Se refiere a la antigua costumbre griega de introducir monedas en los carrillos de los muertos para garantizarles un paso seguro por el inframundo. —Le mostró una mano y Delaney captó el guiño de la aleación de un céntimo desapareciendo entre sus dedos—. Los óbolos eran un soborno para el barquero. Los miembros de la familia que seguían vivos querían asegurarse de que el fallecido podía pagar el trayecto por el río. De lo contrario, se quedarían atrapados a este lado para toda la eternidad, y vagarían de regreso a casa para acosar a los vivos.

—Oh —dijo Delaney, decepcionada—. De acuerdo.

Colton se guardó el céntimo de nuevo en el bolsillo.

—Esa es una verdad.

—Pero es solo un hecho aleatorio —replicó—. No es una verdad personal.

Él frunció el ceño.

—¿No?

—No seas críptico. Tiene que haber algo que te sientas cómodo compartiendo.

—Veamos. —Fingió pensar en ello—. Aquí tienes otra: soy alérgico al marisco.

—No te lo estás tomando en serio.

Colton la miró como si se sintiera profundamente ofendido.

—Una alergia al marisco es increíblemente grave. Podría sufrir un shock anafiláctico solo con hacer contacto visual con una langosta.

—*Price.*

—Vale. —Se pasó la mano por la parte de atrás del cuello—. ¿Quieres la verdad?

—Es lo único que quiero —le aseguró.

—De acuerdo. —Exhaló un suspiro—. De acuerdo.

—Esto no tendría que ser un calvario —dijo Delaney—. No van a ponerte nota por la calidad de tu información.

—¿Estás segura? —Le clavó una mirada—. Porque parece que sí.

—Suéltalo ya, Price.

—Yo no quiero ser tu amigo, Delaney.

Un pájaro pasó sobre ellos con un susurro de alas. Delaney miró a Colton. Él la miró a ella. Parecía vagamente reprobador, como si ella le hubiera metido la mano por la garganta para arrancarle la confesión. Todo el aire la abandonó en una exhalación.

—Oh —dijo.

—Es egoísta por mi parte —continuó, con una voz como el arsénico—. Lo único que hago es hacerte daño. Lo sé. En mi interior, sé que tú también lo sabes. Pero no dejas de aparecer a mi alrededor, y no comprendo por qué.

El corazón de Delaney trastrabilló en el interior de su pecho. Sabía que era su turno de decir algo, pero su cabeza parecía haberse vaciado de hasta el último jirón de pensamiento coherente que poseía. El viento se levantó, encorvando las ramas del viejo roble blanco. Transportada por el susurro rojo de las hojas había una voz, suave y rota.

*Malus navis.*

Delaney se apartó de la sombra de Colton y miró tras él para encontrar el cielo vacío de todo excepto de la pelusa de los álamos. El camino a casa estaba señalizado por poco más que un suspiro. No había nadie más allí. Solo Colton y ella.

Y lo que esperaba cerca, murmurando en el prado.

—¿Has oído eso?

—¿Que si he oído qué? —le preguntó Colton, con tensión reptando a su voz.

*Rápido.* Allí estaba de nuevo. Esta vez, no estaba segura de si el sonido se había originado en su cabeza o fuera de ella. *Ayúdame.*

—Miércoles. —Colton, brusco y avasallador—. Para.

No se había dado cuenta de que había comenzado a alejarse hasta que habló. La tierra se agrietó bajo sus pies mientras se adentraba entre la hierba, atraída por ese incesante murmullo. Una ramita se quebró, asustando a una libélula que salió volando. Un par de mirlos se elevaron en el cielo, graznando. Sonaban lejanos, como si los oyera a través de una pared de cristal.

*Más rápido,* la urgió la voz, clara como el cristal cortado. *No me dejes aquí solo.*

Algo se fracturó bajo su peso y retrocedió un paso, sobresaltada. Era una mano, con los dedos rígidos por el *rigor mortis*. Un grito se formó en su garganta. Conteniéndolo, apartó las cañas emplumadas. Había un chico tumbado sobre la tierra, con el rostro desollado. Una mosca gorda reptó sobre el huesudo hueco de su mejilla. Su torso parecía haber sido cortado en jirones, y el blanco estriado de varios huesos estaba a la vista, como unos dientes.

Como si algo hubiera intentado salir de él abriéndose camino con sus garras.

Delante de él estaba Adya. Parecía tan asustada como Delaney se sentía y el sol caía en ángulos equivocados sobre su rostro. Tenía los pantalones llenos de barro, las palmas de las manos empapadas en sangre.

—Lo vi de nuevo —dijo Adya. Las manos le temblaban y temblaban—. Justo ante mí esta vez, en lugar de fuera de mi vista. Me dijo que llevaba semanas muerto y que nadie acudió. Nadie lo ayudó. Y por eso encontró otro modo de recomponerse.

El estómago de Delaney era de plomo.

—¿Eso qué significa?

Pero Adya no parecía haberla oído. Estaba mirando el cadáver, con los ojos muy abiertos por el horror. Entre ellas, parte del *rigor mortis* había empezado a abandonar el cadáver. El tendón se tejía sobre el hueso en finos cordones rojos. Flores de suave tejido se formaron, fibrosas y blancas. Movió un dedo.

—Se estaba arrastrando a cuatro patas. —A Adya le temblaba la voz—. Yo quería ayudarlo, así que fui tras él. Salí de mi cabeza y lo seguí directamente hasta ti.

La inquietud reptó por las venas de Delaney.

—Eso no tiene ningún sentido. ¿Por qué yo?

—Viene algo —contestó Adya, con una voz como una cueva. Delaney levantó la mirada, asustada, y se encontró con las pupilas dilatadas de su compañera de habitación—. Algo con dientes.

Las líneas de Adya se emborronaron bajo la luz del sol y después desapareció, como un pañuelo de seda atrapado por una ráfaga repentina. En el lugar donde había estado el cuerpo, solo había hierba apelmazada y el rostro azul verdoso de un solitario céntimo.

En algún lugar, lejos, Colton gritaba su nombre.

Delaney no contestó. Se quedó paralizada en el prado, mirando la moneda, con la susurrante oscuridad revoloteando a su alrededor, como los peces rompiendo filas sobre la fina dorsal de un tiburón.

# SEGUNDA PARTE

## EL TRÁGICO CASO DE NATHANIEL SCHILLER

*Cuando la muerte fría haya segado alma y cuerpo,*
*en todas partes te acompañará mi sombra.*

La Eneida, *Virgilio*

# 18

En un mundo alternativo, en una ciudad reflejada, sentada en un banco de lacado nogal, Delaney Meyers-Petrov se estaba quedando dormida. La tarima pulida estaba abrillantada, las sofocantes paredes empapeladas de un llamativo damasco rojo, y no era tanto que estuviera cansada como que el arrullo del cargado ambiente la aturdía.

No había dormido. No en días. Cuando lo hacía, soñaba con piel abierta con precisión quirúrgica, con costillas sueltas como cable de cobre. La voz de Adya en la oscuridad: *Viene algo. Algo con dientes.*

Fuera, las calles de mediados de octubre del otro Boston estaban oscuras e incoloras, las aceras adoquinadas separadas por charcos medio congelados. Resguardada en la tercera planta del museo, la calidez era dulce como la mantequilla. Las paredes estaban decoradas con marcos dorados que resplandecían bajo los plafones cuadriculados, las pinturas de los viejos maestros separadas por altas pilastras de tapiz. No habría sido el peor lugar donde pasar los días, si no la acosara el recuerdo del prado.

Delaney dejó el lápiz sobre el bloc de dibujo y estiró los dedos agarrotados, de piel plateada en plomo. Ante ella colgaba *Marte y Venus* de Nicolas Poussin, los dioses en suntuosos rojos y profundos caobas, rodeados de querubines regordetes con hoyuelos.

Había estado trabajando en su primera tarea sobre los mundos alternativos desde hacía justo una semana, y hasta entonces lo único que había conseguido descubrir era que aquel Poussin era exactamente igual que el Poussin que estaba colgado en *su* Boston, en una galería idéntica, bajo una luz idéntica. Ni una pincelada fuera de lugar, ni un color sustituido. A un millar de puertas y cuatrocientos años de distancia, aquella versión de Nicolas Poussin había tomado las mismas decisiones artísticas que su ser alternativo.

Estaba decidida a encontrar las diferencias. Era fundamental, les había explicado Whitehall, que los estudiantes dominaran la habilidad de registrar variaciones sutiles entre mundos. Habían comenzado por algo pequeño, obras de arte, con la promesa de que, al final de su estancia en Godbole, serían capaces de vislumbrar diferencias en una escala mucho más significativa.

Se esperaba que entregara un trabajo citando sus observaciones antes del viernes a medianoche, y aun así en lo único que podía pensar era en ese cuerpo sin rostro, en la espectral negrura de la mirada de Adya.

Sus notas hasta entonces habían sido casi todo garabatos: bocetos hechos en un esfuerzo por mantenerse despierta. Un querubín de aspecto siniestro, una obsequiosa Venus, el rostro alzado de Marte, dios de la guerra.

La mandíbula del dios era una línea dura, sus ojos de un abrupto y exaltado castaño. Era una representación poco eficaz. Se había tomado libertades con el boceto mientras su mente vagaba hacia cosas más oscuras, dibujadas en el pulcro rizo de su frente, en la daga de su boca, demasiado afilada para pertenecer al soñador Marte que disfrutaba del afecto de Venus.

Se dio cuenta con una oleada de vergüenza. Aunque no había conseguido captar al dios, de algún modo había conseguido delinear una interpretación casi perfecta de Colton Price. Pensó en él bajo el árbol, golpeado por el viento, sincero. *Lo único que hago es hacerte daño.*

—Ese boceto no está nada mal —dijo una voz justo sobre su hombro—. Aunque has falseado algunos de los mejores detalles de Marte.

El lápiz de Delaney se detuvo, con la punta de grafito colocada sobre la amplia columna de una garganta. No había oído acercarse a Colton. Cuando él se inclinó para ver mejor, ella arrancó la página. El sonido desgarró el silencio amortiguado por la lluvia. Tras formar una bola con rapidez con el papel, lo lanzó a las entrañas de su bolso.

—Qué injusto —dijo, acercando la boca a su oreja.

—¿Qué estás haciendo?

—Facilitarte las cosas. —Se echó hacia atrás y se metió las manos en los bolsillos. A su espalda, la extensa colección de plata hannoveriana del museo destelló bajo la luz, encuadrándolo en un tabernáculo de pulidos aguamaniles y elegantes trompetas de aleación—. Es mi trabajo supervisar los proyectos de los novatos. Whitehall te ha asignado el Poussin, ¿no? ¿Lo has descubierto?

—Todavía no. —Llevaba horas en ello sin éxito, mientras se le dormía un pie y la lluvia siseaba contra el tejado. Mientras miraba sin parpadear las capas sobre capas de las plumas de los querubines—. A mí me parecen exactamente iguales.

—Mira de nuevo —le dijo—. Usó un tono distinto de amarillo para el cielo. Antimoniato de plomo, en lugar de sílice y óxido.

Ofuscada, Delaney soltó el lápiz.

—¿Cómo se suponía que iba a notar eso? Es un detalle diminuto, casi infinitesimal.

En el rostro de Colton se abrió una sonrisa.

—No te rías de mí —le dijo, cada vez más molesta—. Llevo horas sentada aquí. No me siento el pie.

—No me río de ti. —Extendió la mano—. Ven.

Ella retrocedió, cauta.

—¿A dónde?

—Solo ven conmigo. Quiero enseñarte una cosa.

Reacia, deslizó los dedos en la mano de Colton y dejó que tirara de ella hasta ponerla en pie. Lo siguió por el pasillo abovedado, atravesó una sala tras otra hasta que se detuvieron en una esculpida rotonda. El pabellón vacío era amplio y luminoso, cubierto por una cúpula de alabastro.

Tras soltarle la mano, Colton se dirigió a un mirador de hierro forjado y se apoyó en él, poniendo el peso en sus antebrazos. Ella lo imitó; la barandilla le mordió las manos, su corazón latía inseguro. No se había permitido estar a solas con él, no desde que la había encontrado tiritando en el prado, con las sombras rodeándola como ratones de campo. No desde que lo había acorralado para que hiciera una apresurada confesión bajo las nudosas ramas de un viejo roble.

*Yo no quiero ser tu amigo, Delaney.*

Bajo ellos, un grupo de turistas avanzaba a trompicones por el vestíbulo de la primera planta, secándose los zapatos en la alfombra de la entrada y sacudiendo el agua de lluvia de sus paraguas. Durante un rato, Colton y ella se mantuvieron en silencio y observaron a una madre conducir a sus abrigados hijos de nuevo hacia la lluvia.

—Ahí abajo todos tienen el mismo aspecto que en casa —le dijo Colton—. La mayor parte de los planos son así. A primera vista, apenas son diferentes. Pero todos están coloreados con tonos distintos. Fíjate en ese hombre de allí, por ejemplo. —Señaló a un recio visitante con una parka azul marino que acababa de salir de la tienda de regalos con una bola de nieve—. ¿Por qué crees que ha comprado eso?

—Puede que le gusten las bolas de nieve —dijo Delaney.

—¿Por qué? Son muy horteras.

—Qué predeciblemente pretencioso.

—La gente compra bolas de nieve por razones sentimentales, Miércoles, no porque sea el súmmum del diseño de interiores. Piensa en ello. Quizá estaba casado. Quizá a su esposa le encantaba venir aquí. Quizá murió. Ahora él viene aquí una vez al año, en el aniversario de su muerte, y hace el recorrido y después compra una bola. La lleva a su tumba y la deja junto a su lápida. Lo hace por sí mismo, no por ella... Porque eso hace que le duela un poco menos. Le hace sentir que la está manteniendo viva.

Delaney ya no miraba al hombre. Miraba a Colton. Él seguía concentrado en la multitud de abajo; tragó saliva, y su garganta se movió de arriba abajo.

—En casa, parece el mismo —continuó—. Los mismos ojos, el mismo cabello, la misma horrible parka azul. Pero su esposa sigue viva. No viene aquí solo. Su casa no está llena de cristal conmemorativo barato. En otro mundo, en otra línea temporal, sigue siendo una persona completa, en lugar de la mitad de una.

—Colton...

—No siempre puedes descifrar algo solo mirándolo —se apresuró a decir—. A veces tienes que indagar un poco más para descubrir la verdad.

Delaney frunció el ceño.

—¿Seguimos hablando del Poussin?

—Obviamente.

—Pues no lo parece.

El silencio se hizo de nuevo, y durante un rato observaron la marea fluyendo por el vestíbulo: todo tipo de gente, rota de modos que no podía ver desde su posición en las alturas. Sentía la creciente presión de decir algo, pero antes de que pudiera hacerlo, Colton golpeó la barandilla con un nudillo y le preguntó:

—¿Has estado evitándome?

—Puede que un poquito —admitió.

Él le echó una mirada de soslayo.

—No has pasado por casa.

—Tengo muchas cosas que hacer. Adya lo está pasando mal desde el incidente en Ronson.

Se quedaba corta. Delaney y Colton regresaron a través del cielo para toparse con las parpadeantes luces de una ambulancia y con un nervioso Whitehall dispersando a los estudiantes reunidos. «Se ha desmayado», dijo, pidiendo con gestos un vaso de agua. «Solo se ha desmayado».

Pero Adya no se había desmayado. Se había lanzado fuera de sí misma, siguiendo a un cadáver viviente. Aquel incidente animó a Mackenzie a investigar con renovado vigor, pero a Delaney solo la mantenía despierta por la noche. Lo único que podía ver cuando cerraba los ojos era esa mirada vacía, un rostro recomponiéndose lentamente.

A su lado, Colton seguía examinando el bullicio del vestíbulo.

—Dime algo que sea cierto —dijo, porque necesitaba una distracción.

Una sonrisa se afiló en la comisura de la boca de Colton.

—He llamado a la mariposa Gregor.

—¿Gregor?

—Se merecía un nombre. Es mi compañero de piso.

—Pero... ¿Gregor?

—Sí.

—Es un nombre horrible.

—Esa es tu equivocada opinión —replicó—, y estás en tu derecho a tenerla. Pero Gregor y yo nos sentimos muy cómodos con la decisión.

—Demasiado raro. —Se acercaron mientras hablaban. Sus codos se besaron sobre el pasamanos—. Dime otra cosa. Algo vergonzoso.

—Eso es fácil. Guardo tus lápices mordidos en la guantera de mi coche.

A Delaney se le escapó una carcajada.

—No puedo creerme que acabes de admitir eso. Es increíblemente asqueroso.

La sonrisa de Colton se afiló.

—Palabras audaces de una chica con un dibujo mío escondido en su bolso.

El calor le tiñó las mejillas. Durante mucho tiempo después, fingió estar totalmente concentrada en el ir y venir de la multitud. Era muy consciente de la proximidad de Colton, de cómo su brazo rozaba el suyo cada vez que uno de ellos se movía, aunque fuera un poco. Había algo extrañamente íntimo en ello, en estar juntos sin hablar. Escondidos juntos en un rincón vacío de un adormilado museo. A un millar de mundos de casa.

Cuando por fin echó un vistazo en su dirección, fue para encontrarse con él nariz contra nariz a la pálida luz del día. Había conflicto en el gélido marrón de su mirada.

—Tengo que decirte una cosa —le dijo—. Algo importante.

—De acuerdo.

La boca de Colton se torció en una mueca. Parecía que estaba reuniendo valor... Preparándose para un golpe.

—Es sobre el día en el prado. Sobre el cuerpo que viste.

Alguien se aclaró la garganta sonoramente y el ruido reverberó en la cúpula de mármol. Colton y ella se apartaron de un salto ante el sonido. Mackenzie estaba en la escalera principal, con un cuaderno de dibujo contra su pecho. Adya se había quedado varios pasos detrás, sin color en las mejillas.

—Era Nate Schiller —dijo Mackenzie. Estaba mirando directamente a Colton—. Eso ibas a decirle, ¿verdad? Que el cuerpo del prado era el amigo de Lane, Nate.

La confusión atravesó a Delaney como una telaraña.

—Eso es imposible.

Colton, a su lado, no lo negó. En lugar de eso, su respuesta sonó cansada.

—Sí.

A Delaney se le helaron las venas.

—¿Qué?

—Alguien lo encontró esta mañana —dijo Mackenzie—. Estaba medio muerto, en un parque público de Chicago.

—Oh, dios mío. —A Delaney se le revolvió el estómago—. ¿Está...? ¿Se pondrá bien?

—No lo saben. —Mackenzie no había apartado los ojos de Colton—. Está ingresado en el hospital.

—Publicaron su fotografía en las noticias —dijo Adya, jugueteando con el dobladillo champán de su hiyab—. Lane, es el mismo chico de mis visiones.

—Pero eso no tiene sentido —replicó Delaney—. Tú nos dijiste que viste a ese chico destrozado...

—El mismo día que conociste a Nate —terminó Mackenzie por ella—. En el Santuario.

Algo frío reptó sobre la piel de Delaney. Miró a Colton y lo descubrió observándola, con el rostro pálido.

—¿Colton?

—Lo siento —le dijo.

—¿Lo sabías?

—Intenté decírtelo.

—¿Decirme qué? —Su voz se elevó varias octavas. Sentía que empezaba a ponerse histérica—. No puede ser Nate. Adya dijo que el chico de su cabeza llevaba semanas muerto. Nate ha estado bien todo el semestre.

—Lane —dijo Adya, en una voz que sonó en extremo tierna—. La madre de Nate denunció su desaparición en junio.

—Lleva desaparecido casi cinco meses —dijo Mackenzie—. No sé con quién has estado pasando el rato en el Santuario, pero no era Nate Schiller.

# 19

Colton Price no contestó el teléfono a la primera. Ni a la segunda. Ni a la tercera.

El Apóstol estaba de los nervios en su cocina, asándose en su bata. Estaba en la oscuridad, escuchando la tetera traqueteando sobre el hornillo. La única fuente de luz venía del pequeño núcleo azul bajo el quemador. Miró sus profundidades y deseó que llegara el día en el que su cocina no oliera a podrido.

—¿Creemos que está respetando las reglas del juego? —cantó la voz en la oscuridad.

—No hablo contigo —dijo el Apóstol, agarrando con fuerza su taza. Ya había roto dos aquella tarde. Una en un ataque de ira, porque Price no dejaba de ignorar sus llamadas. Otra por miedo, cuando su fantasma infernal le habló justo al oído. No quería que hubiera una tercera vez. Los fragmentos de porcelana estaban esparcidos por el amplio suelo de piedra. Las tazas fueron un regalo de boda, hacía mil vidas. Romperlas fue como romper una promesa a su mujer.

—¿Con quién más vas a hablar, querido Dickie? —graznó la voz—. Ahí estás tú y aquí estoy yo y aquí estamos nosotros.

En el hornillo, la tetera comenzó a silbar. En su bolsillo, su teléfono comenzó a sonar. Lo soltó y movió la silbante tetera a un quemador sin uso para que se enfriara. En algún lugar a su espalda, la criatura de pesadilla pasó un dedo sobre las copas de cristal de su esposa, colgadas del enorme aparador. El cristal tintineó, tintineó, tintineó como un diapasón golpeado contra una superficie.

—Me gustaría que dejaras de hacer eso —dijo el Apóstol, llevándose el teléfono a la oreja.

—No he hecho nada —se quejó Colton Price.

—Tú no. —Se cambió el teléfono de oreja, airado, y se presionó el pulso del cuello con dos dedos—. ¿Dónde has estado? Llevo intentando contactar contigo toda la noche.

Price no se disculpó.

—He estado ocupado.

El Apóstol se apretó el puente de la nariz hasta que vio puntitos.

—Te necesito en Chicago mañana.

Price frunció los labios.

—No lo sé.

—No lo sabes.

—Tengo planes este fin de semana.

—Cancélalos.

La pausa en el otro extremo fue irritantemente prolongada. En el ínterin, parte de la cristalería de su esposa se hizo añicos contra el suelo. Al final, Price dijo:

—¿Tiene esto algo que ver con la no planeada resurrección de Nate Schiller?

—Tiene todo que ver con él. La total falta de discreción de Schiller durante todo este proceso ha sido aberrante.

—No tengo la impresión de que haya decidido reaparecer en mitad de un parque público.

El Apóstol decidió continuar como si Price no hubiera hablado.

—Este es posiblemente el primer éxito que tenemos. Te quiero en Chicago cuando despierte.

—Tengo que pensarlo —dijo Colton, y el Apóstol estuvo a punto de estrellar su tercera taza de la tarde.

Con los dientes apretados, siseó:

—Debería estar en nuestra custodia. No tenemos ni idea de en qué estado estará cuando despierte. Podría haberlo olvidado todo. Podría ser violento. Necesito a alguien allí para que se asegure de que las cosas no se nos van más de las manos.

—De acuerdo —Price dejó escapar un suspiro—. De acuerdo, tranquilízate. Iré a Chicago. De todos modos, los Cubs jugarán contra los Sox este domingo. Me encantaría ver cómo les patean el culo en el campo de casa.

—Excelente —dijo el Apóstol, y lo dijo en serio, aunque fuera a través de los dientes apretados—. Ya te he reservado un vuelo. Preséntate en el Logan mañana a las seis de la mañana para el *check in.* Y... Price.

—¿Sí?

—Estoy seguro de que no tengo que decirte que hagas esto solo.

Siguió una pausa. Después:

—Entendido.

La llamada se cortó. Se quedó en el silencio de su cocina, con su taza vacía y la tetera enfriándose y el olor de la muerte a su espalda.

—Miente —cantó el espectro en su oreja—. Miente y miente y miente.

—Los chicos como Price necesitan un guía —dijo—. Yo soy el suyo.

La carcajada que rezumó en la oscuridad lo hizo estremecerse. Cerró los ojos, aunque cerrar los ojos no sirvió para que se librara del sonido de los zapatos húmedos contra el suelo, o del permanente hedor a putrefacción en todo lo que poseía.

—Ya lo veremos —cantó—. Lo veremos, tú y yo y nosotros.

# 20

El lunes, Lane encontró a Colton en la biblioteca, enterrado bajo una laberíntica variedad de libros. No levantó la mirada cuando llegó, aunque ella sabía que la había oído acercarse. Durante varios minutos mudos, se quedó atrás y lo observó trabajar, su silueta poco definida bajo los pálidos flecos de la luz de media mañana.

—Quiero ir a verlo —dijo cuando se cansó de esperar.

A varias estanterías de distancia, alguien los mandó a callar. El sonido atravesó las hileras e hileras en un suspiro incorpóreo. En su mesa, Colton siguió anotando en el libro de texto que tenía delante, con la montura metálica redonda de sus gafas escurriéndose por su nariz.

—Colton. —Apartó la silla contigua y se dejó caer en ella—. ¿Me has oído?

—Sí —le dijo, resaltando una línea—. Te he oído.

—¿Y?

—Y no puedo tener esta discusión.

—¿Por qué no?

—Miércoles, por favor. —Se echó hacia atrás en su silla y la miró. Parecía cansado: tenía los rizos revueltos y unas ojeras profundas y amoratadas, como huellas de pulgar, bajo los ojos—. No me presiones. No en esto.

Pero no podía dejarlo estar. Pensó en Nate de rodillas, con un grito escapando de su pecho. En la inscripción en latín escrita en su piel: *Non omnis moriar*, «No moriré del todo». Había sentido el peso opresivo de la oscuridad, el vigilante balbuceo de las sombras, y había huido. Lo había dejado allí, muriendo solo. O regresando de la muerte. No estaba segura. No estaba segura de nada, más que del hecho de que Nate se había arrastrado hacia ella, ese día en el prado. Había llorado. Había suplicado. El quejumbroso espectro de sus sollozos la perseguía mientras estaba despierta. La acosaba a través de sus sueños.

*No me dejes aquí solo.*

—Tengo preguntas —dijo, un poco desesperada.

Colton se quitó las gafas y se frotó los ojos con el canto de la mano.

—¿Y en qué se diferencia esta de cualquier otra de nuestras interacciones?

Ella ignoró la pulla.

—Todas las veces que vi a Nate en el Santuario, ¿en realidad estaba…?

—Muerto —terminó Colton por ella, cuando estuvo claro que se sentía demasiado ridícula para decirlo ella—. Sí. No se quedó. Te dije que el Santuario era un punto de energía sobrenatural. Dudo que sea el primer fantasma en pasar por allí.

Fantasma.

*Fantasma.*

La palabra era ridícula, pero ella era una chica que había caminado entre mundos. Una chica que se había pasado su infancia susurrando sus secretos a las sombras. ¿Por qué no debería ser también la chica que trababa amistad con gente muerta, ya fuera temporalmente o no?

Un recuerdo subió a la superficie, como la cresta de Leviatán a través de un mar tranquilo y vidrioso. Pensó en el niño en la oscuridad tras la casa de su infancia, en las noches en las que se despertaba para seguirlo por la hierba resbaladiza por el rocío, a través de la madera mordida por el invierno, hasta el camino de un automóvil en movimiento.

*Te conozco. Te conozco.*

Todo este tiempo había creído que era un producto de su imaginación, pero quizá la verdad era algo mucho más perverso. Quizá estaba muerto. Quizá era algo atormentado y asustado, esperando en la oscuridad a que ella saliera y lo viera.

A su lado, Colton estiró las piernas y se pasó el interior del codo sobre los ojos como si fuera a echarse una siesta. Sus gafas pendían entre su pulgar y su índice, los cristales destellaban bajo la luz de las lámparas cilíndricas. Era el momento de marcharse, pero Delaney no se decidía a rendirse.

—Mackenzie me ha dicho que Nate se está recuperando en el Amity General de Illinois —le dijo—. Lo he mirado. Es un vuelo de solo tres horas. Voy a ir mañana, contigo o sin ti.

—Jesús. —Colton bajó el brazo y le clavó una mirada de acero—. ¿Qué puedo decir para que olvides todo el tema de Schiller?

—Nada —le espetó, y fue recibido con un abrupto «Callad», una advertencia lanzada desde la lejanía de la tercera planta. Todavía pensando en el chico del bosque, dijo—: Ya lo abandoné una vez. Estaba sufriendo, y lo dejé allí solo.

Parte de la frustración abandonó los ojos de Colton.

—No es necesario que te preocupes por él, ¿sabes? Ya ni siquiera está muerto.

Lo dijo como si nada, como si la muerte fuera un órgano trasplantado y Nate simplemente lo hubiera rechazado. Como si la hubiera expulsado, igual que el cuerpo elimina una infección.

—Más razón para no darle la espalda.

—¿Tú te estás oyendo? —Lanzó sus gafas sobre la mesa—. No es un espíritu afín; te estaba *acosando*. No puedes desarrollar una relación con algo que no es corpóreo.

—Pues lo hice, vale, de acuerdo. Y esta no es la primera vez.

En su silla, Colton se quedó antinaturalmente quieto. Por instinto, ella se pasó los dedos por las rodillas, donde las cicatrices florecían en pálidas y blancas estrellas bajo sus medias. Colton siguió sus movimientos; el pozo profundo de su mirada era imposible de leer. En el pasillo, un grupo de estudiantes apareció y desapareció de la vista, con los brazos cargados de libros.

—¿Sabías que *La divina comedia* se tradujo por primera vez al inglés en el año 1802? —le preguntó Colton—. Desde entonces se han editado más traducciones en inglés que en cualquier otro idioma.

—No cambies de tema.

—No lo hago —insistió—. Escucha, como ocurre en todas las repeticiones, no todas las traducciones son exactamente iguales. Pero ¿estos dos libros que tengo delante? —Cerró el libro que había estado anotando y lo colocó sobre otro en un pequeño montón idéntico—. Una editorial alternativa los editó a ambos en 1949, en la misma imprenta alternativa.

—No quiero hablar de tus deberes. Quiero hablar de Nate.

Colton continuó como si no lo hubiera interrumpido.

—Teóricamente, estos dos libros deberían ser prácticamente idénticos. Pero, en esta versión alternativa de la obra de Alighieri, las últimas palabras de los tercetos muestran algunas variaciones ocasionales. Eso significa que el texto de origen era diferente. Whitehall quiere que escriba un ensayo convenciéndolo de que dos Dante Alighieri distintos experimentaron dos visiones distintas del Infierno, pero es una pérdida de tiempo.

Delaney se derrumbó contra la profunda columna de su silla.

—¿Porque eso no tiene nada que ver con Nate?

—Porque podría haber un número infinito de mundos, pero solo hay un Infierno.

Lo dijo como si fuera un hecho. Como si lo hubiera visitado personalmente, solo para confirmarlo. Sus miradas se encontraron y se quedaron allí. Si intentaba ejemplificar su opinión, no lo había conseguido. Cuando la larga correa de su paciencia se rompió, Lane se levantó para irse.

—No importa.

—Espera. —Colton imitó sus movimientos, siguiéndola mientras se adentraba en el laberinto de libros. Rozó con el hombro el severo bronce de un busto, casi tirándolo de su columna—. ¿A dónde vas?

—De vuelta a mi dormitorio. —Las amplias puertas dobles entre las estanterías la escupieron a una escalera de caracol, cuyo descenso estaba marcado por una fina barandilla de hierro. Sabiendo que él la seguía a apenas un paso de distancia, dijo—: Cada vez tengo más claro que no pretendes tomarme en serio.

—Te estoy tomando serio —insistió Colton, manteniendo el paso—. Miércoles, mírame. No he estado más serio en mi vida.

La detuvo en el primer peldaño, corriendo para adelantarse y poniendo las manos en la barandilla. A la luz sin ventanas del atrio, su mirada casi parecía sincera. Casi.

—Cada vez que abres la boca —le dijo Lane—, sueltas una media verdad.

—Lo sé. —Se pasó una mano por sus rizos—. Lo sé, y lo siento. No espero que me creas, pero te contaré todo lo que pueda. Es solo que algunos secretos no son míos, y no puedo compartirlos.

—¿Qué se supone que significa eso?

—Significa que hice una promesa. —Los tendones de su cuello se movieron cuando tragó saliva—. Me comprometí. Y hay medidas para asegurarse de que ese compromiso se honre.

Un par de estudiantes de último año aparecieron en la escalera y Colton se vio obligado a hacerse a un lado para dejarlos pasar. Delaney escuchó el tamborileo de sus zapatos sobre los peldaños, el decreciente goteo de las voces bajando las escaleras. Sobre su cabeza, las puertas se abrieron y cerraron de nuevo.

Cuando se hubieron marchado, volvió a mirar a Colton.

—¿Estás metido en algún tipo de lío?

A Colton se le escapó una carcajada sin gracia. Rebotó en el espacio como disparos.

—No te rías —le espetó—. Hablo en serio. ¿Deberíamos ir a la policía?

—¿A la *policía*? —Su tono era duro—. Jesús, Miércoles. ¿Qué crees que está pasando aquí?

—Tres chicos han muerto. —Las palabras le rompieron la voz—. Eso es lo que está pasando. ¿Y si tú eres el siguiente?

—¿Por qué debería ser yo el siguiente?

—Porque tu nombre está en la pared. —Como no respondió, insistió—: Voy a comprar un billete para Chicago. Y preferiría no ir sola.

La elusiva invitación se cernió en el aire entre ellos. Esperaba que él se negara, que le diera una docena de razones crípticas para no ir.

En lugar de eso, algo sin palabras destelló en el pozo sin fondo de su mirada.

—¿Me estás pidiendo que vaya contigo o me lo estás ordenando? —le preguntó.

—Ordenando —dijo, aunque no lo había hecho. No sabía por qué, pero le parecía la respuesta adecuada—. Yo no conocí a Nate mientras estaba vivo. No sé cómo funciona esto. Ni siquiera sé si me reconocerá. Pero te reconocerá a ti. Así que vas a venir conmigo.

—De acuerdo, entonces —dijo, sorprendiéndola—. Vayamos a Chicago.

# 21

Colton Price no era el tipo de persona que admitía que tenía miedo.

No era de esos que se despiertan sudando de una pesadilla, con el corazón latiendo con fuerza en el pecho. Nunca dejaba las luces encendidas, receloso de los rincones oscuros de su habitación. No se escondía en la cocina, atrapado por sus fantasmas.

Se estaba escondiendo ahora, vestido nada más que con un par de pantalones de pijama de franela, con los pies descalzos sobre las baldosas enfriadas por la noche. Era temprano. Por una vez, no estaba seguro de la hora. Se había despertado sobresaltado, sin alarma, sin rutina, y había salido a trompicones, adormilado, de la cama, con una luna como un uñero siguiéndolo de ventana en ventana mientras atravesaba el pasillo y bajaba las escaleras.

Había tenido una pesadilla, cruda y clara, y ahora (despierto y con el corazón amartillándolo) se sentía como si le hubieran arrebatado el tiempo. Con manos temblorosas, se sirvió un vaso de agua del frigorífico.

En su sueño, estaba atrapado bajo el hielo. Al otro lado estaba Lane. Tenía las manos presionadas contra el vidrioso panel y los ojos muy abiertos y negros. No era la mirada de enebro de Lane, sino la de algún Otro. Gritó, con el agua del lago tallándole los pulmones. Lo arrastraba con sus dedos helados hacia el fondo, donde sabía que encontraría a Liam. Con los ojos abiertos. Las rodilleras de portero cubiertas de algas. Esperando a que el sonar policial silbara su ubicación.

Ahora estaba despierto. La luz de su cocina se encendió, ahuyentando la oscuridad. El reloj decía que eran las 2:13. Su padre solía poner todos los relojes de la casa cinco minutos adelantados a propósito. Era, como a Christian Price le gustaba decir, una práctica excelente para evitar llegar tarde.

En la familia Price, la tardanza era una muestra de negligencia.

La negligencia era desagradable.

Lo desagradable era inaceptable.

Colton había llegado tarde al lago Walden la mañana en la que Liam murió. En un marzo avanzado, la estación ya había comenzado a cambiar. El sol hacía que el hielo sudara y resbalara. Se habían formado charcos de agua allí donde era más fino, coloreados de marrón por el fango. Era demasiado tarde para patinar. Hacía demasiado calor para intentarlo. Él le había suplicado a Liam que lo acompañara de todos modos. Llevaba un equipo de segunda mano, sostenía un palo de segunda mano, seguía un sueño de segunda mano; estaba intentando entrar en la liga junior de hockey, como hizo Liam cuando tenía su edad. Durante la cena, la noche anterior, su padre le ordenó que se comiera el brócoli, que se sentara recto, que se esforzara más en las asistencias si quería tener alguna esperanza de entrar en el equipo. Como Liam, como Liam, como Liam.

El letrero junto al lago estaba torcido, clavado en la tierra ya descongelada.

NO PATINAR HOY

Eran las 11:45 cuando sacaron a Liam Price del hielo.

Eran las 11:58 cuando llamaron.

Ahora el reloj decía 2:15. Se sacó el teléfono móvil del bolsillo. 2:10.

No confiaba en sus ojos. A su alrededor, el tiempo se escurría y temblaba. Pasaba junto a él en cardúmenes de finos peces plateados, demasiado rápidos para atraparlos. Tenía la piel fría. Un hormigueo bajaba por sus brazos. Se estaba ahogando. Siempre estaba ahogándose.

Abrió la aplicación del teléfono y marcó el número de Lane.

Sentía los huesos de las manos como si los hubiera hecho añicos una maza.

En su oreja, el teléfono sonó y sonó. Más allá del halo amarillo de la luz, las sombras acechaban. Cuando era pequeño, cuando todavía temía a los monstruos bajo la cama, echaba a correr desde el baño. Saltaba al colchón sin acercarse, para no arriesgarse a que algo le agarrara los tobillos. En la litera superior, Liam se asomaba por el borde y aplastaba a Colton con una almohada.

*Por dios bendito. No seas niñato, C. J. Los monstruos no existen.*

Ahora sabía que sí. La verdad corría por sus venas.

Cerró los ojos. Se preparó para el buzón de voz.

En lugar de eso, oyó un suave:

—¿Diga?

Dejó escapar el aliento.

—¿Price? ¿Hola?

—Estoy aquí —dijo—. ¿Estabas durmiendo?

—No. —Ella no dijo nada más. Podía oír las teclas de su ordenador repique, repique, repiqueteando. Se sentó en el suelo, levantó las rodillas—. No voy a perder el vuelo, si eso es lo que te preocupa.

—¿Qué? Oh. No, no es eso.

—De acuerdo. —Más sonidos de teclas. Susurros de páginas.

—Es solo que… —Se detuvo, sintiéndose terriblemente ridículo—. ¿Podrías decirme qué hora es?

Le respondió el silencio. Después:

—Son las dos de la mañana.

—Me refiero a concretamente. Los minutos.

Otra pausa.

—Y cuarto.

—¿Exactamente?

—Exactamente.

—Gracias. —Apoyó la cabeza de nuevo contra el armario, deshaciéndose de parte de la tensión. En el otro extremo, Lane había seguido escribiendo. La escuchó trabajar un rato sin hablar. Fuera de la cocina, el vestíbulo estaba tan negro como un abismo—. ¿En qué trabajas?

—No es asunto tuyo.

—Estás a la defensiva —apuntó.

—Tú no eres el único que tiene secretos. —Siguió una pausa, y añadió—: Esto va a ir a mi lista, ¿sabes?

—¿Tienes una lista?

—Sí. La llamo «Razones por las que seguramente hay dientes en un cajón de la cocina de Colton Price».

—No suena muy higiénico. —Una sonrisa reptó por su rostro, ilícita—. ¿No se me permite llamarte en mitad de la noche para preguntarte la hora?

—Es muy del rollo Wes Craven —le dijo—. Estoy esperando a que me digas que mire por la ventana.

—¿Por la ventana? —Estiró una pierna. La planta del pie se alineó con el mueble que tenía delante—. ¿Qué hay en tu ventana?

—Tú, obviamente. Seguramente con un cuchillo de caza.

Excepto por lo del cuchillo, Colton habría deseado que eso fuera cierto. Deseó estar en cualquier sitio que no fuera aquel, ese mausoleo vacío. Un hijo de segunda mano en un hogar abandonado. Deseó estar en el campus, de la mano de Lane delante de los dormitorios, como la noche que la acompañó a casa. Deseó ver qué estaba haciendo, cómo estaba sentada... Si estaba en su escritorio o metida en la cama. Si trabajaba con las luces encendidas o solo con un flexo. Si era una persona de pijama o de camiseta reciclada.

—Fue romántico cuando Romeo lo hizo —le dijo.

Otra pausa.

—Romeo y Julieta murieron.

—Tienes razón. —Quería preguntarle la hora de nuevo, pero ya estaba lo bastante despierto como para darse cuenta de lo raro que sería. Lo irracional—. Creo que es muy considerado, lo que estás haciendo. Ir a Chicago a ver a Schiller. Es una malísima idea, pero bondadosa. No lo haría mucha gente.

De nuevo el silencio. Después, en voz baja, ella dijo:

—Sé lo que es despertar en una cama de hospital y descubrir que toda tu vida se ha puesto del revés mientras estabas inconsciente. Nadie debería pasar por eso solo.

Colton cerró los ojos y no respondió. Durante los siguientes minutos, se quedó sentado, con el teléfono contra el hombro, escuchándola trabajar.

—Price —la oyó decir, no por primera vez—. *Colton.* ¿Te has quedado dormido?

—No —contestó después de un instante—. No, sigo aquí.

—Tenemos que estar en el aeropuerto a primera hora de la mañana. Deberías intentar dormir al menos un poco.

—Espera. —Su corazón se sublevó contra sus costillas. Pensó en sus manos, golpeando el lado equivocado del hielo. En el frío acuchillándole los huesos. Su hermano con los brazos sin fuerza, hundiéndose lentamente hasta desaparecer—. Miércoles, espera un segundo. Quédate y habla conmigo.

Durante un instante, creyó que era demasiado tarde. Pensó que había colgado. Pero después oyó la brusca inhalación al otro lado de la línea.

—De acuerdo —le dijo—. Me quedaré. Pero no gratis.

—Me parece justo. —Se apoyó de nuevo en el armario—. ¿Cuánto va a costarme?

Oyó el chirrido de una silla, el crujido de los muelles mientras Lane se subía a la cama. Sentía la garganta como el papel de lija. Su estómago era piedra fundida, dura e incandescente. Presionó un dolorido puño contra la fría baldosa del suelo.

En un susurro, ella dijo:

—Tienes que contarme tres cosas más que sean verdad.

Colton cerró los ojos contra la arremetida de sus fantasmas.

—Ahora mismo no puedo pensar en ninguna.

—Tres cosas que no te gusten, entonces.

Él pensó en ello.

—No me gusta el café —dijo después de varios segundos.

—¿En serio?

—Tan serio como un ataque al corazón. Que, casualmente, tienes un sesenta por cierto más de probabilidades de experimentar si tomas cafeína a diario.

—*Colton.*

—¿Qué?

—Me he pasado semanas llevándote un café cada mañana.

—Y yo no me los bebí.

—Creía que era porque eres un maleducado —le dijo—. Voy a enviarte una factura; esos cafés no fueron baratos. ¿Cuál es la segunda?

Colton se mordió una sonrisa que no se había asentado del todo, pensando.

—No me gusta que ya no vengas a casa. —Lane se quedó callada después de eso, y se preguntó que estaría pensando. Quería preguntárselo, pero temía que no le gustara la respuesta—. Tercera: odio guardar tantos secretos.

Pasó un rato antes de que ella contestara, el suficiente para que él se arrepintiera de decirlo. No quería que se enfadara con él. No quería discutir de nuevo.

—Estaba leyendo sobre necromancia —susurró Lane al final, con una voz casi demasiado suave para oírla—. Cuando llamaste.

—Lo típico.

—¿Tú crees que es real? Quiero decir, sé que es real como concepto, pero ¿tú crees que hay gente ahí fuera que puede manipular a los muertos?

Sabía por qué se lo estaba preguntando. Sabía la línea de pensamiento que la había conducido allí. Era el curso natural de las cosas, teniendo en cuenta de lo que había sido testigo en el prado. Nate Schiller, tejiéndose de nuevo a sus pies. Recordó a la pequeña Delaney Meyers-Petrov, encorvándose sobre él con sus mitones llenos de piedras. *Levántate; el agua está demasiado fría para nadar.*

—No lo sé —mintió—. Pero he pasado suficientes horas en otros mundos como para saber que la realidad, como norma, es ilimitada.

—Así que crees que es posible.

—Creo que todo lo es —le dijo, y era lo más cerca que podía estar de revelar la verdad.

# 22

Resultó que Colton Price tenía una lista muy larga de cosas que no le gustaban. No le gustaban los espacios abarrotados, informó a Delaney mientras el coche alquilado los recogía en la niebla de un amanecer de otoño. No le gustaba el olor del aire reciclado, añadió mientras atravesaban el Callahan Tunnel y las luces pasaban junto a ellos en rayos amarillos. No le gustaban los asientos con poco espacio para sus piernas. No le gustaba estar cerca de desconocidos, el transporte público ni los baños apenas lo bastante anchos para sus hombros. Un avión, razonó, quitándose los zapatos en la fila del control de seguridad, era todas esas cosas.

—Te meten en una caja de metal diminuta que pesa cuarenta toneladas —dijo, poniendo su cinturón de piel en una bandeja de plástico—. Después te lanzan por el cielo a diez mil kilómetros. Matemáticamente, es una locura. Hola. Pareces una persona muy razonable. ¿Puedo dejarme puesto el reloj?

Al otro lado de la banda, la agente de seguridad no parecía ni remotamente razonable. Parecía, se fijó Delaney, muy cansada de responder a las preguntas de los pasajeros.

—No —dijo, sin pestañear.

Pero Colton no se rindió.

—Es solo que no me siento muy cómodo quitándomelo.

La agente lo miró fijamente. Colton restregó los calcetines contra el suelo. En la banda, las bandejas llenas de objetos personales empezaron a amontonarse en un caótico cuello de botella.

—Quítate el reloj, Price —le pidió Delaney.

Cuando llegaron a la puerta de embarque, ambos un poco tensos, apenas quedaban diez minutos para el despegue. Después de sentarse junto a la ventanilla, Delaney se abrochó el cinturón y observó a Colton haciendo lo mismo. Estaba más informal que nunca, vestido con vaqueros y una camiseta de béisbol, con el rostro oculto bajo la visera de una gorra vintage de los Whalers. Incluso así vestido, destacaba abruptamente junto a Delaney, con sus dos moñitos lavanda, un jersey *oversize* y sus *leggings* negros rotos desapareciendo en unas botas Chelsea.

La tuvo al teléfono casi una hora la noche anterior, hasta que se le cayó la cabeza hacia delante y el teléfono se le escapó de la mano. En cierto momento, debió colgar. Cuando despertó, con Adya mirándola, descubrió que el teléfono estaba casi sin batería y que seguía teniendo el implante puesto, cuyo sonido tapaba el sordo dolor de cabeza de la sobreexposición.

En ese momento, se metió las piernas bajo el cuerpo y le preguntó:

—¿Es una reliquia familiar?

Colton, que estaba limpiando el reposabrazos con una toallita antibacteriana, levantó la cabeza. (No le gustaban los gérmenes, le había contado en la fila de embarque, después de que un hombre cerca estornudara seis veces en rápida sucesión).

—¿Una reliquia familiar? ¿A qué te refieres?

—Al reloj.

—Oh. —Rodeó el reloj con su mano libre—. No.

No dijo más. No dijo nada en absoluto hasta que despegaron y la luz del cinturón se apagó.

—Hay demasiada gente en este avión. —Se tiró de la visera de la gorra sobre los ojos—. Puedo notar cómo me enfermo.

Lane levantó la mirada del libro que había comprado en el kiosco de la terminal.

—¿Crees que es posible que a veces tengas tendencia a dar más importancia de lo necesario a las cosas?

Él levantó la barbilla solo un poco. Un oscuro ojo la miró desde debajo de su gorra.

—Si me resfrío, será culpa tuya. Me he visto obligado a hacer este viaje contra mi voluntad.

—Dudo mucho que haya una sola persona en el mundo que pueda obligarte a hacer algo contra tu voluntad —le dijo, y volvió a su libro.

—Te sorprendería —replicó. Medio segundo después—: Voy a cerrar los ojos.

Al otro lado de la ventana, las nubes pasaban en jirones azotados por el viento. Durante la mayor parte de una hora, Delaney se perdió en un capítulo. Cuando levantó la mirada, descubrió que Colton estaba despierto y mirándola. No inició una conversación. No apartó la mirada.

Buscando desesperadamente algo que hacer con las manos, Delaney tomó la bolsa para el vómito de la parte de atrás del asiento y la plegó en un torpe cisne de origami. Poniendo a prueba su aerodinámica, lo lanzó al aire. El cisne sobrevoló con tristeza el reposabrazos y aterrizó en el regazo de Colton. Él bajó los ojos hasta su deforme creación.

—He estado pensando —le dijo ella.

—¿Sí? —Colton tomó el cisne para examinarlo desde todos los ángulos—. ¿En qué?

—Tengo un recuerdo de cuando era pequeña. No sé si es relevante.

—Cuéntamelo —dijo él, sin perder un segundo.

—Cuando era niña, mis padres solían llevarme al lago Walden para lanzar piedras. A mi padre se le daba genial. Siempre encontraba los guijarros que más saltaban. Conseguían llegar hasta la mitad del lago. Los míos se hundían sin más. Directo al fondo. —Lo miró y lo descubrió totalmente inmóvil. Algo inidentificable endurecía su mirada—. Una mañana llegamos allí temprano, antes que nadie. Yo quería recoger los mejores guijarros antes de que mi padre tuviera la oportunidad, así que salí corriendo del coche. Mis padres se enfadaron, porque dos niños se habían ahogado allí la semana anterior.

Colton tragó saliva. Tenía el cisne entre sus dedos, apretado con fuerza.

—Conseguí reunir un buen montón de piedras antes de encontrar el cuerpo —continuó—. Era un niño. Estaba tumbado entre el agua y el barro, y al principio creí que me lo estaba imaginando.

La luz del sol atravesó la ventana con un destello dorado y pudo verse un instante reflejada en él. Se miró las puntas de los dedos. La uña del índice estaba comida casi por completo. En el pasillo, el carrito de los tentempiés pasó traqueteando.

—Continúa —le pidió Colton.

—Vas a pensar que estoy loca.

—No.

Delaney cerró los ojos. Era demasiado difícil mirarlo. El frío y desaprobador Colton, con sus sonrisas como cuchillos. Estaba segura de que estaba juzgándola, a la pequeña Delaney de cristal, con la cabeza llena de fantasías. Pero, tantos años después, todavía podía recordar cada detalle de esa fría mañana de marzo. Se aferraba a ellos como uno se aferraría a un sueño, en fragmentos y colores.

—Estaba muerto —susurré—. Estaba segura de ello. Pero, cuando lo llamé, gimió. Cuando le dije que se moviera, me hizo caso. Cuando busqué su mano, me tomó la mía. Era como el hielo. Nunca había tocado nada tan frío.

—¿Qué ocurrió?

—Desapareció. —Abrió los ojos y lo encontró mirándola—. En un momento estaba allí, y al siguiente se lo había tragado el cielo. Cuando mis padres llegaron corriendo, se había marchado. Creyeron que estaba jugando a algo. Pero no era un juego. Lo vi. Lo sentí. Y después…

Se detuvo, ansiosa. El modo en el que la miraba (con la luz volviendo sus ojos de un inusual marrón miel) ponía un curioso tipo de emoción en su pecho. Parecía un muchacho, para variar, en lugar de algo demasiado afilado para tocarlo.

—Cuando Nate estaba volviendo a la vida —continuó—, Adya me dijo que ella lo había seguido directo hasta mí. Siempre pensé que me lo había imaginado, pero ¿y si es eso lo que soy? ¿Y si soy el tipo de persona que mira las sombras y ve algo muerto devolviéndole la mirada?

Con un desinterés poco convincente, Colton le preguntó:

—¿Y qué, si lo eres?

Ella no quería pensar en lo que eso significaría. Cada pequeño detalle parecía magnificado, asumiendo una claridad demasiado nítida: el zumbido del motor, el calor del sol contra su piel, Colton levantando su cisne de papel y colocándolo con cuidado en el nailon deshilachado de su rodilla. Lo dejó allí, con la punta del dedo equilibrada en el abanico de papel de la cola.

—Es un cisne feísimo —le dijo.

—Es un cisne perfecto, en realidad. También sé hacer ranas.

—Impresionante.

—El enfoque educativo de mi madre era muy artístico —le contó mientras él empujaba el cisne justo lo bastante fuerte como para que batiera sus alas torcidas—. En lugar de aprender a restar, hacía macramé los lunes y acuarela los miércoles. Era un poco ridículo.

—No suena ridículo. Suena bien.

—A estas alturas, es un peligro de incendio. —Se le había soltado un mechón de cabello de uno de los moñitos, e intentó meterlo de nuevo en su lugar—. Mi madre no tira nada. Toda la casa está llena de los proyectos de manualidades que nos hizo hacer a mí y a mi padre durante años.

—Mis padres están divorciados —le contó Colton tras otro minuto toqueteando el cisne—. Ninguno de ellos soportaba la idea de quedarse en Boston, así que estaré solo en la casa hasta que me gradúe.

—Oh.

Pensó en la escasa decoración, en las puertas, todas cerradas como tumbas. Había creído que quizá estaban de reformas, no que nadie viviera allí. Nadie excepto Colton. A su lado, el marrón de sus ojos estaba escondido bajo su gorra.

—La nueva esposa de mi padre suele fundirse las tarjetas de crédito —le dijo—. Cuando se sacan una nueva, no siempre actualizan los planes de pago. La primera noche que viniste, me habían cortado el suministro eléctrico.

Lo dijo como si nada. Como si fuera algo normal, algo olvidable.

La comprensión la atravesó como una flecha. El muro de velas. Sus intentos de despedirse de ella en la puerta.

—Dios —exhaló—. ¿Por qué no me dijiste nada?

Una sonrisa torcida rebasó una mitad de su cara.

—Para ahorrarme la humillación.

—Dejaste que me riera de ti. Ahora me siento una imbécil.

La luz del cinturón se encendió sobre sus cabezas. La voz del piloto se filtró en el sistema de sonido con un balbuceo ininteligible.

—¿Qué ha dicho?

—Ha dicho que comenzaremos el descenso pronto. —Colton retiró la mano, dejando volar al cisne hasta el regazo de Delaney—. Todavía puedes cambiar de idea, ¿sabes? No tienes que hacer esto.

—Tengo que hacerlo —replicó—. Hay una razón por la que Nate me buscó. No sé cuál es y no sé si habrá una respuesta esperándome en Chicago, pero tengo que intentarlo. Durante toda mi vida, la gente me ha definido por una única cosa. Vine a Godbole porque quería saber si había otra versión de mí ahí afuera. Quizá sea esta.

Colton frunció el ceño.

—¿La de una chica incapaz de hacer un cisne simétrico?

—Tengo que seguir con esto hasta el final —dijo, ignorándolo.

—¿Y si no te gusta lo que encuentras?

—No lo sé —admitió—. Supongo que me ocuparé de ello cuando llegue allí.

# 23

El camino al hospital fue largo y lento, entorpecido por la pausada marcha del tráfico, un paso horrible y arrastrado que hizo que Colton pensara de verdad en abrir la puerta del pasajero y lanzarse ante el siguiente vehículo que pasara. Secuestrados en la parte de atrás de un vehículo negro como un escarabajo, Lane y él se sentaron con las rodillas besándose mientras la ciudad pasaba de largo en frías manzanas de cemento y multifamiliares de piedra gris.

No debería haber ido. Ya podía sentir las consecuencias de sus actos arraigando. Una migraña floreció tras sus ojos. Avulsiones menores rasgaban sus tendones. Cada vez que pensaba que se había hecho inmune al dolor, este se intensificaba. Se preguntó cuánto más podría seguir antes de que su cuerpo se rindiera.

No podía evitarlo. Iba a donde ella lo conducía, como una cometa de papel en una cuerda. Estaba apresado sin remedio, enredado en las ramas de Lane. Su cordel estaba enmarañado. Su columna, astillada. Su vela, en jirones. No había un modo seguro de liberarse.

A su lado, Lane miraba por la ventanilla con unos ojos grandes que no parpadeaban. Le gustaba cómo se fijaba en la ciudad, con los labios fruncidos en una mueca de preocupación, girando el anillo trenzado de su dedo una y otra vez, como un talismán. La había visto hacerlo las últimas manzanas. Llevaba el cabello recogido en sus moños gemelos, demasiado grandes y ridículos. Uno de ellos se estaba soltando, después de la siesta que se había echado durante el tramo final del vuelo.

Cuando por fin se detuvieron, el sol estaba grande y redondo en el cielo y Colton había desoído siete llamadas de teléfono consecutivas.

Su estómago era de plomo. Tenía el pecho tenso. El Apóstol lo buscaría pronto y estaba justo en el lugar equivocado, haciendo precisamente lo que le habían advertido que no hiciera. No quería pensar en las repercusiones.

Se detuvieron en el puesto de café delante del hospital y pidió un café con leche caliente.

Lane lo miró con el ceño fruncido mientras ponía el vaso humeante en un envase de cartón.

—Creí que no bebías café.

—No es para mí —dijo él, guardándose el cambio. Comprobó su reloj mientras se dirigían a la entrada de visitantes. Las diez y media. Su teléfono móvil vibró en su bolsillo. Lo ignoró.

El vestíbulo del hospital era austero y clínico, iluminado por zumbantes fluorescentes. Siempre había odiado los hospitales. Odiaba que el tiempo pareciera detenerse en seco. Que todo el mundo pareciera un poquito perdido. Que, en cualquier momento, era probable que alguien muriera.

Pero ¿aquel hospital?

Aquel hospital lo odiaba porque resguardaba algo antiguo y frío y sin nombre.

Una bestia encerrada en el cuerpo de un chico.

Comprobó su reloj de nuevo. A su lado, Lane jugueteaba con el puño de su manga. Se había cambiado en el aeropuerto; se había quitado la sudadera para ponerse una especie de delantal de cuadros y una blusa con botones.

Mirándolo, le preguntó:

—¿Te esperan en algún otro sitio?

—No —contestó—. ¿Por qué?

—Esta es la sexta vez que compruebas tu reloj.

—Quiero asegurarme de que no se ha parado.

Ella arrugó la nariz.

—¿El reloj?

—El tiempo. —Levantó la punta de la nariz—. Como es obvio. ¿Por qué te has cambiado?

Delaney se tiró de nuevo de las mangas.

—Quería estar guapa.

—Entiendo. —Colton se apresuró para alcanzarla. El envase de cartón hacía poco para proteger su mano del caliente café con leche—. Quieres impresionar a tu amigo zombi.

Lane se detuvo con un repiqueteo de tacones.

—Por dios, Colton. No tienes por qué ser tan…

—¿Ya has vuelto? —La voz que salió del mostrador de recepción sonó aguda y dulce como el sirope. Colton aprovechó la oportunidad para esquivar el acrecentado enfado de Lane. Evitándola a ella y a su ira, deslizó el café con leche sobre el mostrador. Tras la mampara de plexiglás había una enfermera rubia de bote con un pijama azul intenso. Su sonrisa se amplió mientras aceptaba la bebida—. ¡Te has acordado!

—¿Cómo iba a olvidarlo? —Podía sentir la mirada furiosa de Lane en su perfil—. Quería echarle un ojo a nuestro chico. ¿Cómo va?

La mirada de Lane lo apuñaló y se retorció en él. Un golpe mortal. No la miró.

—Va y viene —admitió la enfermera—. Técnicamente no son horas de visita, pero puedes subir. Su madre está allí ahora. Espera, te anunciaré.

Le dio las gracias y condujo a Lane de la mano, arrastrándola por el pasillo y a través de las enormes puertas abiertas hasta el pasillo de los pacientes. Ella dejó patente su desagrado con pasos bruscos y cortos, de modo que se vio obligado a arrastrarla en su estela. El pedregoso paso se veía agravado por el reumático roce de sus huesos. Más de una vez, pensó en tomarla en brazos y llevarla así el resto del camino.

—¿Puedes caminar como es debido o tengo que subirte a una camilla y llevarte rodando? Porque lo haré.

El aire parecía más diluido allí. La temperatura, varios grados más fría. Sobre su cabeza, las luces pasaban en franjas blancas. Activadas por el movimiento, parpadeaban una a una. La electricidad zumbaba. Teñía la acusación en la mirada de Lane de un verde cadmio.

—Ya has venido a verlo —le espetó.

—Sí.

Estaban cruzando un puente abierto en el cielo. El reflejo de Lane le llegó brevemente desde los amplios paneles de plexiglás. Sabía, por la expresión de su rostro, que estaba analizando seriamente el ratio coste/beneficio de darle un puñetazo en la mandíbula. No la culpaba.

Pasaron junto a una serie de habitaciones vacías, pequeñas y con la luz apagada y separadas de la pared por un cristal grueso. De vez en cuando, otra persona pasaba junto a ellos. A veces vestida con un traje, a veces con el estéril blanco de una bata de laboratorio. Siempre demasiado concentrada en su carpeta, su documento o su teléfono para fijarse en dos universitarios discutiendo.

—Es solo que hiciste una montaña de que yo quisiera venir a Chicago —dijo Lane, zafándose de él. Colton sacudió los dedos, viendo las estrellas. Un profundo dolor subcontral excavó sus huesos.

—Lo hice —asintió.

Lane puso una cara que podría haber agriado la leche.

—¿No te pareció que esa era una información pertinente? Que quizá yo… ¡Oye!

Colton se detuvo abruptamente y Lane tropezó con él con una indignación que bordeaba la violencia. Acallándola, señaló hacia delante. Fuera de una habitación con ventanas estaba sentada una mujer sola, con la cabeza baja y los ojos cerrados. Parecía frágil y delgada, y llevaba el cabello muy corto.

La irritación de Lane languideció.

—¿Esa es su madre?

—Eso creo.

El aire sabía mal. Había algo metálico en él, algo sulfuroso y extraño. Un sonido atravesó el silencio. No el giro de un carrito de hospital ni una silla de ruedas, sino el sinuoso arrastrar de algo antiguo. Un pánico repentino lo apresó.

Estaba cometiendo un error al dejarla entrar en esa habitación.

Pero no tenía opción.

—Escúchame —le dijo—. Tienes que tener cuidado ahí dentro. Tú no conocías a Schiller antes. Yo sí. ¿El chico que hay en esa habitación? Se ha puesto la cara de Schiller, pero no es el tipo con el que yo me inicié.

Un poco de verdad, arrancada como un diente. En el interior del bolsillo de su chaqueta, su meñique se salió de su articulación con un único y violento crujido. Se tragó un gruñido. A su espalda, Lane estiró el cuello hacia un lado para mirar la sala de espera. No parecía asustada. Solo parecía decidida.

—¿Cómo es eso posible? —le preguntó en voz baja.

—Porque —le dijo, y su voz sonó arenosa— la gente no regresa de la muerte por accidente. Nathaniel Schiller murió hace cinco semanas. Cuando se marchó, dejó atrás un cuerpo vacío. Y ahora otra cosa ha reptado a su interior.

# 24

La madre de Nate Schiller era pequeña y pálida: su rostro era un óvalo perfecto y llevaba el cabello rubio en un pulcro corte. Tenía la misma nariz que Nate, los mismos ojos grandes y tristes, aunque los suyos eran de un azul claro y empolvado mientras que los de Nate habían sido oscuros y turbulentos. Con las manos entrelazadas, como si rezara, la mujer levantó la mirada mientras Delaney se acercaba.

—Hola —dijo Delaney—. ¿Es usted la señora Schiller?

—Sarah —la corrigió, y se puso en pie—. Tú debes ser amiga de Nathaniel.

—Lo soy —dijo Delaney, aunque no estaba totalmente segura de que eso fuera cierto—. Me llamo Lane.

—Lane. —La sonrisa de Sarah vaciló. Tenía los ojos bordeados de lágrimas. Buscó la mano de Lane y se la estrechó. Le temblaban los dedos—. Es muy amable por tu parte que hayas venido desde tan lejos.

—No es nada —le aseguró Delaney—. De verdad.

—Creí que sería bueno para él —dijo Sarah, limpiándose la nariz con un pañuelo—. Howe. Siempre fue un poco raro, mientras crecía. —Dejó escapar una risa acuosa—. Veía cosas que no estaban ahí. Oía cosas que nadie más oía. Le era difícil hacer amigos. Cuando empezó a interesarse por el programa de Godbole, pensé: «Esto es. Esta es la guía que necesita». —Se sorbió la nariz y buscó otro pañuelo en su bolso—. Lo siento.

—No tiene que disculparse.

Delaney sintió de repente que no debería haber ido. Era una intrusa. Una desconocida. No conocía a Nate; él se le había aparecido. No tenía derecho a estar allí, consolando a su madre.

Pero era demasiado tarde para salir huyendo.

—Le doy vueltas y vueltas —continuó Sarah—. Es solo que siempre estuvimos los dos solos, en casa. Estaba muy pegado a mí. Y entonces se marchó y encontró un grupo de amigos y de verdad creí que la compañía de otros chicos le vendría bien. No decía nada cuando llamaba a casa. No me contaba lo que lo obligaban a hacer.

Delaney frunció el ceño.

—¿A qué se refiere? ¿A qué lo obligaban?

—No estoy segura. —Los ojos de Sarah se inundaron de lágrimas y las atrapó con sus pequeños deditos—. Se unió a un grupo al que llamaba el Priorato. Me dijo que no era una fraternidad, pero sin duda era algún tipo de club para chicos. La policía cree que pudo tratarse de un ritual para novatos.

—Oh.

Delaney se sintió repentina y profundamente estúpida. Miró a Colton. Estaba en el extremo opuesto del pasillo, con el teléfono contra la oreja, la gorra de béisbol calada y los ojos fijos en ella.

—Estaba a punto de bajar corriendo a la cafetería para comer algo. —La mirada de Sarah revoloteó una y otra vez hacia la extensa ventana a lo largo de la pared—. ¿Te gustaría entrar y sentarte con él mientras no estoy?

—Sí —dijo Delaney, y su arrepentimiento se hizo mayor un segundo después—. Si le parece bien.

—Por supuesto. Estoy segura de que le gustará ver un rostro amistoso.

La habitación de hospital de Nate Schiller era sencilla y fría. Las paredes estaban desprovistas de adornos, el espacio iluminado por un único y resonante fluorescente. La cama era estrecha y blanca, alta y rodeada de barandillas. Delaney se quedó en la puerta abierta y contuvo un escalofrío.

Las sombras allí eran irrelevantes, ahuyentadas por la escueta luz blanca de las luces del techo, escondidas. *Aléjate,* parecían decirle, acobardadas bajo la cama y la silla y las bandejas. *Aléjate.*

Apoyado en una serie de almohadones, Nate escarbaba en un pudin de tapioca. Almidonadas perlas blancas se agrupaban en el borde de plástico de su vaso, le salpicaban la mano. No habló. Tampoco lo hizo Delaney. Estaba como en el Santuario: la nariz aguileña y la mandíbula redondeada, el rostro salpicado de pecas. El cabello sucio se le pegaba a los ojos en una hilera de pálidas «ces».

Tan cerca, Delaney podía ver todo lo que estaba mal en él. Había algo incongruente en su rostro, que no mostraba los mismos signos de desgaste que el resto de su ser. No había ojeras bajo sus ojos, no tenía la piel cerosa ni una palidez enfermiza que sugiriera agotamiento o tensión.

No parecía alguien que hubiera estado muerto. Parecía contento. Parecía rebosar salud. Parecía saciado de pudin. Tenía la boca relajada, los ojos brillantes. En su pecho, bajo el fino papel de su camisón de hospital, tenía pegada una serie de electrodos en planos círculos blancos. Levantó la cabeza y la examinó con frialdad, y Delaney tuvo la inquietante sensación de que el tiempo que pasaba no lo afectaba en absoluto.

—Hola —le dijo Delaney, y de inmediato deseó morirse—. ¿Me reconoces?

Él no respondió. Solo soltó su cuchara, que repiqueteó contra el laminado de su bandeja. Profundamente, tras los ojos de Delaney, comenzó el zumbido. Crepitaba en su cráneo como electricidad estática, blanca y estimulante como la caída de un rayo.

Por impulso, buscó tras su oreja y apagó su implante. De inmediato, el ruido ambiental de la habitación se extinguió. El constante murmullo del equipo del hospital se desvaneció y el débil susurro de su respiración se detuvo de inmediato. En el espacio vacío que quedó atrás, los acúfenos estallaron.

—Soy Lane —le dijo—. ¿Me recuerdas?

Una sonrisa espeluznante (una que a Delaney no le pareció totalmente humana) se extendió por el rostro de Nate. El emplumado susurro de la inquietud le rozó la nuca. Intentó no parecer asustada mientras algo se enroscaba entre sus orejas. Sonaba como un céntimo, rodando sobre la piedra. Una presencia arraigó allí, fría y alcalina. En la quietud de sus pensamientos, una voz chisporroteó como la estática.

*Sí,* dijo. *Te recordamos. Esperábamos que vinieras.*

—¿En plural? —El pánico la agarró por la garganta—. ¿Qué eres?

*No hay dimensión para mí en tu entendimiento. No hay palabra para mí en tu idioma.*

Se clavó las uñas en la palma.

—Y no obstante hablas mi idioma.

*El silencio es universal, Delaney Meyers-Petrov.*

Vaciló, con un hormigueo en la piel.

—Sabes mi nombre.

*Sé muchas cosas sobre ti. Puedo leer los capítulos de tu vida como un libro.*

Las palabras gotearon sobre sus pensamientos como la tinta, filtrándose en ella hasta que se sintió confusa y un poco mareada. Se había acostumbrado a oír cosas en el silencio, pero aquello no se parecía en nada a la inquieta oscuridad; no se parecía en nada al indistinto murmullo de una puerta entre mundos.

Aquello era algo nuevo.

Se contuvo para no girar en sus talones y salir corriendo, para no dejar atrás aquella mirada vacía y aquella voz insípida en el interior de su cabeza. Sentía un hormigueo en la piel, como de cosas frías arrastrándose, como si algún pequeño insecto se hubiera adentrado en ella y puesto huevos. Como si fuera un anfitrión, y la voz un parásito.

*Es similar,* dijo la voz, aunque ella no había hablado en voz alta. *Supongo que, en ciertos sentidos, soy como un ratón.*

Delaney le sostuvo la mirada de pupilas dilatadas, aunque no quería hacerlo.

—Explícate.

No se le pasó que Nate llevaba demasiado tiempo sin pestañear. Tan pronto como lo pensó, sus párpados se cerraron dos veces en deliberada sucesión. *Pestañeo. Pestañeo.* Como si ser humano fuera voluntario. Como si Nate fuera un muñeco, y lo otro un ventrílocuo.

Fuera lo que fuera *lo otro.*

*Te lo he dicho,* le dijo. *Soy como un ratón.*

—Y yo te he pedido que te expliques.

*Es difícil formular una explicación mientras gritas.*

—No estoy gritando.

*Oh, sí. Lo estás haciendo.*

Tomó aliento. Intentó detener sus pensamientos. Sus latidos la atravesaban como un conejo a la huida. En la quietud, la voz serpenteó por su cráneo. Se retorció y enroscó. Siseó un odioso soliloquio.

*Soy eso que se desliza en los espacios secretos. Cuando una puerta se queda abierta demasiado tiempo, soy lo que repta al interior. Soy la bestia que hurga en sus madrigueras, la alimaña que mordisquea sus huesos. Este chico…*

—Nate —no pudo evitar decir.

La boca de Nate se abrió en una sonrisa beatífica. La saliva se reunió en sus comisuras, pero no se la limpió. *Este chico,* comenzó la voz de nuevo, *abrió su puerta de par en par. Me invitó a entrar.*

—¿Qué significa eso? ¿Quería morir?

*No. Quería vivir para siempre.*

Ladeó la cabeza en un movimiento que no era ni remotamente humano. La anomalía hizo retroceder a Delaney hasta que tropezó con el soporte de la vía y casi la volcó. La enderezó, con el corazón latiendo con fuerza, desenredándose del gotero. Esos ojos vacíos revolotearon por su rostro, moviéndose más rápido, más rápido, la esclerótica blanca diseccionada por el delator rojo de los capilares rotos. Una fina línea de baba bajó por su barbilla.

Delaney echó mano al mando, a punto de llamar a una enfermera, y todo se detuvo. Nate se quedó petrificado; sus palmas golpearon la bandeja en un movimiento que la hizo sobresaltarse. Sintió la reverberación en las plantas de sus pies, en las paredes de su corazón.

Se quedó allí, agarrada al poste metálico, temiendo apartar la mirada, temiendo acercarse demasiado.

—¿Nate?

Él sonrió. Esta vez, la voz de su cabeza fue el crujido de la madera en una casa vieja. Era un palo quebrándose en el bosque. Eran las hojas susurrando en una fría noche de octubre. Susurraba a través de su núcleo.

*Tu puerta está abierta, Delaney Meyers-Petrov. Puedo ver tus espacios más secretos. Puedo ver cómo morirás. Puedo ver lo que acecha tus sueños por la noche, las cosas que hacen que te despiertes llorando al alba. Puedo ver el rostro del chico que está en la ventana que tienes detrás, cómo lo añoras cuando estás sola. Enredado en tus sábanas.*

Apenas oyó la voz sobre el sonido de la sangre en sus venas. Sus ojos se movieron hacia la ventana. Colton estaba al otro lado, sus rasgos rayados por las persianas parcialmente cerradas, sus ojos clavados en ella, su mirada evaluadora. Observando la conversación unilateral con la agudeza de un halcón. Decidiendo qué hacer.

*Ah.* El sonido la atravesó en un gélido éxtasis. *¿Te he hecho sonrojar? El chico de este cuerpo también se sonrojó. Un bonito escarlata, solo para mí. La sangre calienta muy bien la piel, y a mí me gusta caliente.*

Su mirada regresó con él. Nate (o la cosa que vestía su piel) se había movido en la cama, sus pies descalzos se habían deslizado hasta el suelo. Se detuvo frente a ella bajo la vibrante luz, con los hombros encorvados. Delaney se contuvo para no huir.

—¿Por qué estás aquí?

*Porque una puerta se quedó abierta.*

—¿Qué puerta?

*Haces las preguntas equivocadas, y me he cansado de responderlas.*

No se rindió.

—¿Hay más como tú?

Su sonrisa fue acuosa, torcida, como si el portador no estuviera acostumbrado a su máscara.

*El chico del cristal ya conoce esas respuestas,* le dijo. *No te ha contado la verdad.*

Un escalofrío serpenteó por su cuerpo.

—¿A qué te refieres?

Su sonrisa se amplió y se amplió. *No voy a seguir jugando a esto. Soy demasiado viejo y tú eres una presa demasiado aburrida. Tengo mis propios asuntos que atender.*

Ella flexionó los dedos y descubrió que le temblaban.

—¿Qué asuntos son esos?

Aquellos ojos negros destellaron. *Hay algo amable en ti, Delaney Meyers-Petrov. Algo tranquilo. Me parece terriblemente dulce.* Siguió una pausa, prolongada e inquietante. La sonrisa se quedó atrapada en las esquinas del rostro de Nate. *Quizá me ocupe de mis asuntos de otra manera.*

Ella se tensó, notando el cambio en el ambiente un instante demasiado tarde.

—¿Qué signifi...?

Se oyó un repiqueteo, el sonido del metal golpeando la baldosa. Nate se lanzó sobre su garganta, sus dedos fríos se cerraron alrededor de su cuello con una tenaza que le arrancó el aire de los pulmones. Golpeó la pared con la espalda y a continuación con la cabeza, haciendo añicos el cristal, lanzando rayos a su visión en furiosas cuchilladas blancas.

Escarbó con los dedos e hizo contacto con lo que pudo. No sirvió de nada. Nate poseía una fuerza bruta que era tan inhumana como el resto de él. En algún sitio cercano sintió el reverberante golpe de una puerta abriéndose. La sintió percutiendo la pared. Unos zapatos apisonaron el laminado y Nate se vio alejado de ella, riéndose, riéndose mientras lo hacía.

*La partida*, graznó la voz, demasiado cerca, demasiado cerca para que fuera cómodo, *ha comenzado.*

Delaney se deslizó por la pared hasta el suelo, cayó de rodillas. Resolló y resolló. Su pecho no cedía. El aire de sus pulmones sabía rancio e inútil. La estancia giraba en parpadeos diseminados. Su cabeza era un espectro.

Sus ojos enfocaron un único rostro.

Colton.

El mundo se inclinó, enderezándose, o quizá era ella quien se estaba enderezando, arrastrada por el suelo de cuadros iluminado por los fluorescentes del pasillo y conducida hasta una silla. El rostro de Colton, frente a ella, había perdido el color. Su boca estaba del revés. Colton se presionó el pecho con las palmas y las apartó. Lo hizo de nuevo. Articuló una única palabra. Delaney tardó varios segundos en comprender qué le estaba indicando.

*Respira*, le señaló.

Eso era. Una palabra.

*Respira*. Y lo hizo. Los primeros intentos tuvieron resultados limitados, pero al tercero sintió el aire inundándole los pulmones. Su respiración era desmañada, le dolía el pecho mientras sus costillas despertaban. Levantó una mano temblorosa y encendió su implante. El sonido regresó en una oleada de zumbidos y pitidos y en el constante e indistinguible murmullo de las voces.

Una serie de celadores entró y salió por la puerta abierta de la habitación de Nate Schiller, con las radios crepitando. Y cerca, un punto de oscuridad en el estéril blanco del pasillo, había un hombre al que nunca había visto con la boina calada. Examinó a Delaney con evidente confusión, buscando en los bolsillos de su chaqueta demasiado grande.

—Eres hombre muerto, Price —dijo—. ¿Lo sabías?

Colton lo ignoró, poniendo a Delaney en pie. A su espalda, el desconocido se llevó un teléfono a la oreja.

—Será mejor que salgas de aquí. Han llamado a la poli.

—No me importa —dijo Colton, comprobando las pupilas de Delaney. Ella apartó la barbilla de su mano, mareada, atolondrada, asustada. *La partida ha comenzado. La partida ha comenzado.* Todavía podía sentir la voz en el interior de su cabeza. Aleteaba en su interior como una polilla atrapada, golpeándose contra sus huesos. El hombre de la boina aspiró, disgustado.

—Tú y tu maldita soberbia. ¿De verdad crees que puedes librarte de todo? Te estoy dando una vía de escape. Tómala. Deja que me ocupe de lo de Schiller. Agarra a tu novia y vete a toda mecha de aquí.

# 25

Rodearon las afueras de Chicago dos veces, y Lane todavía no había dicho una palabra. El conductor metió el automóvil en el carril derecho con el sonido metálico del intermitente. Al otro lado de la ventanilla, una pulcra hilera de casas pasó de largo, todas agrupadas en bonitas parcelas aterrazadas de ladrillo rojo y adornos de hierro.

—Otro giro a la izquierda aquí —dijo Colton mientras se arrastraban por Lincoln Park. Miró por la ventanilla trasera. Una mujer rubia estaba sentada en el asiento del conductor del Honda CRV negro que llevaban detrás, cantando con la radio. No *creía* que los estuvieran siguiendo, pero no podía estar seguro.

Miró su reloj. Eran las 12:23. El día se había torcido por completo. Necesitaba espacio para pensar. Necesitaba que Lane hablara. Que dijera algo, aunque lo único que hiciera fuera gritar.

La miró de soslayo, intentando ser discreto. Estaba sentada con la cabeza inclinada contra el reposacabezas, los ojos cerrados. Su rostro había perdido el color. Tenía las manos entrelazadas sobre la falda, pero Colton las veía temblar.

Atravesaron vecindarios, barrios, entraron y salieron de distritos. Los coches que llevaba detrás eran camiones o cupés o todoterrenos, berlinas de cuatro puertas o llamativos deportivos. Ninguno de ellos parecía estar siguiéndolos. La siguiente vez que comprobó la hora, las manecillas de su reloj marcaban las 12:35. Lane todavía no había hablado.

—Mira —dijo, empezando a sentirse un poco desesperado. Señaló la ventanilla de Lane—. Ahí arriba, en la esquina. Eso es la oficina postal de Englewood.

Ella abrió los ojos despacio, como si el acto le causara dolor. Él señaló de nuevo, señalando un edificio de aspecto totalmente ordinario construido con un ladrillo totalmente ordinario.

—Oh —musitó Lane, poco impresionada—. Vaya.

—Creo que se merece un poco más de fascinación —dijo Colton mientras el coche giraba en la esquina—. Fue el enclave de varios asesinatos terriblemente truculentos.

Lane cerró los ojos de nuevo.

—¿Por el franqueo?

—No. —Quería que siguiera hablando. Necesitaba que siguiera hablando—. Un hombre llamado H. H. Holmes construyó ahí un complejo hotel a finales de 1800. Había escaleras que no conducían a ninguna parte, trampillas secretas, un laboratorio en el sótano. Supuestamente secuestraba a la gente y la retenía allí. Para experimentar.

—Ya no queda nada de ello. —Las gafas del conductor destellaron en el espejo retrovisor. El edificio desapareció de la vista, reemplazado por una hilera de sanguiñuelos con las hojas del color de los pensamientos en el frío aire de otoño.

—Es una pena que se quemara —lamentó Colton—. Me habría gustado verlo.

Siguió el silencio. El motor zumbó. Las casas pasaban por las ventanillas en bloques de industrial gris. Sin abrir los ojos, Lane dijo:

—Estoy segura de que te lo habrías pasado bomba allí.

Colton se cubrió la sonrisa con el puño.

El automóvil aminoró la velocidad y se detuvo. Esperaron en un semáforo en rojo. Era, o eso le pareció a Colton, el semáforo en rojo más largo de los Estados Unidos continentales. La pausa lo hizo sentirse inmensamente inquieto. Miró la hora. Hizo botar la rodilla. Miró la hora de nuevo.

Tras ellos había un Range Rover enorme, cada centímetro de este era imponente. El cuerpo entero de Colton estaba nervioso. El todoterreno giró en una esquina (a la izquierda mientras ellos iban a la derecha) y él volvió a relajarse en su asiento. El taxi retumbó contra el borde de un bordillo y se detuvo con habilidad en un hueco libre. Al otro lado de la ventanilla, el pórtico de un hotel apareció ante su vista. El conductor dejó el taxi aparcado y lo rodeó para sacar sus maletas.

—Y así termina nuestra excursión por Chicago —dijo Colton con debilidad.

Se sintió un idiota por decirlo justo en el momento en el que las palabras abandonaron sus labios, pero había estado buscando *algo* con lo que romper el silencio y eso era lo que había encontrado. En cualquier caso, no había sido adecuado decirlo. La mirada que Lane echó en su dirección fue lo bastante fría como para que incluso el más duro de los hombres se encogiera. Lane gruñó algo ininteligible y salió por la puerta a la fría tarde de otoño.

Tras ser abofeteados hasta el vestíbulo del hotel por el viento, encontraron en el mostrador de recepción a una mujer demasiado contenta con una americana y una coleta alta. Los registró mientras charlaba alegremente y deslizó dos brillantes tarjetas de apertura sobre el mostrador en un sobre blanco nuevo.

En el extremo opuesto del vestíbulo, se apiñaron en el ascensor con una multitud de turistas. Una pareja mayor con riñoneras a juego. Una mujer con ropa deportiva neón. Un par de padres de aspecto cansado y sus tres hijos, armados con suficientes carritos como para un pequeño ejército. Colton y Lane esperaron en lados opuestos mientras el ascensor se vaciaba lentamente. La pareja mayor fue la última en salir, arrastrando los pies por la quinta planta. La puerta se cerró y se quedaron solos de nuevo. Colton observó a Lane. Lane observó los números subiendo en pequeñas luces amarillas sobre la puerta.

—Tenías razón —dijo ella, casi demasiado bajo como para oírlo—. Hay algo dentro de Nate.

—Intenté decírtelo.

—¿Qué hacemos?

—Nada —contestó—. Está en el hospital, rodeado de profesionales expertos. ¿Qué podríamos hacer tú y yo que ellos no puedan?

—Podríamos estar allí para él —replicó.

—¿Para Schiller? Tú misma lo has visto; Schiller ya no está ahí. Dejó una vacante y otra cosa ha establecido ahí su residencia.

Vio el escalofrío que la atravesó. Los ojos de Delaney volaron hacia los suyos.

—¿Qué es?

Era una pregunta complicada, pero no podía seguir mintiéndole. No podía mentirle, pero tampoco podía decirle la verdad. No toda. En lugar de eso, se destruyó un poco más y se decidió por:

—No tiene nombre.

—Adya lo vio. —Las lágrimas fracturaron el ciprés de su mirada—. Ese día en el prado, dijo que venía algo grande. Es eso, ¿no? Eso es lo que ha matado a todos los chicos de esa lista.

Él tragó saliva. Sentía la garganta tensa. Una bocanada de verdades se agolpaba tras sus dientes, lo bastante grande como para atragantarse con ella. Podía darle un fragmento. Sinceridad deshuesada, pagada a cambio de un dolor profundo y suturado.

—Whitehall fue increíblemente ingenuo —dijo, confesando lo que podía— al pensar que podíamos caminar libremente entre mundos sin esperar que algo inesperado nos siguiera hasta casa.

La habitación que habían reservado era muy minimalista y muy azul, con la pared este encuadrada por una ventana con vistas a un denso jardín de cemento. Los muebles eran de conglomerado industrial, las paredes estaban decoradas con abstractos geométricos enmarcados. Colton dejó sus maletas sobre el sofá capitoné azul. Lane se derrumbó sobre la cama de paneles azules. En silencio, comenzó a desatarse las botas. No dijo otra palabra.

En el baño, Colton dejó correr el agua hasta que salió muy caliente. Mojó la fina pastilla de jabón para conseguir una espuma blanca. Se frotó y se frotó la piel. Una y otra vez, su cerebro reprodujo el sonido que hizo la cabeza de Lane al golpear el cristal. El grito que escapó de ella.

Cuando levantó la mirada, ella estaba junto a la puerta abierta. Se había cambiado a un jersey y unos pantalones cortos, de modo que era todo lana tejida y piernas desnudas. Su cabello caía a su alrededor en una cascada lavanda. Sintió que el pecho se le constreñía irracionalmente.

—Llevas aquí un rato —le dijo, y Colton no supo si era una acusación o una observación.

Se tomó su tiempo con la toalla y volvió a doblarla cuando terminó. El olor de la lejía se le había pegado a la piel.

—Los hospitales están llenos de enfermos —dijo, y echó mano a su reloj—. No quiero contagiarme de la viruela.

—Estoy bastante segura de que fue erradicada.

Lo vio forcejear con el cierre del reloj. A Colton le temblaban las manos, tenía los dedos rígidos con un dolor artrítico por todas las verdades que se había arrancado. En su mano izquierda, su dedo meñique había empezado a amoratarse.

—Dame. —Se movió por el baño sobre las medias negras de sus pies—. Déjame a mí.

Colton cedió con una maldición susurrada. La sensación de los dedos de Delaney reptó por él mientras encajaba el cierre en su lugar y le preguntaba:

—¿Esto es parte de tu cosa con los gérmenes?

Su risa escapó en un falso *ja, ja, ja.*

—No tengo ninguna cosa con los gérmenes.

—Claro que tienes una cosa con los gérmenes.

Él se echó hacia atrás para apoyarse en el lavabo.

—Mantener una buena higiene en las manos no es indicativo de una fobia a los gérmenes, Miércoles.

—No sé. —Bajo las luces reflejadas, sus pupilas se redujeron a cabezas de alfiler negras rodeadas de un blanco incandescente—. ¿Sabes quién más estaba obsesionado con la limpieza? Patrick Bateman.

—Un personaje ficticio.

—Un asesino en serie.

—Un asesino en serie ficticio. Ven aquí. —Le sujetó la barbilla y le movió la cara hacia la luz—. Tienes un moretón.

—Tú también —le dijo, señalando la hinchazón púrpura de su nudillo.

—¿Esto? —Flexionó los dedos—. No es nada.

—Como lo mío —mintió—. Ni siquiera lo noto.

Colton apretó la mandíbula con tanta fuerza que le dolió. *Sabes mi nombre,* la oyó decir. Eso no le gustaba. No le gustaba la idea de que lo que vivía en los huesos de Schiller tuviera un fragmento de ella. Mascándolo.

Su mano se movió en franco desafío a su cabeza, sus nudillos se deslizaron sobre la curva pálida de su barbilla, por la parte inferior de su mandíbula. Suavemente, le hizo levantar la barbilla, descubriéndole la garganta. Su cuello estaba socavado por marcas furiosas, el fantasma de los dedos de Schiller ya intensificándose en un violeta.

Pensó muy seriamente en inclinarse. En posar la boca sobre cada moretón, uno después de otro. En lamer sus heridas. En lugar de eso, se decidió por:

—¿Esto lo sientes?

—Ni siquiera un poco.

Colton dejó escapar un incrédulo *uhm* y le colocó el cabello sobre el hombro, de modo que se derramó por su espalda. Las puntas lavanda habían comenzado a volverse plateadas, decolorándose.

—Dime qué te dijo —le pidió—. Cuando se metió dentro de tu cabeza.

—Hablaba con acertijos —admitió—. No todo tenía sentido. Pero sabía cosas de mí. Cosas que no debería saber.

Los dedos de Colton se detuvieron sobre el pulso bajo su oreja.

—¿Qué tipo de cosas?

Las mejillas de Lane se incendiaron.

—Preferiría no decirlo.

—De acuerdo.

La cabeza de Colton era una lista interminable de «no deberías». No debería haber dejado que lo convenciera de hacer aquel viaje. No debería haber asumido que podría irse de rositas. No debería haberla tocado, esa noche helada en el campus. Ahora que había comenzado, tenía problemas para recordar cómo parar.

En voz baja, ella susurró:

—¿Colton?

Siguió inspeccionándola. Su pulgar se movió sobre la protuberancia de su clavícula.

—¿Sí?

—¿Formas parte de algún tipo de culto satánico?

Se le escapó una carcajada y la acalló al ver la expresión en el rostro de Lane.

—No tiene gracia —le espetó ella.

—Lo siento. —Por dios, quería besarla. Durante toda su vida, ella había sido su fantasma, y ahora era tan corpórea como cualquier otra cosa bajo la punta de sus dedos—. En estos momentos no estoy, ni he estado nunca, involucrado en una secta de cualquier tipo.

En la habitación, el bolso de Lane comenzó a sonar. Ambos se quedaron inmóviles. El sonido era discordante, una fanfarria de clarines y trompetas. Se encontró con la mirada de Lane, con sus ojos grandes y un poco asustados.

—Es Mackenzie.

—Ignórala.

—No puedo. —Se apartó de su mano—. Podría ser importante.

Algo le encinchó con fuerza el interior del pecho mientras ella salía del baño. Atravesó el suelo descalza y sacó el teléfono, todavía trompeteando, de su bolso. Una oleada de frustración lo atravesó. Quería agarrar el teléfono y lanzarlo de una patada por la ventana. Quería besarla hasta que se olvidara de Schiller y del Santuario y de todas las semanas y semanas de mentiras.

—Hola —la oyó decir, con una pizca de culpabilidad reptando hasta su voz—. Sí, lo siento. He vuelto a casa un par de días. —Dejó escapar un débil *ejem, ejem*—. Estoy enferma.

Colton asomó la cabeza desde el baño. Lane era una mentirosa terrible. Si él lo sabía, Mackenzie Beckett lo sabría sin duda. La vio dudar, con un rayo perdido de sol de la tarde lanceando el jade de sus ojos. Cambiando el peso de su pie izquierdo al derecho y al izquierdo de nuevo, caminó por la alfombra con aire culpable.

—¿Qué? Yo… ¿Qué? —Se tiró con nerviosismo de un hilo suelto en el jersey. Colton tenía la sensación de que estaba haciendo un gran, gran esfuerzo para no mirarlo—. *No* —dijo, demasiado a la defensiva para resultar verosímil—. No, estoy en mi… Mackenzie, ¿por qué me preguntas eso?

Siguió un periodo de nerviosa escucha. Lane se quedó total y completamente quieta.

—Oh. —Una pausa—. *Oh.*

Colton entró en la habitación y apoyó el hombro contra la pared. Los ojos de Lane volaron en su dirección y se alejaron. Su rostro estaba perdiendo lentamente el color, dejándola cenicienta.

—De acuerdo. Lo haré —dijo. Cerró los ojos. Tomó aire lentamente, para reafirmarse. Parecía que una brisa ligera sería suficiente para arrastrarla—. Vale. Tú también. Adiós.

Colgó el teléfono. Su mirada se topó con la de Colton. Él se sentía a un millón de kilómetros de ella.

—Mackenzie y Adya han estado vigilando a Nate —le dijo—. Según dicen, se marchó del hospital hace media hora.

# 26

Lo que pasaba con los hombres era que siempre querían vivir eternamente, hasta que no lo hacían. Querían abrir la caja de Pandora, mirar lo que había en el interior y después volver a cerrarla, rápido, cuando contemplaban la fea verdad de lo que buscaban. Querían conocimiento sin esfuerzo, experiencia sin sufrimiento.

El Apóstol había aprendido que no era tan fácil ganarse el entendimiento.

Siempre había un coste. Siempre había un precio a pagar. Cada paso dado por un hombre exigía un sacrificio. Una ofrenda. Una conciliación.

Devan Godbole nunca llegó a entender del todo ese concepto, cuando aún estaba vivo. Se creía el señor de los mundos, conquistador del tiempo, dios del espacio. Creía (como a menudo creen los hombres de gran inteligencia) que era lo bastante listo como para resultar intocable. Había sido un idiota arrogante, orgulloso. Se veía a sí mismo como un Víctor Frankenstein moderno, a punto de crear vida.

Como el legendario Víctor de Shelley, cuando apartó las sábanas y vio la terrible verdad de la creación que había debajo, se asustó demasiado para continuar.

Un cobarde. Eso había sido Devan Godbole, al maldito final. No un pionero o un vanguardista, sino un hombre con la cola entre las piernas. Pandora, volviendo a meter en la caja las zumbantes polillas de horribles verdades. Sin llegar a liberar la esperanza que se encontraba, temblorosa, en el fondo.

Porque cada descubrimiento tenía un precio. La naturaleza exigía un equilibrio, y el Apóstol lo comprendía. Lo entendió desde el principio. Devan no.

—Quiero echar el cierre —le había dicho Devan una noche, mientras bebían. Estaba pálido y con los ojos desorbitados. Parecía que no había dormido en semanas. Fuera, la lluvia golpeaba la ventana en ángulo. El viento hacía que el cristal traqueteara en el marco—. Ya he escrito una carta a la junta de acreditación de Howe. Está decidido.

El Apóstol agarró con fuerza su vaso, su escocés casi vacío. Su corazón llevaba entonces un duro caparazón de dolor; las pérdidas que había sufrido todavía no se habían equilibrado. No había aprendido a averiar algo que estaba bien, a anular el constante dolor de la pena. Ante la noticia de Devan, el cascarón de su pecho dio un violento tirón.

—No puedes echarte atrás ahora —le espetó, un poco borracho, un poco triste, un poco enfadado—. Casi hemos llegado al final. No puedes cambiar de idea.

—Es demasiado tarde. —Devan se levantó para irse. Estaba torpe, borracho ya, con los ojos vidriosos. Fuera, llovía y llovía. Era, el Apóstol recordó que había pensado, una noche en la que sería terriblemente fácil tener un accidente—. Ya lo he hecho. No abriré otra puerta. No en esta vida. No sabiendo qué nos espera ahí fuera. No sabiendo la verdad.

En el momento actual, el Apóstol estaba delante de una tumba. Hacía horas que el cielo se había girado hacia los lados con un atardecer cuyo naranja espolvoreaba los extremos al oeste del mundo. Llevaba las pantuflas, las que su esposa le había regalado por Navidad. Era extraño, lo sabía, llevar pantuflas en un cementerio. Lo hizo de todos modos.

Se había quejado, aquella mañana nevada tras abrir el papel de regalo de cuadros rojos con líneas doradas. Los mocasines eran demasiado pequeños, ¿no sabía ella qué talla usaba después de quince años de matrimonio? Los ojos de su esposa habían sido dos platillos redondos y pesarosos. La nieve caía, blanca y gruesa, al otro lado de la ventana en voladizo de su sala de estar.

Ahora, la parte de atrás de sus talones descalzos estaba sobre la tierra. Tenía flores en la mano. Doce gerberas blancas, todas ellas flácidas.

—Hoy no había rosas en la tienda —dijo, con un poco de pesar.

La lápida con el nombre de su esposa no dijo nada. Descansaba, gris y absoluta, sobre el barro. *Non omnis moriar* estaba grabado profundamente en la piedra. Un poema. Una promesa. Él no era la única persona que le había dejado flores aquel día, se fijó al llegar. Esparcidas sobre la hierba atrofiada había doce rosas marchitas, cada una de ellas con los capullos cortados en una macabra decapitación.

A su espalda, una única sombra se separó del resto. Se arrastró sobre la tierra.

El Apóstol no se giró para verla acercarse.

—Apreciaría que no vinieras aquí —dijo.

—Yo voy a donde tú vas —cantó su fantasma. Sobre su cabeza, un murciélago aleteó con sus alas curtidas. El Apóstol odiaba los murciélagos. Odiaba la oscuridad. Odiaba los octubres. Odiaba los cementerios y la sensación del profundo e interminable frío filtrándose a través de los talones abiertos de sus pantuflas.

—¿Dejaste tú estas flores? —Le dio una patada a una flor. El viento de medianoche arrastró las rosas. La sombra se rio, una carcajada húmeda y resollante.

—Ya no somos los únicos jugadores —trinó—. Tú y yo. Yo y tú.

Él suprimió un escalofrío. Aquel era su precio. Aquel era el coste de la grandeza. Aquel oscuro y esquivo espectro. Aquella horrible y sonriente aparición. Algo muerto, a cambio de algo vivo. Se inclinó para apartar el agonizante escaramujo del montón de tierra donde su esposa estaba enterrada. Veinte largos años sin ella. Veinte largos años buscando una puerta trasera. Murió rodeada de cables, de desconocidos, de monitores, y él se había pasado las dos décadas siguientes buscando a alguien que poseyera el poder de caminar entre mundos y traérsela de vuelta.

Se suponía que Devan Godbole iba a ser esa persona. El Apóstol jugó su dinero al caballo equivocado. Eso fue todo. Fácil de arreglar. Tenía a otro. Tenía a Price. Colocó las gerberas contra la base de la lápida. Se encorvaron, blancas e insípidas, ya pareciendo medio muertas.

Cuando se incorporó, la sombra se desplomó justo delante de él. La lápida gris se alzaba entre ellos como un bastión. Bajo la luz de la luna, la figura parecía casi corpórea. Su cabeza cóncava. Su rostro de amplia sonrisa, aquella cosa horrible.

—El chico no juega con nuestras reglas —le dijo—. Eso te pone furioso, muy furioso, ¿eh?

El Apóstol resopló. Volvió a ponerse el sombrero.

—Me ocuparé de Price.

—La chica puede oírnos. —La sonrisa creció y creció—. Puede oírnos susurrar, oh.

—Basta.

No debió gustarle su tono… A su sombra, su fantasma, su maldición. Se desplomó. Se tumbó sobre la tierra, en una bola temblorosa. Giró de lado a lado en el epicentro del dolor. Su risa se hizo más estridente y frágil, como el llanto de un bebé. Como un hombre muriendo solo en la cuneta de una autopista. En un árbol cercano, un cárabo alzó el vuelo.

—Deja eso —le pidió el Apóstol—. Estás montando una escena.

La figura se quedó tumbada sobre su espalda. Sus pies comidos por los gusanos se arrastraron, arrastraron y detuvieron. Sonrió al Apóstol. El Apóstol lo miró. Hacían aquello a menudo: la criatura recreaba la espantosa muerte de su cuerpo, el Apóstol esperaba en silencio a que el espectáculo terminara. Se había acostumbrado a ello después de muchos años.

—Dicen que la chica es como un jardín —le dijo—. Lleno de rosas y lavanda y crisantemos. Muy luminoso, demasiado luminoso para estar allí. Un pie entre los muertos y otro entre los vivos, como un pequeño puente que respira. Oh, cómo me gustaría verla. Qué visión tan bonita, tan bonita debe ser.

—Odio que hables en clave —le espetó.

La sombra se rio. Se rio y se rio.

—Qué triste estás, Tristán, tras tan tétrica trama teatral —cantó.

El Apóstol se apretó el puente de la nariz.

—Me voy a casa —dijo—. Si quieres puedes quedarte en esta miserable y húmeda necrópolis. Dios sabe que es el sitio perfecto para ti.

Pero no se quedó. Nunca lo hacía.

Lo siguió. Todo el camino, por el estrecho y serpenteante sendero. Todo el camino, hasta el Volvo del Apóstol, aparcado junto al recién construido columbario. Arrastrando los pies. Exhalando largas y agitadas respiraciones. Succionando aire, como si estuviera muriéndose de nuevo.

Subió a su automóvil. Encendió el contacto. En el espejo retrovisor estaba esa horrible sonrisa, oscura y amplia.

—A casa otra vez, a casa otra vez —trinó—. *Jiggity jig.*

Cerró los ojos. Cuando los abrió de nuevo, el rostro seguía allí, cadavérico e inquebrantable. Puso el coche en movimiento. Dijo, por primera vez:

—Ojalá no tuvieras ese aspecto. El de él.

—Es aquí donde vivo —replicó sin pestañear. Nunca se acordaba de pestañear. Aquello era, pensó el Apóstol, la segunda peor parte del acuerdo. La primera era descubrirlo a horcajadas sobre él cuando se despertaba en mitad de la noche a orinar. Se balanceó de lado a lado cuando tomó una curva, rozando el bordillo con las prisas.

—Dentro, dentro —cantó—. Enterrado profundo, profundo, profundo, profundo, profundo, profundo.

El Apóstol dejó escapar un suspiro sufrido.

—Vale —dijo—. Vale, lo entiendo. No cantes.

La naturaleza, había aprendido, exigía un equilibrio en todas las cosas.

*Non omnis moriar.*

Por cada descubrimiento, había que pagar un precio.

La bestia que habitaba los huesos de Devan Godbole era el suyo.

# 27

Delaney estaba soñando con agujeros.

El cielo era tan negro como el pecado. La tierra bajo sus pies estaba muerta. El aire olía empalagoso y cargado, a tierra removida y a una putrefacción besada por los líquenes. Estaba bajo la sombra espinosa de un fresno sin hojas cuyo tronco había sido barrenado por las larvas de las sesias. Estaba salpicado de agujeros que eran como un millar de ojos destellantes. Agujeros pequeños. Agujeros grandes. Grupos enteros de cavidades, todas negras y vacías. Un dolor persistía en su costado. Se subió la camisa, sabiendo ya qué vería allí.

Un tajo, profundos surcos de garras.

Un agujero abierto, en carne viva y oscuro.

Una polilla sesia aleteando, aleteando en su estómago.

La oscuridad chasqueó la lengua. No lo aprobaba. *Mira lo que has hecho. Te lo dijimos, te dijimos que no te acercaras. Te lo dijimos, te dijimos que no jugaras a sus juegos.* Sobre su cabeza, una fétida brisa agitó las ramas. Se rascó el vientre, desesperada por deshacerse de ese terrible aleteo. No se desvaneció. Se hundió tan profundo como una garrapata, gorda y saciada.

*Soy lo que se arrastra al interior.* Esa voz extraña y eónica ahogó el curtido susurro de las ramas. *Soy la bestia que escarba. Soy la alimaña que roe los huesos.*

*Despierta, Delaney Meyers-Petrov. Despierta y ayúdame a ponerle fin.*

Delaney despertó cuando las luces se encendieron. La habitación era demasiado azul, las sombras demasiado abruptas. Colton Price estaba a los pies de la cama. Se levantó de un salto, agarrándose el pecho, sintiéndose un poco atacada y un poco sorprendida. Atacada, porque él no llevaba nada más que su bóxer. Sorprendida, porque su torso estaba moteado de moretones. No la miraba. No se movía. En lugar de eso, miraba el reloj de su mesita de noche, con la manta del sofá encharcándose alrededor de sus pies.

Eran las 11:58.

Sentía, ahora que volvía en sí misma, el ritmo sordo del bajo moviéndose por el somier. Buscó su implante, perdido entre las almohadas, y se lo colocó en la oreja. Pitó. Una vez. Dos veces. Tres veces. El tercer pitido dio paso al estridente rock de la radio, el volumen tan alto como era posible. Reconoció el ritmo, pero tardó varios segundos más en recordar la letra.

Colton todavía no se había movido. El himno de los ochenta gritó a través del espacio, fino como el papel. Delaney se tambaleó sobre la cama, enredada en las sábanas, y manoseó, somnolienta, el reloj. Por suerte, encontró el botón correcto. Se hizo el silencio. Su corazón latía con fuerza contra su pecho.

—El último ocupante de esta habitación debió programar la alarma —dijo, aunque en algún sitio de su interior sabía con total certeza que esa no era la verdad. No quería pensar en ello. No ahora, con el estómago todavía revuelto, con la medianoche presionando su rostro vigilante contra la ventana. En el extremo de la cama, Colton estaba en silencio; un ligero tic en el ojo era la única señal de que estaba vivo. Lo miró, preocupada.

—¿Colton?

Él se sobresaltó al oír su nombre, y la miró con los ojos vacíos. Tenía las pupilas dilatadas y casi se apartó de la imperturbable negrura de su mirada.

—Colton.

—Qué hora es. —Sus palabras sonaron átonas, una pregunta sin la inflexión adecuada.

—Once cincuenta y ocho —dijo, un poco indignada, porque creía que se merecía una disculpa por cómo acababan de despertarla y porque, estando donde estaba, sin duda podía ver el reloj con claridad él mismo. Miró la mesita de noche y se corrigió—: Once cincuenta y nueve.

Colton no pestañeó.

—En tu teléfono móvil.

—¿En mi teléfono?

—Dime la hora de tu teléfono.

Delaney contuvo la muy real y creciente necesidad de lanzarle algo. Pero tenía las manos cerradas en los costados y sus costillas estaban cubiertas de ronchas y sabía que tenía miedo.

—Vale —dijo, y pasó las manos bajo las almohadas—. Lo estoy buscando. No sufras un ataque.

Encontró su teléfono junto a sus pies, enredado en una maraña de sábanas. Lo encendió y la recibió un torrente de luz azul. Lo miró, entornando los ojos, todavía intentando adaptarse.

—Es medianoche —anunció, justo cuando el reloj de la mesilla cambiaba a la par—. ¿*Contento*?

—Más o menos. —Parecía haber detectado su mofa. Presionándose un ojo con el canto de la mano, dijo—: Gracias, Miércoles.

Ella hizo un sonido parecido a un *uhm* y se derrumbó hacia atrás, tirando de las sábanas sobre su cabeza. Las luces eran demasiado fuertes. Le dolía la cabeza, y el tinnitus se tensaba entre sus orejas como la cuerda de un arco. La rareza de aquel despertar la había dejado hiperconsciente, con el corazón latiendo como un martillo percutor. No había modo posible de volver a dormirse. No con aquel dolor de cabeza. No con Nate desaparecido. No con Colton frente a ella. A través del fino tejido podía distinguir su silueta oscura a los pies de la cama.

Con la voz amortiguada por las sábanas, le preguntó:

—¿Quieres ver la tele?

Siguió una pausa interminable. Por un momento, Delaney creyó que quizá no la había oído. O, peor, que la había oído y lo horrorizaba la sugerencia. Estaba a punto de repetirlo cuando lo oyó decir:

—Sí. De acuerdo.

Escapó de su enredo de sábanas, haciéndole espacio mientras buscaba el mando a distancia en el aparador y apagaba la luz. Había algo sumamente rutinario en ello: Colton Price en ropa interior, Colton Price metiéndose en su cama, Colton Price encendiendo el televisor.

Ese peculiar aleteo cobró vida en su estómago, una polilla errante golpeando sus paredes. La pantalla plana se encendió con un zumbido y la luz azul del menú del hotel cambió las sombras de negro a azul marino. Afinándolas de nuevo, de modo que parecían un poco menos inmediatas.

El colchón era apenas más ancho que el de una cama doble, y se acercaron en la oscuridad, golpeándose los codos. Los planos del pecho de Colton se iluminaron con un líquido azul cristal, el definido cordonaje de sus brazos descrito en plata, después rojo, después amarillo, mientras pasaba los canales.

Delaney se ocupó en crear un capullo protector de mantas, con las rodillas contra el pecho y las sábanas bien sujetas bajo su barbilla. Intentó, sin éxito, no pensar en cómo él se había inclinado hacia ella en el baño, con la mano en su cuello, su aliento en sus labios. En cómo se había convencido a sí misma de que él estaba a punto de besarla.

En cómo lo había deseado.

—Ese —dijo, señalando—. Atrás, atrás. *Atrás.*

—Jesús. —Toqueteó los botones—. Ya voy.

—Ahí. —Delaney apartó el mando a distancia, presionándole la muñeca con la mano. Podía sentir el ritmo de su pulso bajo su piel—. Deja los botones, vas a pasártelo otra vez.

La epiléptica ronda de canales cesó. Una recreación en tonos sepia apareció en la pantalla. Colton la miró con seriedad.

—¿*Esto*? Es un documental de crímenes reales.

—Lo sé.

—¿Esto es lo que quieres?

—Sí. —Delaney se echó hacia atrás sobre las almohadas—. No me mires así. Activa los subtítulos.

—Sí, señora.

Pasaron los siguientes cuarenta y cinco minutos en relativo silencio, concentrados en una serie de recreaciones con guiones cutres. Había visto aquel episodio antes, más de una vez: en mitad de la noche, en el pálido gris del alba, durante las largas noches sin dormir. Se resguardó en su nido protector e intentó aparentar que no estaba dándole vueltas a cada pequeño detalle.

Algo que, por supuesto, estaba haciendo.

Estaba pensando en Nate, desbordando su cuerpo como el agua de un vaso y después rellenándose de algo nuevo. Estaba pensando en Colton, apoyado en el cabecero, con un brazo curvado sobre su abdomen. La luz del televisor plateaba sus líneas, iluminando la estrella blanca de una cicatriz debajo de su barbilla, la limpia tinta de un tatuaje grabado a lo largo de su tercera costilla.

Alrededor de la cama, la oscuridad de largos dedos escupía azul y negro e intentaba, como siempre, captar su atención. Tenía frío; los apolillados sedimentos de la pesadilla todavía le revolvían el estómago. Las cortinas estaban cerradas, pero no conseguía despojarse de la sensación de que Nate estaba allí fuera. Esperándola en la oscuridad.

—¿Puedo ayudarte con algo? —le preguntó Colton durante los anuncios.

El corazón de Delaney le golpeó con fuerza las costillas. No se había dado cuenta de lo fijamente que lo había estado mirando.

—Solo estaba pensando —dijo, demasiado rápido.

Él la miró. El cuchillo de su mandíbula cobró un abrupto y titilante relieve.

—¿En qué?

—Bueno, en que este es un excelente entrenamiento para mí.

—Ah, ¿sí? —Sus ojos destellaron, negros, en la penumbra—. ¿Y cómo es eso?

—Un día, cuando un productor llame a mi puerta con la intención de entrevistarme para la película basada en tus crímenes, sabré qué esperar.

Colton no se rio. En lugar de eso, dijo:

—Eres muy mala conmigo, Miércoles.

No pudo evitarlo. El modo en el que la miraba la hizo derretirse y anhelar.

—En realidad estaba pensando en Nate —dijo, porque tenía que decir *algo*—. No había ni rastro de humanidad tras sus ojos. No comprendo cómo una persona puede estar tan vacía de sí misma.

Colton no dijo nada en respuesta. Estaba mirando de nuevo la televisión, con los limpios tonos azules de un anuncio de jabón reflejados en sus ojos.

—Whitehall no te lo dice —comenzó Colton—, pero hay una razón por la que nosotros podemos sentir las puertas, y otros no.

—Porque somos bichos raros.

La boca de Colton se curvó por las comisuras.

—No exactamente. Todos los estudiantes de Godbole han tenido algún contacto con la muerte. Y, cuando un cuerpo muere, aunque sea durante un instante, el alma cruza entre planos. La mayoría de los que mueren, siguen muertos. Pero también estamos los que sobrevivimos, los que despertamos de nuevo en la cama de un hospital o en la parte de atrás de una ambulancia. —Tenía las palmas hacia arriba sobre su regazo y se las miró, curvando los dedos. Su meñique sobresalía del resto en un ángulo extraño—. La muerte es lo más natural del mundo. Sobrevivir a la muerte no lo es. Y, por eso, cuando engañamos al Infierno, nos llevamos un poco de vuelta con nosotros.

Delaney frunció el ceño.

—¿Un poco de qué?

Él se encogió de hombros.

—De lo que hay ahí afuera. De lo que vibra a lo largo de las líneas ley. Lo traemos en el lugar del fragmento que perdemos.

El zumbido en su cabeza. El modo en el que temblaba en lugar de sonar, timorato y extraño. Perdió las constantes vitales en el hospital; su pequeño cuerpo de cristal sucumbió a la fiebre. Su corazón se detuvo y el mundo se volvió oscuro y se vio arrastrada de nuevo a su cuerpo por una inyección a tiempo de epinefrina. Un shock en el sistema, lo bastante fuerte como para levantar a los muertos.

Mirándolo, le preguntó:

—Entonces, ¿cuál fue tu contacto con la muerte?

Colton no contestó. Cerró los dedos, la tensión marcó los tendones de su brazo. Delaney tenía la sensación de que estaba abordando algo muy privado y de inmediato se arrepintió de preguntarlo. Con el pulso a toda marcha, sacó el brazo de su burbuja y pasó un dedo suave como una pluma por el interior del antebrazo de Colton. Él la vio hacerlo y su respiración se aceleró mientras Delaney le abría el puño y entrelazaba sus dedos con los suyos.

—No tienes que contármelo —le dijo—, si te es demasiado difícil hablar de ello.

Cuando aparecieron los créditos, Delaney había conseguido alejar el persistente frío de su pesadilla. Su cabeza era un remolino, sus ideas giraban como una peonza. Había ido a Chicago para ver a un amigo y en lugar de eso había encontrado a un monstruo. Y ahora estaba ahí afuera, y conocía su nombre. No sabía qué hacer después. No sabía a dónde podría ir, más que a casa. De vuelta a sus clases. De vuelta a sus luces nocturnas. De vuelta a fingir.

Hundiéndose en la cama, se acurrucó junto a Colton y observó la constante subida y caída de los dedos entrelazados sobre su pecho. La tinta de su costilla era una cursiva curvada, claramente visible desde aquel ángulo.

*Non omnis moriar.*

El tatuaje se hundió en ella como unos dientes, y de repente estuvo en el Santuario de nuevo, detenida en la puerta, observando a Nate mientras intentaba e intentaba ponerse en pie. Le soltó la mano y pasó las puntas de los dedos sobre las amarillentas contusiones de su torso. A lo largo de la curva de su tercera costilla había una concavidad notable. Un hoyo poco profundo, donde debería haber hueso.

—Colton —susurró al silencio—. ¿Qué te pasó?

Pero, cuando levantó la mirada, se lo encontró dormido.

# 28

Todo era distinto ahora que habían vuelto a casa. Colton lo sabía. Lane lo sabía. El entendimiento tácito se cernió entre ellos mientras esperaban en la puerta de llegadas, el tiempo se marchaba a toda prisa y el gélido aire de octubre los azotaba en la estela del tráfico de la terminal. Colton intentó no sentirse culpable por el muro de secretos que estaba construyendo mientras bajaba el bordillo y le llamaba un taxi.

Lane le había pedido que lo compartieran, pero él se negó. Primero, porque iban en direcciones opuestas. Segundo, porque odiaba profundamente los taxis de la ciudad. Intentó imaginar cómo sería el trayecto: apiñados en la parte de atrás de un coche que seguramente no se había limpiado en semanas, rodilla contra rodilla con Lane en el pausado tráfico del Pike. Parecía un desafío heracleo para enfrentarse a ello antes del desayuno, y él no estaba hecho para la tragedia griega.

En cualquier caso, ya había visto el todoterreno esperándolo en el extremo opuesto de la zona de carga.

—¿Crees que aparecerá? —le preguntó Lane—. Nate.

Intentaba fingir que no tenía miedo. Como si la idea de que Nate estuviera acechando al otro lado de la esquina no la aterrara. No engañaba a nadie. Estaba acurrucada en su abrigo, y sus ojos revoloteaban de rostro en rostro. Un hombre con traje pasó cerca, con la maleta traqueteando, y casi saltó del susto.

—No te preocupes por Schiller —le respondió Colton, con una mano en la puerta de atrás del taxi—. Se ocuparán de él.

Abrió la puerta, pero ella no entró.

—¿Quiénes?

—Profesionales cualificados —dijo, sintiéndose profundamente cansado—. No una novata universitaria.

Ella no cedió. Parecía muy pequeña, en precario equilibrio sobre el bordillo, con el cabello agitado por la brisa.

—Me preocupa su madre.

—Eso es porque eres una buena persona. —Colton se sacó la cartera del bolsillo trasero. De sus compartimentos en acordeón sacó dos billetes nuevos de veinte dólares—. Para el viaje.

Ella miró el dinero como si le estuviera ofreciendo un frasco de veneno.

—No puedo aceptarlo.

—No seas maleducada, Miércoles. —Se lo puso debajo de la nariz—. Tómalo.

—No, gracias.

En el asiento del conductor, el taxista no se había impacientado lo bastante como para gritar, pero sí para pasar el brazo sobre el asiento contiguo y fulminarlos con la mirada.

—Si no lo usas para el viaje, me lo gastaré en flores. ¿Te gustan las rosas?

—No son mis favoritas.

—Fantástico. Con cuarenta debería poder comprar justo una docena.

Ella le quitó los billetes de la mano.

—Eres insufrible.

—De nada.

Sostuvo la puerta hasta que Lane subió. Cuando ella se puso el cinturón, la cerró con los cinco dedos, con suavidad e indiferencia. Observó el taxi mientras se alejaba de la zona de espera. Lo vio adentrarse en la hilera plateada de autobuses MBTA, crossovers y policías de tráfico. Pensó en comprar flores de todos modos.

No se movió hasta que ella desapareció de la vista. Se quedó justo donde estaba. Solo ante el bordillo. Una roca en un fluido arroyo de viajeros. Miró el reloj. Examinó la marea de gente. Posponiéndolo, hasta que vio una silueta familiar sentándose en un banco cercano.

—Hayes. —Colton se metió una mano en el bolsillo—. Me alegro de verte.

Eric no le devolvió el saludo.

—Tengo que decirlo: has hecho un montón de estupideces desde que somos amigos, pero esta tiene que ser, de lejos, la más estúpida.

—¿Tú crees?

—No era un cumplido. —Eric lo examinó en la fría terminal—. ¿De verdad tienes el ego tan grande que creías que podrías llevarte a Meyers-Petrov a Chicago sin que te atraparan?

Colton recordó su despertar en las sombras incoloras de un mudo amanecer para encontrar a Lane recostada sobre su pecho. Recordó su corazón, latiendo y latiendo contra su piel. Cada parte de ella era perfecta, estaba totalmente viva, y por un momento tuvo problemas para recordar para qué era todo aquello.

—Yo no la llevé a Chicago —le dijo—. Ella me llevó a mí.

Hayes ladeó la cabeza, estudiando a Colton de soslayo.

—Como sea, vosotros dos habéis jodido bien las cosas. La policía ha empezado a hacer preguntas. No pasará mucho tiempo antes de que empiecen a husmear también en otros casos.

—Quizá deberían hacerlo.

Para su sorpresa, Hayes lanzó una carcajada amarga.

—Sí —dijo—. Quizá deberían.

Colton lo miró, frunciendo el ceño.

—¿Qué te pasa?

Eric se encogió de hombros.

—Mi hermana me llamó la semana pasada. Han trasladado a mi abuela a una residencia de paliativos.

—Casi lo hemos conseguido —dijo Colton—. Solo tiene que aguantar un poco más.

—Ya, colega, pero no lo creo. —Hayes se inclinó hacia delante, con los codos sobre las rodillas—. Fui a verla el fin de semana. Las enfermeras dicen que ha estado hablando con mi abuelo. Dicen que la gente mayor lo hace a veces, cuando está lista para marcharse.

—Nadie nunca está listo para marcharse. —Las palabras escaparon de Colton antes de que pudiera detenerlas. Pensó en su barbilla golpeando el hielo. En la sensación del agua tragándose sus gritos. En la sombra de Liam, atravesando la superficie.

—Es posible. —Hayes se tocó la mandíbula, con aspecto dividido—. Meeker está en la furgoneta. Schiller también.

Colton levantó la cabeza y miró el Range Rover con el ceño fruncido. Estaba detenido en el bordillo, con los intermitentes encendidos.

—¿Cómo está?

—Es él mismo —admitió Hayes—. No sé a qué te enfrentaste en Chicago, pero no hay nada más dentro de ese cuerpo que un estudiante de veintiún años.

A Colton se le agrió el estómago.

—Eso es imposible. Yo lo vi. No estaba ahí.

Hayes exhaló en el puño doble de sus palmas.

—No sé qué decirte, Price. Ese es Schiller. Y está hecho una mierda. Ha vomitado todo lo que hemos intentado darle desde que lo trajeron. No tiene buena pinta.

Justo en ese momento, la puerta del Range Rover se abrió. El fúnebre balbuceo de la voz de un chico escapó, estridente y asustado.

—*Malus navis* —gritó Schiller—. No me dejes aquí. No me dejes.

Así no era, pensó Colton, cómo se suponía que debía saber la victoria.

Meeker bajó del asiento trasero, subiéndose las mangas hasta los codos. Un olor agrio lo siguió al exterior.

—Schiller me ha ensuciado la chaqueta —se quejó.

—Puedes comprarte una nueva —le dijo Colton.

—Sí, y quizá tú puedas comprarte una nueva personalidad —replicó Meeker, avanzando por la acera—. Estoy realmente cansado de tus mierdas, ¿lo sabías? ¿En qué demonios estabas pensando? —Meeker empujó a Colton medio paso. Sus manos apestaban a enfermedad—. ¿Cómo se te ocurre llevarla al hospital? ¿Eh?

—Para, Meeker. —Hayes se levantó del banco, estirándose—. Estás montando un numerito.

Meeker intentó empujar a Colton por segunda vez y fracasó, acorralado por Hayes, que se interpuso entre ellos. Señalando con el dedo en dirección a Colton, Meeker gruñó:

—El jefe está harto de ti. Dice que ha llegado la hora de que tú pagues el pato. ¿Sabes qué significa eso?

Colton se sentía terriblemente cansado mientras se dirigía al bordillo y subía al asiento trasero. Schiller estaba sentado a su lado, con los ojos muy abiertos y rasgos demacrados. Se apiñaron en el maloliente Rover como cadáveres en un coche fúnebre. Atraídos por la misma y constante luz.

—Sé lo que significa —dijo Colton—. Pero me sorprende que lo sepas tú.

—Price —le advirtió Hayes, sentándose en el asiento del conductor.

—Qué respuesta tan típica —le espetó Meeker, cerrando la puerta del copiloto—. ¿Crees que eres más listo que yo? Vas por ahí con esa sonrisa, como si las reglas no fueran contigo. Pero eso ha terminado. Cuando lleguemos a casa, voy a arrancarte la arrogancia de la maldita cara.

—Genial —dijo Colton—. ¿Podrías callarte un segundo?

—¿Ves esta mierda? —Meeker levantó las manos, buscando la validación de Hayes—. ¿Ves cómo me habla?

Colton desconectó de él, concentrándose en Schiller. El joven se balanceaba hacia delante y hacia atrás en su asiento, con un castañeteo de dientes y un cubo azul agarrado con fuerza entre las manos.

—Nate —dijo Colton.

Schiller abrió los ojos. Se quedó inmóvil como un conejo.

—Soy yo —contestó—. Nate Schiller. Nathaniel David Schiller, Cross Road diez.

Colton hizo una mueca.

—¿Estás bien?

—No —dijo Schiller—. Voy a vomitar.

Los ojos de Hayes se encontraron con los de Colton en el espejo retrovisor.

—¿Ves a lo que me refiero? Ya no hay nada ahí dentro. Se ha ido.

—Lo que nos deja con una pregunta obvia —dijo Colton—. ¿A dónde ha ido?

# 29

Delaney estaba soñando de nuevo. Esta vez, estaba en un campo. El suelo estaba acribillado de hoyos, cavados como con una pala. Se movió esquivándolos, presionando los pies descalzos contra los parches de hierba amarronada por el invierno. En la tierra, a cada lado, había tumbas poco profundas. En la primera encontró un fémur, lo bastante fino como para haber pertenecido a algún mamífero pequeño. En la segunda, un cráneo, con colmillos tan afilados como los de un gato. En la tercera, encontró un rostro. Unos ojos abiertos. Una boca azulada. Medio enterrado entre el césped.

En algún sitio a lo lejos, el agua corría y corría. Algo pesado estaba arrastrándose por el fango. Más cerca. Más cerca. Retrocedió, tambaleándose, y colisionó contra una figura, alta y sólida. Al girarse descubrió a Colton Price paralizado bajo un cielo que era un agujero negro. Miraba sin ver. Hablaba sin emitir sonido.

*Non omnis moriar*. Lo articuló una y otra vez en una letanía sin fin. Sus ojos eran de un color negro extraño, espectral. Su boca estaba llena de dientes.

—¿Quién eres? —le preguntó.

Sus ojos la miraron. Su mirada era oscura y fría. *Nadie*, contestó.

Quería despertarse. Quería despertarse. Quería…

*Abre los ojos, Delaney Meyers-Petrov,* dijo una voz. *Nos vamos de aventura.*

Despertó con un sonido, fuerte e inmediato y muy cercano. Estaba en la sala de estar de sus padres. Llevaba su abrigo y su gorro.

Tenía el implante activado y el televisor estaba encendido, iluminado y furioso, el volumen elevado a unos ensordecedores decibelios.

—Lane. —Su padre bajó la escalera, metiéndose en un par de pantalones de franela mientras lo hacía—. Laney. Oye. ¿Estás bien?

Ella volvió en sí misma y el sonido asumió una forma alarmante: el chasquido de un hueso, el grito de algo al morir. En la pantalla, una manada de lobos desgarraba a un ciervo, con los hocicos ennegrecidos por las humeantes vísceras. La sangre oscurecía la nieve ondulada por sus patas.

Su padre apagó el televisor y la sala de estar se sumió en una oscuridad instantánea. Delaney se estremeció, con motas blancas atravesando sus retinas. Las sombras le mordisqueaban la piel, como pequeños y rojos garra rufa. No recordaba haber vuelto a casa.

Al otro lado de la habitación, su padre atravesó la oscuridad, buscando la luz a tientas. Las escaleras crujieron y la voz de su madre bajó los peldaños.

—¿Jace?

—Estamos bien, Mia —dijo su padre, aunque no sonaba demasiado convencido—. Solo es Laney. —Encendió la luz junto al reclinable. Jace, el sillón y Delaney se encontraron en un círculo amarillo. Su padre la miró, arrugando los ojos con preocupación—. ¿Estás bien?

—Yo… —Se detuvo, sin saber qué responder—. Sí. Estoy bien.

Mia apareció ante sus ojos, con el albornoz muy ceñido. Se sentó en mitad de la escalera, quitándose el rastro del sueño con los dedos.

—¿Qué haces en casa? ¿Ha pasado algo en la universidad?

—No.

Delaney sentía el estómago revuelto, un hormigueo en la piel como si una araña hubiera reptado por su vientre. No quería decirles que no recordaba haber vuelto a casa. No tenía ningún registro mental de haberse puesto un abrigo y un gorro y haber salido al frío. Nada sobre subir al metro, sentarse en el vagón, caminar varias manzanas hasta casa, sola en la helada oscuridad. La sangre le golpeó las venas.

Decidiéndose por una mentira, dijo:

—Solo quería dormir en mi cama esta noche. Siento haber puesto la tele tan alta.

—No te preocupes. —Jacks le pasó un brazo sobre los hombros—. Siempre puedes volver a casa, niña. Anda, quítate el abrigo. Te prepararé un ponche caliente.

En la cocina, se sentó en una de las renovadas sillas de segunda mano de su madre y acunó su taza humeante de whisky caliente con miel, con cuidado de mantener la bufanda alrededor de las marcas negras y azules de su cuello.

La encimera estaba cubierta de harina, como si fuera nieve, y había un residuo pegajoso salpicando el panel tras el hornillo. Había un montón de facturas formando un cobertizo de papel contra la tostadora, y el sobre de arriba (con la fuente en negrita gritando ÚLTIMO AVISO) parecía haberse untado de mantequilla sin que nadie lo notase. La estancia olía a aceite de freír y a orégano, y poco a poco parte del frío se derritió de sus huesos.

—Es medianoche, mamá —dijo Delaney mientras Mia le ponía delante un plato de tortitas de patata—. No tienes que cocinarme nada.

—Come. —Mia se sentó, señalando mientras lo hacía—. Pareces hambrienta.

—Parece cansada —replicó Jace.

—Estoy bien —dijo Delaney, aunque ninguno de ellos se lo había preguntado.

—¿Son las clases? —Los dedos de Mia volaron—. ¿Te estás quedando atrás? Te has matriculado en demasiadas asignaturas este semestre.

—Me matriculé en el mínimo exigido.

Mia le quitó una tortita a Jace de la mano y la dejó de nuevo en el plato.

—No me gusta que hayas venido hasta casa a esta hora. No es seguro. Podría haberte pasado cualquier cosa. ¿Te acuerdas del Buick de la señora Davies?

—Me acuerdo del Buick —dijo Delaney—. Te lo he dicho, solo echaba de menos mi cama.

—¿Estás triste? Pareces un poco triste.

Echando mano a otra tortita, Jace le preguntó:

—¿Conocías al chico que han encontrado en Chicago?

Mia golpeó la mesa con la mano.

—*Jace.*

—¿Qué? —Él extendió los brazos—. Ha salido en las noticias.

—Eso no significa que este sea el momento de sacar el tema.

Habían dejado de signar, como solían hacer siempre que la conversación se volvía sobre ella, en lugar de incluirla. Como si todavía fuera una niña pequeña y no una universitaria. Como si solo tuvieran que dejar de vocalizar para que ella no fuera capaz de c-o-m-p-r-e-n-d-e-r-l-o-s.

A sus pies, Petrie se restregó contra sus tobillos. Delaney dejó su taza y lo tomó en brazos para darle un trocito de patata frita. Tardó varios segundos en darse cuenta de que la atención de sus padres volvía a estar concentrada en ella. La expresión de Jace le decía que acababa de hacerle una pregunta. Frotó la mejilla contra la peluda coronilla de Petrie.

—¿Qué has dicho?

Al otro lado de la mesa, su padre ya iba por su tercera tortita.

—He dicho: ¿quién es Colton Price?

Delaney disciplinó sus rasgos para mostrar una cuidadosa indiferencia.

—¿Dónde has oído ese nombre?

Jace señaló su teléfono, boca arriba sobre la mesa entre ellos.

—Ha llamado unas dieciséis veces desde que llegaste a casa.

—Price —repitió Mia, frunciendo el ceño—. *Price.* ¿De qué me suena ese nombre?

—De nada —se apresuró a decir Delaney—. Es solo un amigo de la universidad.

—Ah. —Jace se sirvió otra tortita—. ¿Y qué hace un amigo de la universidad llamándote dieciséis veces en mitad de la noche?

—Papá.

—Solo estoy dándote conversación —replicó—. ¿No puedo darte conversación?

—Ya lo sé —dijo Mia de repente, chasqueando los dedos—. Ya sé de qué me suena el nombre. Tú te acuerdas, ¿verdad, Jace? *Price*: ese era el apellido de ese abogado cuyos hijos tuvieron el accidente en el hielo del lago Walden. Oh, han pasado muchos años, pero en el momento salió en todas las noticias.

—Exacto. Así es. —Jace se palmeó el bozo salpimentado de su mandíbula—. ¿No se ahogó el hijo mayor?

En la mesa, el teléfono de Delaney se iluminó de azul con otra llamada perdida. Colton de nuevo. Algo en su interior se volvió terriblemente frío. Dejó a Petrie en el suelo y se levantó de la silla.

—Tengo que responder —dijo—. Disculpadme.

Encerrada en su habitación, se sentó en la cama y miró el teléfono. Todas las luces que poseía estaban encendidas: la solitaria bombilla incandescente del armario, la antigua lámpara de sobremesa que había comprado por unos céntimos de segunda mano, el cuadrado de destellantes luces navideñas que le hacía de cabecero. Aun así, las sombras resistían, negras y absolutas contra el suelo.

La siguiente vez que el teléfono sonó, respondió de inmediato.

—Te he estado llamando. —Colton no se molestó en decir «hola». Su voz arañó el receptor.

—Suenas raro —le dijo—. ¿Estás bien?

—Sensacional. —No sonaba sensacional. Sonaba como si le doliera algo—. No he sabido de ti desde el aeropuerto. Quería asegurarme de que habías llegado bien.

—Más o menos. —Miró el desorden de su dormitorio, todas las superficies disponibles cubiertas de recuerdos de su infancia. Solo llevaba fuera unos meses, pero ya parecían haber pertenecido a otra persona—. ¿Colton?

—¿Uhm?

—Tengo algo importante que preguntarte. Necesito que seas sincero.

Algo repiqueteó en el lado de Colton. Sonaba como pastillas agitándose en un frasco, aunque no confiaba demasiado en su oído.

—*Mierda* —murmuró él. Después—: Pregunta.

Delaney cerró los ojos contra el conglomerado de luz que inundaba su habitación. Como si, envuelta en una oscuridad total, su pregunta nocturna fuera un poco menos invasiva.

—Una vez te pregunté si tenías hermanos. Me dijiste que no. ¿Era mentira?

Él exhaló, lento y prolongado, el aire saliendo como a través de los dientes apretados.

—Me preguntaste si tenía hermanos pequeños —le dijo—. Liam es mayor.

—¿Es?

—Era —se corrigió Colton.

Delaney cerró los ojos. El torrente de su pulso era vertiginoso.

—¿Qué le pasó?

Él no respondió. Durante largos minutos, se quedó acurrucada contra sus almohadas, escuchando el zumbido de la llamada activa. Las sombras que la rodeaban parpadearon.

—¿Sabías —dijo Colton al final— que las guardas de portero pesan siete kilos cada una?

No estaba totalmente segura de haberlo oído bien.

—¿Qué?

—Las guardas de portero —repitió. Había una ronquera en su voz, los bordes en carne viva. Le habría gustado verle la cara—. El equipo de hockey. Pantalones acolchados, espinilleras, botas protectoras. Siete kilos en cada lado. Eso son catorce kilos de peso, fácil. Sin mencionar el protector del pecho, el del cuello, el casco y los guantes. Al final, un portero lleva unos veintidós kilos de equipo sobre el hielo.

Delaney se subió la colcha.

—No sabía que te gustaba el hockey.

—No me gusta.

—Oh.

—Es solo que no puedes nadar con todo ese equipo.

El silencio se hizo de nuevo, denso y somnoliento. Delaney recordó al niño del agua, cómo se había aferrado a su abrigo. *No me sueltes.*

—Colton. —Tenía la garganta seca—. ¿Se ahogó? Tu hermano.

Siguió una pausa, lo bastante larga como para ser incómoda.

—Sí.

Todos los estudiantes de Godbole estaban allí, le había dicho Colton, porque habían tenido contacto con la muerte. No le contó cómo estuvo él a punto de morir, pero conocía el rumor: que, cuando Colton Price viajaba entre mundos, se sentía como si se ahogara.

Sabía que estaba abordando algo muy privado; era consciente de que aquel interrogatorio era totalmente inapropiado. Y aun así tenía que saberlo.

—¿Y tú?

—¿Qué pasa conmigo?

—¿Tú también te ahogaste?

Esta vez, la respuesta fue inmediata. Escapó de él como un reflejo.

—Sí.

Delaney se mordió el labio, tan fuerte que le dolió. Imposible. Era imposible.

—Te conté la historia del niño en el agua. Que íbamos a lanzar guijarros al lago Walden. Te sentaste allí y me escuchaste y no dijiste nada.

Siguió una pausa, apenas perceptible. Después:

—¿Cuál es tu flor favorita?

El repentino cambio de tema la dejó girando como una peonza.

—¿*Qué*?

—Tu flor favorita —repitió—. Dijiste que no te gustan las rosas, pero hay más de cuatrocientos mil tipos de flores. —Habló de golpe.

Sus palabras sonaron atropelladas—. Sería más fácil que me dijeras cuáles te gustan para que no tenga que comprártelas todas.

—*Colton.*

—Uhm, ¿sí?

Petrie se subió a la cama, en silencio sobre sus zarpas almohadilladas, y presionó la coronilla contra la parte inferior de su barbilla. Un presentimiento la atravesó. Quería decirle que se concentrara. Que dejara de eludir la verdad. En lugar de eso, le preguntó:

—¿Te has tomado algo?

—Sí —le dijo.

—¿Por qué?

—Me duele la cabeza.

La inquietud hizo un agujero en ella. Atrayendo a Petrie contra su pecho, se hizo una bola bajo las colchas, mirando las titilantes lucecitas de su cama hasta que se convirtieron en entreveradas estrellas doradas. Se imaginó a Colton, solo en su cama al otro lado de Boston, y pensó en lo bien que había encajado contra él en el hotel. Las sombras cayeron, momentáneamente acalladas, cubriendo el suelo fuera de su vista. Cerró los ojos.

No pudo evitar echarlo de menos.

—¿Miércoles? —La voz de Colton estaba pegajosa por el sueño—. Quiero contártelo todo.

—Me gustaría que lo hicieras.

—No puedo —replicó—. Duele demasiado.

—Cuéntame qué te paso, al menos.

Se hizo un segundo de silencio. Después otro. Pensó que quizá se había quedado dormido. En lugar de eso, habló, lento y drogado.

—Llegué hasta ti arrastrándome desde el Infierno.

# 30

Delaney fue la primera en llegar a Godbole a la mañana siguiente. Despertó con un correo electrónico de Whitehall, un mensaje breve y automático y (le parecía, aunque quizá estaba proyectando) profundamente descontento. No había entregado un formulario escrito detallando su intención de faltar a clase, y tampoco le había escrito con una excusa. Simplemente, no había aparecido.

Y ahora iba a humillarse. Se subió al ascensor y miró su reflejo. Un millar de copias desaprobatorias de Delaney Meyers-Petrov le devolvieron la mirada. Cerró los ojos. La voz de Colton, adormilada y extraña, se reproducía en un bucle en su cabeza.

*Llegué hasta ti arrastrándome desde el Infierno.*

Cuando por fin llegó al despacho de Whitehall (el único punto de oscuridad en el riguroso y poliédrico Godbole), estaba sudando en su jersey de cuello vuelto. El día era cálido para octubre, pero el color de los moretones de su cuello se había intensificado hasta el furioso púrpura de las contusiones y no tenía más remedio que mantenerlos cubiertos. Se quitó el abrigo, calentado en el horno de los rayos de sol magnificados por las ventanas, y tardó un momento en reajustarse la falda de cuadros gris. Cuando llamó a la puerta, había conseguido recuperar cierta compostura.

—Adelante.

Whitehall estaba recluido en su escritorio, rodeado de sus acostumbradas torres inclinadas de libros. Como siempre, a Delaney le sorprendió su intelectualidad pura. No parecía tanto un profesor como la caricatura de uno. En su despacho todo era pesado y oscuro y viejo. El único toque pastel venía de una pintura evocadora, aunque de aficionado, colgada tras el respaldo de su silla. Representaba un claro en el bosque, unos temblorosos álamos en hileras contra un amanecer acrílico.

Atravesó la habitación y se sentó en la amplia butaca de cuero junto a la ventana. La luz caía sobre su regazo en espirales caramelizadas. En su mesa, Whitehall se quitó las gafas y se dispuso a limpiarlas. «No es una costumbre», le había dicho Mackenzie unas semanas antes, mientras intercambiaban apuntes en la sala común. «Es una representación. Cree que eso lo hace parecer un erudito».

Funcionaba. No había duda de que parecía un erudito. También parecía, pensó Delaney, enfadado. Parte de su confianza comenzó a disiparse. Deseó haberle llevado buñuelos del camión de comida del campus. Una bandera blanca. Una ofrenda de paz. Algo que dijera: *Por favor, no te sientas decepcionado conmigo.*

—Está al tanto, señorita Meyers-Petrov, de la investigación policial que se está llevando a cabo en Chicago. ¿Correcto?

Se le revolvió el estómago.

—Lo estoy.

—Bien. Bien. —Whitehall volvió a colocarse las gafas—. ¿Y es además consciente de que se sospecha que Colton Price está implicado en el caso de la supuesta novatada a Nathaniel Schiller?

Se le heló la sangre.

—¿Perdón?

—No se equivoque —le dijo—. Puede que parezca un viejo senil, pero en absoluto lo soy. Sé desde hace mucho tiempo que hay una especie de club no autorizado aquí, en Howe. Estaba claro que iba a ocurrir. Pones una llave maestra del universo en las manos de los hombres y al final algunos de ellos empiezan a creerse dioses. —Whitehall presionó un fino montón de documentos con una mano—. Y el señor Price, que es el príncipe del campus, ha sido su cabecilla desde el día uno.

Delaney tenía las palmas de las manos resbaladizas por el sudor. Intentó idear una réplica, una razón por la que aquellas alegaciones no podían ser ciertas, y no encontró nada. Colton Price no había hecho más que ocultarle secretos desde el día uno. Había dejado que la alimentara con migajas, arañando fragmentos de verdad cuando creía adecuado compartirlos. Tragándose mentira tras mentira.

«Lo único que hago es hacerte daño», le había dicho. Quizá debió creerle.

—Lo que le ocurrió a Nathaniel Schiller es profundamente desconcertante —dijo Whitehall, y sonó como si hablara a través de un teléfono de lata—. La policía está siguiendo varias pistas, pero me han dicho que Nathaniel desapareció poco después de que usted y el señor Price decidieran ir de excursión a Chicago.

El estómago de Delaney cayó en picado.

—Lo siento —dijo, y lo dijo de verdad—. De verdad. Si pudiera…

—La reputación de Godbole depende totalmente de la conducta de sus estudiantes —continuó Whitehall, como si ella no hubiera hablado—. A la gente no le gustan las cosas que no se pueden categorizar. Que no pueden meterse en una caja. Lo que hacemos aquí, en Godbole, no encaja en sus pequeños y pulcros moldes. Debido a eso, tenemos muchos más enemigos que aliados. Hay gente ahí fuera a la que le encantaría vernos perder nuestra acreditación.

—Lo sé —respondió, demasiado bajo como para que la oyera—. Y lo siento muchísimo. No lo medité bien.

Él la contempló sobre el borde de sus gafas.

—¿Estoy en lo correcto al suponer que recibió una copia del manual del estudiante al inicio del curso?

La pregunta la tomó desprevenida.

—Sí.

—Entonces es consciente de que hay ciertos códigos de conducta académica a los que todos los estudiantes de Howe deben adherirse.

—Sí —dijo de nuevo.

Whitehall tomó un documento de la parte superior del montón y lo hojeó.

—Aunque sin duda no hay normas respecto a entablar una relación con el señor Price fuera de clase, se opone vehementemente al código ético de la universidad que el ayudante de un profesor muestre favoritismo hacia los estudiantes en el interior del aula.

Tenía el estómago revuelto, la cabeza llena de estática.

—Él no... Eso no... No tenemos ninguna relación.

Tan pronto como dijo las palabras en voz alta, volvieron a atravesarla, afiladas como una flecha y humillantes. Estaba segura de que ningún otro alumno de primero había compartido cama con Colton. Con las manos entrelazadas, las rodillas besándose, escuchando la respiración del otro en la titilante oscuridad.

—Somos amigos —admitió, un poco demasiado débil para su gusto.

—¿Sí? ¿Y qué me dice de las acusaciones de favoritismo? —Dio unos golpecitos al montón de papeles que tenía delante—. Tengo un informe aquí que afirma que el señor Price le ha estado proporcionando las respuestas a los exámenes de las asignaturas principales.

—¿Qué? —El pánico la atravesó en una vertiginosa oleada—. Eso no fue lo que ocurrió. Me he estado esforzando por llevar al día las clases. Él me ha prestado sus viejos apuntes para estudiar.

Whitehall arrastró la silla y se sentó. Durante un largo momento, la miró sin hablar, como si estuviera decidido a descubrir la verdad por ósmosis. Nunca se había sentido más frágil, paralizada bajo la constante desaprobación de su mirada.

—Si tienes dificultades con tus clases —le dijo, entrelazando los dedos sobre su barriga—, el departamento de recursos estudiantiles se encuentra en la segunda planta de Gibbons Hall.

—Lo sé. —Sentía la garganta agarrotada—. Me ofrecieron los servicios de un intérprete.

—¿Y eso no era suficiente?

—Bueno, yo... —La habitación parecía demasiado pequeña, el aire demasiado denso, y una vez más se había empequeñecido y era la pequeña Delaney de cristal, toda llena de grietas—. No la domino. La lengua de signos. Sé lo suficiente como para usarla en casa, con mis padres, pero no lo bastante como para seguir el ritmo de una clase.

Suspirando, Whitehall se reajustó las gafas.

—Siento decirle, señorita Meyers-Petrov, que, aunque sin duda empatizo con su situación, los estudiantes que son encontrados haciendo trampa en los exámenes se enfrentan a una expulsión inmediata del programa.

—Pero yo *no* hice trampa.

—Eso dice usted. —Se levantó de la mesa y se dirigió a la puerta, después la abrió. La luz del sol cayó al interior en una cegadora franja dorada—. Considere esta reunión su primera y única advertencia. No puedo culparla solo a usted de su desorientación; se suponía que el señor Price debía actuar como mentor, y ha fracasado estrepitosamente. El modo en el que se ha comportado es inaceptable. Se ha cesado su actividad como ayudante del profesor y estará en periodo de prueba durante el resto del semestre.

Comprendía, por cómo se había detenido junto a la puerta, que la estaba despidiendo. El corazón le amartilló la garganta. Tenía las manos frías y sudorosas. Se sentía como si debiera estar a punto de echarse a llorar. Con los ojos apretados, la garganta tensa.

En lugar de eso, en lo más profundo de su interior, algo siniestro le irrigó las venas como un veneno. Algo viejo y frío y violento. Un poco tambaleante, se levantó de la butaca, con las rodillas débiles y bamboleándose y deseando estar en cualquier sitio excepto allí, atrapada bajo un microscopio de desdén.

Whitehall la detuvo en la puerta; su mano se cerró sobre su hombro de un modo que no era totalmente agradable.

—Me gustaría ofrecerle un consejo no solicitado —le dijo—. Si puedo.

Ese algo siniestro restalló como una fusta y Delaney sintió la repentina y sorprendente necesidad de gritarle a la cara. De destrozarle los libros uno a uno. De arañar las paredes hasta que el panelaje se viniera abajo.

En lugar de eso, le dijo:

—Por supuesto.

—Es usted una buena estudiante. Y sé que tiene una buena cabeza sobre los hombros. El comportamiento exhibido por el señor Price es más que una decepción; es peligroso. Yo en su lugar, lo pensaría dos veces antes de volver a tener contacto con Colton Price.

# 31

En uno de los trasteros de un callejón de un vecindario dormido de Boston, había una puerta.

No una puerta física, nada tan sencillo. Nada fabricado en madera, modelado con los huesos de los árboles. Nada unido con travesaños y largueros y tornillos. Nada construido con cristal dividido por parteluces, pulidos dinteles y umbrales transitables. Nada bonito. Nada feo.

Solo nada en absoluto.

Estaba en la oscuridad, como una astilla en el espacio. Era el aire de una brisa lejana atravesando el éter. Era el hipido del gas donde el nitrógeno y el oxígeno colisionaban.

Era una puerta y al otro lado había un trastero muy parecido al primero, en otro callejón de otro vecindario de otro Boston, bajo otro cielo nocturno salpicado de miles de otras estrellas. Lejos, pasando el dormido Chinatown punteado de supermercados atendidos por blancos y bajo las magnolias de hojas doradas del Post Office Square, había una pulcra calle adoquinada bordeada de pulcras casas de ladrillo.

De la penúltima casa salió Liam Price.

Era tarde. Hacía frío. Durante toda la mañana, el cielo de octubre había estado plomizo y gris, pero ahora la franja de cielo sobre su cabeza estaba espolvoreada de la luz de las estrellas, el viento del puerto picado por el invierno. Se subió el cuello y bajó los peldaños con barandilla de hierro hasta la calle, con una bolsa de deportes al hombro.

Estaba de mal humor, aunque solo con verlo no habría estado claro de inmediato. Nunca había sido el tipo de persona que lleva las emociones en la cara, o que las portan sobre los hombros. Allison dijo (una vez, durante una discusión) que hablar con él era como intentar procesar una roca. En ese momento, a Liam le pareció que era muy insensible que una mujer le dijera eso a su marido.

No era que no sintiera las cosas; era solo que era el tipo de hombre que lidiaba con sus sentimientos a través de la actividad física. La vida estaba en los pequeños detalles, como le gustaba decirle a Janine, la del cubículo contiguo. Para él, era una carrera rápida a lo largo del Charles, una cerveza fría y una partida a los dardos, una hora o dos en la pista de hielo. Ahí era donde disfrutaba: los patines levantando el hielo raspado, el palo en la mano, el giratorio disco negro golpeando la red. Durante una hora o dos, pagaba su frustración con el hielo y fingía que las cosas eran tan sencillas como lo eran cuando era pequeño y C. J. estaba vivo y no se sabía hasta el último nombre de los trece gatos de Janine.

Y, de todos modos, no era que hubiera tenido un día horrible, era solo que había sido como todos los demás. Se pasó la primera mitad asistiendo a reuniones que podrían haberse resuelto con correos electrónicos, la segunda mitad leyendo correos electrónicos que podrían haber sido mensajes de texto. Había ocupado su última hora con la tarea increíblemente aburrida de girar su carísima silla ergonómica mientras escuchaba los horribles detalles de la experiencia de Bing Clawsby con los ácaros de oído.

Así que ahora, para compensar un día de absoluta mediocridad, se dirigía al hielo.

Se detuvo en seco al doblar la esquina, con un hormigueo formándose en la base de su cuello. Estaba junto a un paso peatonal, solo en una intersección vacía. Pasó un coche, tallando la oscuridad con sus faros y desapareciendo en la esquina. Lo observó, con las luces de freno como cigarrillos encendidos. Se sentía profundamente inquieto.

Liam Price era, en todos los sentidos, una persona totalmente insulsa. No se desviaba de sus rutinas. Iba y venía del trabajo. Iba y venía del supermercado. Iba y venía del bar State. A veces, cuando la persistente culpabilidad católica de Allison mostraba su horrible cabeza, iba y venía de la iglesia.

Nunca se había metido en una pelea de bar, ni había sido arrestado, ni se había involucrado en ningún acto violento. No había aprendido autodefensa ni artes marciales. Y, aun así, lo supo. Lo supo de inmediato. Pensó, fugazmente, que debía haber algo instintivamente programado en un hombre para que reconociera cuando lo seguían.

Otro coche pasó de largo, incumpliendo el límite de velocidad. En la ráfaga de viento de su estela, Liam se giró para mirar la oscuridad.

La oscuridad le devolvió la mirada.

Tardó un momento en identificar lo que estaba viendo. Un chico, o quizá un hombre; unos hombros anchos encorvados bajo un abrigo de lana gris con el cuello subido. Estaba en un rincón, fuera del alcance de las farolas, con el rostro dividido por las sombras. No fumaba, aunque se había detenido como haría alguien que salía a echar un cigarrillo. No estaba haciendo nada, notó Liam con creciente recelo. Solo miraba.

El momento se prolongó. El chico de la oscuridad no dijo nada. Un coche voló calle abajo, iluminando la noche con un relámpago blanco, y durante un momento Liam pudo ver su rostro en abrupto relieve. Unos ojos oscuros cercados de contusiones amoratadas, una boca ensangrentada. Algo familiar lo atravesó, y luego el coche desapareció y, con él, la luz. Los rasgos del chico se sumieron de nuevo en la oscuridad.

Liam se quedó un poco perturbado.

Había sido, pensó, como mirarse en un espejo.

*No.*

Había sido como ver un fantasma.

*Imposible*, pensó, sacudiéndose el repentino y pegajoso desconcierto. Su fantasma tenía nueve años. Su fantasma dormía en un nicho del cementerio Mount Auburn.

—Eh —dijo Liam, pensando en Allison en casa, en su sala de estar. Estaba leyendo cuando se marchó, con las piernas apoyadas en los mullidos reposabrazos del sofá, el vientre extendido. Todavía podía ver el cuadrado amarillo de luz de la ventana de la cocina desde allí—. Eh, colega, ¿estás bien?

—Vas a tener un niño —dijo el chico.

El frío golpeó el corazón de Liam. Sus dedos se cerraron alrededor de su palo. Podía echar mano a su teléfono, podía llamar a la poli, pero algo en la postura del chico, en sus hombros desplomados contra la pared, lo hizo dudar.

—¿Quién demonios eres?

Otro vehículo pasó de largo, esta vez en la dirección contraria. La luz explotó y destelló para desvanecerse de nuevo en la oscuridad. Se encontró de nuevo con esa cara, los ojos oscuros agudos y familiares bajo los párpados hinchados. *Imposible.* Aquella era una broma pesada. Aquello era un error cósmico. A varias manzanas de distancia, las sirenas policiales gorjearon a través del cielo.

—No estoy de broma —dijo Liam, con el acento bostoniano de su juventud reptando de vuelta al filo de su voz—. ¿Por qué demonios me dices eso? ¿Conoces a mi esposa?

El desconocido se metió las manos en los bolsillos.

—No —le dijo, demasiado brusco para resultar creíble—. Siento haberte molestado. —Se apartó de la pared y se alejó sin decir palabra. Liam se quedó agarrando su palo de hockey como una espada, observando al chico bajar a la carretera y cruzar a la otra acera.

—¡Oye! —Su grito atravesó el silencio—. ¡Oye, estoy hablando contigo!

Pero el desconocido no se detuvo. Cuando Liam recuperó el sentido, ya había doblado la esquina. Comenzó a correr. Sus zapatillas amartillaron el pavimento, lo llevaron a la carretera, con la bolsa deportiva golpeándole el costado.

Pero, cuando llegó al cruce y a la bulliciosa calle más allá, el joven había desaparecido. La noche era oscura y estaba atestada de gente. Los edificios lo rodeaban por ambos lados. El tráfico atravesaba la calle en todas direcciones. El viento soplaba entre las estructuras de ladrillo, helándole los huesos. Sobre su cabeza, el millar de estrellas le guiñó el ojo, invisible, su luz tragada por el cegador halo de la ciudad.

Estaba solo, solo, la ciudad se movía y respiraba a su alrededor y él era incapaz de despojarse de la restrictiva tenaza de miedo que rodeaba su corazón, incapaz de olvidar el lento emergente recuerdo del rostro de C. J. Price hundiéndose bajo el hielo.

# 32

Tumbarse con la frente presionada contra el lomo abierto de su libro no iba a ayudar a Delaney a aprobar su examen de Latín del viernes, pero estaba decidida a hacerlo de todos modos. Había estado totalmente enfrascada en aquel acto durante una hora y contando; lo suficiente como para que las luces en movimiento de su rincón de la biblioteca del campus se apagaran. Lo suficiente como para que sus ojos se cerraran. Lo suficiente como para que soñara.

Los montones la asediaban, volviéndose oblongos. Los espacios entre los libros se convirtieron en arroyos negros sin fondo. En algún sitio no visible, algo correteó por el suelo. Algo pequeño. Algo con uñas. Un ratón. Una sombra.

*Ahora estoy en tu interior*, siseó una voz. *Un ratón en tus paredes. Un ratón en tu tarima. Un ratón en tu cabeza. Si quisiera, podría roer tus cables hasta destrozarlos.*

Se sobresaltó y retrocedió, con fuerza suficiente como para volcar la silla. Prendida contra las resoplantes rejillas metálicas del calentador, miró los huecos entre los libros. Nada. Nada. Nada. Y después... Se detuvo en seco al ver una cara calzada entre dos tomos de cuero. Él abrió los ojos y ella retrocedió, golpeando la estantería. Los libros cayeron sin sonido, estrellándose a cámara lenta. A sus pies, el agua brotó alrededor de sus tobillos.

*Un hermano por un hermano.*

Algo se rio, una carcajada larga y grave.

*Non omnis moriar*, susurró la cara del estante. *Non omnis moriar.*

Algo le golpeó el hombro. Dejó escapar un grito sin sonido y se giró. No había nada allí. Nada más que hileras e hileras e hileras de libros. Nada más que oscuridad, respirando lentamente.

*Estamos buscando a alguien,* cantó una voz, mucho más familiar de lo que tenía derecho a ser. *Alguien entre los vivos. Alguien entre los muertos.*

*Despierta, Delaney Meyers-Petrov. Alguien nos está observando.*

Delaney abrió los ojos para descubrirse mirando fijamente un estante. Pero, en lugar de la cara de un niño muerto, solo había polvo. El aire olía a papel viejo y a pegamento de encuadernar. Había libros en montones a sus pies, como si los hubiera sacado uno a uno y desechado. Su corazón se saltó varios latidos en un balbuceo demasiado lento.

—¿Lane?

Giró en sus talones, con un grito aguijoneándola para escapar, y se encontró a Mackenzie y a Adya al otro lado del montón, con cafés humeantes y mirándola como si acabara de salir arrastrándose de una tumba. Se sentía como si lo hubiera hecho. Le dolían los brazos, tenía las uñas comidas hasta la carne. Sentía la sangre de sus venas fría y espesa. Estancada, como si cada parte de ella se hubiera quedado dormida con ella, incluso las que debían ser involuntarias. Las expresiones de Mackenzie y Adya la pusieron de inmediato a la defensiva, aunque ninguna de ellas había dicho una palabra.

—¿Qué?

—Oh, nada —dijo Mackenzie mientras Adya sorbía su café y le indicaba—: Has destrozado la biblioteca.

Se frotó los ojos.

—Estaba buscando algo.

—Eso es evidente. —Adya pasó junto a ella y dejó su café en el estante vacío para tomar uno de los libros encuadernados en piel del montón. Mientras lo hojeaba, le preguntó—: ¿Qué es *sequestrum*?

A Delaney se le plegó el estómago.

—¿A qué te refieres?

Adya le metió el libro bajo la nariz. Las palabras de la página estaban ocultas bajo la tinta negra de un rotulador permanente, su inconfundible letra apretada hasta ser casi ilegible. *Sequestrum.* Lo había escrito en los márgenes. Lo había escrito sobre las notas a pie de página. Lo había garabateado sobre el título del capítulo.

Los ojos oscuros de Adya se encontraron con los suyos sobre las páginas abiertas.

—¿Qué significa?

—No lo sé. —Sentía la cabeza llena de gorgojos, un zumbido en el cráneo que no remitía—. Me quedé dormida estudiando Latín.

—Eso lo explica todo. —Mackenzie le puso un café en la mano—. Recoge tus cosas. Toma un poco de cafeína. Esta noche nos marchamos del campus.

Delaney miró de nuevo a sus pies, el desorden que había creado.

—Pero…

—Nada de peros. —Mackenzie sacudió un dedo ante su cara, silenciándola antes de que pudiera protestar—. Vamos. Vamos, vamos, vamos.

Treinta minutos y un viaje en un metro abarrotado después, fueron expulsadas al infernal calor de la estación Kenmore. En la multitud se yuxtaponían los cansados hombres con traje entrando con la multitud de fin de semana saliendo. Subieron las escaleras mecánicas entre la gente que volvía del trabajo, todos apiñados como sardinas, y después salieron al aire helado de Beacon Street. Se dejó arrastrar por la acera hacia Lansdowne, el eslabón central en una cadena humana; Adya charlaba en árabe con su madre por teléfono móvil y Mackenzie estaba enfrascada en un furioso concurso de peinetas con un hombre que le había silbado media manzana antes.

El bar no estaba menos abarrotado que la calle, pero al menos no hacía frío. Los cuerpos se apiñaban en un sudoroso desorden y el rasgueo amplificado de una guitarra temblaba sobre el mareante tumulto. Delaney sentía ya la presión de la envolvente oscuridad, el arrastrar de las sombras. Con los resquicios de su sueño todavía aferrándose a ella, las esquinas oscuras asumían un rigor malévolo.

La hacía sentirse inquieta y un poco mareada, con retortijones de barriga como cuando era pequeña e impulsiva y se emborrachaba de chocolate con golosinas de Halloween en la despensa de la cocina de sus padres. Siguió a Mackenzie y a Adya, se sentó en una mesa alta e hizo todo lo posible por seguir los desenmarañados hilos de conversación.

Después de pedir un gratinado de alcachofas y espinacas, se repartieron una jarra de agua con gas. Delaney removió la bebida con la pajita hasta que el hielo rebosó por el lado, preguntándose si de algún modo estaría condenada a sentirse siempre medio dormida. Con un pie en la realidad, y el otro en el sueño.

Quizá estaba incubando algo.

—He oído que has conseguido que despidan a Price —dijo Mackenzie, mirándola a los ojos.

El pánico atravesó la bruma de sus pensamientos.

—¿Dónde has oído eso?

—Vosotros dos sois la comidilla del campus —dijo Adya, tanteando el todavía humeante gratinado en su sartén—. Una chica me preguntó en la biblioteca si te van a expulsar del programa.

Delaney gimió, enterrando la cabeza en sus manos.

—Genial. Eso es genial.

—¿Qué pasó en Chicago, de todos modos?

Delaney levantó la cabeza para responder y la golpeó una oleada de sangre que se le subió a la cabeza.

Delante de ella había una Delaney reflejada. Con el cabello alborotado y los ojos desorbitados, encuadrada en el cristal manchado de lápiz de labios y parpadeando lentamente, sorprendida. Estaba sola. Tenía frío. Estaba en un cuarto de baño que no conocía, lleno de sonidos desconocidos. Adya y Mackenzie no estaban a la vista.

Veía raro, como si se hubiera puesto un par de gafas 3D y la luz de la habitación se hubiera emborronado de repente. Un bajo distante se inyectaba a través de las baldosas agrietadas, moviéndose a través del aseo salpicado de grafitis con un pulso débil. Tenía un vago recuerdo de haberse abierto camino a codazos a través de una marea de cuerpos, del suelo bajo sus pies pegajoso y lleno de cerveza.

En el lavabo oxidado, el agua corría y corría en un miserable chorrito. El frío le escupía las palmas, bajaba por sus muñecas en lanzas de hielo. Se llevó un poco a la garganta y presionó sus dedos gélidos contra la sensación febril de su piel.

Cuando levantó la mirada, con el agua bajando por su cuello en estrechos ríos, fue para ver la cara de Nate Schiller en el espejo. Contuvo el aliento, tensándose. Estaba demacrado y sonreía, con su piel grisácea bajo la bombilla desnuda de los focos empotrados. Parecía medio loco. Parecía algo muerto.

—¿Cómo lo hiciste? —le preguntó—. ¿Cómo te lo tragaste entero y sobreviviste?

—¿Qué? —Su voz salió de ella ronca—. ¿A qué te refieres?

La cabeza de Nate se ladeó de un modo totalmente inhumano. La imagen era tan antinatural que la heló.

—Está en tu cráneo, perforando agujeros en tu cabeza. En tu pecho, aleteando como una polilla. Está en tu vientre, como una araña, tejiendo su pegajosa, pegajosa red. ¿No notas el cosquilleo? ¿No te pica? ¿No te hace sentirte como si estuvieras perdiendo la puta cabeza?

En un momento seguía siendo una sombra, picado por la oscuridad en el interior de las estrechas paredes de un cubículo abierto. En el siguiente, echó a correr hacia ella, con la cabeza baja, los brazos extendidos.

Delaney gritó y se sentó recta. Las luces de movimiento se encendieron sobre su cabeza. Se le había dormido la pierna. Tenía la espalda agarrotada. Estaba en la biblioteca, rodeada de libros, con el corazón latiendo, latiendo, latiendo en su pecho.

—Hola —dijo una voz de chica, con la característica impaciencia de alguien que ya se ha repetido varias veces. Delaney levantó la mirada para encontrar a una desdeñosa rubia con un pijama de cebra y un piercing en el septum. Estaba encuadrada por las fauces de las pilas de libros, agarrando las correas de una mochila amarilla—. Has estado gritando en sueños. Todos empezaban a sentirse super incómodos.

—Lo siento —le dijo—. Gracias por despertarme.

—Lo echamos a suertes y me tocó a mí.

—Oh. —Delaney se frotó los ojos. Se sentía vaciada, con el interior en carne viva—. Bueno, gracias de todos modos. Tú eres Haley, ¿verdad? La compañera de habitación de Mackenzie.

—Esa misma. —Haley arqueó una ceja—. Tú eres la amiga rarita de Mackenzie, la que habla con los muertos.

—Yo... Vale. Una o dos veces. —No estaba segura de querer ser eso. «Delaney Meyers-Petrov, la chica de los muertos». En la ventana, el cielo estaba negro como un abismo—. ¿A qué hora cierra la biblioteca los martes?

Haley la miró con el ceño fruncido.

—Es viernes.

—¿Qué? No. —Reunió sus cosas y las metió en su bolsa mientras lo hacía. El estómago le gruñó con una protesta. No recordaba la última vez que había comido—. Eso no es posible —dijo. Después, con desasosiego, añadió—: Creo que me pasa algo raro con el tiempo.

Haley no parecía impresionada.

—A mí igual. —Su voz bajaba y subía—. Me siento como si llevara días sin salir de la biblioteca.

—No, me refiero a que de verdad creo que me están robando el tiempo. Yo...

Sus palabras se quedaron atrapadas en un lamento. Estaba temblando en mitad del césped mordido por el viento, iluminada por un único óvalo de luz de farola. Los árboles se agitaron en la distancia, con sus ramas desnudas castañeteando como dientes.

Buscó su teléfono solo para descubrir que se había quedado sin batería. Le temblaban los dedos. En algún sitio, cerca, algo susurró su nombre.

Con el corazón en la garganta, echó a correr.

# 33

La puerta de la casa de Colton estaba abierta. La entrada estaba oscura, sin iluminar por el alegre titilar de la luz del porche de hierro forjado. Las escaleras estaban sin barrer, con gruesos montones de grandes hojas mojadas ocupando el cemento. Nadie había colocado calabazas. No había montones de heno enrollados contra el ladrillo helado.

La puerta no estaba abierta del todo, solo entreabierta, como si un ladrón hubiera entrado a hurtadillas por la rendija. La calle estaba bruñida por la nebulosa luz de las farolas; los troncos de los árboles parecían dorados, rodeados de tiras de luces amarillas.

El interior de la casa de Colton estaba oscuro.

Delaney dudó en la acera. Sus botas resbalaban sobre las hojas, y tenía la inquietante sensación de que la vigilaban. Comenzó como un escalofrío, bajando por su columna a pasitos pequeñitos, como si una araña hubiera caído de las ramas sin hojas sobre su cabeza y estuviera meneando sus ocho largas patas por la parte de atrás de su camisa.

Las otras casas bostezaban en una hilera de alegre ladrillo, con su luz de mantequilla derramándose sobre la acera. Lo único que la vigilaba era un espantapájaros, colocado junto a una farola y que se agitaba en su cuerda desenrollada. Le recordó, espeluznantemente, a Nate. Sus ojos de botones estaban vacíos, su sonrisa cosida.

Con demasiado miedo para detenerse, demasiado miedo para seguir en la calle sola, subió los peldaños hacia la casa de Colton de dos en dos, con el teléfono apagado aferrado contra el pecho como un escudo. Metió una bota en la rendija de la puerta y entró.

—¿Hola?

Su voz se catapultó por el vestíbulo. Varias hojas entraron por la rendija, arañando el suelo con sus frágiles garras marrones. Delaney cerró la puerta a su espalda.

—¿Colton?

La casa estaba silenciosa como una tumba. Una gruesa luna de octubre brillaba a través de la ventana. Inundaba el espacio con un curioso tipo de luz, volviendo las sombras indistinguibles. Delaney se adentró en la casa, incómoda.

—Colton, ¿estás...?

El crujido del hueso bajo su bota interrumpió su pregunta. No. No era hueso. Cristal. No era cristal; piedra. El crujido atravesó el espacio y Delaney dejó caer su teléfono; soltó una maldición cuando este se deslizó fuera de su alcance. Se agachó y tanteó la oscuridad con manos ciegas y torpes.

Las puntas de sus dedos rozaron algo sólido y lo agarró, pensando que sería su teléfono. En lugar de eso, su puño se cerró alrededor de algo quebrado. Algo afilado. El dolor le mordió la palma y dejó caer el objeto con un grito, poniéndose de nuevo en pie mientras la primera sangre manaba en su piel.

Al otro lado del vestíbulo, un pie arañó la baldosa. De inmediato fue interminablemente consciente de lo estúpida que había sido, entrando en la casa de Colton sin ningún tipo de protección. En la ciudad había allanamientos todos los días. ¿Qué planeaba hacer? ¿Golpear al intruso con los puños? Retrocedió un paso, esperando estar moviéndose hacia la puerta. A un par de metros, una silueta apareció en una franja de luz de luna.

—¿Miércoles?

Su alivio al oír la voz de Colton fue inmediato y décuplo. Tomó una enorme bocanada de aire, apretándose la mano ensangrentada contra el pecho, deseando que su corazón se ralentizara. En la puerta abierta, Colton estaba con las manos metidas en los bolsillos de su abrigo, con el cuello subido alrededor de su cuello. Ladeó la cabeza, observándola al otro lado del vestíbulo.

—¿Qué haces?

—¿Qué haces tú? —replicó, aunque sabía que no era correcto decirle aquello a alguien después de entrar en su casa sin invitación. Colton tenía una cara rara, moteada por la sombra como estaba: su ojo izquierdo difuminado por una oscuridad que no encajaba con la luz de la luna sobre su rostro.

—Vivo aquí.

—¿En la oscuridad?

—A veces —replicó con amargura—. Como ya sabes.

—¿Con la puerta de la casa abierta?

No contestó de inmediato. Lo vio marcar el suelo con la punta brillante de un zapato. Algo pequeño y fragmentado salió disparado hacia ella, como un guijarro lanzado sobre un lago congelado.

—Quizá estaba esperando que vinieras —mintió.

Delaney no pudo evitar que se le escapara la risa.

—No hagas eso. No seas falso.

Él respondió con su propia carcajada, aunque se sintió forzado, como si hubiera recibido un golpe reciente en la nuez. Se apartó de la puerta y la cerró. Encendió una luz que inundó el espacio con un fulgor demasiado brillante. Delaney se sintió repentina y absolutamente ridícula, aplastada contra la pared con la bufanda casi caída y con esqueletos de hojas mojadas pegados a las botas.

A un par de pasos de distancia, Colton parecía el Infierno encarnado.

Su rostro, que ahora podía ver con claridad, estaba descolorido por una miríada de contusiones. Tenía el ojo izquierdo cerrado por la hinchazón, la piel fruncida alrededor de un feo corte justo debajo de la sien. Un moretón florecía en la comisura de su boca, una furiosa herida dividiendo la piel en una interrumpida sonrisa de Joker.

—Colton. —Su nombre salió de ella en una exhalación—. ¿Qué te ha pasado?

—Ah. —Se llevó dos dedos a la mejilla y se la tocó, arrancándose una mueca—. Me había olvidado de esto.

Delaney hizo un examen rápido del vestíbulo. Con las luces encendidas, podía ver con claridad los daños que había sufrido. Los fragmentos de un pesado tiesto estaban esparcidos por el suelo, la arcilla moldeada a mano transformada en piezas serradas de un puzle alrededor de un montón de tierra de maceta. Desarraigada, la planta extendía sus tristes dedos de culebra hacia el techo.

Cuando volvió a mirar a Colton, fue para descubrirlo observándola de un modo curioso. Como si estuviera en un zoológico y ella fuera un depredador en una jaula. Como si esperara que se abalanzara sobre él. No se había acercado.

—Han entrado en tu casa —dijo.

—Bueno, sí —replicó Colton después de una pausa demasiado larga—. Eso es obvio. —La mirada que le echó fue irónica, con las hondonadas bajo sus mejillas mal coloreadas, como si alguien hubiera intentado pintarlo de memoria y hubiera fracasado—. Pero no vi quién era. Tú lo ahuyentaste antes de que pudiera acercarme. Menos mal que eres aterradora.

Ella frunció el ceño.

—¿A qué te refieres? ¿No pudiste acercarte? Parece que te han dado una buena paliza.

—¿Qué? ¿Esto? —Se señaló el desastre del rostro con un dedo—. No, esto no tiene nada que ver.

Delaney resopló.

—Claro que tiene que ver.

Durante varios minutos, examinaron el caos en silencio. Cuando Delaney se decidió a mirar a Colton, fue para encontrarlo escudriñándola con la misma expresión enigmática. Parecía un esqueleto así: como si lo hubieran vaciado con un cincel, con la curva de su boca tallada en una mueca sangrienta.

—A riesgo de sonar trillado —comenzó—, parece que has visto un fantasma.

—No ha sido un fantasma. —Se tiró de las mangas del abrigo. La sangre corría por sus dedos en finos ríos rojos. Antes de que pudiera pensárselo mejor, dijo—: Creo que me pasa algo muy malo.

# 34

Regresar a través del espacio entre los mundos siempre dejaba a Colton sin aliento. Mareado, como si hubiera estado suspendido demasiado tiempo en una oscuridad fluida y eterna. Con la garganta en carne viva, los ojos volados, los pulmones llenos de agua del lago. Tardaba un rato en recomponerse.

Esta vez, había vuelto al estrecho callejón entre la casa de sus padres y la de los Morrison, pulcramente calzado junto a una bici con candado de mujer y dos cubos de basura de metal, el más cercano tan abollado que sería imposible repararlo.

Esta vez, fue consciente de inmediato de un problema.

El asunto no era tanto que no hubiera reconocido de inmediato dónde estaba, tambaleándose como un amnésico sobre los adoquines. Ni siquiera era que hubiera reaparecido (algo bastante preocupante) en un lugar totalmente distinto del que había usado para partir. Era que, desde aquel lugar junto al mortero oscurecido por el hollín, podía ver la conocida silueta de Delaney Meyers-Petrov en la calle a la que daba el callejón.

Estaba como siempre: un poco aturdida, un poco perdida, con la espiral de su cabello soltándose de su recogido. Preciosa y desconcertada y, notó, penosamente desubicada. Estaba iluminada por el amarillo dorado de las luces de los árboles y la noche bullía a su alrededor con toda la efervescencia de un cable eléctrico. Estaba de puntillas.

Estaba mirando su casa.

No supo qué le hizo guardar silencio. Quizá fue la expresión de sus ojos: vidriosos, brillantes como el cristal a la luz de la farola.

Quizá era que su encuentro con Liam todavía se aferraba a él en telarañas de dolor. Quizá era la sensación fantasmal del agua en sus pulmones.

Se acercó, paso a paso, y la observó mientras subía los peldaños vacíos hasta su casa. Estaba seguro de que había cerrado la puerta y, aun así, cuando dobló la esquina tras Lane, fue para oír cómo cedía la madera, el chirrido de las bisagras.

Y entonces entró.

Él mismo estaba subiendo los peldaños, cauto y confuso, cuando oyó el golpe de algo pesado. Supo, por instinto, que era la maceta, colocada como estaba entre el vestíbulo y el pasillo. Cuando entró, fue para encontrar a Delaney agachada sobre el caos. Las puntas de sus botas habían dejado surcos sobre la tierra. Estaba tanteando los fragmentos.

Y lo más raro de todo: estaba susurrando.

Colton se detuvo en la puerta abierta de la habitación de invitados y la observó rebuscar entre sus cosas. Tenía las puntas de las orejas y la nariz mordidas por el frío, como si hubiera corrido todo el camino hasta allí por las calles congeladas de Boston. Parecía etérea, como algo que hubiera soñado medio despierto, un espectro extraño y efímero al que perseguir en la quietud gris del alba.

Lane se puso de puntillas delante de la cómoda y levantó la tapa biselada con una enredadera grabada de una tabaquera de plata. Mirando el interior, buscó en el fondo de terciopelo negro. Seguía aferrándose la mano herida contra el pecho. La sangre se filtraba entre sus dedos, enjoyando sus nudillos. Colton se metió el kit de primeros auxilios bajo el brazo y se aclaró la garganta. De inmediato, Delaney dejó caer la tapa. El sonido metálico de la plata atravesó la habitación como un disparo.

Ella no hizo ningún esfuerzo por mentir sobre lo que había estado haciendo. En lugar de eso, parecía visiblemente decepcionada cuando dijo:

—No hay nada dentro.

—¿Qué esperabas?

—No lo sé. —Arrastró un pie envuelto en lana por la gruesa alfombra de color arena—. Dientes.

—No es ahí donde los guardo.

—Oh. —Ella no lo miró. Toqueteando la pátina de latón del tirador de un cajón, dijo—: El profesor Whitehall me dijo que están investigando tu implicación en el caso de Nate.

—Se han hecho alegaciones —admitió—. Las sospechas se han descartado.

Sus ojos verdes oscuros se posaron en los de él.

—Debe ser agradable tener un abogado en la familia a tu servicio —le espetó, con demasiada brusquedad. En cuando dijo las palabras, cerró los ojos—. Lo siento. No sé de dónde ha salido eso.

—No tienes que disculparte. No te equivocas. —Como ella no dijo nada, añadió—: Yo no le hice nada a Schiller. Lo sabes, ¿verdad?

—Lo sé —admitió—. Lo sé. Es solo que todo va mal. Me siento como si estuviera perdiendo la noción de lo que es real y de lo que no lo es.

Colton levantó el kit de primeros auxilios.

—Vamos a curarte. Después nos ocuparemos del resto.

Tras indicarle que lo siguiera, se dirigió a la puerta en el extremo opuesto de la habitación. La abrió, revelando el baño de azulejos blancos. Bajo una ventana de roseta había una bañera de pie, lo suficiente profunda como para ahogarse en ella.

Colton miró a Lane sobre su hombro y la encontró paralizada, su cuerpo pequeño y oscuro bajo el umbral. Algo de acero y frío y totalmente impropio de Delaney destellaba en sus ojos. Lo atrapó como un cebo, aquella extraña e interminable mirada.

—Lane —le dijo, más alto de lo que pretendía. Ella parpadeó solo un segundo demasiado lento, volviendo a concentrar la mirada. Palmeó el borde de porcelana de la bañera y le dijo—: Siéntate.

Lane obedeció, y los cuadros grises de su falda se encharcaron alrededor de su cintura. Sobre la lana de sus leotardos, sus piernas estaban envueltas en redes celestiales. Apretó la mandíbula y se sentó en las baldosas ante ella, dejando el kit de primeros auxilios mientras lo hacía. Los ojos de Lane seguían pegados a su cara, horadando el corte encostrado en la comisura de su boca.

—He estado perdiendo tiempo —le dijo Lane cuando él le tomó la mano. Se la colocó con la palma hacia arriba y los dedos extendidos sobre el cabestrillo de su falda. De cerca, el corte no parecía tan grave. Le había cruzado la palma en un único y superficial trazo. Como si se lo hubiera hecho ella misma con una daga en un ritual de sangre—. Fragmentos enteros —añadió, y chasqueó los dedos de su mano buena—. Desaparecidos.

Él se mantuvo en silencio, rasgando el envoltorio de una gasa estéril. Pensó en el viaje de vuelta a casa en el apestoso asiento trasero del Rover de Meeker, corriendo entre el tráfico de Boston. Nate Schiller aferrado a un cubo, con varios tonos de color menos en el rostro.

«Se ha ido», había balbuceado, con las lágrimas bajando por su rostro. «Se ha ido. Se ha ido. Se ha marchado».

Apoyando la mano abierta de Lane sobre la suya, le presionó la gasa contra la palma. La oyó succionar aire. Él mantuvo la cabeza baja, concentrado en su tarea. Un trapo limpio y seco. Una tira estéril de gasa. Un poco de antiséptico.

Si aparecía en su casa, se suponía que debía rechazarla. Aquellas eran sus instrucciones, grabadas en sus huesos. «No le abras la puerta», le había dicho el Apóstol. «No la dejes entrar. Ya has malgastado tiempo de sobra jugando a ser un niño. No podemos permitirnos otro contratiempo».

Él no le había abierto la puerta; la había forzado ella.

No la había dejado entrar; se había invitado sola. Y ahora estaba allí y él se estaba saliendo de su piel. La sentía a lo largo de la astillada estría de sus huesos, como si él fuera un mortero y ella la mano. Estaba machacándolo, haciéndolo polvo.

Con poca ligereza, Lane le golpeó el costado con el pie.

—Colton. —Su nombre se dispersó por las baldosas. Lo golpeó de nuevo, más fuerte que antes—. ¿Me has oído?

Él le atrapó el pie antes de que pudiera golpearlo una tercera vez, sujetándole el tobillo contra sus costillas.

—Te he oído —le dijo.

—¿Y estás ignorándome?

Él levantó la mirada.

—No.

Lo que ella vio en su rostro suavizó las esquinas de su mueca de enfado. Centímetro a centímetro, Colton subió la mano por el lateral de su gemelo, hasta que sus dedos se detuvieron en la parte de atrás de su rodilla.

—No me mires así —le dijo ella, un poco sin aliento.

—¿Cómo te estoy mirando, Miércoles? —La pregunta sonó casual. Despreocupada. Su corazón era un trueno.

—Como si pensaras que estoy loca.

—No. —Su mano siguió subiendo sobre las lunas de nailon negro. Sobre las diminutas estrellas semitransparentes—. No pienso eso.

Como ella se quedó callada, trazó con el dedo la curva de una luna creciente en la parte alta del muslo. Lane le permitió hacerlo, y el color de sus ojos se profundizó a un oscuro esmeralda. Un implacable deseo se reunió en el vientre de Colton.

—Colton. —La punta de su dedo índice aterrizó ligera como una pluma en la estrella sangrienta de su sien—. Dime quién te hizo esto.

La respuesta escapó de él como un latido, involuntario e inmediato.

—Meeker.

Supo por la sorpresa de su rostro que no había esperado que le ofreciera una respuesta tan rápida. Dudando, ella le rozó el párpado amoratado.

—¿Quién es Meeker?

Una pregunta, esta vez, no una orden. Recuperó un ápice de control y apretó los dientes con fuerza suficiente como para que le doliera. Su silencio la hizo fruncir el ceño mientras seguía con su cuidadosa ayuda. Su mano se deslizó sobre el plano de su mejilla, cayendo hasta el furioso pellizco de su boca.

Rápido como un rayo, él le agarró la muñeca.

—No.

La exhalación que la abandonó fue una cerilla encendida, y las venas de Colton ramitas secas. Todo él se prendió de inmediato. Llevaba tanto tiempo frío que la repentina chispa lo hizo sentirse febril. El sudor brotó en su piel. Se le emborronó la vista.

—Hay algo en mi interior —dijo Lane—. Lo siento aleteando en mi pecho. Sueño, y todo son pesadillas. Despierto y no siempre estoy en el mismo sitio que antes. No dejo de decir cosas que no pretendo decir y de hacer cosas que no pretendo hacer.

Demasiado tarde, él comenzó a comprender. Las piezas encajaron en su lugar.

*Capax infiniti*, pensó, apretándole la muñeca con fuerza. *Estoy sosteniendo el infinito.*

Había algo inmortal latiendo bajo su pulgar. Algo que había esperado toda su vida. Algo que portaba la divinidad en su pecho como la fotografía en un medallón. Enroscado en hueso, como si estuviera hecha para la inmortalidad.

Todos los demás habían muerto.

Todos los demás se habían quebrado bajo la presión, pero ella no.

Lane no.

—Me habla. —La joven apretó los ojos con fuerza, conteniendo un escalofrío—. Me susurra por la noche, cuando intento dormir. Y lo reconozco. Es la misma voz que habló en el interior de mi cabeza en Chicago.

Colton inclinó la cara para mirarla, con el pecho atenazado. Estaba dividido entre una enfermiza y afligida euforia y un horror en lento incremento. Quería rodearla con sus brazos. Quería hacerla girar y cubrirla de besos. Lo habían conseguido. *Ella* lo había conseguido.

*Victor Mortis*. Conquistadora de la muerte.

Pero no había euforia reflejada en la mirada de Lane.

En lugar de eso, sus ojos estaban desenfocados, sus pupilas eran círculos de un negro mate. Tan abiertos como aquella noche en el hotel, cuando el aguijón de una guitarra atravesó la habitación. Ella le había dicho que la alarma debía estar activada, pero él estaba despierto justo antes de que ocurriera. La vio sentarse y echar mano a la radio.

—Miércoles —le dijo—. Delaney, mírame.

Ella parpadeó, enfocando la mirada. Su mano se quedó sin fuerza en la de Colton. No parecía exultante. Solo parecía cansada.

—Es como luchar contra un hueco en el interior de mi cabeza. —Su susurro sonó forzado, como si temiera que eso la oyera—. Tienes que ayudarme. Tienes que ayudarme a expulsarlo.

# 35

Colton se despertó con unas manos alrededor de la garganta. Al principio (atrapado en el delirio entre el sueño y la vigilia) creyó que era Meeker, que había ido a terminar el trabajo.

Pero las manos eran demasiado pequeñas, los dedos demasiado finos, una palma áspera por la venda que la rodeaba. Despertó despacio y después de repente; la conciencia se precipitó sobre él a picotazos. Las piernas de Lane a horcajadas sobre su torso. El cabello de Lane haciéndole cosquillas en la mejilla.

Las manos de Lane en su garganta.

Le rodeó las muñecas. Sus huesos le mordieron la palma.

—Lane —dijo—. *Lane.*

Su silueta era feroz, iluminada por las estrellas. Tenía la boca abierta. Parecía notablemente inhumana, aunque podía oler la tenue lavanda de su champú, el beso de hierbabuena de su aliento.

*Lane*, pensó, perturbado por el sudario desconocido de su mirada. *Esta es Lane. Lane.*

—Lane —dijo una tercera vez. Lo ladró como una orden. Lo ladró como si dijera: *Despierta.* En su mesita de noche, el reloj pasó de las 11:57 a las 11:58.

En su garganta, las manos de Lane se volvieron rapaces.

—Mediano —susurró. Su voz era arácnida. Colton se quedó inmóvil bajo el cuerpo de Lane. Quieto como una piedra. Quieto como la muerte. Quieto como un niño hundiéndose bajo las sudorosas sábanas del hielo. Sobre él, Lane estaba delineada por la luz de la luna. Su cabello parecía de lentejuelas plateadas—. Oh, sí. Sé lo que eres. Y sé en lo que te convertirás. Sé que llevarás el sudario de la muerte toda la vida.

El latido de su corazón era algo violento.

—Lane —insistió—. Mírame. Despierta.

—Despierta tú. —Las palabras salieron de ella en un siseo. Grave y burlón—. C. J.

Su aliento se detuvo en seco y se la quitó de encima, la hizo rodar de modo que sus posiciones se invirtieron. Inmóvil contra el colchón, se retorció como una criatura famélica. El sonido que salió de ella fue mitad risa, mitad quejido.

—El pequeño C. J. mató a su hermano —cantó—. Sí, lo hizo; sí, lo hizo. Dejó que se hundiera bajo el hielo, lo hizo.

—Para. —La orden sonó agarrotada—. Basta.

Esos ojos negros se clavaron en él. Los labios de Lane formaron una amplia sonrisa beatífica. Contra el pecho de Colton, el corazón de la chica latía con la lentitud de alguien profundamente dormido. Desesperado, buscó las únicas palabras que conocía, enterradas profundamente en su subconsciente. Las palabras que había aprendido en el Priorato, palabras que se habían grabado en su cerebro. Nunca habría creído que las necesitaría con ella.

—*Astra inclinant* —susurró. Le tembló la voz—. *Sed non obligant.*

El vacío de la mirada de Lane no remitió.

—Esto es lo que querías —le dijo, y un escalofrío se asentó en la columna de Colton.

—No puedes quedártela —le dijo, firme y sólido y más asustado que en toda su vida—. Ella no fue la ofrenda. *Astra inclinant.*

La criatura del interior de Lane dejó escapar una carcajada nítida y aguda.

—*Sed non obligant* —le ordenó.

Lane dejó escapar un gemido y se elevó contra él hasta que estuvieron unidos, con la espalda de ella arqueándose sobre el colchón en un sorprendente centro de energía. Colton lo notó como un cambio en el viento, el momento exacto en el que despertó. Su pulso se volvió rápido como el de un conejo bajo su pulgar. Se desplomó contra el colchón; sus extremidades se quedaron sin fuerza. La luz de la luna inundó sus iris, plateando el cristal marino de su mirada.

—¿Colton? —Era su voz, su sorpresa, su confusión. Colton deseó embotellarla, pequeña como era. Se le escapó una carcajada de alivio. Se acercó, presionó la frente contra la de ella.

—Estamos bien —dijo.

—Oh —exhaló Lane, tomando conciencia de dónde estaba—. ¿He hecho algo? ¿Te he hecho daño?

—Solo un poco —le aseguró.

Ella se movió con intención y él sintió cómo se retorcía para intentar alejarse. Dejándose llevar por el pánico, la abrazó contra él. No estaba seguro de qué pretendía hacer, solo que no podía dejar que se marchara. No podía dejarla soñar. No allí, con el reloj avanzando, avanzando, avanzando y el espectro de la maldad todavía mancillando el aire entre ellos.

Se quedó totalmente quieta en sus brazos, inundada de medianoche e inmortalidad. Acercándose, Colton deslizó la punta de su nariz sobre el puente de la de Lane.

—Quédate aquí conmigo —le dijo.

—Vale —susurró ella.

Algo mudo lo atravesó. El corazón de Lane contra su pecho. Su propio corazón bajo sus huesos. Todos los modos imposibles, inexorables, en los que quería reptar a su interior, el tiempo latiendo con ímpetu.

—Asfódelos —dijo, sin pretenderlo del todo. Se apoyó en los antebrazos, con los puños cerrados sobre la extensión de su cabello. Bajo él, los ojos de Lane se llenaron de confusión.

—¿Qué has dicho?

—Asfódelos —repitió, y odió que se le rompiera la voz—. Es una flor perenne. Conocida, como todos saben, por crecer en los prados del inframundo.

Lane entornó los ojos.

—Flores embrujadas.

*Para una chica embrujada*, pensó, pero no lo dijo. El recuerdo de sus ojos inundados de negro regresó a él.

—En algunas historias, Hades corona a Perséfone con una guirnalda de asfódelos. Sabe que no es en su Infierno donde ella quiere estar, y por eso hace lo que puede para hacerlo un poco más soportable en invierno. Un poco más adorable. Así, quizá, ella no le tendrá tanto miedo al final.

El silencio se elevó para recibirlos. Los únicos sonidos de la casa eran el tictac distante del reloj Langston de su madre, el retumbo atenuado de un coche pasando por la calle. Su respiración rompiendo entre ellos.

Despacio, Lane acercó una mano a su mejilla. Él inhaló, intentando quedarse quieto.

Nunca se había sentido más trágico.

—Supongo que, lo que quiero decir —susurró—, es que he decidido que los asfódelos serían mucho más adecuados para ti que las rosas.

# TERCERA PARTE

## EL EXORCISMO
## DE DELANEY
## MEYERS-PETROV

*Y mientras hablaba, lloró.*
*Tres veces intentó rodearle el cuello con los brazos.*
*Tres veces lo hizo en vano y escapó como una brisa*
*entre sus manos, como el sueño alado.*

La Eneida, *Virgilio*

# 36

Colton se pasó la mayor parte de la mañana de aquel lunes intentando disuadir a Lane de ir a la universidad.

Se sentó en un taburete de la isla de cocina y la observó mientras empujaba de un lado a otro la cáscara de una granada madura de otoño. Tenía los ojos rodeados de sombras, el jersey arrugado. Una mancha de café oscurecía la fina tela de cuadros de su falda. La encimera estaba salpicada de granos rojos, amontonados junto a varias pilas desordenadas de libros de texto. Toda la cocina olía a café.

—¿Sabes? —dijo, intentando otro acercamiento—. Hay estudiantes que se saltan las clases cuando llueve.

Lane lo ensartó con la mirada.

—Si tienes algo que decir, dilo.

—Lo que quiero decir es que albergar en tu interior una entidad antigua es una razón válida para tomarte un día libre.

Lane tiró la granada a la basura y cruzó la cocina para dejar el plato en el fregadero.

—Si mis notas bajan más, perderé la beca.

—Es solo un trozo de papel, Miércoles.

—No lo es —replicó—. No para mí.

Había algo feroz en su mirada. Algo que Colton sabía que no debía traspasar. Sabía que la estaba carcomiendo, lo de esperar una solución. Y no encontrar nada. Durante todo el tiempo que había pasado buscando un modo de invitar a algo a entrar, nunca había esperado necesitar expulsarlo. Lane y él se habían pasado el fin de semana atrincherados en su casa, buscando en internet. Leyendo libros.

Buscando en textos antiguos y en escritos religiosos y en relatos personales hasta que sus visiones se emborronaron. Hasta que se quedaron dormidos enredados en su cama.

Hasta que llegaba la medianoche, y ella despertaba.

Ocurría cada noche, como un reloj. La hora de las brujas llegaba y la bestia despertaba bajo los huesos de Delaney. Se sentaba en la cama, con los ojos extraños y una sonrisa totalmente impropia de ella.

«Pobre C. J.», le dijo el sábado. Su voz no sonaba como debía: borboteaba como si el mismo lago viviera en su interior. Tarareaba una melodía, marcando el ritmo en la colcha con los dedos. «No puedes salvar a nadie, ni siquiera a ti mismo».

El domingo, Colton se quedó dormido con la cara sobre su escritorio, con las gafas torcidas y una página abierta arrugada bajo su barbilla. Se despertó con Lane cerniéndose ante él y un cuchillo de cocina en su garganta.

*¿Y si te matara?*

En el mostrador de la cocina, Lane forcejeó con la cremallera de su bolsa. Ajena a cómo jugaba con él en la oscuridad. A cómo se burlaba de él, descarada y maliciosa.

—De acuerdo —le dijo—. Concéntrate en las clases si es eso lo que necesitas. Yo me quedaré aquí investigando. Te llamaré si descubro algo.

Cuando Lane regresó, la noche había caído. Colton estaba enterrado bajo una montaña de libros en la sala de estar. Se había pasado el día entero buscando una solución, y no tenía nada que mostrar aparte de mal humor y una cefalea tensional.

Estaba a punto de dirigirse a la cocina y calentarse un plato de sobras cuando, sin advertencia, Lane irrumpió en la habitación. Soltó la bolsa en el suelo y se derrumbó en el sofá. Sus movimientos eran exagerados, no totalmente suyos, y la idea hizo que Colton se sintiera inquieto.

—He pasado por la enfermería del campus —le contó. El color había regresado a sus mejillas en forma de rubor. Tenía los ojos vidriosos—. Me han dicho que seguramente tengo mononucleosis. *Mononucleosis*. ¿No es lo más absurdo que has oído nunca?

—No estoy seguro de qué esperabas. —Cerró su libro y lo lanzó a la creciente pila de descartes—. ¿Cómo estás?

—Cansada. —No parecía cansada. Parecía inquieta. Agitada. Se había comido las uñas hasta la carne. Cubriéndose un exagerado bostezo, dijo—: Me voy a la cama.

—¿Has comido?

Ella se levantó para irse, quitándose las botas mientras lo hacía.

—No tengo hambre.

—No te he preguntado si tienes hambre —le dijo, pasando el brazo sobre el respaldo del sofá—. Te he preguntado si has comido.

Pero ella ya se había ido y el crujido de madera de la escalera marcó su marcha. En silencio, Colton reunió las montañas y montañas de libros y las dejó sobre la mesa de café en pulcros montones. Recogió los zapatos de Lane y los dejó junto a la puerta. Se sentó en la isla de la cocina a solas y se comió un plato de lasaña. Cuando terminó, llenó dos vasos de agua y subió.

La luna estaba perfectamente encuadrada en su ventana cuando el reloj pasó de las 11:57 a las 11:58. Sentado en su escritorio, sintió el tirón. Como siempre. Como un cordón escapando de un ojal.

En la cama, Lane se movió. Inhaló y se sentó de una vez. Durante un momento, fue una Delaney tan perfecta que pensó que de verdad se había despertado. Pero después se apartó la despeinada melena como una cortina y él se topó con la sobrenatural oscuridad de su mirada.

—Otra vez despierto —le dijo—. ¿No te cansas?

—Estoy agotado —admitió.

Era la verdad. No había estado tan cansado en toda su vida. Pero él le había hecho aquello a Lane. Se negaba a dejarla sola. Le había ocultado demasiados secretos. La había seguido a Chicago. La había dejado acercarse demasiado a Nate.

Sabía que no debía, y aun así había tomado la decisión equivocada en cada bifurcación posible. Y ahora era él quien tenía que arreglarlo.

—*Ego mittam te* —le dijo. *Yo te expulso.*

La expresión con la que la criatura lo miró no era en absoluto impresionada.

—Ya probaste eso anoche.

—Lo estoy probando de nuevo.

No sabía cómo exorcizar a la bestia. No permanentemente. No de un modo que funcionara. Schiller, como los demás, la había invitado a entrar. No habían necesitado neutralizarla.

En la cama de Colton, Lane se sentó con las mantas rodeando su cintura. Su camiseta blanca le quedaba demasiado grande. Colgaba sin gracia de sus hombros, como si se hubiera tirado de ella mientras dormía. Estaba inhumanamente inmóvil, como una estatua pintada por la luna en una sedosa plata. Parecía, pensó, más un icono pintado que una mujer, algo hecho para la adoración y la ofrenda. Para los rituales de sangre y la luz de las velas.

—Me miras fijamente —dijo la cosa que habitaba sus huesos.

—*Tú* me miras fijamente —replicó. La falta de sueño lo volvía engreído. Se subió las gafas y se frotó los ojos. Ninguno de los otros anfitriones había pronunciado una palabra en voz alta cuando eso estuvo en su interior. Lane no dejaba de hablar.

—Te parezco inquietante.

Él suspiro, cansado. No tenía sentido mentir.

—Sí.

Se hizo silencio. Los minutos eran como el agua en el sumidero, alejándose de él sin posibilidad de recuperarlos. La criatura lo contempló a través de unos ojos fríos e inhumanos. De unos ojos prestados. Los ojos de Lane. No había ni rastro de jade en ellos.

—¿Por qué no le cuentas a la chica de esta piel la verdad sobre el lago?

Colton se detuvo, a punto de tomar el libro abierto sobre su escritorio.

—El pequeño niño ahogado —susurró la bestia—. Demasiado asustado para abrirse y enseñarle de qué está hecho.

—Qué sabrás tú.

—Sé mucho, Colton James Price. —Sonaba alegre. Contento de compartir. Contento de hablar, de poder comunicarse—. He destrozado a muchos de tus amigos. He succionado el tuétano de sus huesos. Les he roto las costillas y me he comido sus sueños. Presas pequeñas y patéticas. Ninguno era tan dulce como ella. Ninguno era tan fuerte.

Colton miró esos extraños ojos sin sueño. El corazón le latía como si temiera emitir sonido.

—*Et disperdam te.*

Siguió una carcajada, fría como el corazón del invierno.

—No va a expulsarme un ordinario mediano. —El rictus de su sonrisa le puso un escalofrío en los huesos—. Pero si es latín lo que quieres, *auribus teneo lupum.*

Colton frunció el ceño, pensando, y dijo:

—Sostienes a un lobo por las orejas.

Eso emitió un sonido grave y complacido. Como un gato ronroneando.

—Aunque solo estés medio vivo, eres mucho más brillante que la mayoría.

—¿Eso qué significa?

—Los otros a los que me envió —dijo la criatura— fueron, todos ellos, cervatillos.

—¿Estás diciendo que Lane es un lobo?

Su sonrisa se amplió, convirtiéndose en algo arrogante y casi feroz.

—Tú sabes muy bien qué es la chica. Por eso estás sentado aquí. Por eso los muertos se reúnen. Noche tras noche. Muerte tras muerte. —Ladeó la cabeza. Una vez más, le preguntó—: ¿Por qué no se lo dices? Lo que es. Lo que tú eres.

El viento de octubre se levantó fuera, sacudiendo los árboles. Silbando a través de las vigas. Las sombras danzaban por el suelo en franjas de agreste y titubeante oscuridad.

Lane abrió mucho los ojos.

—¿Puedes sentirlas? ¿Las sombras? Se han reunido alrededor. —Esa voz espeluznante bajó hasta un susurro—. No les gusta que esté aquí.

—A mí tampoco me gusta que estés aquí —dijo Colton.

Se le escapó otra carcajada, aguda y extraña.

—Quieren que me marche.

—Tenemos eso en común. —Colton tragó saliva, cansado, deseando dormir, y se apretó la sien con dos dedos. Despacio, Lane se levantó de la cama. Las sombras se estremecieron, retirándose. Escabulléndose de los lugares que ella pisaba. Se quedó totalmente quieto y la observó acercarse.

Despacio, ella se subió a su regazo. Sus rodillas se clavaron en el cuero a cada lado de las caderas de Colton. Los pantalones de franela que le había prestado le quedaban anchos en la cintura. Contuvo el aliento mientras ella tomaba un lápiz del escritorio y se lo deslizaba tras la oreja.

Lenta, lentamente, Lane se inclinó y rozó con sus labios la comisura rota de la boca de Colton.

—A mí tampoco me caes bien tú —susurró contra su piel—. Pero me invitaste. Tú y tus compañeros. Y ahora tengo algo de lo que ocuparme, aquí en este plano infernal.

—¿Y de qué se trata? —Su voz era una grieta, apenas un sonido.

En lugar de responder, la criatura dijo:

—Voy a ayudarte a decirle la verdad. Ya verás. Puedo ser benevolente. Puedo hacer que consigas todo lo que quieres de la pequeña y bonita Miércoles.

Sin advertencia, Lane succionó el labio inferior de Colton entre sus dientes. Él se sobresaltó bajo ella, sus manos volaron a sus caderas. El asco lo atravesó mientras ella se restregaba contra él. Un juego. Aquello era solo un juego para la cosa en la piel de Lane.

Se la quitó de encima con un gruñido, lo bastante fuerte como para tirarla al suelo. Su coxis crujió audiblemente contra la madera. Tendría un moretón allí al día siguiente, furioso y oscuro, pero por ahora la criatura a sus pies parecía totalmente impávida. Su mirada oscura como un escarabajo destellaba diversión. Su sonrisa era una cosa cruel y dentada.

—Es muy fácil tirar de tus cuerdas, marioneta.

—Dime por qué estás aquí —le exigió saber.

—Porque, como tú, estoy buscando a mi hermano.

Riéndose, Lane comenzó a incorporarse, sus extremidades en ángulos raros, su cabello cayendo a su alrededor en pálidas telarañas. El corazón de Colton trepó tan alto por su garganta que creyó que iba a ahogarse con él.

—Basta —le dijo—. *Affatim.*

Los parpadeos de Lane eran solo una demostración.

—¿Te has cansado de pelear conmigo, C. J.?

—*Sed non obligant.* —Una despedida nocturna, no una permanente. Lo dijo de nuevo, para asegurarse, más claro esta vez que antes—. *Sed non obligant.*

Siguió un gemido. Un escalofrío. Lane puso los ojos en blanco. Esta vez, cuando se cayó, lo hizo con elegancia. Como la doncella de un cuento, encantada con un veneno. Tras pincharse un dedo. Muy pequeña. Sus párpados aletearon, pesados por el sueño.

—¿Colton?

Él apareció a su lado en un segundo y le pasó uno de sus brazos por el hombro.

—Te has caído de la cama. —Una mentira. *Una mentira.* Estaba muy harto de decirlas—. Mal hecho, Miércoles.

—Uhm.

Estaba perdida en la bruma del sueño, con el rostro contra el pecho de Colton. Su aliento se curvaba, suave y lento, contra su esternón. Se subió a la cama a su lado, consciente del tictac del reloj, de la zozobrante luna, del rubor rosado de sus mejillas. Las sombras se apiñaron, acercándose, y se sintió como una de ellas: aferrándose a ella, desesperada y temerosa.

Era consciente de la ironía. Consciente de lo egoísta que era, buscando consuelo en ella cuando era su culpa, su culpa. Pero se había pasado la vida entera acercándose a su calidez tanto como podía. No podía parar ahora.

—Creo que me he caído de la cama —murmuró, y él recordó, entonces, que no podía oír, que se había dejado el implante en la mesa de noche. Bostezó y se acurrucó contra las curvas de Colton, tanteándose el trasero—. Mañana voy a tener un moretón terrible. Ya puedo notarlo.

# 37

Delaney despertó con la luz del sol en mitad de la noche. Era tarde. Podía sentirlo en el embarrado silencio de su cabeza, en el fango cansado de sus huesos. Tarde, y aun así su piel estaba pintada de dorado, bruñida por el inconcebible fulgor del alba que la hacía apartarse de su resplandor. Golpeó con el talón una lata gruesa y se tambaleó, tropezó contra la pared. Cada parte de su ser estaba pegajoso y mojado y frío. Se protegió los ojos y miró el sol; su pulso sanguíneo se aceleró. Allí, en la inquebrantable miasma de luz, estaba la estrecha silueta de un hombre.

El sol se apagó.

Una luz se encendió sobre su cabeza. Delaney se quedó mirando la bombilla enfriándose de un foco. Delante de ella estaba Colton, con sus iris rodeados de blanco. Su boca era una línea dura y seria. Desterrando sus pensamientos, intentó recomponer el detrito de su subconsciente.

No recordaba haber soñado. No recordaba haber despertado.

Se movió y descubrió que tenía los tobillos enredados en el trapo salpicado de pintura que cubría el suelo. Sentía la piel pegajosa, los brazos desnudos cubiertos de yeso. Llevaba la camiseta de Colton, los bóxeres de Colton, y la pintura le cubría la piel como brea. Hizo un débil esfuerzo por quitársela. Los colores se emborronaron más, arruinando el algodón blanco de su camiseta.

Un par de manos sin pintura encontraron su rostro, le sostuvieron la mandíbula. Levantó la barbilla hasta que sus ojos se encontraron con los de Colton. Con el ceño fruncido, la examinó minuciosamente y las puntas de sus dedos la abandonaron con tonos rojos y dorados y negros. Una y otra vez, su mirada revoloteaba hasta la pared sobre el hombro de Delaney.

—¿Qué? —le preguntó, y sintió la ronquera de su voz en todo su cuerpo—. ¿Qué pasa?

Se giró y vio la pared. Donde la mariposa se había desplegado, dorada y sin terminar, había ahora un furioso ouroboro negro. Bajo él, había pintado con los dedos una única palabra en rojo. *Sequestrum.*

Se le revolvió el estómago. Se le aflojaron las rodillas.

—Dios, Colton. Lo siento mucho...

Él se llevó el pulgar al pecho, extendiendo los cinco dedos. *No pasa nada,* signó. *Está bien.*

Delaney contuvo el aliento y lo miró con el ceño fruncido. Sus nervios eran jirones de papel. Su cabeza era un grito de heavy metal.

—No está bien —le dijo—. ¿Qué está bien en todo esto?

Su única respuesta fue cubrir su mano pegajosa con la suya y conducirla fuera del salón. Hasta el pasillo, donde había un rastro de huellas de pintura a través del inmaculado vestíbulo. Hasta el baño de arriba, donde giró la manija de la ducha hasta que escupió agua sobre el vacío azulejo en un caliente torrente. Se metió dentro, atrayéndola tras él de modo que ambos se quedaron, totalmente vestidos, bajo la corriente de lluvia.

Colton no habló. En lugar de eso, enjabonó una esponja, le agarró las muñecas y se puso a trabajar. Le frotó entre los dedos, donde la pintura ya había comenzado a descamarse. Los antebrazos, de donde los colores bajaban en ríos de barro. Bajo la barbilla, donde su pulso latía con tanta fuerza que le costaba respirar. Observó el remolino negro del agua en el desagüe e hizo todo lo posible para no llorar.

Colton terminó por fin y dejó la esponja a un lado. Con el agua aporreándole los omóplatos, Delaney era demasiado consciente de cómo su camiseta prestada se le pegaba en una opaca segunda piel. No se molestó en intentar cubrirse. Había un extraño tipo de consuelo en saber que él podía verla, en saber que estaba allí. Algo físico.

Algo que ocupaba espacio. El agua caía y caía sin sonido, y nunca se había sentido menos en casa en sus propios huesos.

—No quiero esto —dijo, sin saber si él la oía sobre el torrente de agua. Los ojos oscuros de Colton se posaron en los suyos. Sus rizos eran «ces» oscuras contra su frente, sus mejillas estaban sonrojadas por el calor—. Puede que Nate y los demás lo buscaran a propósito —susurró—, pero yo no. Quiero que salga.

La única respuesta de Colton fue agarrar el dobladillo de su camiseta y tirar de ella hacia él, arrastrándola sobre el resbaladizo azulejo. Colisionaron, frente contra frente, nariz contra nariz, boca contra boca. El agua se derramó sobre su lengua, y por un momento pensó que él iba a besarla. A tragarse lo que latía en el interior de su pecho. Deseó que lo hiciera. Deseó que se lo bebiera de sus lágrimas. Deseó que se lo mordiera de los labios. En lugar de eso, él solo la abrazó. Delaney le presionó la resonante cabeza contra su esternón; la boca destrozada de Colton le acarició la sien.

Se quedaron así, entrelazados sin decir una palabra, hasta que se le arrugaron los dedos y el sol salió y el agua corrió clara y fría.

Estaba en la cocina, con su segunda taza de café, cuando Colton la encontró. El parche de cielo en la ventana era de un brillante azul zafiro, la mañana fría de invierno, así que había robado un jersey del armario de Colton. Estaba posada, como un pájaro, en un taburete, y se hundió en la cálida lana burdeos mientras lo veía prepararse un batido. Lo hizo como lo hacía todo: con movimientos medidos y meditados. Comprobando su reloj a intervalos.

Cuando el zumbido de la batidora se silenció por fin, la miró a través de la isla de granito. Tenía las mejillas sonrosadas bajo la visera de su gorra, la camiseta oscurecida por el sudor. Le pareció que lucía nervioso.

En voz baja, le preguntó:

—¿Confías en mí?

—No siempre —admitió.

La comisura herida de su boca se elevó en una media sonrisa.

—Es justo. ¿Confiarías en mí hoy? Necesito tu ayuda con algo.

—Vale —le dijo.

Colton no parecía convencido.

—Seguramente vas a hacerme un montón de preguntas.

—Siempre lo hago.

—No voy a poder contestarte a la mayoría.

—Nunca lo haces. —Dejó la taza y se bajó del taburete, todavía un poco inestable—. ¿Qué vamos a hacer?

Resultó que lo que iban a hacer era allanar una morada.

La casa en cuestión era una acogedora mansión colonial de ladrillo claro y adoquines en la entrada, de pulcros jardines cubiertos de mantillo salpicados de arbustos que alguien había tapado amorosamente con arpillera para protegerlos de la escarcha. El camino de entrada estaba vacío. También lo estaba la cochera independiente con sus ventanas de persianas cerradas y techo inclinado, con los maceteros vacíos preparados para la primavera.

—No sé… —dijo Delaney, mirándola.

Colton le deslizó la mano por la parte baja de la espalda, conduciéndola con él por el camino adoquinado.

—Este no es momento para pensárselo mejor.

—No estoy segura de sentirme cómoda entrando en la casa de alguien.

—¿Por qué no? —Llegaron a la puerta y él probó el pomo para encontrarlo predeciblemente cerrado—. Entraste en la mía.

—Ya te lo dije —protestó, pateando un sapo de piedra acuclillado en los peldaños—, la puerta estaba abierta.

—No —replicó él, sacándose un llavero del bolsillo—. No lo estaba.

Probó varias llaves en la cerradura hasta que encontró una que funcionó. Con un chasquido, la puerta se abrió. Colton hizo una pequeña floritura de mago y le indicó que entrara.

—¿Se supone que debo sentirme impresionada? —Clavó los talones—. Tenías la llave. ¿De quién es esta casa, de todos modos?

—Entra —le dijo—. Antes de que los vecinos decidan que somos sospechosos.

En un estrecho vestíbulo alfombrado, Delaney se descubrió cara a cara con una extensa colección de animales de cristal tallado. Estaban en una abarrotada vitrina, sonriendo son sus antropomórficas sonrisas de cristal, titilando bajo la luz de última hora de la mañana. Se movió por el espacio de puntillas, sintiendo un hormigueo en la piel que no tenía nada que ver con la decoración. Era el olor. Un aroma a antiséptico. A cerosa vela fundida.

Y después, debajo, la imperecedera bofetada de algo podrido.

—¿De quién has dicho que es esta casa? —le preguntó, inspeccionando una pintura en la pared. Era una pulcra obra en pastel de tres escamosas náyades tomando el sol en la orilla de un lago.

La respuesta de Colton llegó de la mitad de la escalera.

—No lo he dicho —dijo—. Deja de entretenerte, tenemos poco tiempo.

Arriba, el pasillo estaba igualmente alfombrado, las paredes cubiertas de un oscuro panelaje de madera varias décadas pasado de moda. Colton la condujo junto a las habitaciones de puertas cerradas, apremiándola con una serie de reprimendas susurradas. Tras la tercera puerta se oyó un único golpe. El claro sonido de unas uñas arrastradas sobre la madera.

Delaney se detuvo en seco.

—¿Qué ha sido eso?

Colton no parecía haberlo notado.

—Eres la peor ladrona de todos los tiempos. —Le clavó un dedo en el costado—. Dirígete a la última puerta de la izquierda.

Delaney pensó que debía haber oído mal la risita, suave y atolondrada, que borboteó en el pasillo tras ellos. Se le erizó el vello de la nuca. Volviéndose hacia Colton, susurró:

—No volveré a ir a ningún sitio contigo.

—No lo dices en serio. Ahí.

La empujó hacia un despacho amplio y bien iluminado. El espacio era escueto, excepto por dos rasgos prominentes: un único escritorio de ejecutivo anclado bajo una extensa ventana en voladizo, vacío excepto por un péndulo de Newton; y, en el centro de la habitación, un único pedestal blanco.

—Hay un artículo en el pedestal. —Colton se quedó atrás, deteniéndose en el umbral—. Quiero que te lo lleves.

Ella lo miró con el ceño fruncido.

—¿Y tú qué vas a hacer? ¿Quedarte ahí como si fueras Drácula?

—No se me permite entrar. —Era una admisión, aunque vaga. Una confesión, aunque pequeña. Algo suplicante y desesperado se aferró a sus rasgos—. Delaney, por favor. Tómalo.

—De acuerdo —dijo—. De acuerdo, ya voy.

Atravesó la estancia, haciendo una mueca ante el gemido de la vieja madera del suelo. La columna era de sólido roble, con la parte superior coronada por una vitrina de cristal transparente. En el interior había un cojín de martelé negro.

Y allí, acunado en su centro, había un único fragmento de hueso.

Delaney lo miró, confusa.

—¿Qué es esto?

Había esperado que le respondiera con silencio. En lugar de eso, Colton le ofreció otra reticente confesión.

—Escribiste una palabra en la pared de casa. *Sequestrum.*

Un escalofrío la atravesó al recordarlo.

—¿Qué significa?

—Secuestro —dijo—. Es un término en latín que actualmente se utiliza para definir un tipo de necrosis, secuestro óseo, un fragmento de hueso muerto que se ha separado de un ser vivo.

—Asqueroso. —Se acercó, exhalando su aliento sobre la vitrina—. Y yo que había pensado que la colección de cristal de abajo daba grima. ¿De dónde ha salido?

—De mí.

Sorprendida, lo miró. Lo descubrió comprobando su reloj, marcando los segundos con el dedo, *tic, tac, tic.*

—Démonos prisa —le dijo—. Nos estamos quedando sin tiempo.

Con cuidado, levantó el cristal sobre la columna. Era más pesado de lo que había esperado y casi lo dejó caer. Lo apartó y se concentró en el fragmento de hueso. Era tan largo como un meñique y estaba curvado como un cuchillo de mondar, con la punta lo bastante afilada para cortar. Tan astillada como la madera bajo un hacha.

La mirada de Colton la atravesó mientras lo levantaba del pequeño cojín. De inmediato, la sensación atravesó su piel en un curioso pulso fantasma. Miró a Colton para encontrarse con sus ojos negros. Respiraba con dificultad. En algún lugar de la casa, algo comenzó a dar pisotones. Rápido, más rápido, un sonido sordo y exultante.

*Vete*, reptó una voz en su cabeza, fuerte y cerca. *Vete ahora mismo.*

—¿Colton?

Él parpadeó; su mirada se aclaró, su respiración se acompasó. Sus ojos la encontraron.

—Vamos —dijo.

Estaban de camino a casa, con los árboles pasando rápidamente por las ventanillas en vetas de oscuridad sin hojas, cuando Colton habló por fin. Ella estaba sentada en el asiento del pasajero, con las manos en el regazo y el curioso fragmento de hueso en su palma alzada. Vibraba contra su piel. Hacía temblar su interior.

—Guárdatelo —le dijo Colton, sorprendiéndola.

—¿Qué? ¿Por qué?

—Porque yo no puedo —le explicó—, y alguien debe tenerlo. Alguien en quien pueda confiar. Alguien que yo… —Se le hizo un nudo en la garganta—. Guárdatelo —repitió.

Ella lo miró en el interior del vehículo. Pensó en la hendidura en sus costillas, en el imposible hueco a lo largo de la curva del hueso.

—¿De quién era esa casa, Colton?

Los nudillos del joven estaban blancos en el volante.

—De alguien que ya no me controla.

# 38

—Vas a tener que preguntarme eso otra vez.

La voz de Mackenzie tenía una cualidad metálica en el altavoz del teléfono de Delaney. Delaney estaba sentada en el dormitorio de Colton; las paredes estaban pintadas en tonos del amarillo de primera hora de la mañana. Abajo, en la cocina, el olor del café se elevó para saludarla.

Era jueves y, según había descubierto, Colton salía a correr en días alternos. Se marchaba antes de que saliera el sol y volvía horas después sudoroso y portando el aire frío de octubre en sus hombros. No se desviaba de su rutina.

Al otro lado de la ventana, el sol apenas había comenzado a asomar sobre el horizonte. Colton no volvería hasta dentro de otra hora, al menos.

—¿Es posible —repitió Delaney— ejercer un control sobrenatural sobre otra persona?

Al otro lado de la línea, Mackenzie sonó como si hablara desde debajo de una almohada.

—Es demasiado pronto para esto, Lane.

—Es importante.

Mackenzie dejó escapar un largo e interminable gemido.

—No lo sé. ¿Quizá a través de hipnosis?

—No —dijo Delaney—. Hipnosis no. Con un objeto.

—¿Qué tipo de objeto?

Delaney miró la tabaquera de plata sobre la colcha de Colton. Había guardado la esquirla de hueso en su interior, fuera de la vista, en el suave interior de terciopelo.

—No te lo puedo decir.

—No me lo puedes decir —repitió Mackenzie—. Lane, te quiero, pero ahora mismo no me caes demasiado bien.

—Lo siento. —Se derrumbó hacia atrás sobre la cama, con un brazo extendido—. No pretendía despertarte. No es importante; lo descubriré sola. ¿Te veo en clase?

Mackenzie respondió con un gruñido incoherente, y se oyó el sonido de la llamada al cortarse. Delaney se puso boca abajo y echó mano a la caja. La abrió y tocó el fragmento de hueso del interior. Al instante, la sensación reptó sobre ella. Se detuvo en su piel. Lo levantó y pasó la punta del dedo sobre el borde fracturado, sobre su punta tan afilada como un diente. Su teléfono sonó y lo arrastró hacia ella, todavía examinando el fragmento.

El mensaje era de Colton. *¿Qué estás haciendo?*

El corazón le dio un vuelco. Metió el hueso de nuevo en la caja y cerró la tapa.

*Nada*, contestó. Después, como su primera respuesta no había sido totalmente sincera, envió: *¿Puedes sentir eso?*

Su respuesta fue instantánea. *Sí.*

El persistente aleteo susurró en su pecho. La voz estaba dormida en el interior de su cabeza, sus pensamientos eran el sonido de un gruñido. Miró fijamente la caja de plata, sin dejar de darle vueltas en su mente.

Al final, escribió: *¿Te duele?*

Su teléfono volvió a sonar mientras se vestía para ir a clase y metía los puños de su blusa bajo el punto negro de su rebeca. La pantalla se iluminó y el teléfono móvil brincó sobre el tocador. La respuesta de Colton fue breve. Solo dos palabras.

*Ya no.*

Delaney llegó hasta la cocina antes de darse cuenta de que no estaba sola. Olió el humo de cigarrillo segundos antes de ver al intruso.

La campana extractora estaba encendida sobre el hornillo, succionando aire, y su sonido ponía un sordo zumbido en su cabeza. Había una ventana abierta y era allí donde estaba el desconocido, exhalando el humo a través de la rendija abierta. La escarchada mañana de octubre empujaba sus dedos congelados contra el suelo.

—Hola, guapa —le dijo, y se dio cuenta de que lo había visto antes: en el pasillo del hospital, fuera de la habitación de Nate, en Chicago. El humo abandonaba sus labios finos, su nariz bulbosa y roja. Era recio y tenía aspecto nervioso, los ojos muy abiertos—. Estoy buscando a Price.

—No está aquí.

La sonrisa del hombre era tan nerviosa como el resto de él.

—No me importa esperar.

Dejó su bolso sobre la encimera y se acercó a la cafetera, intentando parecer tan impasible ante su presencia como fuera posible. Se tomó su tiempo sirviéndose una taza. El desconocido se tomó su tiempo con su cigarrillo. El extractor resonó y traqueteó al tragarse una brisa.

Acunando su taza humeante con ambas manos, Delaney se giró para mirar al hombre junto a la ventana.

—Me llamo Lane —le dijo.

Esa sonrisa nerviosa se prolongó.

—Lo sé.

—¿Y tú eres?

—Mark. —Tiró la ceniza de su cigarrillo, dejándola caer en el fregadero en gruesas escamas grises—. Mark Meeker.

*Meeker*. La comprensión la atravesó.

—¿Y eres miembro?

—¿De qué?

—Del club —dijo—. Price, Hayes, Schiller, los demás.

—No es un club —le espetó, visiblemente molesto—. Es un grupo de niñatos aburridos que se creen lo bastante importantes como para ganarse la inmortalidad. Encontraron a alguien que los ayudó a hacerlo, y él me encontró a mí. Cuando se pasan de la raya, yo los conduzco de nuevo al redil.

Agarró su taza con fuerza.

—¿Eso fue lo que hiciste con Price? ¿Conducirlo al redil?

Una carcajada escapó de él en un ronco *jo-jo-jo.*

—¿Eso te molesta? ¿Le he estropeado la cara al guapito de tu novio? Deja que te dé un consejo: corta por lo sano y huye. Las chicas como tú no deberían jugar con los que son como él.

Una avalancha de incomodidad la atravesó. El aire frío de la ventana se le metió a través de los leotardos.

—¿Qué se supone que significa eso? ¿Las chicas como yo?

—Ya sabes —le dijo—. Con muertos arrastrándose a sus pies.

Se le revolvió el estómago. La sangre abandonó su piel, dejándola fría.

—Ah. —Meeker agitó una mano y aplastó la colilla de su cigarrillo en el fregadero—. He hablado demasiado. Siempre hablo demasiado. Hazme un favor, ¿quieres? Dile a Price que he pasado por aquí. —Sus ojos destellaron, eufóricos—. Y después puedes añadir que Meeker ha dicho que es hombre muerto.

Cuando se dirigió a la puerta, también lo hizo Delaney.

—No te vayas —le dijo, bloqueándole el paso—. Primero dime qué has querido decir. Sobre los muertos que se arrastran a mis pies.

Pero algo en su expresión había cambiado con su proximidad. La olfateó, con una arruga formándose entre sus cejas. Sin advertencia, le agarró la muñeca. Le tiró la taza de la mano y esta se hizo añicos en el suelo. El café se derramó por las juntas en ríos lodosos.

—¡Oye! —Tiró hacia atrás, con el corazón martillándole el pecho, pero su mano era como una tenaza. Estaban incómodamente cerca en la cocina abierta y el hedor a cigarrillo de su aliento aguijoneaba el aire entre ellos.

—Puedo olerlo en ti —le dijo.

A Delaney se le erizó el vello de la nuca.

—¿Qué?

—Joder. —Dejó escapar un silbido grave—. Estás a rebosar.

Ella tragó saliva, con la garganta tensa.

—¿A rebosar de qué?

—De inmortalidad.

—Meeker. —La voz de Colton atravesó la cocina como un trueno.

Meeker soltó la muñeca de Delaney de inmediato, con intención clara. Colton se detuvo en la entrada, sudando en su ropa de correr. Su mandíbula era una línea tensa, su expresión ilegible. No miró a Delaney; solo a Meeker, que había comenzado a retorcerse las manos.

—Ah, colega —dijo Meeker—. Estás en casa. Tienes buen aspecto. Estás curando bien. Pero hacía frío para salir a correr hoy.

Colton se mantuvo en silencio. Su mirada era un muro, oscuro y letal. Su pecho se alzaba y caía en inhalaciones medidas. Meeker parpadeó, lo reconsideró y corrió hacia la puerta, solo para que Colton le bloqueara la salida.

—¿A dónde vas?

Meeker tomó un trago de aire demasiado grande.

—A casa —replicó—. Grabé el partido de anoche. Hay una cerveza helada y un plato de alitas en el frigorífico que llevan mi nombre.

Los ojos de Colton se posaron un instante en Delaney.

—No puedo dejar que le cuentes esto al Apóstol.

El rostro de Meeker perdió parte del color.

—Eres increíble, Price, en serio. Sabes lo que es y la dejas merodear por ahí como si nada.

—Me estoy ocupando de ello.

—¿Te estás ocupando de ello? —Meeker ladró una carcajada—. Aquí dentro apesta como las profundidades del Infierno. Prácticamente le sale azufre de las orejas. No es tuya y no puedes quedártela, eso lo sabes. Esta victoria nos pertenece a todos. Si crees que no voy a contarle esta noticia al jefe, es que estás loco.

En la mandíbula de Colton se movió un músculo.

—Estás loco —dijo Meeker de nuevo—. Siempre lo supe. ¿Sabes lo que dije? Dije: «Dadle cuerda suficiente, y Price se ahorcará solo». Y mírate ahora, imbécil egoísta. —Señaló con el dedo en dirección a Delaney—. Esa chica es una puta soga alrededor de tu cuello.

Con pose intimidatoria, se abrió paso.

—Deberías haberla dejado en paz, Price. —Su voz resonó en la casa vacía—. Cuando el Apóstol se entere de esto, vendrá a por su criatura. No pasará mucho antes de que tu novia esté a tres metros bajo tierra, como todos los demás.

Hubo un instante, una pizca de vacilación. La fracción de una pausa. La mirada de Colton se encontró con la de Delaney en la fría cocina. Su respiración se había vuelto aserrada, los blancos de sus ojos eran visibles. Ella vio escrito en su cara lo que estaba a punto de hacer. Estaba tan segura de ello como conocía su propio corazón, su propia cabeza.

—Colton...

El sonido de su nombre lo sacó de reposo y se movió de inmediato. Salió del arco mordido por las sombras de la entrada. En el vestíbulo, sus zapatillas no hicieron ruido sobre las baldosas. Delaney lo siguió, con el corazón en la garganta, con la piel agujereada por un frío que no tenía nada que ver con la ventana abierta.

—Colton —lo llamó. Él no la miró—. Colton, no...

Colton detuvo a Meeker bajo la lámpara de araña, donde la luz del día destellaba a través de las incontables semillas de cristal. No hizo ningún esfuerzo por razonar con él; solo curvó el codo alrededor de su garganta. Se oyó un gruñido, una maldición. Sus botas arañaron las baldosas. Ambos cayeron con fuerza contra el suelo.

—*¡Colton!*

El nombre escapó de ella. Él no miró. No se detuvo. Sus manos eran puños, con los nudillos blancos, los músculos de sus brazos tensos.

Atrapado en una llave, Meeker intentaba respirar. El denso trazado de sus venas apareció sobre su piel en furiosos vasos sanguíneos rotos. Los talones de sus botas pataleaban frenéticamente, arañando las baldosas, raspando el suelo, buscando apoyo donde no había nada que encontrar.

Y después terminó.

En un minuto, o quizá diez. En un instante, o en una hora. El forcejeo terminó. El vestíbulo volvió a sumirse en el silencio. Delaney se quedó paralizada en el umbral de la cocina, con el corazón tras los dientes. En el suelo, Colton apartó a Meeker. El cuerpo cayó con un golpe seco sobre un charco de luz refractada, con las piernas arqueadas.

El cuerpo.

El *cuerpo*.

Ya no era un hombre, sino un cuerpo.

Se le aflojaron las rodillas. Se deslizó por la columna estriada hasta golpear el suelo. El sonido pareció traer a Colton de vuelta a la conciencia. Se giró hacia ella, todavía sentado bajo los fracturados prismas de la luz del sol. Tenía las manos con las palmas arriba sobre su regazo. Sus mejillas estaban enrojecidas; su respiración, entrecortada.

La voz de Delaney arañó el aire entre ellos.

—¿Qué has hecho?

Él se puso de rodillas y avanzó hacia ella, medio reptando por el suelo. A su espalda estaba el cuerpo, inmóvil. Las sombras se escabulleron, castañeteando los dientes y muy asustadas.

—Delaney. —Se acercó lo suficiente como para presionar su frente contra la de ella—. ¿Lane? Mírame.

Ella miró sobre su hombro, donde el cuerpo yacía con los ojos abiertos, la boca abierta. La pregunta escapó de ella por segunda vez.

—¿Qué has *hecho*?

—No… —A Colton le temblaban los dedos contra las mejillas de Delaney. Sus manos estaban heladas—. No lo mires. Mírame a mí.

Ella lo hizo. A pesar de lo que le decía el instinto, lo hizo. El aliento de Colton se cortó entre ellos. Parecía un extraño, y aun así su rostro era el mismo. Tan brutalmente familiar que le dolía mirarlo.

*No puede evitarlo,* murmuró una voz suave y eterna en el interior de su cabeza. *Es lo que es. Su verdadera naturaleza. Allá a donde va, la muerte lo sigue de cerca.*

—Tuve que hacerlo —dijo Colton, y dejó escapar una exhalación inestable—. Tuve que hacerlo. No tuve otra opción.

# 39

Delaney estaba mirando el espejo. Estaba viendo un fantasma.

El cuarto de baño con azulejos de su casa familiar era estrecho y estaba abarrotado, con el lavabo cubierto de productos para el pelo y conjuntos de brochas y bolsas de maquillaje, una taza de café atestada de cepillos de dientes, el tubo abierto del dentífrico que su padre nunca se molestaba en apretar desde el final. Había un par de tijeras de cocina abandonadas en el lavabo.

El espejo que tenía delante era un óvalo grande con el marco de madera sin terminar. Su madre había pintado una fina hilera de hiedra cuyas hojas se desplegaban en abanicos de verde esmeralda a lo largo del borde.

Cerró los ojos. Los abrió.

El fantasma seguía en el espejo.

Brillantes ojos jade. Cabello de un blanco puro. Un rostro pálido y delgado.

Inmortal.

—Di algo —ordenó.

Su reflejo se quedaba en silencio cuando ella lo hacía. Se detenía cuando ella se detenía, se movía cuando ella se movía. Era ella, a todos los efectos: vestida con una camiseta de tirantes negra y unos pantalones de chándal, con un par de desparejados calcetines de vestir de Colton rodeando sus tobillos.

Se había cortado el pelo, eliminando el púrpura. Las puntas caían justo debajo de su barbilla en una irregular melena. Había agarrado las tijeras por impulso, y cortó los bucles violetas hasta que se enrollaron en el suelo junto a sus pies. Como si cambiando por fuera pudiera eliminar los fragmentos ocultos que la carcomían.

Eso fue el día anterior. O quizá el otro.

No lo recordaba. No había dormido.

En los días que habían pasado desde que había huido de la casa de Colton, no había hecho nada más que mirar y mirar las profundidades de su reflejo y desear que la criatura que habitaba en sus huesos mostrara la cara. Su aleteo en su pecho se había acompasado al latido de su corazón. El zumbido de su cabeza se había convertido en un chirrido, tan fuerte y claro como un silbido. Las sombras se mantenían lejos, lejos.

Golpeó la encimera de granito, lanzando ganchillos sobre la alfombrilla de baño.

—Di *algo*.

—Eso no te ha funcionado antes —dijo Adya, desde su lugar en la bañera vacía. Estaba hojeando un grueso libro encuadernado en cuero, y las páginas susurraban—. No sé por qué esperas que funcione ahora.

—No sé qué otra cosa hacer.

—Yo tampoco lo sé, pero la definición de locura es hacer lo mismo una y otra vez y esperar un resultado distinto. —Adya se sentó un poco más erguida, con el rostro animado—. Podríamos llamar a un exterminador de plagas.

Delaney se derrumbó sobre la tapa del inodoro.

—No estoy infestada de cucarachas.

—Bueno. Pospondremos esa idea por ahora. —Adya pasó a otra página—. ¿Y un sacerdote católico? En todas las películas aparecen y hacen eso con el agua.

Delaney dejó escapar un gruñido y apoyó la cabeza en sus manos. En algún sitio, no a la vista, su teléfono sonó. Otra vez. Lo ignoró. Otra vez. La voz de su interior permaneció en silencio.

—¿No quieres hablar conmigo? —Se clavó un dedo en la sien—. Te oigo. Sé que puedes hablar.

Silencio de nuevo, excepto el sonido de Adya lanzando otro libro a la creciente pila de descartes. Delaney se sentó en el suelo. Su coxis dolorido golpeó el azulejo, y ladró una carcajada que sonó totalmente salvaje. Su estómago se estaba comiendo a sí mismo, como el famélico lobo de invierno pasando los dientes por un hueso.

En el suelo ante ella estaba la tabaquera plateada que se había llevado de la casa de Colton. La abrió y miró el fragmento de hueso de su interior. Lo levantó, lo giró en sus dedos una y otra vez, inspeccionándolo desde todos los ángulos, sin preocuparse por si Colton lo sentía o no. Esperaba que lo hiciera. Esperaba que lo hiciera salirse de su piel, como ella estaba a punto de salirse de la suya. A sus pies, Petrie se restregó contra sus piernas en un perezoso ocho, maullando satisfecho.

—Es bastante inquietante —dijo Adya, cruzando los brazos sobre el borde de la bañera—. ¿Cómo crees que se lo sacó?

—No lo sé.

—Quizá lo sometieron a algún tipo de cirugía y pidió quedárselo. Tengo una amiga que guardó su apéndice en un tarro después de su operación.

—Qué asco.

—Tú tienes en la mano, literalmente, un trozo de nuestro ayudante de profesor —dijo Adya, apoyando la barbilla en su antebrazo—. No se te permite juzgar a los demás.

Delaney no contestó. Pasó un dedo por la curva exterior, donde el hueso estaba pulido y blanco como un caparazón. Lo presionó contra la punta de su pulgar, con fuerza suficiente como para perforar la piel.

*Si te extrajéramos una parte de ti, ¿qué creemos que saldría?*

La voz la atravesó como un toque de trompeta. Se guardó el hueso en el bolsillo y se puso en pie de un salto, casi ganándose un zarpazo al tobillo de Petrie al hacerlo.

—Llevo horas intentando hablar contigo —le espetó.

—¿Conmigo? —Por un momento, Adya pareció ofendida. Después, al darse cuenta, volvió a hundirse en la bañera—. Conmigo no. Entendido.

En el interior de la cabeza de Delaney, la voz dijo: *No soy un juguete.*

—¿Qué eres, entonces?

*Hoy soy Delaney Meyers-Petrov.*

Abajo, el timbre de la puerta sonó.

Adya frunció el ceño mientras tomaba a Petrie en sus brazos.

—¿Quién crees que es?

—No lo sé. —El corazón de Delaney era un martillo; sus costillas, el yunque. El sonido del timbre reverberó en su interior—. Ahora vuelvo.

Salió al estrecho pasillo y casi tropezó por las escaleras. Era consciente de lo salvaje que parecía, de lo feroz y nerviosa. El timbre sonó una segunda vez. Una tercera. Una cuarta.

Entreabrió la puerta para encontrar a Colton en el umbral, con la bolsa de un traje enganchada sobre su hombro y el dedo preparado para apretar de nuevo el timbre. La miró, con las pupilas dilatadas y las puntas de las orejas de un rosa brillante y llamativo. En el bolsillo de Delaney, el fragmento de hueso se clavaba contra su muslo como un ancla. Él abrió la boca para hablar y ella le cerró la puerta en la cara.

—Delaney. —Aporreó la puerta con el puño—. Delaney, abre la puerta.

—No estoy en casa.

—Tú… —Golpeó el marco con la mano y se detuvo allí, muda—. Por favor, abre la puerta.

Ella la abrió, apenas lo suficiente como para verle la cara. El frío se filtró a través de la rendija y el alivio de Colton brotó entre ellos en una nube gris.

—Te has cortado el pelo —le dijo.

—¿Cómo sabes dónde vivo?

Colton exhaló de nuevo y el gris se fragmentó entre ellos. Se metió la mano en el bolsillo de la chaqueta. Sus dedos rozaron el borde de una pequeña cajita azul envuelta con un lazo y dejó caer la mano. No contestó a su pregunta. En lugar de eso, la miró y le preguntó:

—¿Me tienes miedo?

—No —le dijo, aunque no era totalmente cierto.

—Entonces estás enfadada.

—No —dijo de nuevo, aunque tampoco era totalmente cierto.

—Bueno, no lo siento. No siento lo que pasó. No tienes ni idea de lo que te habría hecho el Apóstol de haber descubierto lo que has conseguido hacer.

«Conseguido», había dicho. Como si ella lo hubiera intentado. Como si hubiera abierto la boca y se hubiera tragado aquella cosa aleteante e insidiosa como un jarabe para la tos. La risa que se le escapó sonó medio demente. Un cardenal alzó el vuelo desde una rama de álamo baja y atravesó el cielo en una pincelada de violento rojo.

Delaney guardó silencio y lo descubrió mirando con el ceño fruncido el bolsillo de sus pantalones. El fragmento sobresalía de la parte superior como un colmillo. Se preguntó si lo sentía: el desprendimiento del hueso, como el hormigueo fantasma de una extremidad amputada. Un dolor vacío donde debía haber un trozo de él. Intentó ignorar el notorio cambio en la respiración de Colton. Cómo apoyó la mano en la barandilla.

—No me importa —dijo—. No me importa tu misterioso Apóstol ni tu club secreto ni tu lista de nombres en la pared. Tengo algo *dentro*, Colton.

Una mueca cubrió su mandíbula.

—Lo sé —replicó—. ¿Crees que no lo sé?

—Me habla. Me roba cosas. Me mastica. Y es culpa tuya.

Colton dudó durante una mínima fracción de segundo. Después, frotando un zapato contra el felpudo cubierto de hojas, dijo:

—Creo que este podría no ser un buen momento para recordarte que me mostré totalmente en contra de que fueras a Chicago.

Esta vez, cuando Delaney cerró la puerta, lo hizo sobre el pie de Colton. Él se tragó una mueca, se quitó la bolsa de su hombro y la metió a través de la rendija.

—Espera —le dijo—. Esto es para ti.

Ella se detuvo, recelosa. Se sentía rígida como un cartón; como si realizara con mucho cuidado los movimientos de hablar, pestañear, respirar. Como si, de detenerse, su cuerpo pudiera seguir sin ella.

—¿Qué es eso?

—Un vestido —le dijo—, no una víbora. Así que puedes dejar de mirarlo como si fuera a morderte.

—¿Para qué es?

—Para una salida. Más o menos. —Dejó que la bolsa se desplomara en su mano—. El otro día te marchaste muy rápido. Ni siquiera tuve la oportunidad de hablar contigo.

Ella frunció el ceño.

—*Mataste a alguien*, Colton.

El pie de Colton siguió calzando la puerta con determinación. Delaney pensó que parecía muy cansado.

—Lo sé —replicó—. Yo estaba allí.

—Dios. —Empujó la puerta con más fuerza contra su pie. No cedió—. No es una broma.

—No estoy haciendo bromas —dijo, con algo lastimero reptando a su voz. La bolsa se interponía, flácida y oscura, entre ellos. Delaney recordó cómo había temblado, cómo se arrastró por el suelo sobre sus rodillas.

«Llegué hasta ti arrastrándome desde el Infierno», le había dicho otra noche. Todo aquel tiempo había asumido que era una metáfora. Ahora, con el fragmento de hueso clavándose en su muslo, no estaba tan segura.

Algo enfermizo y desconocido se revolvió en su vientre. Algo que no comprendía. Algo que no estaba lista para desacreditar. Después de marcharse de la casa de Colton aquel día (tragándose las lágrimas en el metro, corriendo por la acera cubierta de hielo), se encerró en el baño de la segunda planta y vomitó hasta que no le quedó dentro nada más que aire.

Aire, y ese eterno aleteo.

La sensación de una polilla esfinge.

El correteo por sus huesos de algo foráneo.

—Delaney —le dijo, intentando liberar su pie—. Por favor, acepta el vestido.

Lo reconoció como lo que era, una ofrenda de paz, absurda después de todo lo que había pasado. Algo caro a cambio de algo imperdonable.

Escudriñó la bolsa durante un par de segundos antes de tirar de ella a través de la rendija. Llegó hasta ella en un susurro, como si protestara por cambiar de manos. Como si supiera que se la estaban entregando a alguien que seguramente no podía permitírselo.

—¿Qué hay en la caja?

La mirada de Colton siguió la de Delaney hasta el pequeño cuadrado azul de su bolsillo. El lazo sobresalía en una curva iridiscente.

—Nada —dijo, demasiado rápido para que lo creyera—. Nada importante.

—Vale.

Silencio de nuevo. Ninguno de ellos se movió de donde estaba. Ella se quedó tiritando en la entrada, mirándolo. Él la observaba, con su pulso latiendo en el triángulo de su garganta. El sol aparecía entre las nubes en puntadas de un blanco propio de un nuevo noviembre, convirtiendo la escalera cubierta de hojas en un horno. Entre ellos, tres calabazas torcidas sonreían con sus fauces pulposas y abiertas, con sus ojos extraños y mordidos por las ardillas.

—Llevo días investigando —le contó—. No he encontrado nada útil. Es la hora del plan B.

—¿Este vestido es parte del plan B?

—Lo es. Es el inicio, en cualquier caso. —Se abrochó un botón de su abrigo, comprobando su reloj mientras lo hacía. Ella nunca lo había visto tan inquieto—. ¿Vendrás a mi casa esta noche? Alrededor de las siete.

—¿Para qué?

Él elevó un hombro.

—Te lo diré cuando llegues.

—No sé —le dijo—. Creo que es mala idea.

—¿Por qué? —No sonaba enfadado, solo curioso, y ella no podía negarle la verdad.

—Porque cada vez que me acerco demasiado a ti, todo empieza a desmoronarse.

Su expresión se abatió.

—No todo.

—*Dios*, Colton. Mira a tu alrededor. Por tu culpa, me han amenazado con expulsarme de Godbole. Por tu culpa, una persona está muerta. Por tu culpa, hay algo viviendo en mi interior. Una vez me dijiste que lo único que haces es hacerme daño. Debería haberte hecho caso.

—De acuerdo.

No le ofreció una réplica inteligente, no insistió ni la engatusó, no la cubrió de tópicos. Parecía hecho polvo, tragándose un nudo pegado a su garganta.

—De acuerdo —dijo de nuevo. Bajó los peldaños, deslizando una mano por la barandilla. Marchándose sin discutir—. Lo entiendo. Te dejaré en paz.

Estaba a mitad del camino de entrada cuando ella lo llamó, con el corazón en la boca.

—He dicho que debería haberte hecho caso —le dijo—. No que lo haya hecho. Estaré allí a las siete. Probemos el plan B.

# 40

Delaney se detuvo ante la casa de Colton Price con una boina negra y un abrigo Chesterfield beige con las solapas bien cerradas contra el frío. Era justo antes del crepúsculo y el ocaso había incendiado el cielo; el sol iluminaba de rojo el horizonte de Boston. Una a una, las farolas empezaron a encenderse, despertando con un parpadeo en filamentos de oro ensartados en las ramas.

Llevaba allí afuera casi diez minutos.

Había empezado a perder sensación en los pies. Tenía las puntas de los dedos entumecidas. Su vestido era largo, perfecto para la salida lujosa para la que Colton le había regalado una prenda carísima pero no tanto para detenerse en el camino de un crudo viento de noviembre. El frío le atravesaba las medias con interminable fuerza. No se sentía como algo nuevo, como algo rehecho. Solo tenía frío.

La puerta se abrió justo cuando levantó el puño para llamar. Colton estaba en el umbral con un traje de tres piezas y un abrigo, con la mandíbula tensa, y cada centímetro de él inmaculadamente vestido.

—He perdido la paciencia —dijo, rodeándose el cuello con una bufanda—. Si no vas a reunir el valor para llamar, deberíamos continuar con la noche.

—Oh. —Delaney se toqueteó las puntas cortadas de su melena. Todavía no se había acostumbrado a la longitud—. Lo siento.

—Al menos, siempre llegas pronto. —Bajó los peldaños hasta la calle—. Lo he calculado con tiempo de sobra por si te da por echarte atrás.

Ella lo siguió con un repiqueteo de sus tacones.

—No quiero echarme atrás.

—Puede que todavía no. —Le dedicó una media sonrisa fúnebre y la condujo hasta la calle paralela entre su casa y la siguiente. La acera era estrecha y reducida, vacía excepto por una hilera de maltrechos cubos de basura y un contenedor que acababan de vaciar—. Después de ti.

Delaney miró la calle oscura, con los tacones precariamente equilibrados sobre los adoquines y la esquirla de hueso mordiéndole la pierna allí donde se la había guardado.

—*¿Aquí?*

Junto a ella, Colton estaba inusualmente agitado.

—¿A qué otro sitio?

—Esto es un callejón vacío.

—Lo que lo convierte en el lugar perfecto para atravesar el cielo sin ser vistos. —Ignoró la sorpresa de su rostro para mirar su reloj—. Empecemos. No te tengo citada para otra crisis moral hasta dentro de tres minutos al menos.

Colocó una mano en la parte baja de su espalda y la adentró en el callejón barrido por el viento. Un coche pasó de largo, incendiando brevemente los ladrillos manchados de hollín. Deslizándose a través de la oscuridad en un escarchado marco plateado. Se apartó de Colton, con la visión llena de moscas volantes.

—No oigo nada. No estamos en una línea ley.

—Correcto —replicó Colton. Abrió y cerró el puño como si le hubiera dado un calambre.

—Creí que eso era solo un rumor. Lo de que podías abrir puertas con las manos.

Sus rasgos estaban ocultos bajo el elusivo azul de la noche recién caída. Delaney captó las comisuras de una sonrisa amarga mientras decía:

—Todos tenemos nuestros talentos.

—¿Y puedes llevarme conmigo?

—Puedo. —Estaba más alejado de ella de lo habitual. Su mirada era tan oscura como el Erebus—. Pero debo advertirte algo. Atravesar unas puertas previamente abiertas y crear otras totalmente nuevas son experiencias bastante diferentes.

—¿En qué sentido?

—En Ronson, el camino ya está abierto. Atraviesas directamente dos umbrales colindantes. Es fácil entrar, es fácil salir. —Presionó las palmas—. ¿Me sigues?

Ella frunció el ceño.

—Te sigo.

—Esta noche será diferente. Tendremos que atravesar el espacio entre las puertas. —Apartó las manos, dejando un extenso hueco de oscuridad entre sus palmas—. Será diferente de aquello a lo que estás acostumbrada.

—Vale. —Intentó no mostrarse nerviosa—. ¿Has hecho esto antes? Llevarte a alguien contigo, quiero decir.

Colton unió las cejas.

—Sí —admitió.

—Oh. —Se mordió el labio inferior—. ¿Duele?

Una sonrisa sin humor atravesó su rostro.

—Como el Infierno.

—Bueno, genial. —Inquieta, jugueteó con las correas de su bolso—. Terminemos con esto.

Colton la contempló un momento más, sus ojos inescrutables en la creciente oscuridad. Al final, elevó ambas manos. Tenía los dedos extendidos y dos plateados puntos gemelos le guiñaron el ojo desde sus palmas abiertas. Delaney tardó un segundo en darse cuenta de que eran céntimos.

—Voy a necesitar que hagas dos cosas —le dijo—. Primero, ocurra lo que ocurra, las monedas no pueden caerse. No hasta que hayamos pasado del todo.

—De acuerdo. —Lentamente, colocó las manos sobre las de Colton. Las monedas estaban frías contra sus palmas. Las manos de Colton estaban más frías aún. Había algo extraño en su expresión, algo sin nombre en la oscuridad de su mirada—. ¿Cuál es la segunda?

—Puede que te tiente mirar alrededor. No lo hagas. Mírame solo a mí.

—De acuerdo —dijo de nuevo.

—Solo a mí, Delaney.

—Te he oído. No miraré alrededor.

—Bien. —Apretó la mandíbula. Sobre su hombro había ladrillo y había oscuridad. Ni siquiera podía sentir el zumbido de un cielo abierto. Nada resonaba en su interior. Nada traqueteaba, nada gemía. En su cabeza, la voz estaba muda. Con lentitud, como si le estuviera explicando cómo aparcar en paralelo, Colton dijo—: Voy a entrar. Te arrastraré conmigo.

Dobló los codos y la condujo suavemente hacia él. Con las palmas presionadas con fuerza, se unieron como amantes en una pista de baile. Primero, no hubo nada. Solo una bocina distante, el atenuado trasiego del tráfico de la ciudad, el lejano maullido de una sirena.

Y después lo oyó. El zumbido en sus huesos.

Un suave estacato. Un tirón, como si estuviera colgada como una marioneta. El rostro de Colton se había puesto tan blanco como el de un fantasma; sus líneas eran acero cortado. El aire que los rodeaba se volvió tan fino como la vitela y Colton dio un único paso atrás. Por el rabillo del ojo, Delaney vio un destello, un borrón de movimiento, como algo corriendo hacia ella.

—No te sueltes —le ordenó Colton—. No apartes la mirada.

—Vale —susurró—. Entendido.

Volvió a dar un paso y se vio arrastrada tras él, lanzada a un frío que era como hielo. Un millar de sensaciones la lancearon a la vez. El aire que los rodeaba vibró, y esta vez el sonido fue claro. Esta vez, su cabeza se llenó de lamentos. Su nombre era pronunciado como una oración. Llegaba hasta ella en arrebatos y en gritos. En gimoteos y en susurros.

*Delaney. Delaney. Estás aquí con nosotros, Delaney.*

Dedos tiraron de su abrigo, de su piel. Colton la abrazó con fuerza contra su pecho, lo bastante fuerte como para dejarla sin aliento.

—Mírame —le ordenó, apretando los dientes.

—Te estoy mirando.

Los gemidos que entraban y salían de su cabeza le robaron la voz, el desgarro de sensación en sus brazos y piernas. Algo se fusionó en el aire junto a su cara, algo oscuro como la tinta y esquelético y formado solo por suspiros.

*Malum navis,* le susurró al oído. *Míranos, Delaney.*

Acudió a ella de nuevo, esta vez desde el otro lado. Lo sintió, más que verlo, la abertura de una mandíbula, los abismales puntos de dos ojos vacíos. La tomó por sorpresa y se giró, solo una fracción, solo lo suficiente, rompiendo el contacto visual. En algún punto en la distancia, muy lejos, bajo los incesantes murmullos, oyó a Colton ladrar su nombre.

*Sí, Delaney Meyers-Petrov. Míranos a los ojos.*

*Hemos estado esperando, esperando, esperando.*

*Esperando a que veas.*

Los dedos de Colton se cerraron alrededor de sus muñecas y tiró de ella contra él. Los céntimos le mordieron los cantos de las manos mientras la boca de Colton rompía contra la suya. El beso fue una sorpresa, inmediato e inmolador. No hubo nada dulce en él. Nada suave. Solo el choque de las bocas, el arañar de los dientes. Colisionaron como siempre lo habían hecho, como si fueran a la guerra, y algo en Delaney se tensó ante la conciencia. Sus ojos se cerraron, aleteando, contra los esqueléticos espectros mientras Colton la besaba como un dolor, con su aliento patinando sobre su lengua.

Y luego hubo silencio.

Silencio y nieve.

Era como si el mundo entero se hubiera esfumado sin ellos. El suelo bajo sus pies se solidificó, transformado en piedra; el aire se volvió frío e invernal. Sintió la suave oleada de una llovizna ligera, los copos fundiéndose rápidamente contra el calor de sus mejillas.

Las monedas cayeron sin un sonido al suelo mientras sus manos encontraban su camino hasta las solapas de Colton. Se aferró a él como a un ronzal, con los nudillos blancos y temblorosos. La nieve caía y caía y el beso seguía intacto. Se profundizó, volviéndose lento y persuasivo. La mano de Colton subió hasta su mandíbula y se detuvo allí, ligero como una mariposa contra la llama de su piel. Cuando por fin se apartaron, el espacio entre ellos quedó inundado de gris, sus respiraciones cristalizando en el frío.

—Te dije que no apartaras la mirada. —La voz de Colton parecía lijada.

—Y no lo hice.

Le metió un corto mechón blanco tras la oreja. No se detuvo allí.

—Estuviste a punto de hacerlo.

Terminado el momento, se sintió repentinamente desesperada de salir de su sombra. De alejarse de sus caricias. Lejos del latido de su corazón, corriendo visiblemente en el hueco de su garganta. Cerró los ojos y se tragó varias bocanadas de aire.

—¿Qué eran esas cosas de ahí?

—Eso es lo que oyes. —Sus ojos eran negros como un abismo—. Cuando las sombras te hablan. Cuando oyes ese zumbido en tu cabeza. Es todo eso, pero sin atenuar.

—Entonces esos rostros... Eran...

—Fantasmas —terminó Colton por ella—. Sombras. Espíritus. Puedes decirlo; eso no los invocará. Ya están aquí.

Delaney retrocedió y miró a su alrededor, observando la oscuridad. La oscuridad que había sido su amiga. La oscuridad que había llevado a casa en la copa de sus manos, apresada como una aleteante lagarta peluda. La oscuridad a la que había temido, por la noche, cuando esta no dejaba de observarla.

«La amiga rarita de Mackenzie», la había llamado Haley. «La que habla con los muertos».

El temor se escabulló por sus venas. Ante ella, Colton apretó los labios.

—No me mires así. Sabías lo que eran.

—No lo sabía.

—Lo sabías —insistió—. En tu interior. ¿O pensabas que Schiller era el único?

Se sentía sin aliento, como si hubiera corrido un kilómetro a toda velocidad. Deseó que Colton mirara cualquier otro sitio, en lugar de a ella, pero su mirada seguía nadando en los sedimentos de su beso. Tenía el cuello del abrigo arrugado, los rizos espolvoreados de nieve. Parecía algo riguroso e impío, iluminado desde atrás por las ristras de luces de la calle.

—¿Por qué yo?

Colton frunció el ceño.

—¿Tenemos que hacer esto justo en este momento? Esta noche hay cosas que hacer. No quiero llegar tarde.

—*Colton.* —Su nombre restalló como un látigo—. ¿Por qué yo?

Deslizándose las manos en los bolsillos, la contempló a través de la nevada que caía en ángulo.

—Las criaturas muertas se sienten atraídas por los espacios liminales —le dijo—. Les gusta reunirse en los intermedios. Entre la luz y la oscuridad, entre los mundos, entre las medianoches. —Dudó y después añadió—: Entre el silencio y el sonido.

Ella era una chica de quietud: la pequeña Delaney de cristal, atrapada entre el silencio y el sonido como una polilla translúcida aleteando en una telaraña de seda. A apenas un *clic* de distancia del silencio. A apenas un botón de distancia del sonido. Todo su mundo era un espacio liminal. Un sitio donde siempre se había creído infinita, enloquecedoramente sola.

Su cabeza era una maraña imposible. Miró la oscuridad nevada del callejón. Por una vez, las sombras estaban dormidas. No se encharcaron en sus pies, no se aferraron a sus tobillos, no la pellizcaban ni la atusaban ni la miraban con malicia.

*Guardan las distancias,* reptó esa maldita voz a través de sus huesos. *No les gusta que esté aquí. Quieren que me marche y que te deje en paz.*

—Ojalá lo hicieras —dijo Delaney en voz alta.

Los ojos de Colton se posaron en ella. Habló, pero no captó el sonido, atenuado por la nieve al caer, arrebatado por la formidable presencia enraizada en sus costillas.

*Todavía no estoy listo para marcharme, Delaney Meyers-Petrov. Debo ver esto hasta el final. Y tú eres la única criatura mortal que ha soportado mi peso sin quebrarse.*

Quería gritar. Quería arrancarse aquella criatura vieja y eterna y lanzarla lejos de ella, extraerla con un escalpelo y dejarla tiritando sobre la tierra congelada. Se había pasado horas delante del espejo, ordenándole que hablara, y ahora que lo hacía, deseaba que guardara silencio. Se rodeó con los brazos y parpadeó para alejar el escozor de las lágrimas.

—Dime qué es —le pidió—. Esta cosa que tengo dentro.

—No tiene nombre —contestó Colton—. En ningún idioma conocido.

—¿Está muerta?

La voz la atravesó con evidente desdén. *La muerte no puede tocarme.*

—No te he preguntado a ti —le espetó—. Le he preguntado a él.

Ante ella, Colton parecía haber sido golpeado, con una culpabilidad palpable grabando líneas alrededor de su mueca.

—¿Dónde hemos estado? —Cerró los ojos. Los abrió de nuevo. No estaba totalmente segura de querer saberlo—. Justo ahora, en el espacio entre mundos. ¿Qué es?

—Otro espacio liminal. —Colton no se movió mientras lo decía. Ni un pestañeo, ni un tic—. Cada plano alternativo de cada mundo alternativo se encuentra a lo largo de la misma línea.

El viento los empujó y Delaney contuvo un escalofrío.

—¿Y qué línea es esa?

—La que atraviesa el purgatorio —dijo Colton—. Tú y yo acabamos de atravesar el Infierno.

# 41

El taxi los llevó casi seis manzanas enteras antes de que Lane hablara de nuevo.

—¿Por qué no me lo dijiste?

Estaba mirando por la ventanilla. La ciudad pasaba de largo en franjas de luz. Era un mosaico de nieve fundida, de amarillo y rojo y verde. Colton todavía podía notar su sabor en la lengua. Nunca se libraría del recuerdo de su boca.

—Te lo estoy diciendo ahora —le dijo, en voz tan baja como pudo. El taxista ya había echado a su taciturno silencio varias miradas de soslayo por el espejo retrovisor. Colton estaba seguro de que él parecía el imbécil allí, con los ojos de cervatillo de Lane brillantes por las lágrimas.

A su lado, la boina de Lane seguía cubierta de copos de nieve medio fundida. Con el cabello cortado y blanco, parecía una agreste reina de invierno. Quería abrazarla y besarla de nuevo. Podía sentir la esquirla que llevaba encima, ciega y rozada por el nailon. Lo estaba volviendo loco.

—Deja que te haga esa pregunta de un modo distinto —le dijo, examinándolo—. ¿Por qué ahora, y no antes?

Él pasó el codo izquierdo por la parte de atrás del asiento.

—No podía —le dijo, con tanta despreocupación como pudo reunir—. Antes.

—Debido a tu misterioso Apóstol.

El infernal roce del hueso era como las uñas arrastradas sobre la pizarra. Apretando los dientes, contestó:

—Sí.

—Por el fragmento de hueso.

La noche nevada se deslizaba por la ventanilla en ráfagas iluminadas. Colton se reajustó en su asiento e hizo todo lo posible por no parecer alguien cuyo esqueleto estaba intentando escapar de su cuerpo.

—Sí —dijo de nuevo.

—¿Y cómo funciona eso exactamente?

Él comprobó su reloj.

—No estoy cómodo teniendo esta conversación en la parte de atrás de un taxi.

—¿Habrá un momento en el que *estarás* cómodo hablando de esto?

—No lo sé —replicó—. Tendré que consultar mi agenda.

En los ojos de Lane destelló un fuego impío.

—Price, te lo pido por Dios. —Su mano cayó en su regazo con un tic, como si estuviera pensando en darle una bofetada—. Por favor, no seas tan tú justo ahora.

Él jugó con un botón de su abrigo.

—¿Quién te gustaría que fuera?

Ella dejó escapar un gemido que a él le pareció innecesariamente teatral. Con un resoplido, Lane se volvió de nuevo hacia la ventanilla. El taxista les lanzó otra mirada exigente por el retrovisor mientras doblaba la esquina, entrando y saliendo de las resbaladizas rotondas.

—No sé por qué me molesto —la oyó murmurar Colton, sin saber si estaba hablando consigo misma o respondiendo a la voz de su interior.

Se lo contaría todo, en su momento. Lo del Apóstol. Lo del Priorato. Lo de Liam. Lo del pacto que todos habían hecho, lo del estrecho borde del Infierno que habían encontrado a las afueras de Chicago. Lo del Colton de nueve años, que se había arrastrado para postrarse a sus pies a través del helado Cocito. Atraído hacia ella, atraído por ella, como el resto de las criaturas muertas y temblorosas.

La reina del invierno.

La reina del cementerio.

El Apóstol se la habría comido viva si hubiera descubierto lo que había conseguido hacer. Él habría tenido que abrirla como un pequeño juguete de lata, como una muñeca con un íncubo resguardado bajo su cálida piel. Y por eso, Colton enterró el cadáver de Meeker en lo más profundo del bosque. Vomitó su desayuno, con las rótulas enredadas en las nudosas raíces de un viejo olmo y las manos callosas tras horas cavando en la tierra endurecida por la escarcha.

El taxi dobló otra esquina y se adentró bruscamente en las deslumbrantes luces de noviembre de la calle Newbury. Con el chirrido de los frenos, el conductor se detuvo en una zona en la que estaba prohibido aparcar. Varios vehículos pitaron mientras los rodeaban, dejando negros tajos con los neumáticos sobre la nieve que se reunía lentamente. El taxista se giró para mirarlos. En su voz había un fuerte acento de Saugus.

—¿Va bien aquí?

—Perfecto —dijo Colton, inclinándose hacia delante para entregarle una propina—. Muchas gracias.

Salió a la nieve y corrió hasta el otro lado para abrir la puerta. Lane salió hecha una furia, agarrándose la correa del bolso como si fuera un escudo. No lo miró. No mientras atravesaba el montón de nieve sucia a lo largo del bordillo. No cuando casi tropezó sobre los viejos adoquines del suelo. Colton caminó junto a ella, ofreciéndole el brazo. Ella lo rechazó, y el desaire le dolió como si lo hubiera golpeado.

La galería estaba ubicada en la tercera planta de un viejo edificio de ladrillo comprimido. Acurrucado entre una cafetería y una mensajería. Las puertas dobles eran de sólido y pesado roble y las bisagras chirriaron cuando Colton abrió la puerta derecha. Se apartó y la mantuvo abierta para que Lane pasara. Ella lo miró con frialdad, como si le estuviera ofreciendo una rata.

—Después de ti —le dijo.

Lane entró empujando la puerta de la izquierda. El ruidoso repiqueteo de sus tacones la siguió al vestíbulo iluminado. El fragmento de hueso se frotaba contra ella sin cesar al caminar, zarandeándose de un modo que hacía que la sangre ardiera en las venas de Colton.

La alcanzó en el ascensor, donde ella se dedicó muda e indignada a despojarse del abrigo. Sin decir nada, él la ayudó a quitárselo. Lane le dio la espalda en una furiosa pirueta. Como si él fuera Midas, y sus manos veneno dorado. Uno de sus tobillos se desequilibró precariamente sobre la baldosa mientras intentaba recolocarse la fina correa de su bolso.

Colton se sintió agradecido por la momentánea distracción de Lane, consciente de que estaba mirándola fijamente.

Estaba ante él con un vestido ceñido de terciopelo negro y manga larga, con el dobladillo interrumpido por una sutil abertura que subía por su muslo izquierdo. Colton se colocó el abrigo de Lane en el hueco del codo y se aclaró la garganta tan silenciosamente como pudo. El sonido reverberó en el vestíbulo como un disparo.

—Ese no es el vestido que te regalé.

—¿Eh? —Lane se miró como si acabara de darse cuenta, pasándose las manos por su vientre plano, por la aterciopelada curva de sus caderas—. Supongo que no —dijo, con tono de desdén.

Las puertas del ascensor se abrieron y giró en sus tacones y entró sin mirar atrás. Colton no supo qué fue lo que rebasó el vaso (el incesante roce de la esquirla contra su piel o su injusto enfado), pero cuando las puertas se cerraron a su espalda, el martilleo de su corazón contra su pecho hizo que fuera incapaz de pensar de manera razonada.

Lane estaba ante él en el amplio espejo oxidado. Había equilibrado el bolso en el plano pasamanos plateado. Su atención estaba concentrada en reaplicarse un labial color malva profundo.

Sin pensarlo bien, Colton pulsó la parada de emergencia. El ascensor dio un vertiginoso tirón y se detuvo con una sacudida. La luz de emergencia se encendió sobre su cabeza. De inmediato, el pequeño espacio se inundó de un tono rojo como la sangre. Lane levantó la mirada apenas un instante antes de seguir maquillándose.

—No seas tan dramático, Price. —Le temblaba la voz, apenas perceptible para alguien que no se hubiera pasado toda una vida fingiendo no conocerla. Tapó el labial con meticuloso cuidado—. Vi el vestido que me trajiste. Este no tiene nada que envidiarle.

Seguramente había palabras (palabras reales, competentes, inteligentes) que podía decir. En lo único en lo que podía pensar era en el enloquecedor roce del terciopelo sobre el hueso. Estaba a segundos de sacarlo de quicio. Se detuvo a su espalda, tiró su abrigo al suelo y colocó las manos en el pasamanos a cada lado de sus caderas. Atrapándola contra el cristal.

Los ojos de Lane se clavaron en el reflejo de Colton.

—*Discúlpate.*

El tono de emergencia sonó. Colton no se movió.

—Dime por qué estás tan enfadada conmigo.

—No estoy enfadada.

—Lo estás. Ni siquiera puedes mirarme. —Tragó saliva con dificultad—. ¿Es porque te he contado demasiado o porque no te he contado suficiente?

—Es porque es imposible conocerte. —Su aliento empañó de rojo el cristal—. Y no comprendo por qué no me dejas verte sin una máscara.

A Colton le dolía el pecho. Lentamente, pasó el dorso de sus nudillos por la manga de Lane. Ella contuvo el aliento. El sonido lo golpeó mientras las puntas de sus dedos se deslizaban sobre la pálida prominencia de su clavícula. Se cerraron alrededor de su cuello. La persuadieron a levantar la barbilla.

—Mírame —le dijo—. No hay máscara.

Unos ojos de ciprés se toparon con los suyos en el espejo. La mirada de Lane estaba oscurecida por una invitación. Dios, quería levantarla. Contra el cristal. El terciopelo aplastado alrededor de su cintura. Una multitud de gente esperando fuera. Los muertos acercándose.

En lugar de eso, dijo:

—Sé que lo has traído.

La mirada de Lane no vaciló.

—¿Qué he traído?

—No juegues conmigo. Te pedí que lo guardaras en algún sitio seguro.

—¿Qué lugar es más seguro que conmigo? —le preguntó, con ojos grandes y redondos.

La comprensión convirtió las entrañas de Colton en humo.

—¿Dónde está? ¿En el vestido?

—En las medias —admitió—. El vestido no tiene bolsillos.

—Por Dios. —Se atragantó con la palabra, como si se estuviera ahogando al revés—. Sácalo.

—¿Por qué? ¿Te molesta?

—Sí —rechinó—. Me está volviendo loco. Sácalo.

No lo hizo. En lugar de eso, mantuvo su mirada, con los ojos entornados y adorables bajo la luz color rojo sangre.

—Eras tú el que estaba en el agua ese día en el lago Walden. —Era un perro con un hueso, de determinación inviolable—. Sé que lo eras. Pero no sé por qué no quieres admitirlo.

—Delaney…

—Admítelo.

La sangre corría en tropel por las venas de Colton. No podría negarle la verdad ni aunque lo intentara.

—Era yo el que estaba en el agua.

—Lo sabía —susurró Lane, triunfal—. Lo *sabía*.

La única respuesta de Colton fue encorvarse y posar la boca en el lugar donde el cuello de Lane se encontraba con su hombro. El resto de lo que Lane podría haber dicho se derritió en sus labios con un gemido. Se movieron juntos con una lentitud ilícita que ninguno de ellos pretendía, en un momento robado que se desenrolló como un hilo.

—Delaney. —La piel se le erizó bajo el aliento de Colton—. Sácalo.

—¿Por qué?

—No puedo soportarlo.

—Entonces búscalo tú —le dijo.

Sus palabras fueron una orden. Su corazón era un taladro. Obediente, arrugó el martelé alrededor de su cintura. El pitido sonó de nuevo, sordo y grave, mientras pasaba la palma sobre la dura cresta de su cadera. Era dolorosamente consciente, como siempre, del tiempo que se escapaba. Se movía demasiado rápido para que lo persiguiera. Podía sentirla afilándose en su interior, la idea de que aquello era lo más cerca que había estado nunca de ella. La seguridad de que nunca sería suficiente.

Encontró la cinturilla alta de sus medias, apretada contra su torso. Despacio, a tiendas, metió los dedos bajo el nailon. Deslizó la mano por su muslo. Lane colocó las palmas contra el espejo y el calor de su piel dejó un rastro en el cristal.

La mano de Colton se cerró alrededor del hueso y Lane se tragó una inhalación leve y rota. El sonido le nubló la cabeza. Lo emborrachó. Tras liberarlo, volvió a deslizarle el vestido con cuidado. Tenía un nudo en el pecho. El deseo le hacía temblar las manos.

—Colton.

El nombre se le escapó como una súplica. Colton quería decirle que era la última persona en cargar con el peso de la bendición. Que en su interior no había nada más que muerte. Pero entonces ella se guardó la esquirla rota en el bolso y el momento pasó, la imposible y enloquecedora sensación abandonó su piel. Lane lo miró en el cristal mientras lentamente volvía a ser él mismo, mientras su respiración se acompasaba.

—¿Qué eres? —le preguntó.

La luz se encendió. El tono de alarma se cortó. Un cansado acento de Brockton habló a través del altavoz.

—¿Va todo bien ahí dentro?

—Bien —dijo Colton, recogiendo el abrigo de Lane y pulsando el intercomunicador en un movimiento ágil—. Le di al botón con el codo.

—Sí, vale. —El intercomunicador crepitó y se apagó. El ascensor cobró vida.

Colton se giró para permitir que Lane se recompusiera, sintiendo que su pecho se agrietaba al hacerlo. No debería haberlo hecho. No debería haber cedido. No pudo evitarlo. Noche tras noche viéndola dormir en su cama, con su ropa, en sus brazos. Su resolución se había astillado. Era el modo en el que lo había mirado, con la nariz elevada en el aire, los ojos centelleantes.

*Es imposible conocerte.*

A su espalda, oyó que la respiración de Lane se relajaba. Siguió mirando las puertas, observando los números que trepaban entre plantas. Tirándose de los gemelos hasta que estuvieron perfectos. El reloj de su muñeca decía que llegaban diez minutos tarde a la exposición. No le importó.

Despacio, Lane se movió hasta detenerse a su lado, reajustándose la boina hasta que estuvo justo sobre su pulida melena blanca. El aire se diluyó y enfrió entre ellos. Las puertas se abrieron. Fragmentos de sonido fluyeron al ascensor. El repiqueteo de la cubertería. El zumbido de la conversación. El tintineo de las teclas de piano.

El corazón de Colton era una revuelta en su garganta. Le latía con tanta fuerza que creyó que quizá se ahogaría con él.

Tras entregar sus abrigos al empleado del guardarropa, se introdujo en la bulliciosa multitud. Lane caminó a su lado, apretando su bolso contra su vientre. En el interior había un trozo fracturado de un niño fracturado, demasiado frío y demasiado inescrutable. Esta vez, cuando él el ofreció el brazo, ella lo tomó. Sus dedos parecían imposiblemente pequeños en el hueco de su codo. Sabía, en lo más profundo de su interior, que se pasaría el resto de su vida añorando aquel momento.

—Hora del plan B —dijo, y la condujo al interior.

# 42

La había llevado a una galería de arte. Delaney no sabía qué había esperado, pero sin duda no era aquello. La sala contenía una deslumbrante variedad de gente guapa vestida con ropa bonita, pero ella apenas se fijó. Se movió a través de la multitud como si la arrastraran unas aguas vivas de lentejuelas, permitiendo que Colton la guiara.

Colton, que la había inmovilizado contra el cristal. Colton, que por fin, *por fin*, había admitido la verdad, con la boca aplastada contra su pulso. Colton, que doce años antes le había agarrado una mano cubierta por los mitones y le había suplicado que no se marchara.

Se le revolvió el estómago, inquieta. Sentía cada parte de su ser inestable, como un cristal a punto de fracturarse. Su cabeza era un caos, llena de voces, llena de espectros. No podía distinguir a los muertos de los vivos. Quizá nunca había podido. El parloteo educado de los mecenas y expertos se mezclaba con el zumbido sordo entre sus oídos, el murmurado gimoteo de los fantasmas.

Fantasmas.

A pesar de todo lo que había visto, de todo lo que había experimentado, nunca había creído en ellos. En realidad no. Los fantasmas eran algo para los tableros de Ouija y las sesiones espiritistas, para los trucos de salón y las películas de miedo y los desafíos de instituto. No existían como se le habían aparecido aquella noche: rostros demacrados siguiendo el éter como humo, esforzándose por retener su forma en su periferia. Se sentía vacía, más que un poco perturbada. Nada tenía sentido.

*Tiene todo el sentido, en realidad,* cantó esa voz en su cabeza.

Se detuvo, tambaleándose, junto a una mesa vacía. Cerró los ojos. Eso no acalló el aleteo de su pecho. No sofocó la verdad. Eran los muertos los que le hablaban. Eran los muertos los que se agrupaban, inquietos en las sombras. Eran los muertos los que caían sobre ella, los que la despertaban, atrayéndola hacia la oscuridad.

Los que se arrastraban a sus pies.

*Lane,* susurraban. *Lane, Lane, Lane.*

No eran amigos, no eran aliados, no eran el subproducto fantasioso de la imaginación de una niña pequeña, sino almas sesgadas y vagabundas. Se reunían en las puertas, llamándola. Se restregaban contra sus tobillos como gatos. Se acercaban como si ella fuera una luz incandescente. Como si lo único que quisieran fuera estar calientes y que alguien los viera. *Míranos. Mira, mira, mira.*

¿Por qué nunca lo había comprendido?

*No mirabas,* graznó esa presencia en su pecho. *No querías ver.*

Abrió los ojos para encontrarse sola. Colton la observaba desde una mesa alta cercana, su boca en una ruinosa línea estrecha, su mirada evaluadora. Se unió a él y el mantel se agitó como un espectro en su estela, el raso blanco resplandeció bajo la audaz proyección de las luces empotradas.

El espacio era riguroso, blanco y abierto; las sombras que manchaban los espacios vacíos alrededor del arte iluminado golpeaban las paredes en círculos inversos de oscuridad. Dejó el bolso sobre la mesa y miró una llama gruesa en forma de lágrima que titilaba en el interior de su soporte decorativo, sintiéndose como si cualquiera que pasara de largo pudiera saber qué acababa de hacer solo con mirarla. Qué le había permitido hacer, presionados en la oscuridad del ascensor. Tenía el rostro incendiado. Su corazón no había dejado de correr.

Frente a ella, Colton era la encarnación de la calma. Ni un rizo descolocado, ni una arruga en su traje. Se alisó la corbata con la mano y llamó a un camarero. De inmediato, dejaron dos copas de champán entre ellos. Delaney se descubrió mirando una flauta de burbujas doradas, con su rostro y la multitud reflejados boca abajo a lo largo de la frágil curva del cristal.

Colton levantó su copa y la esfera dorada de su reloj destelló bajo la luz. Cuando Delaney lo miró a los ojos, fue para encontrar una espectral oscuridad en su mirada, negra como un sepulcro. Colton tragó saliva. No habló mientras tomaba un sorbo, sin dejar nunca de mirarla.

Los muertos reptaron a sus pies.

Una bestia se enroscó en sus huesos.

Estaba en un mundo alternativo, bajo un cielo alternativo, con un joven que podía atravesar el Infierno. Nada tenía ya sentido. No estaba segura de que alguna vez lo hubiera tenido.

—Habla —le ordenó—. Es desquiciante cuando estás tan callado.

—Nosotros siempre hemos sido callados —le dijo, y ella supo que se refería a las adormiladas mañanas en el auditorio, a las prolongadas noches estudiando en su sala de estar, a las madrugadas eternas acurrucados en su cama.

—Sí, bueno. —Se apartó del ojo un mechón suelto de cabello blanco—. Tú siempre me has puesto nerviosa.

Colton dio otro sorbo y la contemplo con atención sobre el borde de su copa.

—¿Qué quieres que diga?

—Me dijiste que no soy la única a la que llevaste al Infierno. Dime a quién más.

Él dejó la copa y flexionó los dedos a lo largo de su estrecho cuello.

—Schiller —dijo—. Greg Kostopoulos. Julian Guzman. Ryan Peretti. Solo que ellos no emergieron al otro lado. Yo los ayudé a entrar, y después volví solo.

Pensó en Nate en el prado, en el céntimo oxidado entretejido en la hierba.

—¿Los dejaste allí?

—Era parte del proyecto —replicó, sin sonar a la defensiva. Solo objetivo—. Se suponía que debían encontrar solos la salida.

—Pero, en lugar de eso, todos terminaron muertos.

Él tragó saliva con dificultad.

—Sí —asintió—. Murieron.

—No entiendo. ¿Por qué accedería alguien a hacer algo tan estúpido?

Colton frunció el ceño, examinando el mar de brillante gente que los rodeaba.

—Hace veinte años, en nuestro Boston, la esposa del Apóstol perdió una dura batalla contra una enfermedad terminal. —Inhaló y señaló una pintura cercana—. Esta exposición es suya.

Delaney siguió su mirada, fijándose en el gentío con ropa de cóctel. Deambulaban por el espacio, con bebidas en la mano, examinando las obras minuciosamente enmarcadas que se alineaban en las amplias y bien iluminadas paredes. Acuarelas apagadas e impresionantes acrílicos, todos representando paisajes demasiado adorables para ser reales. Pinos estrechos reflejados en un lago cristalino, grupos de álamos elevándose entre la nieve, montañas y claros y extensos prados barridos por el sol. Había algo inquietantemente familiar en las obras, aunque era imposible que Delaney las hubiera visto antes.

—El Apóstol tiene una teoría —dijo Colton—. Cree que, si algo inmortal se enjaeza y se retiene en el cuerpo de alguien mortal, puede evitarse la muerte.

En una mesa cercana, un grupo de mujeres se reunieron alrededor de una exuberante pintura de un claro en el bosque; el juego de luz que atravesaba los árboles azotados por el viento estaba hecho con una mano diestra y paciente. La artista (o la mujer que suponía que era la artista) estaba con ellas, con una maraña de cabello blanco sobre la cabeza y una sonrisa serena aunque eufórica mientras aceptaba sus alabanzas. Delaney se agarró al borde de la mesa, inestable.

—Quiere que su esposa viva para siempre.

Sobre su hombro, oyó que Colton decía:

—Sí.

La comprensión reptó lentamente sobre ella.

—Aquí no le sirve de nada.

—No —asintió—. No le sirve.

—Eso es… Dios. —Se giró hacia él, horrorizada—. Dios, Colton. ¿Qué estás diciéndome? No puedes traficar con las personas entre realidades. Esta mujer tiene una vida aquí. Tiene una versión alternativa de tu tutor. ¿Qué sería de él? Sea quien sea, el Apóstol también existe en este mundo.

—No. —La boca de Colton se torció en una mueca—. Hace seis años, bebió hasta emborracharse en un bar local y después se puso tras el volante de su coche. Murió en el impacto. Él ve esto como una reunificación de dos personas que fueron separadas demasiado pronto.

—Oh, ¿así es cómo él lo ve? —Delaney resopló—. Porque a mí me parece una auténtica locura.

Algo se afiló en la mirada de Colton.

—¿De verdad es tan increíble? Mírate. Lo has conseguido. Estás tan radiante como siempre, con algo inmortal en tus huesos.

—Mira a Nate —replicó, asqueada—. Mira a los demás. ¿Qué pasa con ellos?

Recordó a Nate en el hospital, sus ojos desprovistos de cualquier cosa remotamente humana. Había ido al Infierno buscando un modo de esquivar la muerte y, cuando lo encontró, se lo comió vivo.

—Sabían a qué se comprometían —dijo Colton—. Cada uno de ellos tiene a alguien a quien quiere mantener con vida a cualquier precio. Se apuntaron porque querían demostrar que la muerte es opcional. Y lo es. Solo te apresa si tú se lo permites.

—¿Y tú cómo lo sabes?

—Porque —dijo, orgulloso y cercano e inaccesible— yo no permití que me apresara.

Se sentía como si hubiera despertado de un sueño febril, o quizá como si siguiera en el interior de uno, como si toda la noche no fuera más que una extraña y lúcida pesadilla.

—¿Te estás oyendo? Estás yendo demasiado lejos.

Colton se metió una mano en el bolsillo.

—Ah, pero un hombre debe abarcar más de lo que tiene al alcance de la mano, ¿o para qué está el cielo?

Ella lo miró con el ceño fruncido.

—¿Qué se supone que significa eso?

—Es de Robert Browning. «Sé tanto lo que quiero como lo que podría ganar».

—Poesía. Pues claro que es poesía.

Delaney ladró una carcajada, demasiado estridente para el ambiente de la elegante galería. El zumbido de su cabeza crecía rápidamente, en un crescendo estentóreo y exasperante. El movimiento de la multitud la estaba mareando. Necesitaba espacio. Necesitaba un minuto para pensar. Cuando se apartó de la mesa, Colton fue tras ella.

—Miércoles —la llamó—. *Delaney*, espera.

Ella siguió caminando, con el bolso colgado del hombro. No llegó lejos antes de que la mano de Colton se cerrara sobre su brazo, deteniéndola en el lugar.

—No te marches —fue todo lo que dijo.

Ella se giró hacia él con brusquedad, virando al borde de las lágrimas.

—No me has traído aquí para ayudarme a sacarme esta cosa. Me has traído aquí para convencerme de que me la quede.

Él no lo negó.

—¿Sería tan malo burlar a la muerte? —le preguntó.

—La muerte es parte de la vida —replicó—. Nada es permanente. Nada permanece. Todo llega a un final, es así como funciona. Y si no entiendes eso, te quedarás encallado para siempre. Perdido y solo como el hombre del museo, llenando tu casa de globos de nieve baratos y carentes de significado.

Frunció el ceño.

—No quiero discutir contigo.

Ella liberó su brazo.

—¿Qué esperabas? Porque, si estás intentando convencerme de que debería alegrarme de tener esta *cosa* viviendo en mi cabeza, vas a tener que esforzarte mucho más.

Colton apretó la mandíbula. Por un momento, fueron como rocas en un arroyo; la gente los esquivaba y fluía a su alrededor. Música cuyo origen no conseguía distinguir vibraba en el aire, unos cuarenta principales distintos para un universo distinto. Se preguntó, sombría, si otra copia de Delaney Meyers-Petrov y Colton Price estaría por allí cerca. Si ellos también estarían pasando la noche discutiendo. Si se conocían. La idea de que quizá no se conocieran le dolió, aunque deseaba estar en cualquier sitio excepto allí, atrapada en su sombra.

—No te he traído aquí para hacerte cambiar de idea —le dijo, casi demasiado bajo para que lo oyera. Se vio obligada a leerle los labios en el silencio—. Te he traído aquí para que me ayudes a decir adiós.

No habló. No respondió a su ristra de preguntas, ni para llenar el silencio. Solo caminó, tirando de ella en su estela con una inexorabilidad que la dejó sin aliento. Tuvo que correr para mantener su paso sobre el empolvado blanco de la acera. Las calles fuera de la galería estaban tan silenciosas como una tumba; las luces cubiertas de lentejuelas de la ciudad de fósforo mantenían a la oscuridad brevemente a raya. Debería haber sido un alivio: el beso frío de la nieve sobre su piel, los brillantes olmos en cada esquina. En lugar de eso, su piel siguió caliente y febril. Las sombras latían en las esquinas de su visión.

*Míranos.*

*Míranos.*

Se sentía un poco como un huso, desenmarañándose. Como si estuviera a unos segundos de desfragmentarse y desenrollarse, como una cinta, sobre la calle cubierta de nieve.

—Price —dijo, por cuarta vez en tantos minutos. Él no aminoró el paso, ni siquiera la miró, impulsado por el espoleo invisible de un señor invisible, de una idea frenética que lo incitaba a apresurarse. Como si el demonio mismo estuviera exhalando en su cuello, con sus grandes fauces abiertas en una sonrisa beatífica—. *Colton.*

No seguiría caminando. No hasta que supiera a dónde la llevaba.

Clavó los talones y retorció los dedos para que la soltara. Le dolía la mano. Todo lo que él hacía (todos los modos en los que la tocaba) provocaba pequeños dolores en sus huesos. La dejaba mareada por el deseo. Parecía algo sobrenatural, aquella constante, implacable atracción hacia él. Como si hubiera un cordón uniéndolos a ambos, enredándolos en nudos.

*Cerca,* graznó la voz. *Muy cerca.*

—Te estás comportando como un loco. —Sus palabras se las tragó la nieve, la oscuridad, la incansable presencia de su cabeza—. Eso no es nada nuevo. Pero esto, esta noche... Me estás poniendo nerviosa.

Colton se giró hacia ella, con el rostro serio bajo la luz. Por una vez, el destello arrogante de sus ojos se había amortiguado. Su porte familiar, de hombros anchos y ángulos planchados y almidonada confianza, se había disipado. Parecía haber sido cincelado en su propio fantasma, con sus rizos alborotados por el viento y su corbata arrugada.

—Hemos llegado —dijo, con la vista fija en un punto en algún sitio sobre su cabeza.

Estaban en un vecindario residencial. Las casas se apiñaban juntas en estrechos edificios de ladrillo grisáceo. Las alegres luces de las ventanas estrechas lanzaban cuadrados oblongos de un amarillo dorado sobre la carretera, fina como una aguja. La nieve caía y caía.

Colton exhaló.

—Aquí es.

Ella miró donde le señalaba, observó la carretera y no vio nada de interés. Varios coches cubiertos de nieve estaban aparcados junto al bordillo. Habían atado un espantapájaros a una farola, su corte otoñal echado a perder por una tormenta fuera de temporada. Una pareja sin rostro se dirigía a un pórtico cercano, acurrucados para calentarse.

—Vamos. —Colton echó a caminar tras ellos, entrelazando el brazo de Delaney con el suyo sin ternura ni gracia.

—¿Ahora seguimos a la gente? —se quejó, deseando haberse puesto unos zapatos más cómodos. Sus pies habían empezado a quejarse. Una ampolla empezaba a formarse en el talón de su pie derecho. Colton no aminoró el paso.

—Calla.

—No me mandes a callar. —Intentó zafarse de él y se descubrió atada a él; la mano de hierro de Colton se cerró sobre sus dedos—. ¿No te ha dicho nadie nunca que es socialmente inaceptable seguir a desconocidos en noches como esta?

—No son desconocidos. —Doblaron primero una esquina y después otra, siguiendo a la pareja hacia la ciudad propiamente dicha—. No para mí.

Caminaron una manzana. Después otra. Siempre quedándose atrás, sin acercarse nunca. Delaney se sentía una mirona, y su corazón latía en sus orejas. En su pecho, la voz estaba muda, muda, muda. Solo la oscuridad murmuraba, hastiada y enferma y acurrucada fuera de su alcance. Cuando se detuvieron en un cruce, se aventuró a mirar a Colton. Estaba mudo como una tumba, con la boca soldada en una línea recta y la mandíbula encajada.

En voz baja, le preguntó:

—¿Vamos a matarlos?

—No, Miércoles —le contestó Colton sin emoción—. No vamos a matar a nadie.

La siguiente esquina los llevó a un mercadillo. La noche estaba engalanada con ristras de vívido oro, los vendedores callejeros iluminados bajo hileras e hileras de lucecitas colgadas entre los edificios. Había poca gente caminando por allí, sorbiendo chocolate ante la hoguera central, oyendo la orquesta en directo, caminando de las manos entre los puestos de artesanos.

El nítido olor a petróleo del invierno en la ciudad se desvaneció, reemplazado por los melosos aromas del chocolate caliente y del pan recién horneado. Más adelante, la pareja se detuvo en un pequeño tenderete y se encorvó para inspeccionar los artículos. Ante esta nueva proximidad, y con la ayuda de la luz, Delaney descubrió que la mujer estaba embarazada. De vez en cuando, se pasaba la mano sin pensar sobre la prominencia bajo su abrigo.

Colton observó a la pareja sin moverse. Cada parte de su ser estaba tensa.

—Colton —le dijo, más bajo que antes—. ¿Quiénes son esas personas?

Esta vez, le contestó. Esta vez le ofreció una verdad, singular y cruda.

—Es mi hermano.

—Tu… —Algo en ella se hundió imposiblemente hondo—. Oh.

Le soltó la mano y se giró hacia el vendedor y la pareja justo a tiempo de ver a la mujer echando la cabeza hacia atrás y riéndose. Su cabello castaño tenía reflejos dorados bajo las luces. A su lado, el hombre sonrió, metiéndose un paquete recién envuelto bajo su brazo.

Podía verlo. El parecido. Estaba allí, en la línea de sus hombros, en el abrupto ángulo de su mandíbula, en su sonrisa torcida. Cuando avanzaron, los vio irse, sintiéndose un poco como se habría sentido mientras soñaba; como si de algún modo se hubiera colado en una pesadilla de Colton, en lugar de en una suya. Pensó, sin pretenderlo, en el rostro del chico medio enterrado en la tierra, en los pequeños huesos esparcidos en surcos embarrados.

*Mira lo que ha hecho.*

*Mira lo que ha hecho.*

—¿Está…?

Pero Colton ya estaba hablando, con voz tensa.

—En todas las realidades es igual. O yo estoy muerto, o lo está él. He atravesado un millar de puertas y nunca he encontrado nada distinto.

Delaney lo miró, sorprendida.

—Colton…

—Voy a ser tío. —Su respiración sonó estrangulada—. Esperan un bebé para abril. —Siguió los movimientos de su hermano y su cuñada mientras atravesaban el mercado, desapareciendo y luego reapareciendo entre el gentío—. Pensé que podría hacerlo. Pensé que, si aceptaba trabajar con el Apóstol, encontraría un modo de arreglarlo. De completarlo de nuevo. Pero míralo, ¿te parece un hombre que no está completo?

Liam Price estaba iluminado por el fuego, sus rasgos en abrupto relieve, sus brazos alrededor de su esposa. Cuando ella levantó el rostro, él la apresó, sonriendo, en un beso.

—No —admitió—. Parece feliz.

—Ha seguido adelante. —No había nada amargo en la voz de Colton cuando lo dijo. Solo tristeza, profunda y decidida—. Ha seguido adelante, y yo me he quedado atrapado persiguiendo fantasmas.

Una verdad. Allí había una verdad. Allí había un fragmento de Colton Price que no había revelado, y estaba entregándoselo a ella. Amputándoselo, allí, en aquel Boston nevado a mundos de distancia de casa. Extendió la mano sin pensar y entrelazó los dedos con los de él. Le apretó la mano al instante. Tragó saliva con dificultad.

—Te quiero —le dijo Colton, hablando de repente e inesperadamente.

Todo el aire la abandonó en una exhalación.

—¿Qué?

—Dios. —La risa que se le escapó fue mordaz—. Ya está. Te quiero. Siempre te he querido. Y no… —Su sonrisa era amarga y no parecía totalmente para ella, o eso pensó—. No quiero seguir haciendo esto. No quiero seguir persiguiendo cosas que ya se han ido.

Todo su cuerpo era un pulso: *badum, badum, badum.*

Flexionando los dedos, Colton dijo:

—Necesito que le des a Liam algo por mí.

—Vale. —Su corazón corría demasiado rápido. Giraba como una peonza.

*Te quiero,* le había dicho. *Te quiero.*

Colton buscó en su abrigo y sacó la pequeña cajita que había visto en su bolsillo. De inmediato lo comprendió. Era el azul celeste de los recién nacidos, de las habitaciones de bebé y de los peleles, de las muselinas y mantitas. De un niño pequeño en un mundo alternativo que nunca conocería a su tío.

—Son solo unos patucos —dijo con desdén, como si ella lo hubiera juzgado—. No sabía qué comprar. No me gustan los bebés.

—Está bien.

Con cuidado, le puso la caja en las manos.

—¿Se lo darás?

Delaney cerró los dedos alrededor de los bordes, pero no la aceptó.

—¿Por qué no tú?

—No puedo. —La mirada que le echó estaba llena de dolor—. Por favor, ayúdame solo con esta última cosa. Y después habré terminado.

Nunca le había parecido más indómito, más desesperado, más asustado. La asustó a ella también, verlo así. El frío y calculador Colton Price, que siempre tenía una respuesta para todo. Se le estaba aflojando la corbata y tenía nieve en las pestañas y parecía, por primera vez, demasiado humano.

—Quiero ser alguien completo —susurró.

—Vale —le dijo—. Vale, lo haré.

Lo dejó allí, en el límite del mercado, más allá del alcance de la luz, como un espectro persistente. Enredado en la sombra y envuelto como estaba por la oscuridad, su aspecto era el de los muertos: vigilante y mudo. Esperando a que ella mirara atrás. Su silueta estaba espolvoreada por el viento y el frío, y parecía un pálido rey inmortal.

*Empiezas a comprenderlo*, cantó la voz, crujiendo a través de ella como el papel.

Su estómago se quedó atrapado en una eterna caída libre. Se abrió camino entre la multitud, buscando a la pareja a la que habían seguido por las calles mordidas por el invierno de Boston. La encontró en una tienda de velas a un par de tenderetes de distancia, haciendo turnos para oler los distintos aromas enfrascados antes de dejarlos de nuevo sobre sus pulcras pirámides.

—Disculpa —dijo, acercándose. Se sentía terriblemente ridícula, pero era una pequeña petición para un dolor tan grande. La pareja se giró hacia ella, atrapada en una broma privada, con los ojos brillantes y las narices rozadas por el frío. Durante un instante, parecieron no saber si se dirigía a ellos o no. Delaney se aclaró la garganta—. ¿Eres Liam Price?

El hermano de Colton frunció el ceño.

—Soy yo. ¿Te conozco?

—No. —Podía sentir la mirada de Colton perforándola—. No, no me conoces. Mira, siento abordarte así, pero tengo algo para ti. —Le ofreció la pequeña caja—. Es de un amigo.

—Un amigo —repitió Liam Price. Tan cerca, la asombró por el parecido. Tenía los rizos de Colton, la mandíbula de Colton, la nariz de Colton. Solo los ojos eran distintos, un castaño cálido y meloso frente al perenne frío de Colton. Él extendió la mano y tomó la caja en sus dedos enguantados—. ¿Qué amigo es ese, exactamente?

—Yo... —Dudó, deseando haber ensayado—. Es de alguien que te quiere bien. —Retrocedió, con la sensación de que debía decir algo más pero incapaz de reunir las palabras para desenvolverse en aquel escenario con gracia. Buscando algo sensato que decir, consiguió tartamudear—: Enhorabuena a ambos.

Y después huyó, sumergiéndose en los grupos de clientes sin mirar atrás para ver si la seguían.

Cuando llegó al final del mercado, Colton estaba allí. Parecía diferente a cuando lo dejó. Había desaparecido el desaliño, el ligero toque de pánico. En su lugar había una firmeza tranquila que no llegaba a comprender. La observó acercarse como un novio, con las solapas ornamentadas con los copos que se fundían rápidamente y que brillaban como diamantes bajo la luz.

—Creo que los he asustado —dijo cuando se acercó a él. El frío era un muro. Le mordía las medias. Colton solo sonrió.

—Lo has hecho genial.

—Pero...

—Perfecto —insistió, acercándola a él. Se inclinó y posó un beso con sabor a champán en su boca. La atravesó en un trago vertiginoso, hasta que se emborrachó con él.

Entrelazó los dedos sobre su nuca y se puso de puntillas hasta que colisionaron en la oscuridad entrelazada de oro, con la nieve cayendo en espiral a su alrededor en gruesas e iluminadas ráfagas. El sonido que él hizo ante el impacto fue grave y oscuro. Se encharcó en el vientre de Delaney. Se enroscó alrededor de sus huesos.

Pasó un tiempo antes de que salieran a la superficie buscando aire. Colton sonrió, con sus ojos tan brillantes como la tinta.

—¿Ahora qué? —le preguntó ella, sin aliento.

—Dímelo tú —le dijo. Había algo regio en sus líneas, algo imperioso en el modo en el que la oscuridad se reunía contra su estructura. La sorprendió de nuevo, como ocurría a menudo, que no pareciera un hombre sino un dios, intocable, irreclamable, inescrutable.

*No estás totalmente equivocada.* El murmullo le aguijoneó el pecho como el humo. Hormigueó por su interior como si ardiera. Descubrió que no retrocedía ante él, que no se estremecía ni gritaba. En lugar de eso, la voz diseminaba su mensaje a través de ella en un susurro de calidez. *El chico se forjó a sí mismo hace años. Tal es el precio a pagar por cruzar los floridos campos eternos.*

Con dudas, inundada de una inmortalidad que era como un vapor, Delaney pasó la punta del dedo por la furiosa línea roja en la comisura de su boca, por la tensa cresta de la cicatriz. Él le apresó la muñeca y se la giró para poner un beso en la cuna de su palma.

*El chico te debe tanto como los ansiosos muertos.* La voz abismal serpenteó por su cráneo. *Ordénale. No te negará nada.*

Su corazón se saltó un latido. Se saltó varios. Ante ellos, la mirada de Colton era negra e inquebrantable. Se puso de puntillas y le besó suavemente la daga rota de su sonrisa.

—Vayamos a casa —le dijo.

# 43

El mundo se redujo. Se dilató. Un grito sin sonido. Una atadura rompiéndose. Colton se ahogaba, como hacía siempre. Subió buscando aire, con los pulmones ardiendo… como hacía siempre. Con el pecho constreñido. La garganta en llamas. La fría noche de invierno vibró a su alrededor. El callejón era negro y frío. Estaba sobre la tierra seca y los muertos se habían ido y sus fantasmas se habían ido y Delaney Meyers-Petrov estaba frente a él.

No había nada más inusual que ella.

Todo lo hacía por costumbre. Por rutina. Se despertaba. Se quedaba dormido. Se tragaba el punzante aguijón de una maldición de la que no conseguía despojarse. Cargaba con los muertos mudos y con la muda sensación de la agonía. La interminable caída de las noches pasadas a solas. El sabor del barro en su garganta. El conocimiento de lo que era, como una cruz demasiado pesada.

Y ahora allí estaba Lane.

Sus ojos eran luz de luna bordeada de nieve. Sus besos habían emborronado el oscuro malva de su boca. Su respiración pendía entre ellos en tiras serradas. Sus dedos engrilletaban sus muñecas, con céntimos plateados agarrados en ambas manos.

Vendrían a por él.

Antes o después, el Priorato descubriría qué había hecho e iría a por él.

Pero, por ahora, el mundo estaba bordeado de espumillón y allí estaba Lane.

En algún sitio, a lo lejos, sonaba la campana de una iglesia. Medianoche. El más liminal de los espacios. Y, ante él, una chica de intermedios. Con un pie entre los muertos y otro entre los vivos. Había visto las sombras mudas caer de rodillas a sus pies mientras la conducía a casa. La grave llamada del carrillón repicando en su interior en un redoble metálico. Estaba vivo, vivo, vivo, y los minutos que corrían por su interior parecían de repente eufóricos. Como una droga, para variar, y no como un veneno.

Apretó la mano. Los huesos de la muñeca de Lane le mordieron la palma.

Las campanas cantaron al cielo.

—Pasa la noche conmigo —le dijo.

# 44

La casa estaba oscura como un sepulcro, negra como una tumba. Delaney podía sentir a los muertos reptando en ella, a través de ella. Podía sentirlos murmurando su nombre, tan claramente que se preguntó por qué no lo había sentido antes. Reverberaban en su cabeza en un coro grave.

*Sí,* susurraban. *Estamos aquí, estamos aquí.*

*Míranos.*

*Mira.*

Ella no los miró. Estaba indisolublemente enredada en Colton, y él en ella; la oscuridad pasaba sobre ellos en variaciones del negro más profundo y de un azul hilvanado de oro mientras se movían entre las ventanas iluminadas por las farolas y las paredes de pálido papel, quitándose los abrigos y las bufandas y los zapatos mientras lo hacían. La dirigía con rudeza, implacable, y ella descubrió que le gustaba así: le gustaba la desesperación de sus caricias, cómo la hacía retroceder, subiendo las escaleras, sin preocuparse por si tropezaba, con las medias resbalando contra la pulida madera lacada.

Sus dedos viajaron sobre el ligero bozo de su mandíbula, por el tenso cordonaje de su garganta, hasta el apretado nudo de su corbata. Lo acercó a ella, notó que tropezaba con un peldaño y disfrutó de cómo colisionó contra ella. Él estaba en todas partes: sus manos en su cabello, su lengua enredada en su boca, su rodilla entre sus muslos.

Y los muertos los seguían.

Observaban, murmurando y agitándose, postrados entre las sombras. Delaney pensó, de repente, en cómo había hablado con ellas en el pasado, cuando era pequeña. Resguardada en la sombra de los enebros, bajo la luz moteada, había sentido el cosquilleo de la oscuridad sobre su piel, el mordisco de las sombras como si fuera escarcha. Había sido demasiado, demasiado. Asustada, trepó a una piedra besada por el liquen y les pidió que obedecieran.

—*Dejad de hacer eso.*

Y lo hicieron.

La abandonaron en el silencio, bajo la luz del sol, en el bosque vacío donde la tarde sin viento cubría su piel de franjas de oro. Entonces se sintió como una auténtica reina, elevada sobre su obelisco cubierto de musgo en el claro vacío de su corte, con la misma oscuridad a sus órdenes.

Solo era la peculiar imaginación de una niña peculiar.

Se detuvo en la puerta del dormitorio de Colton y se apartó de él. Tenía la boca manchada del rojo de sus besos, los rizos despeinados. Era, a la tenue luz de las farolas que entraba por la ventana, una criatura preciosa de ojos negros. Algo que ni siquiera era humano.

Su corbata había desaparecido, los botones de su camisa estaban abiertos. Sin aliento, Colton agarró el marco de la puerta con las manos, doblando los codos. Enjaulándola en el interior. Los muertos se pegaron a él como un manto. Piaron en el suelo a sus pies. Se postraron, tumbándose sobre la superficie, y Delaney no supo con seguridad si la veneraban a ella o a él.

*Míranos.*

*Mira.*

Y lo hizo.

—Parad ya —les espetó, negándose a sentirse tonta por ello. Las sombras cayeron. La luz de la calle que entraba por la ventana se convirtió en un brillante y floreciente punto de oro. Parpadeó, aturdida. Su corazón era una criatura salvaje y galopante bajo sus huesos.

*Muy bien*, graznó su odioso pasajero. *Estás aprendiendo.*

En la puerta, Colton la observó con unos ojos que engulleron la luz. No parecía sorprendido. No estaba inquieto, ni alarmado. Solo parecía satisfecho.

Sonrió y dijo:

—Aquí estás.

# 45

El día de su muerte, Colton Price solo se levantó porque Delaney Meyers-Petrov le pidió que lo hiciera.

«El agua está demiaso fría para nadar», le dijo. «Tienes que levantarte».

Había estado muerto. Había estado agonizando. El frío había abandonado sus huesos, dejando algo vacío en su lugar. Algo sin fuerzas para luchar. A su orden, el dolor regresó en una oleada. Lo golpeó como un yunque, y de repente su pecho estaba lleno de barro, la boca le sabía a limo, sus huesos se estremecían con fuerza suficiente como para doler. Nunca había sufrido tanto dolor. Nunca se había sentido tan vivo.

*Parad ya.*

Eso fue lo que dijo, detenida en su habitación. La oscuridad era un espectro frío y suplicante. Él no podía verlo, no podía oírlo, pero atravesaba el Infierno lo bastante a menudo como para conocer la sensación. Sulfuro y azufre. La salmuera embarrada de un lago que se derretía despacio.

*Parad ya,* dijo, y los muertos la obedecieron.

Como él no podía evitar obedecerla.

Clavó su mirada en la de ella. Nunca había parecido más ella, con los ojos brillantes y la barbilla levantada. La oscuridad lo sabía. Él lo sabía. Estaban en presencia de algo regio. Una reina representada en oro, con los abismos del Infierno a sus pies.

—Ven aquí —dijo. Una orden susurrada. Habría reptado por el suelo hasta ella, si se lo hubiera ordenado. Se habría arrastrado, como había atravesado el fuego y el hielo. Como se había lanzado a sus pies, medio muerto y con el hielo derritiéndose en sus pulmones. Dio un paso en la habitación. A pesar de su descaro inicial, Delaney se alejó de su proximidad. Algo primitivo lo atravesó al verla retroceder.

—*Malus navis* —dijo, sin pretenderlo.

Ella contuvo el aliento.

—¿Qué?

—Es latín.

—¿Qué significa?

Él tragó saliva. No podía mirar nada excepto a ella. En su dormitorio. Bajo su pulgar. La chica que podía ordenar a las sombras. Había pasado tanto tiempo fingiendo que no era aquello lo que quería que ahora le dolía tenerla allí. Como si hubiera pasado años entrenando su cuerpo para hacer una cosa y ahora le estuviera pidiendo que hiciera otra.

—Colton —lo reprendió cuando él dudó—. Dime qué significa.

—Faro. —La palabra se le escapó—. Significa «faro».

Avanzó de nuevo y ella retrocedió de nuevo, acechándola a través del espacio cubierto de libros de su habitación. La garganta se le había secado. Tenía la sangre caliente. Le gustaba demasiado aquel nuevo juego.

—Son las palabras que tienen los muertos para definir a aquellos que los atraen —le explicó—. Como una polilla a la luz.

Oyó el mismo instante en el que su columna golpeó la estantería. Varios libros cayeron al suelo. Esto prendió algo en él, cómo los dedos de Lane mordieron la madera, cómo sus nudillos palidecieron contra los estantes. Cómo podía ver, incluso en la oscuridad, su pulso amartillando su garganta.

—*Malus navis* —repitió ella.

Colton habría jurado que sentía la oscuridad moviéndose bajo sus pies mientras se acercaba y colocaba las manos contra un estante. Bajo él, la mirada de Lane se clavó en la suya.

—¿Y qué palabra tienes tú para mí? —susurró.

Él la contempló un largo momento antes de llevarse una mano al pecho. Antes de golpearse el esternón. Una vez. Dos veces. El signo de «mía».

Delaney contuvo el aliento. Acercándose, Colton posó un beso en el pulso bajo su oreja. Su cuerpo se arqueó contra el de él, como si estuvieran atados. Marionetas gemelas con las cuerdas irremediablemente enmarañadas. Una criatura que caminaba con los muertos y la mujer que los atraía. Le sería imposible escapar de su órbita.

—Mía —dijo Lane en voz alta. La palabra sonó serrada.

—Mía.

Le supo bien decirla por fin. Deslizó las manos por su espalda y ella se alineó con él, retorciendo los rizos de su nuca entre sus manos, buscando su boca en la oscuridad. Se encontraron en una colisión de dientes y lenguas, moviéndose juntos hasta que creyó que el deseo iba a desbaratarlo.

—Colton. —Ella dijo su nombre contra su boca. Lo dijo contra su núcleo. Dejó besos cautos sobre el tenso estigma de su sonrisa. Lo deshizo con dos únicas palabras, como había deshecho a los acuciantes muertos—. Por favor.

# 46

Había impresiones de él por todas partes. En el colchón, en la imposible maraña de sábanas, en el modo magullado en el que sus dedos le mordían la espalda.

No había dulzura. No había cuidadosa asistencia, ni un manejo susurrado de la Delaney de cristal, tan propensa a romperse. Sus manos eran tenazas, fuertes y avaras.

Había comandado a los muertos con dos palabras, a Colton Price con dos palabras. Colton Price, que era algo más que humano, que no respondía ante nada ni ante nadie, que podía abrir los bordes del cielo como un dios.

Se había pasado toda la vida escudriñando las sombras y ahora allí estaba él, pronunciando su nombre en un gemido, y en aquel momento singular parecía la respuesta a todas las preguntas que se había hecho alguna vez.

# 47

El horizonte al otro lado de la ventana era de un gris suave y floreciente. Por una vez, Colton no tenía ni idea de la hora. Los minutos lo esquivaban, lo abandonaban. Lo dejaban dichosamente en paz. Olvidó, durante una medianoche, la acelerada carrera de los segundos. La irreversible pérdida de momentos. Solo estaba Lane. Solo estaba su cuerpo, acurrucado contra él, la habitación hundiéndose en una bruma blanca. El sol se alzaba y alzaba. En gavillas de amarillo lingote y bruñido gris. En puntadas de oro que se elevaban, brillantes como una ampolla, sobre los tejados de los edificios vecinos. Enterró la cara en el lugar donde el cuello de Lane se encontraba con su hombro y cerró los ojos.

Los dedos de ella seguían enredados en su pelo, pasándole las uñas por el cuero cabelludo de un modo que lo hacía sentirse imposiblemente cansado. Le pesaban las extremidades, sus ojos se entrecerraban.

*Mía*, resonó en su cabeza. *Mía, mía.*

No podía recordar si se había quedado en su cabeza o si lo había balbuceado contra su piel como un idiota.

No le importaba. Se había vuelto intocable, tras cortar los lazos con el otro Liam, tras entregarle a Lane el fragmento de hueso. Se había deshecho del aval y, al hacerlo, se había convertido en un objetivo. El Apóstol no querría a un chico de los recados al que no podía controlar.

El sol naciente lanceó el dormitorio con franjas doradas y demasiado brillantes, emborronando la silueta de Lane. Como si fuera una criatura extraña y espectral. Como si pudiera titilar hasta desaparecer completamente bajo el alba.

—Te quiero —le dijo, ya medio dormido.

La oyó tomar aliento. Notó cómo se detenía su dedo sobre su clavícula. No le importó. Le daba igual asustarla. Ella le había pedido verdades. Esta era una de ellas. Su confesión más cuidadosamente guardada. Y, de todos modos, ya se la había dado. Cuando estaba atrapada en la nieve. Cuando se despidió de su fantasma.

Estaba tan cerca de la inconsciencia que apenas la oyó preguntar:

—¿Cómo lo hiciste?

—¿Uhm?

—¿Cómo sobreviviste al hielo?

Era consciente de la punta de su dedo trazando el tatuaje a lo largo de sus costillas. *Non omnis moriar.* Una tinta que nunca quiso. Una tinta que lo marcó en una habitación oscura llena de figuras embozadas, con lámparas iluminando el trabajo del artista en un tajo crudo de enfermizo amarillo. Precedido por la avalancha de latín, el canto del Priorato. Promesas hechas. Votos intercambiados.

*Jura, y verás a tu hermano de nuevo.*

*Jura, y te enseñaré a engañar a la muerte.*

—Colton. —Su mano estaba fría sobre su frente. No comprendía cómo estaba tan fría, cuando él era todo fiebre. Le quitó los rizos de los ojos—. No te duermas.

Otra orden, aunque suave. Sus párpados aletearon y la vio bañada por el sol ante él, su cabello cayendo sobre su rostro en una cortina plateada. Y entonces hubo oscuridad de nuevo. Oscuridad y el lento hundimiento en el sueño.

—Eres preciosa —murmuró.

—Eres insufrible. —Lo empujó con un dedo del pie helado—. Dime. ¿Cómo sobreviviste?

El día reptaba en su camino a través de sus párpados con picas de rojo. Se cubrió la cabeza con las sábanas. Su voz sonó amortiguada, ya medio soñando.

—¿Qué te hace estar tan segura de que sobreviví?

# 48

*Despierta, reina efímera. Hay cosas que hacer.*

Delaney abrió los ojos para encontrar un coche Matchbox rojo rodeando la rotonda cicatrizada de su rodilla. Se quedó totalmente inmóvil y observó cómo su conductor de ojos marrones dirigía el coche de carreras por su muslo, guiándolo con sus largos dedos sobre el dobladillo arrugado del pantalón corto, sobre la dura cresta de su cadera. A su lado, Colton estaba tumbado de costado, totalmente concentrado en su tarea.

—Buenos días —le dijo ella cuando llegó a sus costillas. Giró sobre su espalda, desperezándose, y observó los neumáticos deslizándose sobre su camiseta hacia su ombligo—. Me alegro de que me hayas despertado. Tengo que volver al campus hoy.

Él no parecía haberla oído.

—Pregúntame tres cosas que sean verdad —le dijo en voz baja.

—¿Qué? ¿Justo ahora?

—Sí.

—De acuerdo. —Se apoyó una mano bajo la barbilla—. Tres verdades. Adelante.

—Una. —Bajó con el coche—. Estoy profunda, enfermiza y alarmantemente obsesionado contigo.

—Eso ya lo sabía —le dijo, y le arrebató el coche de la mano—. Esa verdad ha sido un desperdicio.

Él lo recuperó, tirando de ella sobre él mientras lo hacía. Giraron juntos hasta que ella quedó a horcajadas sobre Colton, con las rodillas presionadas contra el colchón. Lentamente, reunió su cabello corto en una pequeña coleta. Él la miró mientras lo hacía, apretando la mandíbula.

—Dos —continuó—. Sabía dónde vivías porque a veces me detenía frente a tu casa por la noche.

Ella se detuvo. El cabello se le escapó de las manos, apuñalándole la mandíbula.

—¿Cuándo?

—Cuando éramos niños. —Tragó saliva. Jugueteó con el coche, con las manos inquietas—. Después del hielo.

*Espera. No corras. Te conozco. Te conozco.*

Su visión se emborronó. Sentía los brazos pesados.

—¿Por qué dejaste de hacerlo?

—Porque tú me seguías y me seguías. Te escabullías, medio dormida, como si notaras que yo estaba allí. Al principio me pareció inofensivo. No sabía que podías resultar herida.

Delaney cerró los ojos y recordó el resplandor de los faros del Buick, la vibración del chirrido de los frenos despertando a la adormilada oscuridad. Tenía las rodillas ensangrentadas, el pecho desprovisto de aire. El niño al que perseguía había desaparecido, tragado por la oscuridad.

Se bajó de él y se colocó las rodillas contra el pecho.

—Eras tú.

—Sí. —Colton se sentó, reubicándose para mirarla cara a cara en el enmarañado nido de sus sábanas.

—Todo ese tiempo pensé que me estaba volviendo loca. Creía que lo había soñado todo. Pero eras tú.

—Lo era. ¿Estás enfadada conmigo?

—Ya no.

—Pero ¿lo estuviste?

Era una pregunta sencilla, pero Delaney descubrió que no existía ninguna respuesta sencilla. Recordó la implacable tristeza de despertar de un sueño sin sueños, en la seguridad de su cama, con el oscuro vacío a su lado. Cómo había mirado y mirado el bosque deseando ver el rostro de un niño triste y sombrío. Un príncipe de la oscuridad, un rey de sombras, un pequeño y afligido niño sin nadie con quien volver a casa más que ella.

Se sintió repentina y completamente ridícula por no haberlo reconocido de inmediato. Era absurdo que no lo hubiera identificado desde el primer momento en el ascensor. Ridículo que hubiera pasado años corriendo, corriendo tras él en la oscuridad solo para toparse con él a la luz del día.

—Te eché de menos —le dijo en voz baja—. Cuando dejaste de venir. ¿No es estúpido?

—No.

Colton no se extendió, ni ella necesitaba que lo hiciera. Ambos se habían pasado toda la vida anhelando algo que no comprendían. Y ahora estaban allí, y ella tenía un centenar de preguntas más para él. Un millar. Se amontonaron a la vez. Las ignoró.

—¿Cuál es la tercera verdad?

Colton cerró los ojos.

—Maté a mi hermano.

—No lo hiciste. —Se acercó a él y se lo pensó mejor, retorciendo el dobladillo de su camiseta con los dedos—. Colton, no lo hiciste. Se ahogó.

—Sí. Pero fue culpa mía. Cuando atravesé el hielo, él se lanzó a por mí. Ni siquiera perdió tiempo quitándose el equipamiento. —Abrió los ojos y un dolor viejo y sordo le golpeó la mirada—. Quizá, si hubiera estado justo allí, bajo la superficie, él habría podido agarrarme y sacarme.

—Tú no podías hacer nada —le dijo—. Nadie elige ahogarse.

La sonrisa de Colton no llegó a sus ojos.

—Me estaba muriendo. Lo sentía. El dolor cesó. Todo estaba oscuro. Ni siquiera podía ver el sol. Y entonces el agua se diluyó a mi alrededor. Se abrió una puerta y la atravesé. Dejé a mi hermano atrás, muriéndose.

—Hasta que yo te encontré una semana después —dijo Delaney, recordando.

—No fue una semana para mí. —Apretó los nudillos, como si se masajeara un dolor—. Fue más tiempo. Fue interminable. Me estaba ahogando, una y otra vez, con los pulmones llenos de hielo.

Fue como morir en repetición, hasta que el tiempo dejó de tener significado. Se detuvo. Durante días. Años. Eones. Hasta que un día paró.

A Delaney le dolía el pecho.

—¿Qué pasó? ¿Qué cambió?

Él la miró como si acabara de darse cuenta de que no estaba hablando solo.

—Eso son cuatro verdades —señaló.

—Entonces dame cuatro verdades.

Esta vez, la pequeña curva de la sonrisa de Colton fue genuina.

—Te vi —le dijo—. De pie ante mí, con un guijarro en la mano.

—No te lo tomes mal —dijo Adya cuando Delaney consiguió recomponerse y llegar a la sala común del campus—, pero estás distinta.

Se sentó en una silla vacía junto a Mackenzie, quitándose la bufanda mientras lo hacía.

—¿Distinta en qué?

—Es el corte de pelo. —Mackenzie le dio un sorbo a un batido de chocolate a través de una pajita doblada y la evaluó, cerrando un ojo—. Supongo que podría ser peor. Al menos no te has cortado el flequillo.

Al otro lado de la mesa, Adya soltó su tenedor, molesta.

—No es el corte de pelo. Lane, la última vez que te vi, parecía que te estabas preparando para interpretar a una famélica viuda victoriana en la fiesta de otoño del departamento de teatro.

Delaney se enfadó mientras sacaba un cruasán duro de su bolsa.

—Eso es bastante ofensivo, en realidad.

—Puede —replicó Adya—. Pero es la verdad. Estabas demacrada y pálida y sudorosa… Como si tuvieras fiebre.

Delaney arrancó unas capas del hojaldre de su cruasán. Había perdido el apetito.

—¿Y ahora?

—No lo sé. —Adya pasó las uñas por la lata de aluminio de su bebida—. Ahora es como si estuvieras en alta definición, y el resto de nosotros en baja.

La caricia lenta de unas alas comenzó a aletear en sus venas. Después llegó la voz, grave y lenta. *Una lepidóptera se desmorona en su crisálida antes de emerger con su forma definitiva.*

Suprimió un escalofrío desagradable. Su cruasán estaba partido justo por la mitad.

—Creo que lo que Adya quiere decir —apuntó Mackenzie, mirando el caos de hojaldre sobre la mesa— es que parece que te han besado. Y, sinceramente, gracias a Dios. Ha sido agotador intentar fingir que Colton y tú no estáis saliendo.

—No quería decir eso en absoluto, Mackenzie —replicó Adya, indignada—, y tú lo sabes. Mírala. Mira.

Mackenzie dejó su bebida y se giró para examinar a Delaney, inspeccionándola con los ojos entornados. Delaney se puso un copo de cruasán en la lengua y dejó que se derritiera sobre ella, como una ostia de comunión. Se sentía un poco como una muñeca de cristal en un expositor.

*De cristal no,* dijo la voz. *De diamante.*

—Para —dijo Delaney sin poder evitarlo.

—Vale —replicó Mackenzie, y apartó la mirada—. Solo estaba haciendo lo que Adya me ha dicho que haga. De todos modos, a mí me pareces la Lane de siempre. Aunque le hablé a mi madre de tu... problema.

Lo dijo como si Delaney estuviera experimentando un problema leve de salud, y no como si algo sin nombre se la estuviera comiendo por dentro.

—¿Y?

Mackenzie se encogió de hombros.

—No parecía en absoluto sorprendida. Al parecer, no es la primera vez que lidia con un ladrón de cuerpos, lo que me hace preguntarme qué más no me ha contado.

—Pero ¿qué te dijo? ¿Cómo me lo saco?

*No lo hagas*, dijo la voz. *No podemos separarnos hasta que yo esté preparado para irme.*

Mackenzie, a su lado, habló sobre la voz que no podía ir.

—Me dijo que deberías hablar con Whitehall antes de recurrir a exorcismos caseros. Sus palabras, no las mías. Hablando de eso, ¿vas a ir a la fiesta de Acción de Gracias de Whitehall el sábado?

—No lo sé. —Se quitó las migas de su falda de rayas finas—. No lo he pensado.

—Ven con nosotras —dijo Adya, todavía mirando a Delaney de soslayo con escepticismo—. Podrías preguntarle su opinión en la fiesta. Además, quiero tenerte vigilada.

Delaney ya había estado en la casa del profesor Whitehall.

Se detuvo en el camino de adoquines grises, con el pelmeni de su madre enfriándose en sus manos, y miró con creciente horror la casa de ladrillo descolorido, el jardín cubierto de arpillera. Tenía el estómago revuelto. Sus pies se habían convertido en plomo.

—Vamos, señoritas —las llamó Mackenzie, ya a mitad del camino. A su lado, Haley parecía asombrosamente normal, con unas botas de tacón y un vestido de terciopelo rojo, sin pijamas de animalitos a la vista. Mackenzie le dio la mano y añadió—: No llegamos solo elegantemente tarde. Llegamos tarde de verdad, Adya.

—No lo siento —replicó Adya, todavía sacando su bandeja de la parte de atrás del viejo Outback púrpura de Haley—. Se tarda tiempo en hacer una tarta de mousse. Tiene capas. No puedes meterlo todo en el horno y darlo por terminado.

—Eso es un insulto para el brownie —dijo Mackenzie—, y no lo voy a tolerar.

La conversación se desvanecía en la vibración entre los oídos de Delaney. Su corazón golpeaba la pared de su pecho. Llevaba el fragmento de hueso en una pequeña bolsita de terciopelo en el bolsillo. Le parecía imposiblemente pesado. Cargado, como si supiera que había vuelto. Como si no le gustara estar allí.

—¿Lane? —Adya se acercó a ella con la bandeja en la mano, un pastel camuflado por una variedad de frutas de un llamativo rojo—. ¿Estás bien?

—No creo que pueda entrar ahí —susurró.

—¿Te preocupa que haya mucha gente? Porque podemos quedarnos juntas. Te pondré al tanto si pareces perdida.

—No es eso. —Tenía el estómago revuelto—. Es solo que fue de aquí de donde me lo llevé.

Adya frunció el ceño y miró la casa.

—No bromees. ¿Te refieres al...?

—Al hueso —terminó Delaney por ella—. Era Whitehall quien lo tenía.

La puerta estaba abierta y entraron sin llamar, quitándose los zapatos en el alfombrado vestíbulo con su resplandeciente zoológico de cristal. La sala de estar y la cocina estaban ya inundadas de estudiantes. Se reunían alrededor de los muebles viejos y pesados, de los entrañables cojines, desiguales y hundidos.

—¿Qué vas a hacer? —le preguntó Adya, dejando su pastel sobre una mesa de postres variados.

—Todavía no lo he decidido.

—¿Vas a llamar a Colton?

—No lo sé. —A los pies de la escalera estaba colgada la pintura de las náyades; el lago esmeralda resplandecía bajo un cielo pastel. Condujo a Adya hacia el primer peldaño, lejos de la corriente de la llegada de estudiantes—. Adya —dijo en un susurro, bajo y urgente—. Lo he traído.

La cara de Adya se transformó en una de asco.

—Tú... ¿Qué? ¿Quieres decir que lo llevas en el bolsillo? ¿Como una pata de conejo?

—¿Qué se suponía que iba a hacer? Él me pidió que lo mantuviera a salvo.

—No creo que se refiriera a que lo llevaras contigo a todas partes.

—Bueno, desde luego no se refería a que lo trajera aquí. —Tragó saliva, nerviosa, y se apartó de una marea de estudiantes mayores—. Hay otra cosa.

—¿Qué?

—Había alguien arriba, la última vez que vine aquí. Creo... Creo que estaba encerrado en una de las habitaciones.

—Vale. —Una mueca se formó en las comisuras de la boca de Adya—. Esa es una idea profundamente aterradora.

—¿Y si es Nate? Nadie lo ha visto desde que se marchó del hospital. ¿Y si Whitehall lo ha tenido aquí todo este tiempo?

Adya frunció el ceño.

—¿Por qué?

—No lo sé, pero estoy segura de que hay una razón.

—Yo no estoy tan segura —dijo Adya—. Llevo días buscando a Nate Schiller. Si estuviera aquí, lo sentiría.

Delaney no contestó. Su atención se había detenido en la pintura, y varias piezas ocuparon su lugar. La obra era de aficionado, no como las pinturas profesionales que había visto en la galería del otro Boston, pero la sensación era inconfundible.

Se le hizo un nudo en el estómago. En algún sitio, en la cocina, el doctor Whitehall estaba preparando bandejas de comida, charlando con sus estudiantes. Whitehall, que había amenazado con expulsarla. Whitehall, que le había advertido que se alejara de Colton. Whitehall, que la había reprendido por interferir en el asunto de Nate.

Whitehall, cuya esposa era un fantasma.

—Voy a subir a buscar a Nate —dijo.

Girando en sus talones, se alejó del ruidoso calor de la sala de estar. A su espalda oyó la atenuada voz de Adya llamándola por su nombre, tragada por el inescrutable ruido de las charlas de los estudiantes.

Arriba, en el pasillo, seguía la misma quietud alfombrada. Las paredes seguían siendo de paneles oscuros. Todo olía a limpieza antiséptica. A lejía, lo bastante fuerte como para que le lloraran los ojos. Y, bajo eso, algo agrio. Algo muerto.

Se dirigió a la primera habitación que encontró. El espacio era estrecho y pequeño, los muebles estaban cubiertos con sábanas. En la ventana, el sol había comenzado a ponerse, dejando la habitación desfigurada por las sombras. Los residuos restantes de oro atravesaban las sábanas hasta convertirse en algo transparente y pálido, exponiendo esqueleto interior contra el ocaso.

—¿Nate?

—No está aquí —cantó una voz. Se giró, sobresaltada, y no vio a nadie. La puerta seguía cerrada. La habitación estaba en silencio—. No está en ninguna parte. Pobre niño muerto, desaparecido, perdido.

Algo se movió a través del espacio. Invisible, arrastrándose. Agitó las sábanas en su estela. Las sombras se aferraron a las paredes, cuadrangulares bajo el sol poniente, y tuvo la característica sensación de que los muertos estaban haciendo todo lo posible por escapar de la habitación a la que ella los había llevado.

*Fuera.*

*Fuera.*

*Queremos salir.*

El olor de la putrefacción se aferró al aire.

En el desorden, algo se rio.

—Tan guapo, tan bueno —cantó la voz, más cerca ahora que antes—. Tan tierno y dulce al paladar.

—¿Quién eres? —Delaney retrocedió, moviéndose hacia la puerta. En las entrañas de la habitación, algo repiqueteó contra el suelo. Una sábana cayó, revelando la madera salpicada de pintura de un caballete artístico.

—*Quién* —cantó la voz—. ¿Quién? ¿Quiénes somos? Nosotros somos vosotros.

Tanteó a su espalda, buscando a tiendas el pomo.

—Eso no tiene ningún sentido.

—Oh, sí, lo tiene. Tiene todo el sentido, pequeña y dulce florecilla, pequeña y bonita Miércoles. Vivimos juntos, él y yo, como vosotros vivís juntos, eso y tú. Calentito en tu interior. Mordisqueándote como una alimaña. —Una risita chillona—. Pero yo mamo de la teta de la decadencia, y tú vas a vivir para siempre. Mi demente, eterno igual. Una chica hecha dios. Cómo debe venerarte el chico demonio.

Cerca, más cerca. Se arrastró por el suelo, tirando de su peso como un cadáver saliendo de una tumba.

Y entonces se levantó.

Delaney se cubrió la boca con la mano, conteniendo un grito.

Era un hombre, o lo que quedaba de un hombre. Tenía la cabeza cóncava, como golpeada por un objeto pesado. Su rostro estaba marchito, esquelético, con la piel podrida y mostrando el hueso en algunas partes. Su ropa era un caos de jirones; tenía los brazos cubiertos de abrasiones. Su cabello gris brotaba en mechones rotos a lo largo de su cuero cabelludo.

*Hermano*, musitó la cosa en sus huesos. *Aquí estás.*

—¿Qué eres?

—Vivo a medias, y soy totalmente inmortal. —Su mirada sin párpados se llenó de sorpresa—. ¿No te lo han dicho? ¿No es lo que más les gusta decir? *Non omnis moriar*, no moriremos del todo. —Se rio de nuevo, alto y claro y frío—. Qué decadencia. Qué tontería. El hombre no está hecho para durar para siempre. Este lleva muerto muchos años. Me invitó a su interior y yo susurré en su cabeza. Canté en su piel. Le conté todos mis secretos. Podría haber vivido para siempre, pero en lugar de eso murió, *plaf*, en la cuneta de una carretera, y ahora yo lo toco como un clavicémbalo.

Delaney se golpeó contra la puerta. Su teléfono cayó con fuerza contra el suelo y lo dejó allí, buscando el pomo, intentando abrirla. La figura (el cadáver) no corrió. No se movió. Solo la observó, con los dientes visibles a través de su sonrisa de labios cerrados.

—Me gustaría hablar con mi igual —dijo, observándola con extrañeza.

*Quédate*, le ordenó su espectro. *Hay enmiendas que hacer.*

Ella no escuchó. No tuvo la oportunidad. La puerta se abrió y cayó al pasillo, golpeando a alguien al hacerlo. Esta vez, el grito que salió de ella fue de verdad. Cayó hacia atrás, intentando alejarse, y tropezó justo en el camino de Richard Whitehall.

Estaba vestido para la fiesta, con una camisa con cuello y un chaleco festivo, la lana decorada con gordos pavos danzantes. Llevaba las gafas apoyadas en la cabeza y la contemplaba a través de unos ojos fríos, muy fríos.

—Interesante —fue lo único que dijo.

—Hay algo... —Delaney intentó recuperar el aliento, casi incapaz de hablar. El corazón le latía con tanta fuerza que le dolía—. Hay algo ahí dentro. Algo muerto.

Whitehall solo miró sobre su hombro, observando el mal ventilado silencio de la habitación envuelta en sábanas. El caballete estaba en el suelo, la madera astillada. El ojo se le movió con un tic.

—Estoy buscando a un viejo amigo mío —dijo, cerrando la puerta—. Un hombre llamado Mark Meeker. ¿Lo conoce?

—No —mintió Delaney. Su corazón tronaba contra su pecho.

Con un suspiro, Whitehall se puso las gafas en su lugar.

—Tiene el teléfono apagado. Lleva días así. Pero me envió un mensaje justo antes de desaparecer. ¿Sabe qué decía?

Por una vez, Delaney deseó que la voz de su interior tuviera algo inteligente que decir.

—No —dijo de nuevo.

La sonrisa de Whitehall fue pequeña y cerebral. La sonrisa de un profesor, cuidadosamente ensayada.

—«La he encontrado». *La*. Bueno, ¿no le parece interesante? —Su sonrisa se desvaneció. Su mano se detuvo en el pomo, impidiendo el paso al estudio de su esposa. Impidiendo el paso de esa terrible criatura putrefacta.

»Se lo dije en serio, señorita Meyers-Petrov. Es una estudiante extraordinaria. Una buena chica, con una buena cabeza sobre los hombros. Debería haber seguido mi consejo. Debería haberse mantenido lejos de Colton Price. Me temo que el precio de su compañía será mucho más alto del que está dispuesta a pagar. Siento que deba ser así.

Algo romo colisionó contra la parte superior de su cabeza.

Y después solo vio negro.

# 49

Colton Price tenía una rutina cuidadosamente establecida. Era así: se despertaba. Estiraba. Bajaba al sótano y castigaba sus músculos en un bien pensado entrenamiento. Cuando terminaba, iba a la cocina y se preparaba un batido. Se duchaba, escuchando la precipitación del agua, las obras maestras de Handel. *Agripina. Salomón.* A veces, si estaba de humor para ello, *Judas Macabeo.* Entrar y salir. Cinco minutos o menos.

Era igual cada día.

Pero aquel día no.

Aquel día estaba en una habitación que no lo había llamado en mucho tiempo. En un puf azul desvaído que su madre había llamado «hortera» y «horrible» y que su hermano había llamado «cómodo» y «me lo voy a quedar de todos modos».

Ahora era demasiado grande para el asiento. Sus rodillas sobresalían en ángulos extraños. El relleno se desplazaba, más viejo y cansado de lo que tenía derecho a estar, y su coxis descansaba contra la dura madera de abajo.

No se movió. No miró la cama. Estaba impecablemente hecha. No por Liam, sino por la chica de servicio que había trabajado allí hacía mucho tiempo, antes de que la casa se convirtiera en una tumba. La colcha era una franela de cuadros blancos y negros. Su madre había insistido en el grupo de almohadas con flecos. Era una cama perfecta, de catálogo. Una imagen de *Casa y jardín*. El cabecero era de roble gris. La parte superior, plana, estaba cubierta de trofeos.

Lo miraban.

Él les devolvió la mirada.

La luz de la ventana estaba cubierta de telarañas de escarcha; la gruesa capa de hielo magnificó el sol hasta que este bañó los trofeos con oro refractado. Incendiando el polvo en sus grabadas columnas de mármol. En los hombros de los pequeños deportistas de resplandeciente metal dorado. Su padre había destrozado algunos de ellos después de que Liam muriera. Esos seguían en el suelo. Rotos. Grotescos. Hombres dorados despedazados por un chico de oro enterrado. Estaban en ángulos extraños, con los brazos en jarras o sin ellos. El tiempo escapaba y escapaba de él, pero allí, en aquella habitación, se encontraba totalmente inmóvil.

«He venido a decir adiós», le dijo al silencio.

Abajo sonó el timbre de la puerta. Lo ignoró. Ni siquiera estaba seguro de qué hora era. Para variar, no había pensado en ponerse el reloj. Se despertó con el amanecer. Se despertó con Lane. Por primera vez en mucho tiempo, no lo aterró la idea de que el tiempo se detuviera en seco.

El timbre sonó de nuevo.

—Adelante —dijo—. Os he estado esperando.

Llegaban tarde. Los había esperado antes. Había quebrantado la regla más importante del Priorato. La única regla del Priorato. Le hicieron una advertencia el día que aceptó iniciarse en el evasivo grupo de Godbole.

*Un día, pronto, una chica llamada Delaney Meyers-Petrov vendrá a Godbole. Te mantendrás apartado de ella. ¿Lo comprendes?*

Una carcajada se formó en su pecho. Murió en su garganta. No podía creerse que alguna vez hubiera pensado que conseguiría mantenerse alejado de ella. Whitehall sabía, desde el momento en el que vio los resultados del test de Colton, que era menos un chico que una criatura. Sabía, como la madre de Colton lo había sabido, que él había regresado distinto. Que, al escapar del Infierno, había llevado una parte de este a casa con él. Que lo había nutrido, todo aquel tiempo, su anclaje con un mundo que no estaba pensado para los vivos.

«Nada bueno puede salir de ahí», le había dicho Whitehall una vez. Les había tenido miedo. A la posibilidad de su unión, entre un chico medio muerto y la chica que poseía el poder sobre ellos. Le había aterrado pensar que el tranquilo y obediente Colton pudiera obedecer a otro que no fuera él. Había llegado a gustarle demasiado, o eso pensaba Colton, tener el dominio exclusivo de algo forjado en el fuego del Infierno.

*Debemos mantener un orden, Price. Tú y yo estamos jugando con algo sin precedentes, y no puedo hacer esto sin ti. Concéntrate en tu hermano. Mantente alejado de la chica. No te pongas en una posición en la que ella pueda convertirse en una distracción.*

El timbre de la puerta sonaba y sonaba y sonaba, como si alguien pulsara el interruptor una docena de veces. Proclamaba una melodía rechinante que resonaba en toda la casa.

—Dios. —Se levantó del puf. Cerró la puerta, suave como un susurro, al fantasma de Liam. Bajó las escaleras, todavía con el pantalón corto de deporte y una vieja camiseta, asaltado por el chirrido constante del timbre—. Jesús —dijo, abriendo la puerta—. *¿Qué?*

Adya Dawoud estaba acurrucada en el umbral, con su hiyab del color del cielo y las botas sobre aguanieve fundida. El sonido del timbre todavía reverberaba en el vestíbulo. Sobre su hombro, Mackenzie Beckett estaba en la acerca, con expresión fragorosa. Una estudiante de segundo cuyo nombre no conseguía recordar estaba un par de pasos más atrás, tiritando en un vestido fino del color de la sangre.

—No recuerdo haberos invitado a ninguna —dijo Colton.

—Lane ha desaparecido.

Las palabras escaparon de Dawoud antes de que él hubiera terminado de hablar. Ante la noticia, Colton notó que todo en él se quedaba inmóvil.

—¿A qué te refieres con «desaparecido»?

—Estábamos en la fiesta de Acción de Gracias de Whitehall y ella se… —Dawoud agitó los dedos en un movimiento de *plof*—. Fue.

—No *parece* que hayas tenido un accidente —apuntó Beckett, mirando a Colton con una expresión que era como el alambre de espino. Colton la ignoró, concentrado en Dawoud.

—Fue a casa de Whitehall —repitió, un poco aturdido. Habían hablado por teléfono justo aquella mañana, pero ella no le había mencionado a Whitehall. Debería haberle advertido. Debería haberle dicho qué la esperaba allí, encerrado arriba, en el estudio vacío. Debería haberle dicho que estaba enfrentándose a algo de lo que quizá no conseguiría huir.

—Es él —dijo Dawoud—. ¿No? Whitehall es la razón por la que todos esos chicos están muertos.

—Sí —dijo Colton.

—¿Qué le hará a Lane?

La pregunta lo atravesó. Lane era suya. Siempre había sido suya. Y él era de ella. Estaban pintados con los mismos colores. Cosidos con los mismos hilos. Se había pasado toda la vida sintiéndose atraído hacia ella, y ella hacia él. Y Whitehall lo sabía. Lo sabía, y por eso no sería cuidadoso con ella.

No respondió a la pregunta de Dawoud. En lugar de eso, le preguntó:

—¿Habéis intentado llamarla?

La única respuesta de Dawoud fue sacar un teléfono del bolsillo de su abrigo. La pantalla estaba negra, con el cristal roto. Reconoció la funda de inmediato. El pánico le cerró la garganta.

—¿Dónde lo encontraste?

—En la segunda planta —dijo Dawoud—. Fuera de uno de los dormitorios.

—¿Y dónde está Whitehall?

—Desaparecido.

—Mierda. —Colton se pasó la mano por los rizos—. Joder.

—¿Es un demonio? —le preguntó Beckett, con expresión implacable—. Lo que hay dentro de Lane. Hablé con mi madre y ella me dijo que algunos espíritus malignos pueden actuar como autoestopistas. Ella los llamó «cambiapieles».

—No es un demonio —dijo la chica de segundo con el vestido rojo, hablando entre castañeteos—. Vi a Lane en la biblioteca la otra noche. Hay algo mirando desde su interior, pero no es demoníaco. Los demonios se hacen.

Adya parecía molesta.

—¿Y tú cómo lo sabes?

La chica se encogió de hombros.

—Leo.

—Tiene razón —dijo Colton. Sabía suficiente del Infierno como para saber que los demonios se hacían. Adoquinados con las súplicas de un niño pequeño e implorante. Llenos de dientes y ataduras. Reptando a cuatro patas como un animal, atraídos por la calidez de una pequeña criatura viva revestida de color.

Tres pares de ojos se posaron en él mientras buscaba sus llaves en su bolsillo. No estaba seguro de a dónde podría haberla llevado Whitehall. No estaba seguro, pero tenía una buena idea.

—No hay nada demoníaco en el interior de Delaney —dijo, pasando junto a ellas camino de su coche—. Pero no estás lejos de la verdad.

—¿Qué otra cosa podría ser? —Dawoud lo siguió por el camino cubierto de sal, abrazándose en un esfuerzo de alejar el frío. A varios pasos de distancia, el BMW de Colton despertó con un pitido; sus faros estaban cubiertos por una cáscara de hielo.

A su espalda oyó hablar a Beckett.

—Tu coche tampoco parece haber estado involucrado en un accidente.

—*Price*. —Dawoud echó a correr para alcanzarlo, a pesar de lo poco manejables que eran sus botas sobre el aguanieve congelado—. ¿Qué es, si no un demonio?

Él no la miró mientras abría la puerta del conductor. Cedió con una protesta, con las bisagras congeladas. Sobre sus cabezas, el cielo era un mate gris de noviembre. Su pecho era un abismo.

—No tiene nombre.

Por el rabillo del ojo, fue vagamente consciente del coche que giró en la esquina. Captó el destello de los faros, oyó el chirrido de los neumáticos. Goma sobre el asfalto. Goma sobre el aguanieve. Un coche negro con las lunas tintadas, perdiendo tracción. Los ojos de Mackenzie Beckett se encontraron con los de Colton sobre el techo de cristal del coche.

—Oh —dijo Mackenzie—. Me equivoqué de hora.

Y entonces Colton notó el impacto.

# 50

*Despierta, Delaney Meyers-Petrov. Es hora de morir.*

Delaney se despertó con un severo dolor de cabeza. Se despertó con el olor de la putrefacción. Estaba en el suelo, con las muñecas y los tobillos atados con una cuerda lisa y ceremonial. La estancia a su alrededor era tenue, inundada de sombras que se agitaban y esponjaban, toqueteándola con los dedos fríos de la oscuridad.

*Despierta,* le dijeron.

*Despierta, despierta, despierta.*

Milagrosamente, su implante no se había quedado sin batería. El sonido llegaba a ella en arrebatos, algunos más identificables que otros. En algún sitio cercano, el agua goteaba, goteaba, goteaba de una tubería. Los árboles lejanos frotaban sus ramas curtidas. El color regresó a la estancia que la rodeaba a medida que sus ojos se ajustaban a la tenue, tenue luz.

Estaba en el Santuario. Ante ella estaba el muro de nombres, elevándose en un formidable monolito de moteado negro azulado. La porra de la muerte, con la extensa caligrafía de Nate visible desde donde estaba, con las rodillas contra el estómago en una forzada postura fetal.

A varios pasos de distancia, en la oscuridad, había alguien.

—¿Hola? —Su voz se exilió de ella. Estremeció las sombras. Las hizo tambalearse. La figura del suelo no se movió. Una vez más gritó—: ¿Hola?

Lo único que se elevó para recibirla fue la fría, fría oscuridad y esa voz gélida e irreductible en el interior de su cabeza. *Ahí dentro no hay nadie en casa. Todo lo que vivía ahí se ha marchado.*

El olor de la putrefacción se multiplicó a través de la habitación en notas fermentadas, frutales. Poniéndose de rodillas, apoyó los codos en el suelo. La puerta se había quedado abierta un tiempo y las afiladas y amarillas agujas de pino se le pegaron a los antebrazos mientras se arrastraba, centímetro a centímetro, sobre el charco plateado de monedas.

La ambigua silueta del cuerpo tomó forma, solidificándose en el combado negro de una capucha, en el retorcido cable blanco de unos auriculares.

—Nate. —Su nombre resonó en la habitación en una voz que no reconoció. Le dolían los pulmones—. *Nate* —dijo de nuevo—. Nate, despierta.

No obedeció. No se movió. Una nube de motas plateadas colgó suspendida de la luz sobre su cuerpo, el aire imperturbado. Un sabor agrio trepó por su garganta. Clavando los codos junto a Nate, tiró de su considerable peso hacia ella hasta que se giró, con los brazos extendidos, sobre un lecho de céntimos esparcidos. El fétido olor de la descomposición la abrumó y estuvo a punto de vomitar. Nate tenía el rostro hinchado, tras varios días de descomposición. Tenía la boca abierta. Sus ojos eran del mismo azul limpio y claro que los de su madre.

—Esto está en mi cabeza —dijo, aunque sabía que no lo estaba—. Está ocurriendo en mi cabeza.

*No,* dijo esa voz insolícita. *Ya te lo he dicho.*

Ella la ignoró, mirando a Nate como si pudiera llamar su atención. Como si de repente fuera a moverse y a mirarla parpadeando, como hizo Colton aquel día en el lago.

Su voz escapó de ella en un susurro.

—¿Dónde estás, en realidad?

Una luz se encendió, titilante; una vela encendida por una mano desconocida. Otra la siguió, iluminando la estancia y su contenido. Delaney parpadeó como un ratoncillo, retrocediendo ante el brusco cambio en la habitación como si ella también estuviera hecha de sombra. Huyendo a los debajos e intermedios, trepando por las paredes. Solo Nate se mantuvo inmóvil, con la piel cerosa bajo el halo.

*Corre*, susurró la oscuridad, apartada de ella por las parpadeantes cuentas de fuego. *Huye*.

Richard Whitehall apareció en su campo de visión, arrastrando una silla tras él. Las patas traquetearon sobre la piedra en un precario *tac-tac-tac*. Tras dejarla a pocos pasos de ella, se sentó con cuidado en el borde del asiento.

Durante mucho tiempo, hubo silencio. Silencio, excepto por el distante goteo del agua y el fluctuante resuello de la respiración de Delaney. Whitehall se quitó las gafas para limpiarlas con una vaharada, como ella lo había visto hacer todo el semestre. Su mentor. Su profesor. Su secuestrador. Todo lo que hacía siempre era teatral. Aquello no fue diferente.

—Extraordinario —fue todo lo que dijo. Se tomó su tiempo puliendo los cristales, levantando las gafas para examinarlas con atención antes de colocárselas de nuevo sobre el amplio puente de su nariz—. No parece distinta. Estaba justo ante mis narices, sentada en mi aula, y ni siquiera lo vi. ¿Cómo se siente? Extraña, imagino.

Delaney apretó los ojos. Tenía la garganta agria.

—¿Qué le has hecho a Nate?

—No le he hecho nada. Yo solo le di las herramientas que necesitaba para buscar la vida eterna. La buscó, como hicieron los demás. Fracasó, como hicieron los demás.

—Lo has matado. —Escupió la acusación como si fuera veneno.

La mirada que Whitehall le echó fue objetivamente triste. Como si estuviera siendo testigo de una tragedia desde lejos. Como si ella fuera un espectáculo, y él el observador.

—Nathaniel Schiller se presentó ante los dioses y estos lo consideraron indigno —dijo en voz baja—. Pero ¿a ti? Dios mío, mírate.

Delaney no contestó. Las sombras gimieron, disgustadas. Podía notar su miedo. Querían marcharse de aquel lugar. Querían quedarse donde estuviera ella. Estaba tan segura de ello que no sabía cómo lo había pasado por alto durante tantos años. Flexionó los dedos, probando la tensión de la cuerda. Demasiado apretada, demasiado ceñida para liberarse.

—Quiero irme a casa —dijo, cuando Whitehall siguió mirándola.

Él dejó escapar un suspiro.

—Espectacular. Las funciones motoras parecen las suyas. Sus patrones lingüísticos siguen siendo los mismos. A casa, dice. ¿Dónde es eso? ¿Puede confirmármelo? ¿Conoce a Mia Petrov y a Jace Meyers? ¿Reconoce esos nombres?

Sus padres. *Sus padres.*

—Mis padres se preocuparán si no los llamo.

—Ah. —Sonrió con expresión beatífica—. Precioso. La función cognitiva parece totalmente operativa. Tendremos que hacer un estudio completo, por supuesto, pero esto... Esto es increíble. Supera cualquier cosa que hayamos visto en las pruebas pasadas. —Se inclinó hacia delante, apoyando los codos en las rodillas—. ¿Cómo lo hizo?

Ella tiró de sus ataduras de nuevo, un esfuerzo inútil. A su lado, Nate la miraba y miraba.

—¿Cómo hice qué?

—¿Cómo lo invitó a su interior?

—No sé de qué me estás hablando.

*Lo sabes,* cantó la voz. El ser que no era ella. *Somos amigos íntimos, ¿no, Delaney Meyers-Petrov? Uña y carne, tú y yo y nosotros.*

La sonrisa de Whitehall titiló. Se puso en pie y rodeó la silla para agarrar su respaldo entre unos nudillos blancos.

—Los otros murieron —dijo—. Todos ellos. Schiller, Peretti, Guzman, Kostopoulos. Envié sujeto tras sujeto al purgatorio. Sujeto tras sujeto fue escupido de la boca del Infierno, balbuceando y extraño, con la piel desollada. El plan era que miraran a los ojos las profundidades del inframundo y trajeran un fragmento de este con ellos. Una esquirla de inmortalidad. Una rodaja del más allá. Nunca funcionó. El ser de su interior no necesitaba un alma, solo un cuerpo. Se comió el espíritu hasta que lo único que quedó fue un caparazón. Y después jugó al titiritero loco con el cadáver.

*Nosotros no,* dijo la voz. *No nosotros. Estoy acurrucado contra tus huesos como un gato feliz.*

—Devan Godbole fue el primero —continuó Whitehall—. Era mi socio, mi colega... El único hombre al que conocía que podía abrir las puertas entre mundos. En su caso, fue un accidente. No tuvo ni idea de que había algo más viviendo en su interior hasta que murió. Los mayores descubrimientos científicos son a menudo accidentales. ¿Lo sabía?

La miró de soslayo, esperando una respuesta. Como no respondió, continuó:

—Sir Alexander Fleming descubrió la penicilina cuando dejó unas placas Petri de estafilococo sobre su mesa de trabajo antes de irse de vacaciones. Charles Goodyear derramó caucho y azufre sobre un hornillo caliente y, al hacerlo, revolucionó la fabricación de los neumáticos. Hombres legendarios. Hombres que han cambiado el mundo. —Su sonrisa fue exultante—. Como ellos, yo descubrí la inmortalidad por azar. No pretendía hacerlo, pero lo hice. Me topé con el pobre Devan agonizando en la cuneta de una serpenteante carretera secundaria y encontré, viviendo en su interior, un invasor que no podía ser asesinado ni exorcizado.

*El viejo es idiota,* cantó la voz. *Díselo.*

Pero Delaney no lo hizo. No podía. Solo podía pensar en la criatura terrible del dormitorio de la segunda planta de Whitehall, en su cabeza aplastada, en sus ojos como abismos vacíos y crueles. Solo podía pensar en Nate, con aquella sonrisa extraña e inhumana, susurrando secretos en el interior de su cabeza.

*Ese fui yo,* la corrigió la criatura de su interior. Parecía molesta. *No el chico. El chico no hizo nada más que llorar. Era débil. Era pequeño. Murió casi de inmediato. Siempre lo hacen.*

—¿Por qué? —preguntó Delaney, porque quería que la voz de su cabeza se callara.

—¿Por qué buscan los hombres la inmortalidad? —Whitehall exhaló una carcajada—. La humanidad ha buscado el elixir de la vida desde el principio de los tiempos. Yo solo soy el primero en embotellarlo.

—Si lo que dices es verdad, has asesinado a conciencia a varios estudiantes.

—Ellos conocían los riesgos. —Se inclinó sobre el respaldo de la silla—. Todos y cada uno de ellos tenían a alguien a quien querían salvar a cualquier precio. Todos y cada uno de ellos estaban aterrados por la perspectiva de la pérdida. Es algo terrible, decir adiós. Yo les di una oportunidad de eludir la muerte, y ellos la tomaron. Ellos, como yo, vieron el enorme potencial de una vida sin final. Se comprometieron con el Priorato, le juraron lealtad. Accedieron a compartirse con algo inmortal para vivir para siempre. La esperanza era que, una vez perfeccionado, podrían compartir su descubrimiento con sus seres queridos. Con aquellos al borde de la tumba y más allá. Es una pena que ninguno de ellos lo consiguiera.

La cosa de su interior se rio.

—Hasta que llegué yo.

—Hasta que llegaste tú. —Su sonrisa se amplió.

Delaney cerró los ojos. Los abrió de nuevo. Sus entrañas reverberaron como una campana; la vibración del metal se movió por sus venas con un tintineo. Nate la miraba con sus ojos vacíos, lastimeros. Sus ojos eran azules, azules, azules. Nunca se había fijado.

—¿Y Colton?

Whitehall emitió un leve sonido de decepción.

—¿Qué pasa con él?

—El fragmento de hueso. Estaba en tu despacho.

—Ah —exhaló—. ¿Fuisteis vosotros quienes entrasteis en mi casa? Devan no me lo dijo. Le encantan los acertijos. Muy astuto por parte de Price, hacer que la única persona con la que está en deuda tomara posesión de su token.

—¿Token?

—¿No se lo contó? No es algo ordinario que alguien muerto regrese del más allá. Pero Colton Price no es un chico ordinario. Se cincela a sí mismo. Deja partes de su ser esparcidas por ahí, como Hansel en el bosque. Tal como él lo cuenta, vio una pequeña luz brillante y la siguió a casa. —Entornó los ojos, y miró a Delaney con ojos de acero—. ¿Conoce, señorita Meyers-Petrov, el poder del Verdadero Nombre?

Ella contuvo la lengua. La criatura de su interior se agitó con anticipación.

—En la *Odisea* de Homero, Odiseo es atrapado por el gigante Polifemo. Pone muchísimo cuidado en no revelarle su nombre al gigante, para evitar ser controlado por él. En lugar de eso, le da un nombre falso.

—Nadie —dijo Delaney, porque conocía el mito.

Whitehall parecía satisfecho.

—Un token no es un verdadero nombre, pero es idéntico a la verdadera naturaleza de Colton Price. Y por eso, a través de este, puede ser controlado. Como cualquier demonio podría ser controlado.

Delaney clavó los ojos en él. Algo le atenazó el pecho. Los límites de la estancia parecieron estrecharse y ampliarse, con las sombras temblando en sus dominios. Su voz salió en un susurro, trémula y muy asustada.

—¿Qué está diciendo?

—Esto es nuevo para usted. No debería serlo. —Whitehall chasqueó la lengua—. ¿Creía que era humano? Todo este tiempo, ¿ha creído que está totalmente vivo? Es posible que pueda atraer a los muertos, señorita Meyers-Petrov, pero ni siquiera usted puede ordenarles que regresen de la tumba.

Colton Price, que siempre le había parecido tan frío. Colton Price, que le recordaba a algo seráfico. Marte, dios de la guerra, resplandeciente y eterno. El indomable, imposible Colton.

—¿Qué quiere decir? —Su voz sonó como un rasguñó—. ¿Qué quiere decir con que no es humano?

—Quiero decir —dijo Whitehall, subiéndose las gafas sobre la nariz— que Colton Price se ahogó cuando tenía nueve años y que regresó *otra* cosa. Uno no escapa de la muerte y vuelve entero de ella. Camina como un chico, sin duda. Habla como un chico, sí. Pero hay sulfuro en sus huesos y azufre en sus venas. Es una criatura de Hades, y está tan atado al Infierno como cualquier espectro.

*El chico se forjó a sí mismo hace años.* Eso fue lo que le susurró la voz, la noche en la que los vieron bajo la lenta nevada. La noche en la que lo miró, bruñido por la luz de las farolas, y le pareció sagrado. En el bolsillo de su vestido, el fragmento de hueso parecía imposiblemente pesado.

—Olvídese de Price. —La boca de Whitehall era una línea adusta; su paciencia se estaba agotando—. Ya no está dispuesto a cooperar, y por tanto ha dejado de serme útil. No voy a malgastar otro momento de mi tiempo. Me ocuparé de él, y eso será todo.

—Se ocupará de él. —Su voz sonó como transportada a cien metros de distancia. A su espalda, la oscuridad se estremeció, asustada—. ¿Se refiere a matarlo?

—No nos mortifiquemos por ello —dijo Whitehall, descartándola como si ahuyentara a una mosca—. La pérdida de Price es una decepción, sin duda, pero la ciencia debe avanzar. La ciencia es progreso. Usted es un éxito, señorita Meyers-Petrov. Eso es algo que celebrar. Algo en usted le ha permitido alojar a un espíritu inmortal sin consecuencias. Vamos a descubrir qué es ese algo, y a enjaezarlo.

*Enjaezarlo,* siseó esa odiosa voz, audiblemente airada. *Yo no puedo ser enjaezado. Yo, que no tengo nombre. Yo, que estaba aquí antes de la raza de los hombres. Yo, que permaneceré cuando ellos sean polvo.*

—Calla —dijo, sin pretenderlo—. *Cállate.*

Ante ella, la energía de Whitehall cambió visiblemente, pasando de la frustración a la curiosidad, con los ojos brillantes.

—Le habla —dijo, asombrado—. ¿No?

Delaney cerró la boca. Estaba haciendo todo lo posible por no gritar. Por no agitarse como se agitaban los muertos, contorsionándose sobre la piedra húmeda.

—Señorita Meyers-Petrov. —Whitehall acercó su silla—. Estamos, usted y yo, a punto de dominar la muerte. Le pido amablemente que me haga un favor. ¿Qué le dice?

*Dile que decimos: «Muérete, viejo de mierda»*, siseó la voz.

Ella se mordió la lengua. Deseó que la voz se callara. Deseó que sus lágrimas se secaran. Con la garganta ronca, le preguntó:

—¿Qué quiere obtener de todo esto?

Las llamas se reflejaron con fuerza en las lentes planas de las gafas de Whitehall. Por un momento, se mostró insoportablemente triste.

—Quiero recuperar a mi esposa —le dijo.

—Su esposa está muerta. —No le importó si era cruel. Era la verdad.

—En este plano —asintió Whitehall—. No en los demás. Y hasta que haya desaparecido en todas las realidades, habrá una oportunidad. Bueno, hay una razón por la que no se ha marchitado bajo la presión de hacer de anfitriona. Vamos a descubrir por qué.

Delaney sintió una presión en el pecho. Le era difícil tomar aire. Las cuerdas le irritaban y herían las muñecas. Las monedas se clavaban en su piel. Tan discretamente como pudo, se guardó un céntimo en la mano, escondiéndolo de la vista.

—Dígame —le ordenó Whitehall— qué dice la criatura cuando habla.

No tuvo oportunidad de formular una respuesta. Las velas se apagaron, todas a la vez. Algo se hizo añicos sobre la piedra. En el repentino asalto de la oscuridad, los muertos se enjambraron a su alrededor como moscas. Oyó su zumbido entre sus orejas, sus llantos solapados y extraños. Agudos y estridentes, como el silbido de los acúfenos a través de su cráneo.

Y, bajo todo ello, una risa que era como el papel arrugado.

—Mi querido, mi cariño, mi Dickie —dijo una voz que reconoció, una voz que había oído arrastrándose a través de la oscuridad crepuscular del estudio de Whitehall en la segunda planta. Una voz que pertenecía a un rostro moteado por la descomposición, a una sonrisa esquelética, a una mirada cadavérica—. Me dejaste en casa. Sabes cuánto odio que me dejes en casa.

*Ah*, murmuró la cosa en sus venas. *Mi hermano.*

Una masa en movimiento atravesó la estancia. Era el sonido de las sombras, deslizándose unas sobre otras. Era el rasguño de algo sobrenatural arrastrándose sobre la piedra.

—Vete —oyó que le ordenaba Whitehall—. No te he invitado.

—Yo voy allá a donde tú vas, viejo amigo. Tú y yo y nosotros.

Las velas se encendieron a la vez, con llamas que se elevaban preternaturalmente altas. Lanzó la sala primero a un abrupto relieve, y después al caos. Iluminado desde abajo, Whitehall parecía de repente un esqueleto, con sus huecos tragados por las sombras, su boca en una *O* abierta por el horror.

En la pared, el primero de los nombres se incendió.

*Creo*, cantó la bestia en sus huesos, *que ha llegado el momento de que pongamos fin a este capítulo.*

# 51

Eric Hayes nunca estuvo interesado en la inmortalidad. Nunca aspiró a engañar al más allá. Llevaba, en todos los sentidos, una vida muy normal. En su casa no se permitían películas de miedo. Nada de videojuegos, nada de historias de fantasmas. Lo obligaban a cepillarse los dientes e irse a la cama a una hora razonable. Rezaba cada noche, como su abuela le había enseñado. Sacaba unas notas decentes en el colegio. Tenía un grupo sólido de amigos. Jugó de fullback en el equipo de fútbol del instituto hasta que, el penúltimo año, sufrió una colisión terrible a mitad del partido que lo condujo al hospital con una lesión en la columna que lo incapacitó para caminar durante semanas.

—GiGi dice que has visto a Jesús —le cantó su hermana cuando despertó. Estaba sentada en el borde de su cama, moviendo sus piernecitas, con el cabello recogido en moñitos y la gruesa cabeza de su oso favorito laxa sobre su protuberante barriga—. La he oído decirle a tu entrenador que no te dejará seguir jugando.

Había tenido pocos encuentros con lo sobrenatural. Una vez, cuando tenía once años, su abuela se lo encontró encorvado sobre un tablero de Ouija con su hermana y le golpeó el dorso de los nudillos tan fuerte que la mano le dolió durante horas.

«Eso es maléfico», le había dicho en aquel momento, con el tono suave e implacable con el que lo decía todo. «Fuera. No lo quiero en mi casa».

Eric creció asistiendo a la iglesia. Sin pasión, pero con obediencia. Cada domingo intentaba sin éxito meter sus piernas, que crecían rápido, en un banco de madera demasiado estrecho. Cabeza baja, Biblia abierta, los botones de su camisa de cuadros abrochados tan cerca de su cuello que había estado convencido de que su abuela pretendía asfixiarlo con ellos. Murmuraba con el resto de los parroquianos mientras cantaban los himnos. Con el codo de su abuela en su costado, susurraba las palabras de la doxología: «Alabaré, alabaré, alabaré, alabaré, alabaré a mi Señor».

A veces, después de su accidente, cuando la congregación bajaba la cabeza para orar, creía ver los enormes iconos de cristal moviéndose tras el púlpito. Una gota de sangre. Un susurro de ropas. El movimiento de un dedo. Siempre por el rabillo del ojo. Siempre como un truco de la luz.

Le ponía los pelos de punta.

Nunca se sintió inclinado por las cosas que tentaban a Richard Whitehall. Engañar a la muerte, comunicarse con cosas que no tenían nombre. «Jugar con el diablo», habría dicho su abuela. Se santiguaría y lo obligaría a confesarse. Le calentaría un cuenco de sopa y le contaría, de nuevo, que Cristo pasó cuarenta días y cuarenta noches al raso.

Había apostado todo lo que tenía a la promesa de una beca de fútbol americano. Pero entonces ocurrió el accidente. Los ojeadores dejaron de llamar. Sus facturas médicas se amontonaron. Su abuela comenzó a olvidar cosas pequeñas. Se dejaba los quemadores del hornillo encendidos. Dejaba que la casa se llenara de humo. Y por eso solicitó una beca de trabajo el día que cumplió diecisiete. Si no hubiera sido por su lesión, le dijo su supervisor, habría terminado en la liga profesional.

Había sido un fullback de los buenos.

En lugar de eso, su presentación escrita, su examen cognitivo lo llevó a Godbole. «Asombroso», lo llamó Whitehall, maravillado por su habilidad para ver las puertas moviéndose por el rabillo del ojo. Apenas un atisbo. Solo un estremecimiento. Cuando atravesaba una grieta en el tiempo y el espacio, sentía el impacto a lo largo de su médula espinal. Un crujido de hueso. Un rechinar de dientes. Y después pasaba.

Solo debía ser una oportunidad. No había querido jugar con lo esotérico. Pero entonces su abuela olvidó su nombre en la cena de Acción de Gracias. Algún tiempo después, su hermana lo llamó para contarle que la había encontrado en el muelle tras una nevada temprana de diciembre, descalza y con el camisón hecho jirones.

Los médicos les dijeron que era incurable. Una parte más del envejecimiento.

Pero Whitehall tenía un remedio.

Eric no había querido ver morir a nadie; solo quería detener a la muerte.

Desde luego, no había querido comerse el coche de Colton Price. Pero conducía rápido, tanto como podía, y las ruedas perdieron tracción cuando dobló la esquina hacia la estrecha calle de la casa familiar de Price. Derrapando, hizo todo lo posible por frenar. Pisando el freno y soltando. Pisando y soltando. Le dio a la rueda espacio para girar. Se había criado en los inviernos de Boston y sabía cómo lidiar con el tiempo inclemente.

Aun así, golpeó el BMW de Colton.

—Se ha ido, ¿no? —le preguntó Colton después, con el aliento llenando de niebla la ventanilla del copiloto. Estaban en Storrow. Volaban a través del tráfico—. Tu abuela.

Eric se tragó el nudo de su garganta, tomando la salida indicada. Algo traqueteaba en la parte delantera del vehículo (el parachoques, quizá) y se arrastraba por la carretera con chispas y brincos. Pedernal contra la piedra.

—Sí —contestó.

—¿Cuándo?

—Ayer por la mañana.

Price miró la distancia. La sangre había abandonado su rostro.

—Estábamos muy cerca.

—Esa es la cuestión —dijo Eric, cambiando de carril—. No creo que lo estuviéramos.

Entre los asientos apareció un destello de rizos rojos.

—¿Qué va a pasar? —preguntó Mackenzie Beckett—. Con Lane.

—Deberías sentarte bien, Mackenzie —la interrumpió Adya Dawoud desde el asiento trasero—. Este coche ya ha tenido un accidente hoy. No creo que sea seguro a estas alturas.

—No voy a morir en un accidente de automóvil. —Los ojos brillantes de Mackenzie se encontraron con los de Eric en el espejo retrovisor—. *Lane* —repitió, con énfasis—. *Habla.*

—Godbole es una tapadera —le explicó Eric—. Todo. Los apuntes. Las prácticas. Todo el trabajo que has hecho y que harás. Es solo un hombre de paja. Una fachada.

—¿De qué? —le preguntó Adya. Los árboles pasaban en hileras de frías y cristalinas franjas oscuras. A Eric le recordaron a las ruidosas mañanas de Navidad, cuando tropezaba con su hermana para ser el primero en bajar las escaleras. A los adormilados trayectos en coche a la iglesia, con las ventanillas traseras de la camioneta todavía adoquinadas por el hielo.

El tatuaje del brazo le había dolido durante semanas después de comprometerse. Su abuela no se había guardado su desaprobación. Para entonces, ya la habían trasladado a la residencia de ancianos y su memoria estaba fragmentada. Pero todavía recordaba los dogmas principales de la fe que tanto se había esforzado por instilar en sus nietos. Lo agarró por la oreja, con callos en los dedos tallados por décadas de lavavajillas y detergentes. La fuerza de su pequeño cuerpo lo dobló por la mitad.

*Ese es el latín del demonio, Eric Carson Hayes. ¿Qué te he dicho sobre el demonio?*

—Whitehall está buscando la inmortalidad —dijo Price cuando Eric se quedó callado.

Mackenzie siguió aplastada entre los dos asientos delanteros, con las uñas clavadas en el reposacabezas de Eric.

—¿Qué quiere de Lane?

—Lane ha conseguido hacer lo que nadie más ha podido —le explicó Eric. Price parecía decidido a no decir nada. Apoyó la cabeza contra el respaldo de su asiento y cerró los ojos con fuerza. La herida a lo largo de la comisura de su boca se había sonrosado con los días desde la última vez que Eric lo vio. Se la había hecho Meeker, pasándose con los empujones. Con los golpes. Price los recibió sin acobardarse, con los ojos fríos y blancos y ajenos. A Eric se le revolvió el estómago.

Apretó el volante y dijo:

—Ella va a darle a Whitehall el remedio.

—¿El remedio?

—Sí, ya sabes —replicó—. Contra la muerte.

—No es un resfriado común. —Adya parecía disgustada.

Price abrió los ojos.

—Y no temáis a los que matan el cuerpo, mas el alma no pueden matar; temed más bien a aquel que puede destruir el alma y el cuerpo en el Infierno. —Se hizo el silencio. Eric tomó la siguiente salida y el sonido de los intermitentes atravesó el coche en un estacato demasiado estridente. Sin emoción, Price añadió—: Nuevo Testamento, Mateo, capítulo diez, versículo veintiocho. Es la obsesión de Whitehall. Lleva años haciéndose llamar el Apóstol.

—Esto me está poniendo los pelos de punta —dijo Adya—. Por si alguien tenía curiosidad. ¿Qué va a hacer el doctor Whitehall con Lane?

Eric frenó, deteniéndose cuando el semáforo pasó del ámbar al rojo. La enfermera le había dicho por teléfono que su abuela falleció mientras dormía. Con los ojos cerrados, y una sonrisa en la cara. Sus compañeros de clase se fueron gritando. Destrozados extremidad a extremidad por la bestia a la que se aferraron en la oscuridad. No entendía cómo podía ser esa una mejor alternativa.

—Quiere descubrir cómo ha conseguido adaptarse Lane a la inmortalidad cuando todos los demás fracasaron —dijo con la voz rota.

—Price —dijo Mackenzie de repente—, baja la ventanilla.

—Parece que estás a punto de vomitar —añadió Adya.

Price parecía tallado en piedra, con la mandíbula apretada y la mirada clavada delante. Como no se movió, Eric lo hizo por él y bajó el cristal hasta que el viento atravesó la rendija con un abanico de amargo frío. No debió hacerlo.

El olor del humo fue lo primero en golpearlos. Se deslizó en el coche en espirales. Quemó el aire, bordeado de tiras todavía humeantes de papel arrugado. Frente a ellos, el campus estaba abarrotado de gente. Había camiones de bomberos junto a la acera cuyas sirenas titilaban en orbes rojos y azules, rojos y azules, rojos y azules.

—¿Qué demonios?

La pregunta llegó del asiento trasero, formulada por Mackenzie, pero el sentimiento reverberó en todos ellos. Prince abrió la puerta, casi corriendo ya. En el extremo opuesto del campus, el humo se elevaba en el aire en enormes columnas grises.

En lo profundo del bosque, el Santuario estaba en llamas.

# 52

Delaney podía ver a los muertos.

Eso fue lo primero que notó. Estaban como centinelas, por una vez mudos e inmóviles en lugar de retorciéndose e intentando aprehenderla, desgarrando el suelo por donde ella caminaba. Se mantenían apostados alrededor de una puerta abierta, con sus rostros demacrados e incorpóreos y sus ojos abismos llameantes. La miraron y ella los miró a ellos, y tuvo la característica sensación de que estaban esperándola.

*Lo están*, dijo la voz que había llegado a esperar. La voz a la que odiaba, que lamentaba. La voz en la que había, en lo más profundo y oscuro de ella, comenzado a confiar. *Siempre te están esperando, Delaney Meyers-Petrov. Tú eres la calidez a la que se aferran las criaturas moribundas.*

A su alrededor, la habitación estaba en llamas. A su derecha había un cuerpo. Una figura, derrumbada y temblorosa y asustada. Su rostro estaba surcado de rojo, arañazos que había dejado allí su propia mano. Tenía los ojos grandes y negros. Había baba en su barbilla.

—Ayúdame —dijo Richard Whitehall, intentando levantarse y fracasando—. Ayúdame.

Ella se apartó, se alejó de su alcance; de su línea directa de visión. Estaba intentando, como había hecho los últimos minutos, recordar cómo había llegado allí. Allí, donde se topó por primera vez con Nate. Allí, en el final de todas las cosas.

Sabía qué quería eso que hiciera.

Quería que muriera.

*No es que quiera que mueras*, contestó esa voz siempre presente. *Es solo que lo harás, antes del final. Eres fuerte, Delaney Meyers-Petrov, pero los huesos mortales solo ceden hasta un punto antes de romperse. Y lo que debo hacer los quebrará, todos y cada uno de ellos.*

—¿Por qué? —Hizo la pregunta en voz alta, girando el céntimo una y otra vez en su mano. Aferrándose a él—. ¿Por qué estás aquí? ¿Por qué has venido?

*Las puertas llevan abiertas demasiado tiempo. El camino que atraviesa el Infierno no se hizo para que lo transiten los vivos.*

—¿Y Colton? —Su nombre le supo amargo en la lengua. Retorció algo en su interior. Colton Price, a quien había odiado. Colton Price, a quien había amado. Colton Price, que la había tomado de las manos y la había besado mientras las entrañas del más allá se agitaban a su alrededor. Que la había acompañado por el Infierno y la había traído de vuelta sin pestañear.

Colton Price, que era otra cosa.

*El chico está hecho de Infierno,* dijo la voz. *Y el Infierno de él. Negoció con partes de sí mismo hace mucho. Al hacerlo, se ha ganado el derecho a cruzar nuestros campos ileso.*

Los campos de asfódelos. Los campos elíseos. Su estómago era una piedra. Las historias no dejaban de hacerse realidad.

*Termina con esto,* susurró la oscuridad.

*Termina con esto, termina con esto.*

Al otro lado de la pantalla de balbuceante humo, la figura de Richard Whitehall se quedó quieta. Sus lamentos febriles se acallaron. Delaney se tanteó, esperando sentir algo. Dolor. Miedo. En su pecho solo estaba la sorda vibración del silencio. Solo había entumecimiento. Solo existía un nombre, latiendo como un pulso.

*Colton. Colton.*

Colton, lleno de secretos. Colton, que mantenía su verdadero ser escondido. Que se había arrancado fragmentos de su ser ante su insistencia. Los muertos repitieron sus pensamientos en un eco, el sonido de una huella de dedo contra su diáfano féretro. *Colton. Colton. Colton.* Rechinaron los dientes. Se tiraron del cuero cabelludo. Aparecieron y desaparecieron en parpadeos quejumbrosos y disipados. Delaney se quedó totalmente quieta y miró el cuerpo del suelo.

—¿Está muerto? —preguntó—. ¿Whitehall?

Una carcajada la atravesó como un escalofrío. *Mi hermano se ha trasladado de su antiguo cuerpo a este. Él no se está aclimatando tan bien como tú. Ya ha comenzado a marchitarse. Ya ha comenzado a perderse. Mi hermano no es compasivo. Tiene un hambre que no puede ser saciada. Y le encanta jugar.*

Unas botas se arrastraron por el suelo. Arañazos de uñas. Desplegándose de su montón, Whitehall se puso en pie. En la poca luz que exudaba la latente grieta ante ellos, vio las arrugas flácidas del rostro de su profesor, la oscuridad implacable de sus ojos. Los brazos le colgaban sin fuerza en los costados. Su boca se abrió y cerró, se abrió y cerró, como si la cosa de su interior estuviera probándoselo, poniendo a prueba su nuevo rango de movimiento.

Y ahora, ahora, una nueva voz se unió a la otra. Mientras que la presencia de su interior era como el agua burbujeando sobre la piedra, esta era distinta, de bordes serrados. Como un gruñido instintivo. Como algo elevándose de las profundidades. Algo que no debía ser escuchado por oídos mortales.

Pero sus oídos nunca habían funcionado.

—Hermano —dijo, en la misma voz que le había hablado en el estudio de Whitehall—. Me lo estoy pasando muy bien entre los hombres. ¿De verdad has venido a buscarme tan pronto?

—Sí —se oyó decir a sí misma, aunque no lo pretendía—. Es hora de que nos vayamos.

Entonces, buscando el fragmento de hueso de su bolsillo, añadió:

—Esperad.

*No hay tiempo. El chico viene.*

—Esperad —dijo Delaney de nuevo, más insistente esta vez que antes. A su alrededor, las sombras se quedaron terrible e irresolublemente quietas. Solo el crepitar de las llamas permanecía, el humo que llenaba y llenaba sus pulmones. El sudor bajó por su piel en pistas resbaladizas y plateadas. En su mano izquierda, el hueso era una hoja clavándose. En la derecha, el céntimo se calentó contra su piel. Cerró los ojos. Esperaba no estar cometiendo un error.

En voz baja, dijo:

—Primero necesito que hagáis algo por mí.

# 53

Estaban cara a cara. Whitehall y Lane. Lane y Whitehall. La grieta en el éter se cernía justo entre ellos, una reflejada abertura plana lo bastante fina como para ser invisible para un ojo no entrenado. Los rodeaba el humo, espeso y acre. Las llamas lamían la pared de los nombres. Se tragaban el sofá de color salmón con un rugido feroz. Devoraban los libros, rizando sus páginas en fragmentos que danzaban en el aire.

Y, en el centro de todo ello, Whitehall y Lane hablaban en lenguas desconocidas.

En la entrada, Colton Price se quedó tan quieto como Perseo y escuchó las palabras que escapaban de Lane. Palabras antiguas. Palabras muertas. Podía sentir las puntas de sus dedos a lo largo de la hendidura de sus costillas. El tacto suave de su mano. La delicada presión de su pulgar. Tenía la mano en el bolsillo, girando, girando, girando una parte de él como si fuera un talismán. La sensación lo hacía estremecerse; era un bálsamo en su alma, aunque en las manos equivocadas había sido una humillación. Una cataplasma, en lugar de una perversión.

Ante ella, Whitehall ya parecía a medio camino de la tumba. Colton había visto antes el palio mate de esos ojos. Lo reconoció de inmediato. Era la misma criatura eterna que había cavado un agujero en Nate Schiller. En los otros. Hermanos del Priorato que creían que Whitehall les enseñaría a vivir para siempre.

Chicos que habían muerto por una causa perdida.

Quería correr hasta Lane. Traerla de vuelta con un zarandeo. Invocar cada palabra y frase que conocía. Expulsar a la criatura de su interior y enviarla de vuelta allá a donde pertenecía. A donde él pertenecía. Entre los muertos. Lejos de los vivos.

La muerte había intentado reclamarlo, una vez. Quizá, si se lo hubiera permitido, las cosas serían como debían. Quizá, si no hubiera engañado al Infierno, habrían dejado a Lane en paz.

*Lane.*

Parecía una santa, con el cabello derramado a su alrededor en charcos blancos, el rostro trascendente, las manos con las palmas hacia arriba. Etérea, como si pudiera levitar en cualquier momento. Una criatura sagrada e imposible. Todo lo que le había pasado había sido culpa suya, había sido su responsabilidad.

Y todo porque no había conseguido mantenerse alejado de ella.

—Lane —dijo. No lo pretendía. No pudo evitarlo. Una vez, se prometió que no volvería a decir su nombre en voz alta. Ahora era el único resquicio de coherencia que le quedaba—. Lane —repitió, lo bastante alto como para ser un grito. El sonido se sintió amortiguado. Robado por el viento, aunque no había viento.

Lane levantó la cabeza.

Sus ojos lo miraron. Su mirada era un vacío negro y sobrenatural.

—Demonio —dijo, y su voz no fue la de ella, sino algo frío y resbaladizo. Algo a lo que él se había pasado incontables horas suplicando en la noche—. Ella ya ha hecho un trato.

—No me importa —le espetó—. Deshazlo.

La criatura en el interior de Lane parpadeó. Un movimiento de ojos lento, inhumano, que le heló la sangre. Fuera de su vista, el fragmento de hueso giraba y giraba contra su palma.

—Te ha dejado un mensaje.

—¿Qué mensaje? —La estancia ardía a su alrededor. Tenía los pulmones llenos de humo. Su piel estaba encendida, eran ascuas. No le importó—. *¿Qué mensaje?*

El aire se diluyó. La puerta se cerró. Casi tragada por ella, Delaney Meyers-Petrov volvió a mirarlo. La voz que salió de ella sonó grave y profunda.

—Búscala donde crecen los asfódelos.

# 54

Era el momento. El momento de las despedidas. El momento de los finales.

Odiaría abandonar a la chica. Entendía, después de muchas semanas creadas por el hombre acurrucado en las crestas de sus huesos, por qué los muertos la seguían. Por qué el chico demonio se aferraba a ella. Había calidez en ella. Una amabilidad que era demasiado dulce. De ese tipo que agriaba la mandíbula al probarla.

Había también una quietud en ella, una tranquilidad como el susurro reflejado de un lago. Era pacífica y extraña. No estaba acostumbrado a un silencio así, a un reposo así. Miró al hombre que tenía delante, el hombre con los ojos de su hermano. El hombre cuyo corazón muerto solo sostenían ahora unos hilos. Todavía caliente, pero deshilachándose despacio.

—Has permanecido demasiado entre los hombres, hermano —dijo.

—Tenía algo que hacer. Una lección que enseñar.

—¿Y la has completado?

Una sonrisa se extendió por su rostro, desplegándose lentamente.

—Lo he hecho. Este hombre pretendía enyugarnos para sus propósitos. Le he enseñado que no puede hacerlo.

—Entonces, está hecho. Es el momento de volver a casa.

Pertenecían a los dominios de los muertos, no de los vivos. Aquella chica al final se quebraría bajo la presión de contener algo infinito en su interior. Se rasgaría como el papel. No quería eso.

No quería que fuera lento. Prolongar lo inevitable.

Se dio cuenta de que lamentaría que Delaney Meyers-Petrov muriera.

Y lo haría.

Moriría.

No había otro modo.

Los humanos no estaban hechos para durar para siempre. Eran criaturas hechas para la entropía. Hechas para arder y apagarse como una llama. Polvo al polvo. Al menos, haría que el de ella fuera un sueño tranquilo. Sin sufrimiento. No como habían sufrido los otros.

Y, además, ella se lo había pedido.

Tenía, en sus manos, un trozo del inframundo. Un óbolo para los dioses. Las reglas eran las reglas, más antiguas que el tiempo e inmutables. Eso le permitiría pasar. Le concedería una última petición.

En la puerta abierta, el demonio se acercó. Los muertos lo siguieron como perros nerviosos, escondiéndose tras él. Se preguntó si el chico sabría que era imperioso. Un semihombre, con el Infierno en sus venas, capaz de dominar a los muertos. Un día, quizá, él también sería dominado.

Era extraño.

Pero había visto cosas más extrañas, en los eones que llevaba en aquel planeta.

La puerta se estaba debilitando. Marchitando. Era el momento. El momento de cerrarle el paso a los hombres. El momento de dejar a los muertos el espacio entre los mundos.

Tomó aliento; era algo terriblemente humano, pero la chica se había quedado sin él. Respirar se había convertido en algo dulce, tan dulce como el resto de ella.

Cerró los ojos.

Destrozó a la chica.

Lamentó mucho hacerlo. Pero no había otro modo.

Los muertos gritaron.

Y así, también lo hizo el demonio.

El mundo entero se detuvo progresivamente.

Y después, por fin, hubo silencio.

# 55

Delaney Meyers-Petrov no estaba hecha de cristal. Estaba hecha de carbono y átomos. De piel y de huesos. De algo demasiado profundo y demasiado callado como para nombrarlo. Se sentía presionada y presionada y presionada. Brillaba como el diamante.

Estaba sentada a la orilla de un lago. El aire era frío, pero no lo sentía sobre su piel. Solo brillaba, refractado como el hielo, como los planos poliédricos de un diamante cortado. Como otra cosa. El agua estaba plana y blanca, su superficie congelada y sólida excepto por un único charco oscuro sobre una grieta en el hielo. Unos dedos azules dividían el borde en grietas furiosas, como si algo lo hubiera atravesado y no hubiera emergido. Se elevó una burbuja. Otra. El pequeño charco lodoso lamió el hielo.

A su espalda, gruesas coníferas se alzaban en gavillas de oscuro verde, con las ramas encorvadas bajo el aguado manto de la nieve que se derretía lentamente. Goteaba en destellos cristalinos, como joyas cayendo bajo la ambigua luz. Sobre su cabeza, el cielo era del color de la pizarra y el sol apenas era una sugerencia, una impronta, un recuerdo, algo que no estaba del todo bien.

Parecía, una parte de ella se dio cuenta, el lago que había cerca de su casa, a donde sus padres solían llevarla a lanzar piedras. Extendían una manta en la orilla y su madre sacaba un montón de cosas ricas: gruesas uvas verdes y zanahorias tan largas como sus dedos, sándwiches de pepino cortados en triángulos, rebanadas de pan con pasas de la panadería, zumo de manzana con una pajita flexible. Ese recuerdo también parecía algo lejano. Algo que había reunido con dificultad.

Y, en cualquier caso, aquella orilla no era una orilla, sino un campo. No había arena, no había barro, solo flores. Blancas y frágiles, con sus bonitos tallos apuntados doblándose bajo una brisa que no sentía. Conocía su nombre, aunque nunca las había visto antes. Podía notar el sabor de la palabra en su boca.

Asfódelos.

Aquel era otro recuerdo, más difícil de alcanzar. Una boca en su cuello. Una voz en su piel. Una historia (la suya, o quizá la de otro) sobre una reina de los muertos y una corona blanca. Los árboles se agitaron, doblándose, susurrando. Lentamente, con dedos rígidos e inflexibles, se fabricó una corona, entrelazando y anudando los tallos arrancados hasta que reposaron pulcramente extremo contra extremo, como su madre y ella solían hacer con los dientes de león en el campo tras su casa.

Se la colocó en la cabeza.

La boca le sabía a cobre. Se preguntó, vagamente, si quizá estaba muerta.

El tiempo pasó. El tiempo se quedó inmóvil. Los árboles susurraban sin parar.

No sabía cuánto tiempo había pasado antes de oírlo.

—Hacía frío en el agua.

La voz llegó desde todas partes a su alrededor: a su espalda, arremolinándose a través de la quietud del campo. Se giró sin levantarse, con la cintura rodeada de flores blancas, medio enterrada en una tumba de pétalos.

Y allí estaba él. El chico al que conocía. Colton Price, tan fuerte como los vivos. Tan intenso como cualquier recuerdo. A su espalda, el oscuro punto de agua burbujeó de nuevo. No miró, y él tampoco.

—Hizo incluso más frío después —continuó—. Me hundí como una piedra en el limo del fondo y después desperté aquí. Atrapado entre los mundos. Contando los minutos. Recomponiendo mis pedazos.

La oscura línea de árboles se quedó inmóvil, como dolientes junto a una tumba. El agua lamía y murmuraba. Delaney vio que Colton tragaba saliva.

—Hasta que llegaste tú —dijo.

Sus líneas parecían absolutamente humanas, pero había algo incongruente en el modo en el que la luz se reflejaba en sus rasgos. Algo que titilaba justo más allá del alcance de su visión. Sus dientes parecían demasiado afilados, el blanco de sus ojos tragado por el negro. Pensó que quizá debería tener miedo, pero solo sentía alegría. Solo dicha. Con una armadura de asfódelos. Acunada por el frío.

Colton dio un paso y el campo de flores cedió bajo su peso.

—Supliqué —le contó—. Me arrastré. Repté a través de la oscuridad hasta que la oscuridad cedió. Y entonces abrí los ojos y tú estabas allí. —Tenía los tobillos rodeados de blanco. Su risa era el aliento del viento a través de los árboles. Abrió la mano hacia ella y allí, en el centro de su palma, había un único guijarro plano—. Estabas hecha de colores. Llevabas el cabello recogido en trenzas.

—Lo recuerdo. —Sus dedos hicieron un sonido metálico contra algo duro y redondo metido en su mejilla. Su voz salió de los árboles, y no de su pecho. Como si ya fuera una parte de aquel lugar extraño e inmóvil.

—Me has dejado un mensaje —le dijo—. No tenías que hacerlo. —Sus venas lo atravesaban en profundas vetas negras. La nieve goteaba y goteaba y goteaba en radiantes destellos—. No podría no encontrarte, Delaney. No puedo evitarlo. Te sigo allá a donde vas.

Se detuvo ante ella. Cayó de rodillas. Las flores se postraron, como si estuvieran ante un rey. Colton le tomó la barbilla en la mano y se la apretó, abriéndole la boca. Un céntimo se deslizó sobre su palma, un óbolo de cobre resplandeciente bajo la luz. Colton cerró el puño sobre la moneda y se acercó para apoyar la frente en la de Delaney. Ella se mantuvo decididamente inmóvil, bebiéndose la respiración de Colton.

—¿Qué eres? —le preguntó, como lo hizo en el ascensor, bañada en un pozo de oscuridad del color de la sangre. Entonces, él no le respondió. Esta vez, sonrió.

—Tuyo.

Sus incisivos se afilaron. En su frente había protuberancias gemelas de hueso serrado. Nunca había parecido más él que en aquel singular momento.

—Te he traído algo —le dijo Delaney.

—¿Sí?

Buscó en el bolsillo de su falda y sacó la esquirla. Era de un pálido blanco y estaba pulida como un caparazón; la chica la sostuvo entre ellos como algo preciado. Los árboles susurraron, murmuraron. La tierra parecía hambrienta.

Tras ellos, prosiguió la lucha. El agua lamía húmedamente el hielo. Colton no miró. No miró, pero había agitación en el castaño sin fondo de su mirada.

—Hay un niño en el agua —le dijo Delaney.

Él frunció el ceño.

—Lo sé.

—¿Eso fue lo que dejaste atrás?

No respondió, y ella no esperaba que lo hiciera. Colton siempre había sido cuidadoso con sus fragmentos. Consciente de no mostrarlos. Ella no necesitaba verlo todo de él para saber que ciertas partes estaban fuera de su alcance; su brillo, borrado.

Se inclinó y agarró un puñado de tierra. Otro. Otro. Los árboles se agitaron, sus ramas se combaron. Colton la observó sin moverse, sin respirar, con los hombros encorvados y las manos en su regazo. Escuchando el incesante movimiento del agua contra la orilla.

Cuando ella hubo cavado un hueco en la tierra, dejó el hueso pulcramente en ella. Con cuidado, lo cubrió. Un entierro, para un niño al que nunca habían llorado. Para un hijo al que nadie recordaba. Había aprendido, muy pronto en aquella vida, que no todas las pérdidas parecían una muerte. Algunas pérdidas eran silenciosas. No emitían sonido. Se escurrían sin que nadie se diera cuenta, imposibles de llorar.

Suavemente, colocó la última tierra de olor dulce en su lugar.

El susurro de los árboles se acalló. En el agua, la horrible agitación se detuvo. La tintada superficie del lago volvió a ser de cristal, reflejando el blanco diamante del cielo en un vertiginoso palíndromo. Ante ella, algo caliente y brillante nadó hasta los ojos de Colton. Él levantó la mano y rozó con el dedo los pétalos de la frente de Delaney.

—Pareces una reina.

—Puede que lo sea.

Su sonrisa se amplió.

—Levántate, Delaney —dijo, con una voz que silenció todo lo demás—. Es hora de volver a casa.

# 56

Delaney despertó con el silencio, como normalmente hacía. Despertó con la luz del sol, como normalmente hacía. Despertó en una cama de hospital.

Sus padres estaban allí, Mia perdida en un sueño intranquilo en la silla junto a la ventana, Jace en una silla junto a la estrecha cama, con un gorro de lana bajado sobre su frente y la cabeza apoyada en sus brazos cruzados. Sus ojos se iluminaron cuando notó que se movía. Su alegría fue algo vibrante y mudo, de palabras sin atrapar por el arroyo. Le besó la mano, le echó hacia atrás el cabello, despertó a su madre. Habló y signó y avisó a los médicos.

Hubo una ráfaga interminable de médicos. Le sacaron sangre y le hicieron pruebas y durmió, durmió mucho, medicada y pesada e impotente. Tenía las palmas de las manos quemadas, como si las hubiera metido en el fuego. Se había golpeado la cabeza contra el frío cemento del Santuario y sufrido una contusión como resultado. Tenía el brazo roto por tres partes diferentes. Tenía un lado de la cara arañado. Era, dijeron los médicos, como si se hubiera arrastrado una gran distancia.

Richard Whitehall, le contaron, estaba muerto.

El programa experimental de Godbole estaba cerrado, había una investigación pendiente y se había dispensado a los estudiantes hasta que fuera posible una reasignación académica. No sabía mucho más. Los días pasaban y pasaban y pasaban y ella soñaba y soñaba y soñaba. Con un pequeño lago congelado, con un príncipe de ojos oscuros, con una corona de asfódelos.

Adya y Mackenzie iban y venían, le llevaban café a escondidas, le llevaban libros, hacían *zapping* en la limitada selección de canales del televisor hasta que el sol se ponía y las enfermeras pasaban por allí para enviarlas a casa.

Cada día lo buscaba. A Colton Price, detenido ante su puerta. La curva arrogante de sus hombros, el destello dorado de su reloj, el minucioso cuchillo de su sonrisa. Cada día, el sol salía y se ponía sin noticias.

—Está distinto —le dijo Mackenzie, abriendo el vasito de compota de manzana de Delaney—. Más callado.

En la televisión, una serie de hospitales se reproducía en tonos azules.

—¿Qué quieres decir?

—Lo que os pasó a ambos en el Santuario lo ha cambiado de algún modo. —En la bandeja entre ellas había tres cartas del tarot con los bordes dorados. La Sacerdotisa, Los Enamorados. Un esqueleto montando un caballo blanco, con sus huesos ocultos bajo una túnica roja—. Es como si le hubiera quitado una parte de él. Ya ni siquiera lo veo en mis tiradas. No hay aura. No hay energía. No hay nada en su interior más que silencio.

Llegaron flores. Una tras otra, sin cartas y sin comentarios y sin fin. Llegaron en jarrones y en envoltorios de papel, con gruesos lazos de seda y cordel brillante y explosiones de color. Se veía rodeada, a diario, por enormes jarrones de cristal con rosas y tarros de cerámica con lirios, gerberas y claveles de aroma dulce.

Y después, un día, llegó un único asfódelo.

Lo miró y lo miró, girándolo entre sus dedos. Pensó en un demonio con la cara de un hombre, en un chico convertido en dios, en una extensa pradera de asfódelos. Cerró los ojos y se ocupó del vacío de su pecho hasta que, incapaz de luchar contra el arrullo del sueño de la trazodona, se adormiló por fin, con los pétalos blancos aplastados en su palma.

Por primera vez en mucho tiempo, durmió sin soñar.

# 57

Nathaniel Schiller fue enterrado un jueves. El día era luminoso y frío. La tierra estaba cubierta por una nieve recién caída. Delaney se quedó fuera del columbario donde su familia se había reunido y los observó despedirse. Su madre era un diminuto punto negro contra una pared verde de tuyas orientales, con la columna recta y el corazón en las manos. Delaney no podía oír al pastor desde donde estaba, pero nunca había sido alguien que extrajera demasiado significado del sonido, y por eso se mantuvo apartada de la ceremonia y dijo adiós en silencio, con el corazón tan tenso que le dolía.

Una vez, por el rabillo del ojo, creyó ver un destello de oscuridad bajo las nevadas ramas de un olmo cercano. Pero cuando miró no había nada, solo unas huellas profundas que desaparecían sobre el terraplén.

Cuando terminó, Delaney atravesó la nieve, que le llegaba al tobillo, hacia el camino despejado, pasando junto a las tumbas cubiertas por las pieles del invierno y espolvoreadas de flores. No se dirigió a su automóvil. En lugar de eso, siguió caminando, con las medias húmedas y los dedos de los pies entumecidos por el frío. Sabía a dónde iba; a dónde había ido casi cada día desde que su médico le había firmado el alta.

La tumba de Liam Price no estaba lejos. Doblando el recodo. Sobre la cresta de una colina. Bajo las gruesas bayas rojas de un goteante tejo. Normalmente, se quedaba allí sola y escuchaba los invernales trinos de los cardenales, el lejano repique de la campana de la iglesia. Envuelta en su abrigo, dejaba flores sobre la nieve. Sola.

Aquel día, alguien más estaba ya allí.

Lo vio antes de que él la viera, con el cuello subido alrededor de su garganta, el abrigo atrapado por una ráfaga de viento. Desde aquella distancia, era justo el Colton que recordaba, todo planos lisos y bordes afilados y tan perfectamente humano que le dolía el pecho.

No la miró mientras se acercaba, aunque sabía que la había notado. Se mantuvo a distancia, hasta que sus talones se detuvieron a unos pasos de distancia. Durante varios minutos, se mantuvieron en un silencio total. Ninguno de ellos habló, ambos miraban. Un reflejo perfecto del modo en el que comenzaron, enterrados en el adormilado silencio del auditorio, Delaney con el corazón en la garganta y Colton con un café enfriándose sobre su mesa.

Se había enamorado de él en el silencio. Ahora, en el silencio, todavía lo quería.

Estudió su perfil. Él estudió el cielo. Su respiración parecía forzada, como si intentara recordarse que tenía que hacerlo, como Nate Schiller había fingido parpadear.

—Gracias por las flores —le dijo cuando estuvo claro que él no pretendía hablar—. Por todas ellas. Incluso por las rosas.

Colton siguió en silencio.

—El asfódelo fue mi favorito.

De nuevo, no dijo nada.

—He venido aquí cada día, esperando que quizá algún día estuvieras aquí. —Su voz se cernió entre ellos, el eco amortiguado por la nieve caída. El viento se levantó, alborotando los rizos de Colton, que cerró los ojos—. Me siento distinta. Desde que me trajiste de vuelta. Como si me hubieran arrancado una pequeña parte de mí.

Colton habló entonces, y le pareció un acto de compasión.

—Esa sensación desaparecerá con el tiempo.

—¿Ha desaparecido para ti?

Él la miró y ella vio esa cosa negra e interminable en sus ojos.

—Esta vez no —dijo con lentitud.

Delaney dio un paso hacia él, y Colton se tensó. Verlo la hizo detenerse. Tenía las puntas de los dedos imposiblemente frías, incluso con los guantes.

—La primera noche que fui a tu casa —dijo, desesperada por retenerlo allí con ella—. Te pedí que me dejaras entrar y me abriste la puerta tan rápido que creí que iba a astillarse.

Colton tragó saliva con dificultad.

—Sí.

—Y después, en el aeropuerto —comenzó—, con el reloj...

—Sí —dijo de nuevo, antes de que ella terminara.

—Ni siquiera lo he dicho.

—No importa. La respuesta a tu pregunta es sí. Sí, y sí, y sí.

Se la hizo de todos modos.

—¿Tienes opción? Cuando te pido que hagas algo.

Colton observó el cielo, con la cabeza echada hacia atrás y su bufanda soltándose. El sol estaba bordeado por una corona de hielo, el aire estaba cargado con la promesa de más nieve.

—El libre albedrío es un rasgo humano —contestó, con no poco desdén.

—Oh. —Delaney recordó el peso del hueso en su mano. Él le había dicho que Whitehall ya no podría seguir controlándolo—. Pero tú no estás en deuda con cualquiera. Solo conmigo.

—¿Solo? —El sonido que escapó de él fue una burla. Todavía no la había mirado—. Tú tienes poder sobre los muertos, Delaney.

Ella se tragó una sonrisa, aliviada por el pequeño blasón de su beligerancia. Por la sensación de algo conocido, emergiendo de las aguas inmóviles. Se acercó, deseando que la mirara.

—Mackenzie me dijo que tú has pagado los gastos del funeral de Nate.

Esos ojos negros se clavaron en ella, sorprendidos.

—Anónimamente —dijo, con un tono demasiado oscuro.

—No te ofendas. Mackenzie se entera de todo. No puede evitarlo.

Él exhaló un único y sólido suspiro.

—Lane...

No lo dejó terminar.

—Te quiero.

Él se detuvo, con cada parte de su ser tallada en piedra, y Delaney se acercó a él. El camino era irregular y subió resbaladizos parches de hielo, vadeó centímetros y centímetros de frío. Más allá del tejo, con sus gruesas bayas encapsuladas en hielo como si fuera cristal; más allá del rojo, rojo cardenal erizando sus alas en las ramas; más allá de los pétalos caídos sobre la nieve, hasta que llegó hasta él, sólido como una efigie, mudo como una tumba. Se puso de puntillas, le rodeó el pecho con las manos y le besó el fruncido blanco de la comisura de la boca.

—Estoy enamorada de ti, Colton Price —dijo de nuevo, por si necesitaba que se lo recordara—. No solo eso; estoy profunda, enfermiza, alarmantemente obsesionada contigo.

Él no se rio. En lugar de eso, la acercó a su cuerpo en el hueco del brazo. Sus labios encontraron su frente. Cerró los ojos. No respiró.

—¿Qué te costó? —le preguntó—. Traerme de vuelta así.

—Nada —mintió Colton. Bajo sus guantes, su corazón latía demasiado despacio.

—Algo. Pareces distinto.

Abrió los ojos. Su mirada estaba tan oscura como un abismo.

—Me duele —admitió—. Estar aquí. Siento que tiran de mí un poco cada vez.

Delaney recordó lo que le había dicho, atrapados en la revoloteante oscuridad del mercadillo callejero.

*Quiero ser alguien completo.*

Se había descompuesto dos veces ya. Una vez de niño, para salvarse. La segunda vez, para salvarla a ella. Parte de él siempre estaría atrapado en el lugar intermedio, con un pie entre los vivos y el otro entre los muertos. Como ella estaba atrapada entre el silencio y el sonido. Ambos eran espacios liminales. Divididos en dos. Quizá había consuelo que encontrar en sus fracturas. Quizá encajarían así.

—¿Y te irás allá de donde tiran de ti? —le preguntó.

Su mirada negra se clavó en ella, subyugada.

—¿Quieres que lo haga?

—No —dijo, y nunca había dicho nada más en serio—. Pero no seré yo quien te diga que te quedes. Quiero que hagas lo que quieras. Quiero que vayas allá a donde te sientas atraído.

Él le rozó la nariz con la suya.

—Me siento atraído hacia ti.

El primer copo aleteó entre ellos, bajando en una elegante espiral. Otro lo siguió. Después cinco. Diez. Demasiados para contarlos. El mundo se cubrió de blanco, el sol quedó acallado bajo el lienzo blanco de un palio de invierno. Delaney buscó la mano libre de Colton y entrelazó sus dedos.

—Entonces, dime. ¿A dónde deberíamos ir?

La línea destrozada de su boca se afiló en una sonrisa. Atravesando la nieve, tiró de ella hacia el pequeño y serpenteante sendero.

—Vayamos a casa a ver a Gregor.

—Estropeé a Gregor —le dijo—. ¿No te acuerdas?

Su sonrisa no se desvaneció. Su mano no titubeó.

—No pasa nada. Solo tenemos que empezar de nuevo.

*Ímprobo amor,*
*¡a qué no obligas a los mortales corazones!*

La Eneida, *Virgilio*

# AGRADECIMIENTOS

Mientras crecía, busqué por todas partes una historia de fantasía cuyo protagonista percibiera el mundo como lo hacía yo. Debido a eso, tengo la sensación de que me he pasado toda la vida dando forma a este relato. La lista de gente a la que tengo que dar las gracias ocuparía una novela entera, pero haré todo lo posible por darle cabida a todos aquí.

Antes de nada, quiero agradecer a mi familia y amigos su constante apoyo en el trascurso de los años. Soy muy consciente del hecho de que mi incapacidad para funcionar es directamente proporcional a lo cerca que estoy de una fecha de entrega, y mi comunidad de amigos son unos santos por seguir lidiando conmigo y con el caos generalizado que suele seguir mi estela.

A mi marido, mi compañero en todas las cosas y mi orientador eterno. Un único párrafo no es suficiente, así que deja que te dé las gracias por mantenerme en unos niveles adecuados de cafeína y por recordarme siempre que haga las cosas más básicas (como beber agua y dormir y peinarme) cuando me pierdo demasiado en la maleza de una historia.

A mis padres. Gracias por presentarme a los libros, y por todas esas noches que pasamos leyendo en voz alta mientras yo intentaba volver a adaptarme al sonido tras cinco largos años de silencio. Sobre todo, gracias por todo el tiempo que pasasteis fingiendo que no oíais el teclado de mi ordenador repiqueteando bien pasada la hora de dormir. Aprendí a escribir en esas horas robadas, y os estaré siempre agradecida.

A mi hermano. Gracias por ser mi colega de pelis desde el día uno. Hemos visto todo lo que hay bajo el sol, y casi todo ha sido juntos (aunque gritara en las partes que dan miedo). Sin ti, no creo que mi cabeza estuviera ni la mitad de llena de historias. Tú siempre serás la primera persona en la que confío para que lea mis terribles borradores.

A mi agente. Josh, gracias por darles una oportunidad a Lane y Colton. Estaba muy preocupada por si este libro era demasiado «raro», y tú supiste exactamente qué estaba intentando hacer desde la primera llamada telefónica. Te estoy muy agradecida por todo lo que has hecho para encontrarle el hogar perfecto a mi curiosa y pequeña historia.

A mis editores. Mallory, gracias por todas las horas que pasaste dejándome divagar por teléfono, y por tus expertas ediciones. Tu orientación me ayudó a dar forma al libro en su formato definitivo. Rachel, gracias por creer en esta novela y por ver su potencial.

A Alex Kelleher- Nagorski y Daniela Escobar, gracias por vuestro entusiasmo y supervisión en cada paso del camino. A todos los del equipo de ventas y marketing tanto de Scholastic como de Gollancz, gracias por defender este libro y ayudarlo a encontrar su camino hasta las manos adecuadas. Jackie Dever, Emily Heddleson, Jessica White, Jackie Hornberger y Janell Harris, gracias por vuestra atención al detalle y por vuestra paciencia con las ediciones y correcciones. Maeve Norton y Sasha Vinogradova, gracias por la portada. Es absolutamente impresionante. Supera todo lo que había imaginado.

A mi familia encontrada. Bekah y Kevin, gracias por las horas de canguro y por todos los cafés en mitad del estrés por las fechas de entrega. Amanda, gracias por querer a los libros tanto como a mí y por ayudarme siempre a celebrar cada avance en el camino.

A mi ciudad. En el trascurso de los años he tenido la gran suerte de toparme con una comunidad de escritores sinceramente increíbles, y apenas hay espacio suficiente para agradecer a cada alma brillante que he conocido en este viaje, pero lo intentaré.

Zoulfa Katouh y Meryn Lobb: las palabras jamás expresarán lo agradecida que estoy por cada conversación que hemos tenido, tanto las vanas como las profundas. Habéis sido el mejor equipo de debut que una chica podría pedir. Me siento muy honrada de hacer este viaje con vosotras.

Lindsay Bilgram, siempre diré que fue Peter Pan quien nos unió. Este negocio es duro, y de verdad hay días en los que lo habría dejado de no ser por tu contagiosa alegría y por tu amor por todo lo relativo a la literatura.

Reba Adler, gracias por dejarme acribillarte con fragmentos sin contexto de Lane y Colton durante dos largos años sin fin y por estar siempre dispuesta a leer conmigo los libros más raros, sin hacer preguntas.

Brittany Kelley, gracias por las llamadas telefónicas, por las risas, por las lágrimas y por las horas de mutuo compadecimiento. No habría sobrevivido a esta pandemia sin ti, y eso es un hecho.

Clementine Fraser, gracias por ser la mayor fuente de positividad y luz, y por hacer siempre que el mundo parezca un poco menos terrorífico con tu sabiduría.

Hafsah Faizal, gracias por las risas sin fin y por los ánimos constantes. No todos los días pasas de incordiar a tu autora favorita a trabar con ella una bonita amistad, así que agradezco infinitamente que nos hayamos convertido en agentes hermanas.

Lyndall Clipstone, gracias por las charlas nocturnas de cosas de madres/escritoras y por compartir mis gustos en las listas de temas interesantes.

Hannah Whitten, gracias por comprender siempre que la buena vibra es la parte más crítica del proceso. Tu ánimo y consejo me ha ayudado en algunos de los cambios más importantes del último año y medio.

Gracias a mis primeros lectores y a todos los amigos que he hecho por el camino. Anna Munger, Ashley Reisinger, Allison Saft, Aiden Thomas, Emily Miner, Aliyah Fong, Ava Reid, Alina Khawaja, De Elizabeth, Gina Urso, Jen Elrod, Brittney Arena, Abigail Carlson, Ani Paoletti, Shannon Murphy, Tiffany White, Jordan Gray, Mato J Stegerm, Michael Roberts y Robin Woodward. Todos habéis sido clave en darme el valor para dar vida a esta historia, y os estoy agradecida a todos y cada uno de vosotros.

Por último, pero no menos importante, gracias a ti por elegir este libro. Para mí significa un mundo saber que *Susurros en la oscuridad* está ahí fuera, en las manos de los lectores. Espero que hayas disfrutado de la historia.